Fort de l'Eau

Le Champ de personne, Flammarion, prix des Lectrices de *Elle*, J'ai Lu.

Cauchemar pirate, Flammarion, Castor Poche.

Le Lutteur de sumo, Flammarion, Castor poche.

La Lumière des fous, Éditions du Rocher.

Nec, Gallimard, Série Noire.

Les Larmes du chef, Gallimard, Série Noire.

Vivement Noël, Hoebeke.

Daniel Picouly

Fort de l'Eau

roman

LE GRAND LIVRE DU MOIS

à Marie, née le 19 août 1997.

Écoute.
1 + 1 = 1
1 − 1 = 2
Qui suis-je ?

Devinette berbère

1
Le dernier soleil

Vlan!

Je bascule à la renverse. Mes yeux tiltent. Un morceau de bleu nuit passe entre mes jambes. Qu'est-ce qu'il fait là, le ciel? Ce n'est pas sa place. Et mes pieds nus, dans les branches du figuier. C'est normal, ça? Je vais fleurir des orteils. Des pétales café au lait. Pas très sérieux pour un bouquet… Attention, fils! Ici, tout pousse tout seul. T'es pas n'importe où. T'es à Fort de l'Eau. Le jardin du paradis! Merci pour l'accueil. Je comprends qu'Adam et Ève soient partis. Le jardin du paradis. D'habitude, c'est vrai. Mais aujourd'hui, ça souffle. Pourtant il n'y a pas de sirocco… La preuve, fils. Ici, tu plantes une espadrille, il te vient une paire de bottes de cheval… Tu parles! J'ai essayé sur la plage avec mes tongues. Je n'ai rien retrouvé, ni les bottes ni le cheval. Dans ce pays tout le monde exagère. C'est un sport. Et le type en maillot rayé qui m'appelle «fils» doit jouer en première division… Tu sais pas t'y prendre. Ou alors, t'as pas la main verte, la main des sables, la main de l'oasis: la

11

main du Mahonnais!... S'il faut quatre mains pour planter une chaussure, autant se mettre au piano avec Maryse et Martine, mes petites sœurs... Rigole pas. Ma parole, tu enterres un noyau de pêche. Le lendemain, t'as une coupe Melba au Milk-Bar. C'est ça, la main du Mahonnais... Des histoires! Au Milk-Bar d'Alger, il n'y a que l'addition qui pousse toute seule... C'est ce que dit la m'am.

On y était allés avec elle. Ils nous avaient fouillés à l'entrée... C'est votre première fouille, faites un vœu, les enfants... D'un côté, la m'am et mes deux petites sœurs avec une dame en bleu marine. De l'autre, moi, avec un maigre à moustache. Il m'a palpé. Au passage, il a tripoté mon couroucou sous le short. Ça a fait rire sa dent en or de devant. D'accord. C'est vrai que je suis un peu petit pour mon âge. À quatorze ans j'en parais à peine douze en montant les épaules... C'est rien, c'est les glandes... La m'am peut toujours me consoler. N'empêche que le vicieux a rigolé en faisant un clin d'œil à sa collègue en bleu. Ça y est! Maintenant tout le bar le sait. Et demain tout Alger.

À cet instant je me suis dis que j'avais eu raison de faire disparaître deux années de mon âge. J'avais décidé ça en douce dans l'avion avant d'atterrir. Ils sont à moi, ces deux ans. J'en fais ce que je veux. Comme ça, je passe de quatorze à douze... Quand le modèle ne correspond pas au plan: change le plan!... Le p'pa le fait bien pour les avions qu'il construit à Air France. Pourquoi pas moi?... Ton père dit ça pour les plats en inox qu'il me fabrique à l'usine... D'accord, m'am. Mais je ne dois pas être plus difficile à rectifier qu'un plat à escargots. Donc j'ai douze ans. Douze ans dans trois mois. Je me sens déjà mieux. Plus léger. Ça me fait naître en cinquante. Un compte rond. Il faudra que je prévienne Maryse et Martine, pour qu'elles changent leurs âges. Je n'ai pas envie de devenir leur petit frère. Ces chipies seraient capables de se venger.

Au Milk-Bar, on nous a donné une carte à chacun. Ne jamais lire, sinon on ne sait pas quoi choisir. J'ai commandé un sorbet au cassis... On ne demande pas de fruits rouges, ici. C'est pas bien... Pourquoi, m'am?... Chut! À cause de la couleur... Cette manie, dans la famille, de parler tout bas quand il y a du monde. Comme si la couleur du sorbet au cassis était un secret militaire. Résultat, pour m'expliquer, la m'am doit mimer. Autre manie familiale. Et mimer le rouge, ce n'est pas simple. Je ne comprends rien et je commande deux boules vanille. Au moins, ça n'a pas de couleur.

Au retour j'avais demandé à Serge de m'expliquer sans mimer pourquoi ce n'est pas bien de demander des fruits rouges au Milk-Bar. Il m'a parlé de «plasticage». Plusieurs. J'ai déjà entendu ce mot, mais je ne comprends pas comment une bombe en plastique peut arracher des jambes, des bras, déchiqueter des poitrines et même tuer... Tu aurais vu, il y avait du rouge partout. Des tas de rouges mélangés. De la fraise, de la myrtille, du cassis et du sang. Plein de sang! C'est pour ça qu'on ne demande pas de fruits rouges, là-bas...

Bâoum! Ma tête cogne par terre. On vient de me plastiquer les idées. Du sang frais gicle dans ma bouche. J'atterris brutalement d'un morceau de ciel. Ma parole, on essaie de me planter par les cheveux... Attention, fils, à la main du Mahonnais. Elle ferait fleurir même un crâne! C'est pour ça qu'on n'a pas de cocotier ici. Sinon il nous pousserait des nègres!... Je ne comprends pas ce que ça veut dire. Moi, je veux seulement crier, hurler, brailler... Arrêtez de me frapper!... Mais ma langue s'est enroulée au fond ma gorge comme un mirliton... Alaki! Alaki! Les cinq billets pour cent francs, les douze pour deux cents francs!... En plus, je délire. Ça doit être la

13

fièvre du Mahonnais. C'est pratique, à Fort de l'Eau, tout est mahonnais: la main, la fièvre, la terre, les gens, la ville. Et depuis toujours. Où c'est, déjà, Mahon? Majorque ou Minorque? On me l'a expliqué cent fois.

Vling! Ce n'est pas le poing qui vient de m'arriver pleine face qui va m'aider à démêler les îles Baléares. J'aurai dû écouter le p'pa et me mettre à la boxe. Au moins, ça m'aurait ramolli les cartilages et j'aurais appris à esquiver... La tête! Bouge la tête!... La douleur grimpe l'arête du nez et va exploser sous les sourcils. Vling! Au passage j'avale une bouffée de henné et de tabac à chiquer. Moi aussi, un jour, je saurai cracher assez fort dans la poussière pour faire pousser des roses des sables. Pas la peine d'être mahonnais. Je valdingue contre un platane vers le terrain de boules. C'est quoi le verbe pour dire qu'on arrache l'écorce avec son dos?... T'occupe pas du vocabulaire, frappe au fer!... Le p'pa a raison. Je retiens son conseil pour le tir à la pétanque, mais moi je préfère pointer. Le soleil aussi. Il va bientôt se lever pour remettre un peu d'ordre dans le paysage. Pour qu'enfin le bas soit en bas, le haut en haut et Mahon à Minorque.

Le soleil! C'est lui que j'attendais tranquillement ce matin quand j'ai été propulsé dans les airs par une calotte. Le soleil! Le dernier soleil. C'est écrit dans *La Dépêche d'Algérie* d'aujourd'hui... *Samedi 4 août: Lever: 5 h 23*... Je vérifie à ma montre. J'ai encore le temps. Ma montre! C'est celle du p'pa. Je l'ai récupérée en me faufilant en douce hors de la maison, cette nuit. Elle est toujours accrochée au même clou au-dessus de la table de nuit. Pourtant, je sais que le p'pa en aura besoin. Je sais que son départ à l'usine ou à la pêche est réglé «comme du papier à musique». C'est lui qui le dit. Je sais, p'pa. Mais ce matin, il me faut ta montre. Il me faut tous les carats de ta Lip, tous ses rubis, ses minutes à la minute près, sa précision suisse, et surtout sa trotteuse fluorescente pour découper les secondes bien fines.

Tu sais, p'pa, il est important ce dernier soleil pour moi. Impossible de le manquer. Ce 4 août sera une journée historique. Tout le monde le dit. Et moi, j'en ai encore jamais vécu de journée historique. Toi, tu as eu la guerre, la Résistance, de Gaulle. Mais moi? Douze ans, c'est le bon âge pour commencer. Quatorze c'était déjà vieux.

Dans l'obscurité de la chambre des parents, je me suis guidé au tic-tac de la montre. Le p'pa ronfle comme un moteur de DC-4 qui ratatouille. Le reste de la famille dort dans la sorte de garage-dortoir où on loge, pendant les vacances.

— C'est ça l'hôtel?

Premier jour. On débarque du taxi, ma mère, mes deux petites sœurs, et moi. Pour le voyage, Maryse et Martine ont choisi d'avoir les mêmes yeux bleus, le même serre-tête, la même robe bleue à pois blancs, les mêmes socquettes et vernis. J'ai l'impression d'avoir des sœurs jumelles. Pire, des siamoises. À mon avis, ça ne divisera pas mes ennuis par deux. Normalement, le p'pa nous attend devant le Marsouin. Notre frère Serge ne sera pas avec lui. On sait qu'il travaille dans un autre restaurant pour payer ses vacances. Il viendra dès qu'il aura sa coupure. La m'am nous avait prévenus pour pas qu'on soit déçus.

Pour le p'pa, on n'avait pas été prévenus. On n'a pas été déçus. Il nous attend bien, devant le Marsouin. Mais c'est surtout le bar qu'on a reconnu en arrivant. Il est comme sur les photos. Celles que le p'pa nous montre depuis des années, quand il rentre de ses déplacements en Algérie pour Air France.

Le bar on le reconnaît, mais pas le p'pa. Ce n'est pas

une question de tenue. Ce chapeau de paille sans ruban, cette chemise blanche en popeline à col mou, et ce pantalon sombre bien à l'aise: on connaît. En vacances, le p'pa ressemble toujours à un coupeur de cannes à sucre de la Martinique. Mais pendant les trois semaines que le p'pa a passées là pour son travail, il est arrivé quelque chose de nouveau. Quelque chose d'incroyable. Quelque chose qui fait que, pendant une fraction de seconde, on ne reconnaît pas son propre père.

Le p'pa a bronzé!

Il n'a pas foncé ou noirci. Non. Il a bronzé. Devant lui, je me suis trouvé bête. Je n'avais jamais imaginé qu'un Noir puisse bronzer. Surtout pas le p'pa. Ça n'a pas l'air de surprendre la m'am. Surtout qu'elle regarde autre chose.

— C'est ça l'hôtel?

Le p'pa a baissé les yeux vers ses sandales en cuir tressé. Un jour j'aurai les mêmes pour les questions embarrassantes. Il s'évente avec son chapeau de paille sans ruban. Il fait chaud. Il fait toujours très chaud quand la m'am a ce regard-là.

— C'est ça, l'hôtel tout confort!

— Bah!… C'est son nom… «Hôtel Tout Confort».

Les majuscules n'ont pas fait baisser la température et la m'am ne veut toujours pas poser notre grosse valise marron à sangles.

— Si c'est ça, moi je reprends tout de suite le train avec les gosses.

En vrai, on est arrivés d'Orly en Caravelle à l'aéroport de Maison-Blanche, puis en taxi sans compteur jusqu'à Fort de l'Eau… Cinq cents francs! Ils s'embêtent pas, ici!… Mais avion, train ou bateau, la m'am est trop en colère pour s'arrêter à des détails de moyens de transport. Elle veut repartir. Bravo! On vient de réussir les vacances les plus courtes du monde.

— Tu veux qu'on fasse dormir les enfants là-dedans?!

La m'am montre une sorte de garage gondolé. Il ressemble à celui qu'on avait à Villemomble avant de déménager. Sauf que celui d'ici est peint en blanc et bleu avec un palmier vert et marron sur la porte d'entrée. Nous, les petits, on trouve ça plutôt joli. Surtout que la mer est juste à côté du garage-hôtel. On l'a jamais eue si près. Trois marches et hop! sur la plage. La plage de la Sirène! On s'y voit déjà en maillot. Mais ce n'est pas encore gagné.

— Heureusement qu'on est pas venus à tous.

C'est vrai, mais il faut bien que quelqu'un garde notre HLM. On a eu assez de mal à l'avoir. En plus, il a une belle adresse… Cité Million, 29, rue du Docteur Calmette, Appt 684, Orly, France… C'est pas la peine de mettre «Cité Million»… D'accord, m'am. Mais «Résidence» ça fait un peu rupin… Alors on met rien… Je ne sais pas pourquoi, mais depuis qu'on habite au 29, la m'am est inquiète. Elle pense que l'Office en profitera pour nous expulser pendant qu'on est en vacances… Tu te rends compte, on vient à peine de repeindre le salon… C'était vrai, et en rouge et vert à la peinture Bonalo. Une idée de Serge. Mais ce qui inquiète le plus la m'am, c'est qu'on lui saisisse sa salle à manger en Formica… Mais puisqu'on a donné les loyers d'avance à la voisine et que tonton Florent garde l'appartement!… On ne sait jamais avec ce gardien… On a du mal à la rassurer. Faut dire qu'il se prend un peu pour le shérif de notre cité, celui-là.

— D'accord, d'accord. L'extérieur, c'est pas… Mais entre, ça te coûte rien de regarder.

Le p'pa continue à vérifier qu'il a bien ses deux sandales aux pieds.

— Et la cuisine, elle est où?

— Je me suis arrangé avec la taulière, madame Clément. Tu n'auras pas à t'occuper de la popote.

Le regard de la m'am s'est vaguement radouci, mais elle n'a toujours pas décramponné la grosse valise marron à sangles. Nous, les petits, on dégouline sur place, dans nos habits du dimanche... On ne prend pas l'avion en romanichels ! Et si on rencontre quelqu'un d'Air France qui connaît votre père...

— D'accord pour la cuisine, mais on se lave où ?

Là, le p'pa a sorti son petit sourire «spécial course». Celui qu'il prend quand il prépare un coup fumant au tarot. Il fait traverser la cour à la m'am en moulinant devant elle avec son chapeau de paille, façon d'Artagnan... Si madame veut bien me suivre !... On le connaît, le p'pa, il essaie de faire rire la m'am. Mais elle cramponne toujours la grosse valise marron à sangles. Le p'pa s'arrête devant un cabanon un peu à l'écart. Une porte bleue sans rien de dessiné dessus... Attention aux yeux !... Il tire la poignée, le chapeau sur le cœur... Et voilà !...

Une salle de bains ! Une vraie salle de bains comme dans les magazines. Avec une fenêtre, un évier, des carreaux en faïence brisée sur le mur, un miroir, une tablette en verre. Et une baignoire immense où on peut s'allonger ! Par contre, les w.-c. dans la même pièce. Pas pratique pour lire tranquille *Marius* ou *Le Hérisson*. Les petites sœurs, je les connais. Elles voudront se laver justement à ce moment-là. En plus, ils sont bizarres, ici, les w.-c. Pas de siège pour s'asseoir. Direct dessus. Ça doit faire froid aux fesses. Et deux robinets minuscules à la place de la chasse d'eau. Drôle de pays.

— Le bidet !

Ah, c'est ça, un bidet ! Le p'pa le montre avec de nouvelles envolées de chapeau de paille. Je ne connaissais que le mot, mais pas la chose, comme dit notre prof de français qui ressemble à Louis XVI. Pas de quoi en faire une histoire. Tout ça pour laver des chaussettes.

Il y a en plus un bac à douche en ciment. Ça ne va pas être facile, ici, de passer à travers la toilette. Et au-dessus, le p'pa montre la merveille: un grand réservoir en zinc avec une pomme d'arrosoir. Le même que celui qu'il nous installe en premier quand on arrive en vacances en camping à Vassivière. Le p'pa le pose en pleine nature. Et tout nu, en regardant les arbres, on prend les plus belles douches du monde.

— Et maintenant, vous allez voir ce que vous allez voir.

Le p'pa fait un geste majestueux vers la poignée en bois qui pend au bout d'une chaînette comme dans l'autobus.

— Orly-Fort de l'Eau, tout le monde descend!

Le p'pa tire sur la bobinette et l'eau coule. La pomme d'arrosoir rigole de toutes ses dents. Il y a des ho! des ha! Et un choc mou. Tout le monde se retourne. La m'am vient de poser la grosse valise marron à sangles. Les vacances peuvent commencer.

Nos premières vacances en Algérie. Nos premières vacances dans un hôtel. Nos premières vacances «Tout Confort». On va pouvoir en faire, des vœux, ici! Mais surtout, nos premières vacances où la m'am n'aura rien à faire. Rien du tout. Juste à se mettre les pieds sous la table. Elle l'a bien répété avant de partir… Là-bas, ne comptez pas sur moi. Je vais rien faire. Rien! Rien! Rien!… Elle avait annoncé son programme – matin: petit déjeuner au lit, midi: se faire servir. Même pas débarrasser la table, pas de vaisselle, et le café dans une belle tasse. L'après-midi: une petite sieste et la plage avec mon *Match*. À cinq heures: un café au lait avec des petits-beurre. Le soir: juste une soupe et une promenade

19

avec votre père. On ira voir les maisons chics au bord de la mer. Une verveine, et au lit!... Nous, les petits, on est inquiets. On a pas l'air d'être au programme.

Mais tout à coup, devant cette porte bleue de salle de bains, on entend un claquement de main.

— Bon, c'est bien beau, mais il faut me vider ce garage et me nettoyer tout ça. Les p'tits, vous vous mettez en sale!

La m'am est déjà en mouvement. Elle enfile des chaussures à talons plats, et un tablier qui, par un étrange hasard, est sur le dessus de la valise, grande ouverte au milieu de la cour. À coups de chiffon, d'éponge et de serpillière, la chose blanche et bleue est passée de garage-dortoir au fond de la cour à vraie maison de vacances au bord de la mer, avec joli tic-tac de montre dans le noir quand tout le monde dort.

— Où tu vas?
— Tu crois qu'on te voit pas?
— T'as pas le droit de te lever quand c'est la nuit.
— Et de prendre la montre de papa.

Pourquoi ça ne dort jamais, les petites sœurs? Je fais comme si je n'avais pas entendu Maryse et Martine. Ce matin, il faut que je m'occupe de quelque chose de très important. De presque aussi important que le lever du dernier soleil, tout à l'heure: mon casse-croûte! Je l'imagine déjà: du bon pain mahonnais avec, à l'intérieur, une couche bien épaisse de soubresade forte. Celle à la ficelle rouge... La ficelle blanche, c'est pour les fillettes!... Je dois me faufiler si je veux arriver à la cuisine du restaurant sans faire aboyer Pacha, le chien de la patronne... Un croisement berger allemand-dromadaire... C'est ce que dit le patron qui ne l'aime pas... Ça, un chien de garde! Un chien de garde-manger, oui... Pacha s'en moque. Il dort. Personne ne peut rien contre lui. C'est le chien-chien de la patronne : la «taulière» comme dit le p'pa. Faut dire qu'elle est ondulée de partout, madame Clément, même à des endroits où c'est pas très normal.

J'enjambe Pacha. Il a le dos saupoudré de sciure, à force. La cuisine sent bon le bouillon de couscous. Enfin, je crois. Ici, j'ai perdu mon nez. Avant on faisait équipe. Mais maintenant, lui ne reconnaît aucune odeur, et moi je ne connais aucun nom. Souvent, je me dis «ça sent drôle». Mais «drôle» ce n'est pas une odeur, même ici. Pourtant je sais qu'il existe des tas de jolis mots pour les dire. Ce serait pratique pour les rédactions quand je vais rentrer... Raconter vos vacances dans un pays lointain et inconnu... Je vais y avoir droit. C'est sûr. Et de quoi j'aurai l'air, si je ne parle pas de la «subtile évanescence du cumin», de l'«entêtante sensualité du jasmin», de l'«enivrante acralité de la grenade», ou de la «fraîcheur épicée» du melon jaune. Ils ne croiront jamais que je suis allé en Algérie. Heureusement qu'avant de partir j'ai pris mes précautions. Je me suis préparé dans la cave de l'immeuble.

Une cave abandonnée de notre HLM d'Orly. J'ai récupéré un cadenas. Cric-crac! Je suis chez moi. J'ai collé sur les murs toutes les affiches, les photos et prospectus que j'ai trouvés et qui font un peu Algérie. Plus une carte routière Esso du Sahara pour me repérer. Par terre, j'ai étalé le sable du bac à incendie. Il n'y a jamais le feu dans nos caves. Deux trois plantes vertes, une vieille couverture algérienne, un plat en cuivre, des verres dorés, une main de fatma en carton, des savates qui ressemblent à des babouches, une rose des sables à peine ébréchée et des baguettes d'encens récupérées à Suma. Pour la lumière, je me suis branché sur la minuterie de la cage d'escalier. Pas très pratique. Ça me fait un soleil intermittent. Je suis tranquille dans mon gourbi et j'ai appris plein de choses. Surtout dans un livre que j'ai trouvé dans le local à poubelles. Un livre sans couverture… *Voyage en Algérie* de Théo… Le reste est déchiré. Mais ça ne fait rien. J'ai déjà fait plus de promenades dans le livre de Théo que dans des tas de livres qui ont toutes leurs pages.

Les balades, ça creuse. J'ajoute une troisième couche de rondelles de rosette de Blida sur mes tartines vaguement rassises. La rosette de Blida, ça n'existe pas. C'est le nom que monsieur Clément donne à tout ce qu'il ne connaît pas et qui se mange. Pratique. Dommage pour la soubresade, je connais le mot et la chose, mais il n'y en a plus. D'ailleurs, c'est bizarre, ce matin. Tout manque. Les placards sont verrouillés et les tiroirs bloqués. Je me demande si on a pas repéré mes razzias nocturnes.

C'est peut-être Saïda qui m'a dénoncé. Elle passe rafraîchir le carrelage. Le matin très tôt, à l'heure de la sieste, et le soir après la fermeture du bar… Première levée, dernière couchée… Elle s'appelle Saïda parce qu'elle vient de Saïda, mais ce n'est pas son vrai prénom… Ça, petit curieux, c'est mon nom pour faire le ménage. L'autre, il est à moi. Je le garde… J'aime la voir passer la serpillière humide, accroupie dans la pénombre. On dirait qu'elle se faufile à reculons dans un terrier… Je sais bien ce que tu regardes, petit curieux. Mais les monts de Saïda, c'est pas pour toi. T'es trop petit, aujourd'hui… Saïda a des yeux dans le dos et un rire gentil. Un rire qui a l'air de dire qu'un jour ça passe d'être petit.

Je remets une dernière couche de rondelles sur mon casse-croûte pour faire passer le goût du pain. J'en profite pour regarder le sport et mes feuilletons dans *La Dépêche d'Algérie*. Surtout *13, rue de l'Espoir*. Mon préféré. Le journal de monsieur, on le glisse chaque matin par le soupirail. Celui de madame, *La Dépêche de Constantine*, est posé devant la porte du bar. Deux dépêches pour un seul couple. Mais à l'intérieur, c'est facile de s'y retrouver. Ça ressemble au *Parisien*. Tout à coup, en pleine lecture, j'entends des bouts de voix essoufflées. C'est juste derrière le rideau en perles de bois qui sépare la cuisine de la salle de restaurant. Un homme et une femme. Je reconnais mademoiselle Valnay, la dame de la chambre 11 de l'hôtel. Elle attend un bébé pour bientôt, mais n'a pas de mari, alors elle me donne des cours de natation chaque jour... Jeunes cancres! Soignez vos liaisons!... aurait écrit Louis XVI dans la marge. Il a raison. Ça n'a pas de rapport. Dommage. Parce que mademoiselle Valnay est la plus belle de tout le front de mer, de Fort de l'Eau jusqu'à Alger... C'est déjà pas mal d'être la plus jolie sur 17,125 km... C'est ce qu'elle m'avait répondu en riant. C'est vrai qu'il n'est pas terrible, mon compliment. Ça ressemble à un mot d'amour d'arpenteur.

Mademoiselle Valnay parle avec un homme. Peut-être son nomade. C'est comme ça qu'elle appelle l'homme qui vient à la nuit chambre 11, mais qui ne reste pas. Personne ne l'a jamais vu... Moi, je dis que c'est pas très clair, cette histoire. Mais quand on fait Pâques avant les Rameaux, faut pas s'étonner... Moi, je ne comprends pas tout ce qu'on dit dans les cancans de plage. Mais là, j'entends.

— Tu ne peux plus passer par là maintenant, c'est trop dangereux.

— Qu'est-ce que tu veux qui m'arrive?

— Comme aux autres. Tu penses à l'enfant?

— Justement.

— Alors, fais-moi plaisir.

L'escalier qui monte à l'hôtel grince. Un bruit de porte fermée à clef, et un silence sans craquement. Tout à coup, je n'ai plus faim. Juste un trou dans le ventre à la place... Comme aux autres... Mademoiselle Valnay avait peur. Elle avait peur pour son nomade. Une jolie peur. Et moi, soudain, j'en ai une vilaine... Jeunes cancres, «jaloux» s'écrit avec un «x» parce que c'est une croix à porter...

Je manque laisser mon casse-croûte sur la table de la cuisine, tout emmailloté dans son papier journal. Mais je me dis que la faim a moins de mémoire que la peur. Elle oubliera et je serai bien content de retrouver mes dix-huit rondelles de rosette de Blida, tout à l'heure.

Où est-ce qu'elles peuvent être maintenant, mes rondelles? Quand j'ai été culbuté dans les airs par la première calotte, mon casse-croûte a explosé. Je le mangeais tranquillement face à la mer, assis en tailleur sur le muret de la place où on joue aux boules. Il faisait encore sombre. Je fixais, là-bas, le rocher en bec d'aigle du côté du cap Matifou. C'est de ce côté que le dernier soleil apparaîtrait. Je l'imagine comme une belle rondelle rouge sang. Je sens déjà son goût dans ma bouche. Je ferme les yeux pour le sentir glisser sous la langue.

Et, vlan!

C'est là que la raclée a commencé. Sous mon crâne ça résonne encore du choc contre le platane près du terrain de pétanque... Il gêne, cet arbre, un jour, il faudra bien le couper... Messieurs, l'obstacle fait partie du jeu!... Le p'pa lève son chapeau de paille pour prononcer ce genre de phrase. Ce que le p'pa préfère aux boules, c'est agacer. Et il le fait bien. Tout à coup je me demande qui j'ai pu agacer pour prendre une raclée pareille. Difficile à dire. Ça part si vite, la châtaigne, ici.

Flac! Ça tombe façon commissariat. Je prends en pleine figure un paquet de mer épais comme un Bottin.

Je dis un paquet de mer pour faire plus poétique et «figure» pour faire plus poli. Mais même ici, ça doit s'appeler un taquet, un pain, une mandale, une mornifle ou une torgnole. Enfin n'importe quoi qui aurait pu avoir un nom d'ouragan, de cyclone, de tempête ou de sirocco. Mais qu'est-ce que j'ai fait? La réponse est venue nord-nord-ouest du côté d'Alger et de mon oreille droite. Clong! Tout s'est bouché à l'intérieur, comme quand je plonge du débarcadère pour remonter des pièces d'or du trésor du dey Hussein... Je te l'ai déjà interdit. Tu sais même pas nager!... M'am, y a pas besoin, pour remonter... Je ne peux pas lui dire que ce serait la honte devant les autres de ne pas remonter la pièce. Pire que la honte, l'archoum, comme on dit ici. Autant acheter des lunettes noires, un nouveau bob et changer de plage tout de suite.

... Non madame, vous ne pouvez pas entrer. C'est une plage privée... Mais je paye!... Bien sûr. Vous, vous pouvez, et les deux petites aussi... Et mon fils?... Vous trois, madame. D'accord... Et mon fils? Vous le voyez pas, mon fils? Le maître nageur et ses pectoraux à la Jane Mansfield n'avaient pas l'air de me voir. Je n'étais pas si petit que ça, quand même. Ça devait être ses lunettes noires... Qu'est-ce qu'il a, mon fils? Il n'est pas propre?... Pas propre, moi! C'était impossible. Pour venir à cette plage, on avait été récurés pire que pour une visite médicale. Pas propre, moi! Il ne me restait plus rien sur la peau. La m'am m'avait arraché la moitié du bronzage. On aurait dit qu'elle voulait tout mettre de la teinte des fesses. C'est ce que j'ai de plus clair... N'insistez pas, madame!... Il ne connaissait pas la m'am, le maître nageur aveugle. De cette plage, elle en parlait aux voisines de l'escalier depuis des mois! C'était comme la Madrague de Saint-Tropez!

Comme feuilleter *Intimité, Point de vue-Images du monde, Elle* et *Match* en chair et en maillot.

… Je vous ai dit de ne pas insister, madame!… On en était à l'attroupement. J'aurais voulu m'enfoncer dans le sable comme un crabe tunnelier… Puisque je vous dis que c'est mon fils!… Autour, on jaugeait… C'est vrai qu'il a un peu sa forme de visage… Les sourcils, surtout. Par contre, les yeux… Ça devait être comme ça à Ville-momble, à la clinique de la mère Chaperonnet quand je suis né… Nous, tout ce qu'on voulait savoir, c'est si tu serais noir. On avait même parié entre nous. Je crois que c'est Gérard qui a raflé la cagnotte… Évelyne me racontait ça en rigolant. Mais ce jour-là, sur cette espèce de Madrague, ça ne rigole pas. Une dame à coups de soleil est sûre d'elle… Moi, on me la fait pas. Je les reconnais à cent mètres. On va pas me dire que c'est l'Ambre solaire qui lui fait une peau comme ça. Sinon je veux connaître la marque!…

Je voulais partir. Je m'en fichais de leur plage. Pourquoi aller sur celle-là? On voyait bien qu'ils étaient empilés comme des lasagnes, il fallait faire la queue pour le plongeoir, les glaces étaient deux fois plus chères, et personne ne portait de maillot de bain en tricot comme le mien. Aux voisines d'Orly, on racontera ce qu'on a vu dans les magazines. Y en a même plus. Mais la m'am ne lâchait pas… Je vais revenir avec mes papiers, et on verra bien!… Même, madame. Même…

Parfois, il y a beaucoup plus dans les petites phrases… *Même, madame. Même…* Ça donnait envie de prévenir Chaudrake, le redresseur de torts à la batte et au tas américain. Chaudrake? Le nom de héros que prend le p'pa quand il va sauver la France, en dehors de ses heures de travail. Prévenir Chaudrake, juste pour voir changer de couleur le plagiste aveugle… Faut rien dire à votre père. Promis? Toi, viens voir… La m'am m'avait pris à l'écart… Ici, tu parles pas trop de Chaudrake. Faudrait qu'il se repose un peu. Ici, c'est dangereux pour de vrai. Tu comprends. Je voudrais pas qu'il lui arrive quelque chose. Même Chaudrake a droit à des vacances. Tu me jures?…

Tout à coup, je me demande si les héros ont droit aux congés payés. Faudra que je me renseigne. Avec tout ça, je ne me souviens plus si j'ai juré, à la m'am, pour Chaudrake. On est jamais revenus à cette espèce de Madrague. Ce jour-là, les petites sœurs ont eu chacune un Verigoud orange avec une paille et moi une grosse tranche de pastèque. Maintenant, rien qu'en pensant à cette plage, je peux cracher un pépin à douze mètres sans élan.

Pour les dents, je crache moins loin. J'ai même failli les avaler sur une mornifle en coup droit. Pas facile, dans ces moments-là, de se souvenir si ce sont les définitives ou des dents de lait. On ne peut pas toujours se promener avec son carnet de santé en prévision des raclées. Le retour de mornifle me les remet d'aplomb. Pas besoin d'appareil dentaire. C'est toujours ça de gagné.

Je crache du sang. Normal. Et de la terre. Moins normal. Je me demande où je l'ai avalée. Faudrait pas que j'imite Francisco.

— Tu sais combien j'en emporterai, moi, de la terre?

Ce jour-là, le Francisco est causant. D'habitude, non. Il me montre une poignée noire dans sa main. Il la met dans la bouche, la mâche et l'avale… On verra si je peux pas l'emporter, ma terre… Depuis des mois, le Francisco mange son champ. Il dit que c'est un bon champ. Que la terre est sucrée. Que c'est à force d'y faire pousser des melons dessus. Il mange sa terre par petites poignées. Une le matin, une le midi et une le soir. Comme un remède. Le Francisco en a grand à manger. J'ai essayé de calculer combien d'années il devrait rester avant de pouvoir partir d'ici. À trente-cinq grammes la poignée. J'avais pesé sur la balance en inox de la cuisine. Une Gasso 1854. Il lui faudrait des siècles! Tu devrais le faire voir au toubib, ton fils. À son âge, y joue encore à la marchande avec la balance... Pour une fois, la m'am n'a pas répondu à madame Clément que c'est les glandes. D'habitude, ça explique tout ce que je fais de bizarre.

Les glandes, ça explique tout, sauf pourquoi quelqu'un me tanne comme une peau de mouton, au milieu d'une place déserte, à 5h20 du matin. J'ai eu le temps de regarder la montre du p'pa avant de basculer du muret en arrière, à la manière d'un plongeur sous-marin en Zodiac.

5h20!

Dans trois minutes, le dernier soleil va se lever. Je vais le manquer. Dans le tourbillon de cette raclée, je ne sais même plus où il est. J'ai besoin d'une boussole, d'une rose des vents ou d'une table d'orientation comme celle de Sidi Ferruch... C'est par là que sont arrivés les premiers bateaux français en 1830... Tiens, le p'pa qui cite une date. D'habitude, il préfère la géographie.

Avant de partir, il m'avait dit... Tu verras, c'est simple, Alger, c'est au sud de tout. Au sud de la mer, au sud des palmiers, au sud du bleu!... Comment on peut être au sud du bleu? Le p'pa exagère. Il a pris ça d'ici. En plus des jurons... Purée de purée de purée!... Moi, j'en connais déjà pas mal en arabe, comme par exemple... Hé! Je veux bien te laisser tranquille pendant les vacances. Je t'avais promis. Mais quand même, pas pour les gros mots... D'accord, m'am, je les ferai dire par quelqu'un d'autre. Ils sont tellement jolis.

C'est vrai que la m'am a presque tenu parole. Depuis le début des vacances ici, elle vient moins dans ma tête faire la maman Peter Pan. Ça me manque. Mais il ne faut pas que je lui dise. Elle fait ça pour m'aider à devenir plus grand, paraît-il.

La taille, c'est une question d'échelle. Sur la carte Michelin du p'pa... *Région d'Alger: 1 cm = 5 km...* la baie d'Alger ressemble à une cuvette... Tout de même, tu ne peux pas dire ça de la plus belle baie du monde!... D'accord. Disons une bassine. Une bassine rapiécée avec Fort de l'Eau comme une pastille au fond. Sur la carte on voit bien les deux petits phares sur les bords: celui d'Alger et celui de Lapérouse... Patronne, t'imagines pas. Ces coulos des ministères à Paris, ils ont mis un phare à Bougie. Résultat: dès que ça souffle, il s'éteint! Et les barcasses des pêcheurs s'éclatent comme des pistaches sur le cap Carbon. Patronne, remets-moi ça. Vaut mieux noyer l'anisette que le marin!...

Moi aussi on m'a remis une tournée de noyé. Quelqu'un veut me ranimer avant de m'achever. Une tournée plein sud. Force 10. Et pour donner raison au p'pa, je vois du bleu. Que du bleu! Un vrai raz de marée. Comme si la mer dégoulinait sur la carte. C'est d'abord la côte qui est engloutie d'Oran à Bône. Avec une lame de fond sur l'espèce de Madrague. Pas de survivant chez les plagistes. Le bleu continue à couler jusqu'à Mascara, Sétif et Constantine. Il dessine une jolie île autour de Blida. C'est là qu'est Frantz, le copain du p'pa. Puis, le bleu envahit tout, même le djebel Amour.

— Qui c'est qui a renversé la bouteille de Waterman sur ma carte?

Moi, p'pa! J'avoue dans ma tête pour ce raz de marée d'encre bleue. Mais pas trop fort. Je voulais juste recopier des jolis noms sur la carte pour réviser ma géographie. On allait bientôt partir en Algérie et je n'étais pas très au point.

— Tu me fais réciter ma géo, m'am?

— D'accord, mais tu m'aides pour les haricots verts.

On s'est installés à la table de la cuisine. En équeutant, la m'am a laissé aller son regard par la fenêtre. Dehors, on peut voir la cour de récréation du collège.

— Tu récites pas trop vite. Faut que j'aie le temps de voir le paysage.

… Alger, sa baie adossée aux collines du Sahel qui bordent la Mitidja… Ça épate les copains de classe et inquiète Boileau, mon prof d'histoire-géo… Ta famille est de là-bas?… Non, c'est juste pour les vacances… Vous y allez quand même, avec tout ce qui se passe!

Qu'est-ce qui se passe, ici? Rien. RAS. À Fort de l'Eau, tout va bien. Je n'ai plus de dents, mon nez a éclaté, ma tête explose et je vais manquer le dernier soleil. Il se lève dans une minute, pour une journée historique, paraît-il. J'entends la trotteuse de la montre du p'pa qui frappe les trois coups sous mon crâne. Je regarde avec l'œil qui me reste. Le verre du cadran est fendu en travers à 8 h 10. Le p'pa va me tuer quand il va voir ça. Me tuer, si je réchappe de cette raclée. Les deux pauvres malheureuses aiguilles fluorescentes se sont recroquevillées près du cinq. Elles ont dû avoir peur. Elles sont verdâtres. Moi aussi. Il est 5 h 22! Dans trente secondes le dernier soleil va se lever.

— Alouf!

Moi, je me lève déjà. Je suis en avance sur l'horaire. Non, je viens simplement d'être décollé du sol, agrippé par le col de la marinière. Deux mains me secouent pour me faire tinter le squelette comme un carillon d'épicier.

— Alouf! Alouf!

Un visage plus tanné que mes fesses me postillonne du jus de chique en pleine face. Je vais finir couvert de taches de rousseur. Il me fixe avec des yeux qui postillonnent encore plus. C'est à moi qu'il s'adresse? Il est dos à la mer. Ça fera un vilain contre-jour sur la photo, dans le journal de demain. Son ombre me cache le rocher au bec d'aigle. À écouter mon cœur, il reste à peine quinze secondes. J'essaie de glisser un œil par-dessus son épaule pour attraper un bout d'horizon.

— Alouf! Alouf!

Le tanné me laisse retomber par terre. Un bras immense se lève au-dessus de moi. Je vais être achevé. Tranché en deux comme une pastèque, égorgé comme un mouton. C'est passé, la fête de l'Aïd? D'accord, ça peut être joli d'être enterré au bord de la mer sous des tamaris, mais comment ils vont faire pour venir me voir, la famille? 5h23! La lumière perce au ras de l'eau.

— Aakhir shame!

Je montre la lueur au tanné... Aakhir shame!... C'est moi qui parle. Je parle en arabe! Couramment. J'aurais préféré en me sauvant. *Aakhir* ça veut dire dernier et *shame* soleil. Je l'ai entendu dire par les joueurs de dominos. Enfin... je crois. Le tanné se tourne vers le soleil qui se lève. Il reste figé.

— Aakhir shame!

Il répète ma phrase avec un geste qui fait courir sa main de sa bouche à son cœur. Il faudra que je travaille ma prononciation. Le soleil se lève mieux quand on met l'accent. Il est juste à l'endroit prévu derrière le rocher au bec d'aigle. Le dernier soleil! Le bec de l'aigle le tient encore serré un instant, puis soudain le lâche comme une proie trop forte pour lui. La lumière semble s'échapper avec encore quelques traces d'amarres à la surface de la mer... 4 août 1962... 5h23...

— C'est fini!...

Je me tourne vers la voix. À quelques mètres à côté de moi, un homme est debout sur le parapet, le visage dans les mains. Il relève la tête et regarde au loin... C'est fini!... Il laisse tomber ses bras. Je remarque encore un peu plus loin, un autre homme, plus vieux, puis un autre, et une femme, et un couple. Il y a même un petit chien blanc tacheté tenu en laisse. Ils sont là, silencieux, espacés tout le long du front de mer. On dirait des petits arbres sans feuilles plantés là juste pour le passage d'un cortège officiel. Ils sont venus voir le dernier soleil. Ce n'est pas juste. C'était mon idée! Qui a pu moucharder?

Je regarde le tanné. C'est Farouk, le marchand de tapis ambulant. Pourquoi est-ce qu'il m'a battu comme ça? Il ne m'a quand même pas pris pour une carpette?

— Alouf!

Ça y est! il se remet à me secouer le paletot en me parlant en arabe à toute vitesse. Quand est-ce que ça va finir! Il me traîne sur le terrain de boules. Dommage, jusque-là, j'avais pu épargner mes genoux. Il me montre les rondelles de rosette de Blida roulées dans la poussière.

— Alouf!

— Je suis français, monsieur! Je suis français!

Pourquoi j'ai dit ça? Je ne sais pas, mais ça stoppe net Farouk. Il prend une mine déçue.

— Qu'est-ce qu'il y a, mon fils? Tu as honte d'être musulman?

— Je suis pas musulman, monsieur, je suis d'Orly.

— C'est quoi Orly?

— C'est dans la Seine.

— Alors tu manges du porc dans la Seine? Du alouf?

Moi je croyais que je mangeais de la rosette de Blida. Pour dix-huit malheureuses tranches, madame Clément ne s'en apercevra même pas De quoi il se mêle?

— Tu dis que tu n'es pas musulman. On va voir. Ton asba, il est coupé?

— Mon quoi ?

— Ton zeb, ton oiseau. Fais voir.

Ah non, pas question de montrer mon couroucou. Ici, tout le monde se le montre, mais ce n'est pas une raison. En plus, cette nuit, je me suis habillé à tâtons dans le noir. Il en manque peut-être en dessous.

— Farouk ! Farouk !

Un homme avec une canne et plein de décorations sur le burnous l'appelle. Il a l'air en colère. Ils se parlent avec encore plus de cris que de gestes. Farouk revient vers moi. On dirait un vieux bébé qui s'est fait gronder.

— T'es le fils du Francaoui des avions ?

Il doit parler du p'pa. Je fais des grands oui en français avec la tête. Ça peut me sauver la vie.

— T'es sûr ?

— Heu... oui ! Oui, monsieur... puisque c'est mon père.

C'est idiot comme réponse, mais je n'ai pas trouvé mieux. Mes genoux tremblent encore. Ça m'empêche de réfléchir. C'est bizarre cette façon d'avoir la tête dans les jambes.

— Tu lui ressembles pas. Toi, t'as pas les cheveux de mouton.

Ça doit être les cheveux crépus. Si ce n'est que ça. Demain j'arrête la brillantine et je dors avec les bigoudis de la m'am.

— Moi, je croyais que t'étais un p'tit d'ici. Les p'tits, maintenant, c'est pas des bons musulmans. Ils mangent le alouf comme toi, ils fument des cigarettes, ils boivent de l'alcool.

Moi, je me suis arrêté à la rosette de Blida.

— C'est pas bien quand même de manger du alouf. Un jour, les gros vers blancs vont te faire les trous dans le ventre.

C'est décidé, je crois que je vais vite me remettre au café au lait pour le petit déjeuner.

— Tiens !

Farouk sort de sous sa djellaba une boîte ronde de tabac à chiquer. Il l'ouvre, en prend une pincée et me la met dans la main.

— Regarde !

Farouk en prend une à son tour et la glisse dans sa bouche. J'ai souvent vu faire le geste, ici, mais je ne sais toujours pas très bien où passe le tabac. Il faut l'avaler ? Le mâcher ? Le mettre sous la langue, derrière la lèvre, entre la joue et les dents ? À la fin, ça se termine toujours pas un long jet marron par terre.

— À toi, maintenant. C'est pour faire la paix, tous les deux.

Je connaissais le calumet mais pas la chique de la paix.

— Allez, à toi, maintenant.

Vaut mieux pas risquer de rouvrir les hostilités. Je prends la pincée de tabac, je ferme les yeux et je l'enfourne dans ma bouche comme de l'huile de foie de morue… Ouheurk !… Tout va partir droit sur la djellaba. Tu parles d'un calumet. Ce sera l'offense des offenses. Je plaque une main sur la bouche, je pince le nez, je tousse, je hoquette, tout refoule dans la gorge. J'ai l'impression qu'un doigt crochu tire sur la bonde de mon estomac. Bruit de canalisation. Mieux que les cristaux de soude. Geyser. Je vomis ma chique de tabac-rosette bien plus loin que mes sandales. Dans mon brouillard, j'entends le rire de Farouk derrière moi. Il me tape dans le dos pour m'égoutter.

— Ça y est, maintenant t'es d'ici !

Je ne savais pas qu'il y avait un examen de passage. Sinon j'aurais révisé. C'est étrange, je viens de prendre une raclée, j'ai mal partout, il me reste juste les sourcils de bon, j'ai dégobillé tout depuis ma première tétée. Et je suis heureux... Maintenant t'es d'ici... Une phrase pareille, ça vaut bien un léger embarras.

— P'tit alouf, t'es sûr que ta mère elle veut pas un beau tapis? Prix d'ami pour toi.

Trop occupé à me vider contre le platane, je lui fais non de la main sans me retourner. Farouk s'en va en rigolant. Je remets de l'ordre dans ma tenue. Aujourd'hui, il faut que je sois présentable. J'ai des rendez-vous. Trois! Allez! Ramasse tout ça d'abord. Les gens vont bientôt sortir de chez eux. J'ai laissé un vrai chantier sur le terrain de boules. Tranches de rosette, morceaux de pain, feuille de journal, jus de chique et le reste... *Propriétaires, ayez des poubelles en bon état!...* J'aime bien découvrir chaque matin la phrase de morale en grisé dans *La Dépêche*. C'est un peu comme se faire la raie dans les cheveux.

Le jour se lève. La mer commence doucement à respirer sur la plage. Dans les arbres du square, les bengalis se réveillent en couleur. On se parle... Tu te prends pour saint François d'Assise, gamin?... Monsieur Clément peut se moquer, on se comprend, les bengalis et moi. Je sais que c'est une journée importante pour eux aussi. On a rendez-vous tout à l'heure. Après le dernier soleil. C'est mon deuxième rendez-vous de la journée. Pourtant, je pense déjà au troisième. Celui de ce soir. Mais ça, c'est encore un secret.

Déjà Chouf-Chouf patrouille devant le figuier géant avec son tire-boulettes. Son travail: empêcher qu'on essaie de surprendre la femme du notaire. Faut dire qu'elle se promène toute nue sur sa terrasse. Nue ou même encore pire que nue, quand elle porte des voiles transparents avec juste du vent à l'intérieur.

Le long du bord de mer, je vois passer les babouches jaunes de Malik sur son bourricot à cinq pattes... Hé!

Malik, t'as encore oublié la charrue en dessous... Faut dire que le couroucou de son bourricot touche presque par terre. Il s'en moque et agite ses babouches. Elles changent de couleur chaque matin... Sinon je sais plus quel jour on est. Rouge, vendredi; jaune, c'est samedi. Demain, vert: repos... Malik a de beaux fruits. On les croirait peints à la main... Il mériterait d'être mahonnais! Il n'y a pas de meilleur compliment, pour monsieur Clément. Je le regarde passer, ce matin. Mais je sais qu'il ne s'arrêtera pas au Marsouin comme avant. Il ne s'y arrête plus.

C'était un jour où il avait ses babouches bleues... Je te prends le tout à vingt-cinq!... Madame la patronne, je peux pas le laisser à vingt-cinq. Regardez. Vous connaissez depuis le temps... Je te donne vingt-cinq!... Vraiment, je peux pas. Allez, on dit trente... Maccache! C'est vingt-cinq ou tu remballes tout et tu vas voir ailleurs... Mais y a que vous, à cette heure... Fallait mieux te débrouiller... Vous m'avez dit de repasser pour le tout... D'accord, je prends le tout à vingt-cinq. Allez, j'ai pas que ça à faire. C'est ça ou tu te le gardes... À ce prix-là, patronne, je préférerais le jeter à la mer... Eh bien jette-le!...

Je me souviens du regard de Malik sur madame Clément, les bras croisés, son gros porte-monnaie d'encaisseur pendu à son cou. Pourquoi est-ce qu'elle n'a pas eu peur? N'importe qui aurait eu peur. Malik le plus gentil. Malik le plus généreux. Malik qui m'a donné plus de pêches, plus d'abricots, plus de figues, plus de grenades que mon ventre ne pourra jamais en contenir... Tiens! Personne n'en veut... Certains jours, j'étais même obligé de partager avec mes petites sœurs.

Ce Malik-là porte la lame de son couteau à pastèque dans les yeux. Il va égorger madame Clément devant moi. Et pour combien? Cinq francs? Cinq cents? On ne s'y retrouve pas avec ces nouveaux francs.

— Eh bien, jette-le!

Malik crache par terre sans rien dire. Il saisit ses paniers et les renverse par-dessus le muret. Les fruits roulent sur la digue jusque sur la plage. Des roses des sables confites de toutes les couleurs.

Personne n'osa y toucher, même pas les mouches. Les fruits restèrent à pourrir au soleil sur ce coin de plage. Malik ne s'arrêta plus jamais au restaurant de madame Clément. Depuis, les fruits sont juste des fruits.

Le jour s'installe. Il faut que je ramasse mon chantier. Je jette le pain, la chique, et les tranches de rosette en vrac dans la feuille de papier journal qui emballait mon casse-croûte... *Les troupes FLN entrent dans Alger...*

Mon estomac se tire-bouchonne d'un coup. Heureusement, je n'ai plus rien à vomir. Ce n'est pas possible! Je vérifie la date... *Samedi 4 août 1962...* C'est bien celui d'aujourd'hui! Je vais me faire tuer. Cette fois, je n'ai plus qu'à aller me réfugier chez les hommes bleus du désert. La catastrophe. J'ai emballé mon casse-croûte dans le journal du jour! Le journal de monsieur Clément. *Son* journal. *La Dépêche d'Algérie.* La première chose qu'il cherche en se levant. Avant même son petit verre d'alcool de datte... Le journal et la datte ça défripe son homme... Je regarde la page froissée, tachée et baveuse: irrécupérable.

Le reste de *La Dépêche* doit être resté sur la table de la cuisine comme une gambas dépiautée de ses gros titres. Preuve accablante! dira Frédéric Pottecher en commentant le procès du *Crime sanglant de Fort de l'Eau. Un enfant de douze ans est jeté à la mer pour avoir salopé les nouvelles du jour.* Impossible de retourner à la cuisine pour récupérer le journal. Pacha est réveillé maintenant. Lui et toutes ses dents jaunes. Je vide mes détritus et je glisse la feuille de journal sous ma marinière. Ça colle un peu, mais ce cataplasme est peut-être ma seule chance de terminer vivant cette journée historique. Mourir un 4 août ! Avec la concurrence de l'abolition des privilèges, je n'ai aucune chance de finir dans un livre d'histoire. Pense surtout à raccrocher à son clou la montre du p'pa. Ce serait bête de te faire tuer une deuxième fois.

Je n'ai pas les moyens de m'offrir plusieurs morts. Même pas une. J'ai rendez-vous. Mon deuxième. Après le dernier soleil, maintenant j'ai rendez-vous avec les bengalis. Mais avant, il vaudrait mieux que je me sauve la vie.

2

Le Mahonnais de la *Friquita*

— Maria! Viens voir ce qu'il a fait ton coulo de chien.

Monsieur Clément montre à madame une chose en papier journal, froissée, tachée et baveuse: irrécupérable. On dirait bien la première page de *La Dépêche d'Algérie* d'aujourd'hui.

— Puisque tu lui parles, à ton chien, tu peux pas lui dire que c'est pas la peine d'abîmer les nouvelles! Elles le sont déjà assez comme ça!

La patronne hausse les épaules et lève les yeux au ciel. À peu près les deux seuls mouvements qu'elle peut faire sans aller aussitôt se rasseoir pour se reposer... Pars sans payer ton anisette. Tu vas voir si elle est fatiguée pour te rattraper. Paraîtrait même qu'elle a joué au basket dans les Mouettes de Fort de l'Eau...

J'ai du mal à imaginer la patronne en mouette. Si elle devait voler, ce serait plutôt un Nord-Atlas. Elle prend la page de journal du bout des doigts.

— Voyons ce qu'elles ont de si important, tes nouvelles? *Un étudiant reçu à cinq grandes écoles: Polytechnique, Centrale, Sup-Élec...* T'as raison, ça mérite la une!

Moi, reçu à une seule, et il faut ajouter la photo en pied et tirer une édition spéciale. Elle continue de faire la lecture.

— Et la tortue!… *La tortue qui a la ligne…* C'est le bouquet! Regarde comme elle est jolie sur la photo. Tu veux que je te la découpe?

Pas question. Les découpages, c'est moi. Chaque jour, je colle les photos du journal dans un cahier. Sur les pages de gauche je mets les images et sur celles de droite, je raconte une histoire qui va avec. Qu'est-ce que je vais bien pouvoir en faire de cette tortue? Une histoire d'amour avec Pacha. La patronne continue de se moquer. Le patron commence à ruminer sa chique.

— Y a pas que ça dans mon journal! Madame fait sa maligne pour pas qu'on cause de son chien.

— Ça ne peut pas être lui. Tu sais très bien que Pacha ne lit que *Paris Flirt*.

Madame Clément rit comme si elle agitait son éventail. Elle en porte toujours un glissé quelque part: dans le corsage, la manche ou la ceinture. Il lui sert plutôt à se gratter, et dans des positions et des endroits incroyables.

— Voyons ce qu'il y a de mieux en première page du journal de madame…

Monsieur Clément déplie *La Dépêche de Constantine*.

— *Dorothy Lamour revient à l'écran…* Passionnant! Et là… *Voici les plus beaux yeux de France…* Tu parles!… *Élue par un jury présidé par Johnny Halliday…* Celui-là, il est partout… *Mlle Denise Fabre, 20 ans, speakerine à Télé Monte Carlo…* Vise la coupe! On pourrait faire la même à ton chien. Il gagnerait peut-être l'année prochaine.

— Je te préviens, si tu touches seulement à un poil de Pacha…

Le reste de la menace, tout Fort de l'Eau le connaît. D'abord elle pleurerait l'équivalent de deux mouchoirs brodés, et irait se coucher dans le noir. Puis elle vendrait l'hôtel, le restaurant et le bar. Tout était à elle. Il ne fallait pas l'oublier. Mais attention, pas pour une poignée de pois chiches. Comme elle avait du cœur, ce qui finirait par la perdre, sa mère lui avait pourtant dit, elle lui laisserait sa barcasse pour aller au rouget et pas tourner traîne-babouches sur la place du marché.

— Tu oublies que quand je t'ai connue, tout ça c'était qu'un misérable cabanon à crabes. Sans moi...

— Sans toi! Sans toi, je serais devenu une reine du flamenco. Aujourd'hui, la Chunga, ce serait moi!

Ce matin, on sort les gros reproches en même temps que les chaises sur la terrasse. Ça va souffler. Du sirocco de ménage. J'adore leurs disputes du matin. Généralement, il y en a trois à peu près à heures fixes. Mais la première est la meilleure de la journée. J'essaie de ne jamais la manquer et de prendre des notes dans ma tête pour les dialogues de mes histoires... Finis d'abord ton petit déjeuner, tu vas prendre un coup de soleil sur le ventre!... Comment expliquer à la m'am que ce n'est pas facile à avaler, un café au lait bouillant, quand il fait trente-cinq degrés dehors. Surtout quand on a en face de soi à table Maryse et Martine qui trempent leurs tartines dans un bon chocolat crémeux. Mais moi, j'ai décidé de ne jamais boire de ce chocolat, à cause de l'emballage.

— Vous savez comment ils font le Banania? En raclant la peau des Noirs d'Afrique avec des râpes à gruyère.

— Même pas vrai. Tu dis ça...

— ... parce que t'aimes que le café au lait à cause de la couleur.

Pourtant, ici, pour avoir la même teinte que ma peau, je dois ajouter de plus en plus de café, à cause du bronzage. Résultat, mon cœur bat de plus en plus vite. C'est bizarre, le café. Chaque matin, ça donne l'impression de tomber amoureux de son bol.

Est-ce qu'ils sont tombés amoureux, monsieur et madame Clément? Elle n'aurait jamais pu se relever. Mais lui? Je les regarde. Il n'y a plus de trace de ça quand je les écoute se disputer. Les scènes de ménage, c'est bon pour travailler le style parlé, comme dirait Louis XVI. D'ailleurs, ça m'aiderait si le p'pa et la m'am avaient de temps en temps une petite prise de bec. Juste pour comparer avec les Clément. C'est joli «prise de bec». Ça me fait penser à un couple d'oiseaux amoureux.

Ne recommence pas à penser aux bengalis: observe! Parfois, je me parle un peu fort dans la tête. Sinon je ne m'écoute pas. Pour observer, je me suis calé dans un recoin sous le comptoir. Comme c'est parti, ce matin, entre monsieur et madame, on va bien remonter les reproches jusqu'à cinq, peut-être six générations. Alors j'ai pris au vol des pistaches et des olives noires épicées pour tenir la distance. Je me prépare à voir débouler dans la salle du café toute l'histoire de la Conquête en résumé comme aux Actualités du Rialto. Manquera juste le coq enroué de Pathé-Cinéma pour lancer les images. On verra les Turcs et leurs forts de la côte, le dey Hussein et son chasse-mouches, le général Bugeaud et sa casquette, le maréchal de Bourmont et sa prise d'Alger, Abd el-Kader et sa smala. C'est curieux comme les souvenirs vont par couple comme au bal.

J'entends déjà l'aboyeur annoncer le glorieux fondateur de Fort de l'Eau... Monsieur le baron Vialar du domaine de la Rassauta!... Pour ceux d'avant, il a intérêt à avoir un souffle de tromboniste... Monsieur le prince Sviatopolk Rast de Mir-Mirsky!... Monsieur le comte Manuel de Azzonis Melgazzo del Valle San Juan!... Comme si on ne pouvait pas être pionnier et s'appeler tout simplement Dédé.

— Oui, monsieur, nous, les Espagnols, nous sommes là depuis 1839!

Ça y est! La patronne, après avoir jonglé avec les lettres de noblesse, passe aux chiffres. D'ailleurs, ça avait donné une idée fumante de jeu au p'pa, mais je ne me souviens plus laquelle. Les Clément jouent à savoir qui est arrivé le premier ici. Ça ressemble à des enchères.

— Moi, 1838!

— Ma famille, 1837!

— Nous, les Mahonnais, 1836!

Attention! 1836, une fois! 1836, deux fois!... Adjugé à 1836 au monsieur en salle! Mais madame Clément ne lâche pas.

— Si je comprends bien, monseigneur est arrivé ici avant l'Algérie.

— Parfaitement! Les Clément, on est là depuis toujours. On a été les premiers à descendre de la *Friquita*.

— Ah! C'était toi, le marin boiteux avec son bengali sur l'épaule! Je ne t'avais pas reconnu.

Monsieur Clément tape du poing sur le comptoir. Il n'aime pas qu'on plaisante avec six générations. Aussitôt, je rafle un sac de cacahuètes en vrac. Ce matin, la prise de bec risque d'être encore plus coriace que d'habitude. Faut des munitions. Madame Clément a osé se moquer du marin boiteux de la *Friquita*. Ce Mahonnais, arrivé à Fort de l'Eau le premier mais que les autres ont rejeté un jour à la mer parce qu'il ne pouvait pas faire un bon jardinier... Celui qui sème en boitant, fait venir le chardon en levant!... Alors, il est parti. Il a laissé son oiseau et une malédiction sur la ville... Quand les bengalis partiront, les hommes les suivront!... Ça me fait frissonner à chaque fois que monsieur Clément me raconte. La patronne ne frissonne pas. Le coup de poing sur le comptoir la fait sourire. Elle s'évente et se triture la bouche en faisant semblant de réfléchir.

— Clément? Clément? Clément? C'est mahonnais, ça, comme nom?

— Quoi! pas mahonnais, Clément! C'est le plus mahonnais de tous les noms! Plus que Sintès, Pons, Camps et Orfila réunis.

Faut dire qu'ici tout le monde a les mêmes noms de famille et les mêmes prénoms. Marie pour les filles et Michel pour les garçons. Au moins, j'ai un frère qui peut être mahonnais. Il faudrait une Marie dans la famille pour équilibrer. Heureusement qu'il y a les surnoms pour s'y retrouver. Bien que chaque surnom soit incompréhensible. Moi, j'aime assez celui de madame Clément. Normalement, il ne devrait pas tarder à arriver dans la dispute. Si les horaires sont respectés.

— N'empêche que Clément ou pas Clément, si tu m'avais pas fait virer bistrote, aujourd'hui, je serais la reine du flamenco.

— La reine du flamenco! Tu parles! Maria Casita, la castagnette de velours d'Oran, ça faisait quoi, sur l'affiche?

Moi, j'aime assez.

— Jaloux! Tu aurais bien voulu y être, toi, José le guitareux arthritique.

Tiens, monsieur Clément s'appelle José, ce matin.

— C'est ça la vie, monsieur le jaloux. Il y en a qui sont sur l'affiche et d'autres qui les collent.

— Heureusement qu'aujourd'hui je colle pas les affiches de madame. Pour tout faire entrer, il faudrait un sacré format.

La patronne hurle quelque chose en espagnol et jette le grand saladier à sangria au visage de monsieur Clément. Il l'évite sans même s'arrêter d'aligner les tables. Il l'évite d'autant mieux qu'elle ne l'a pas jeté. La patronne ne jette rien, ne casse rien. Jamais. Elle et son mari se font des scènes de ménage économiques: sans bris de verre. Comme dans les démonstrations au salon des Arts ménagers où rien ne casse... Oui, je suis passionnée, mais économe! C'est pas sur l'oreiller qu'on peut recoller la porcelaine... Sa formule reste mystérieuse pour moi. Pourquoi essayer de recoller de la porcelaine sur un oreiller? Pourtant, si rien ne se brise, tout semble voler dans le bar. Les clients baissent la tête, même les habitués. Un peu comme quand une hirondelle s'égare dans la salle du café... Mais non, ma grande, ton homme n'est pas venu boire un coup. Va donc voir dans le square... J'aime bien parler aux oiseaux. On est souvent d'accord.

Du côté de monsieur et madame Clément, les noms d'oiseau volent de plus en plus bas. Signe d'orage. À l'extérieur du bar, le chaland s'attroupe mi-curieux, mi-effrayé. Il faut dire que la patronne donne de l'éventail.

— Si on commence à parler format et taille, y en a un qui va se sentir morveux.

— Mais si tu voulais l'enseigne du Majestic, t'avais qu'à épouser le bourricot à cinq pattes de Malik.

Je ne voyais pas le rapport entre ce grand cinéma d'Alger et un âne.

— Vous auriez pris une baraque sur la place pour montrer les petits.

Soudain, six verres à cognac et un siphon d'eau de Seltz volent en formation à travers la salle. On se baisse sur le passage. Le tout s'écrase sans bris contre le mur. Plus les Clément vident leur querelle, plus le bar se remplit. Ça doit être ça, les vases communicants. Les touristes d'Alger s'assoient en terrasse pendant que les habitués vont droit aux étagères se servir en cartes, pistes de dés et dominos. On déroule les tapis Suze et on beugle les premières commandes. Le chaland finit par suivre.

Faut dire qu'à force de s'étriper, les Clément prennent de la vigueur et de l'entrain. Un vrai spectacle. On dirait que les rosseries, vannes, charres et vacheries en tout genre les requinquent.

Le rythme s'accélère. Ils commencent à échanger des œillades, des gestes coquins à distance. À cet instant, on arrive à imaginer que madame Clément la taulière ait été Maria Casita, la castagnette de velours d'Oran. Le peigne planté haut sur ses cheveux tirés en arrière, elle semble onduler d'un tas de volants cousus en pleine chair. Ses bas à varices godillent et dessinent des résilles sur ses jambes. À certains moments, on voit même l'emplacement où devait se trouver sa taille, dans le temps. Je crache mes épluchures de cacahuète et je me demande si un jour la m'am et les sœurs grossiront comme ça. Jamais. Je suis sûr qu'elles ne laisseront jamais leurs jolis yeux bleus se faire avaler par toute cette chair.

Une fois installée derrière le comptoir, elle ne bouge plus de son tabouret de bar. Vue d'où je suis, elle l'engloutit de façon spectaculaire. Je pense aux monts de Saïda. Là, j'ai tout le massif. Toujours immobile, les bouteilles semblent venir à elle. Les verres et les carafes glissent sur le zinc comme dans un film de cow-boys. De temps en temps, elle fait claquer ses talons sur l'estrade pour marquer les commandes… Un Orangina, une anisette, un Sélecto… Olé!… Et un coup d'éventail pour faire glisser l'addition.

Monsieur en salle, madame au zinc. C'est parti pour la journée. Bientôt, il y aura foule. Pas un bar n'attire autant de monde sur tout le front de mer d'ici à Alger. C'est ce que disent monsieur et madame.

— T'as été très bien ce matin, Maria. J'ai cru, cette fois, que je le prenais le siphon.

— Toi, c'était bien trouvé, le bourricot de Malik. On le replacera. T'as vu le monde aujourd'hui?

46

Derrière le comptoir, monsieur et madame Clément se glissent des félicitations de compères. C'est donc ça, leurs disputes. Du cirque! Ils donnent la parade pour remplir la salle. Maintenant, je comprends pourquoi le p'pa et la m'am n'ont pas besoin de se prendre le bec et de faire voler le Pyrex. Chez nous, il y a déjà assez de monde à la maison. Chaque soir, on faisait salle comble.

— Qu'est-ce que tu fais là, toi, avec tes petits yeux marron?

Purée, madame Clément vient de me repérer derrière le comptoir. Ça tombe bien, j'ai fini mes dernières cacahuètes. Je déguerpis. Les bengalis m'attendent. Là, c'est mieux que du cirque: de la fête foraine.

Les baraques se sont posées autour du square derrière le terrain de boules. Des stands de tir, des marchands de chichis et de pommes d'amour, des roulottes de bonne aventure, des loteries… Le Palais de la Chance… C'est là que le p'pa vient gagner des poupées géantes pour mes petites sœurs et des services à café où on voit le jour à travers pour la m'am. C'est incroyable, sa chance… P'pa, je voudrais celle avec des taches de rousseur et le tablier bleu… Le p'pa mise. La Moule, le patron, se crache dans les mains, se touche l'entrejambe et lance la grande roue. Elle tourne avec le même bruit que la carte de tarot dans les rayons de mon vélo. Et toc! Maryse se retrouve avec dans les bras une poupée presque aussi grande qu'elle… P'pa, moi aussi! La toute noire en madras… La Moule a beau cracher et se toucher… Et toc! C'est le tour de Martine… La Moule l'a mauvaise… Une veine de coucou, ton père!…

Moi, j'aime bien cet oiseau qui a la chance de toujours trouver un nid de libre pour sa famille. Comme nous, quand le p'pa avait réquisitionné notre pavillon de Ville-momble… Tu me fais plaisir, Roger, aujourd'hui tu vas jouer ailleurs. Tiens, je te donne même des jetons pour les gosses… La Moule a fermé son Palais de la Chance en pleine journée… Le Palais de la Scoumoune, oui!… Les jours de guigne, il traverse la place et va boire du Royal Kebir à la terrasse du Marsouin en regardant la mer… Dis, la Moule, tu comptes pas me payer en jetons, par hasard?

La veine de coucou du p'pa marche pour mes petites sœurs et ma mère, mais pas pour moi. Dommage, il y a une montre de plongée à gros cadran qui ferait de l'effet sur le débarcadère… Te bile pas, frelot. C'est féminin, la chance. Regarde ce qu'on dit: qu'il faut la tenter, la forcer, et qu'elle sourit aux audacieux: comme avec ces dames! Et quand t'en as de trop, c'est que ta gisquette fait la roue avec un autre dans ton dos… En me rappelant les paroles de mon frère Gérard, je me suis aperçu qu'il y avait un «o» et un «u» de trop à «coucou». Je me suis surtout aperçu que je n'aime pas la chance. Si, pour en avoir, il faut que quelqu'un fasse la roue dans votre dos, je préfère perdre. Le p'pa a de la chance et la m'am ne fait pas la roue. Elle est idiote, cette expression. Demain, je vais aller faire flamber le Palais de la Chance.

En fait, ce sont les loteries que je n'aime pas. On gagne des tas de choses dont on a pas besoin, des kilos de sucre, des cochons en pain d'épices ou des nougats immangeables. Mais ce qu'on veut part avec un autre… Je t'avais bien dit que c'était comme les femmes… Je n'aime pas les loteries, sauf une. Celle de monsieur Fernando. Le paradis du gazouillis. Je l'ai découverte le premier jour de notre arrivée. Je suis resté planté devant, à ne même pas savoir quoi regarder ni sentir. J'avais juste des frissons bêtes et des petites larmes idiotes qui n'arrivaient pas à déborder des yeux. Il fallait que le p'pa vienne gagner tout ce paradis.

Ce soir-là, à peine le p'pa rentré de Maison-Blanche,

mes petites sœurs et moi, on l'a traîné à la fête foraine.
C'est incroyable. Ici, il ne fait même pas nuit quand le
p'pa rentre du travail. Résultat, mes petites sœurs me
surprennent au démarrage. Preums! Deuze!... J'ai été
troize! Il faudra que j'ajoute de la harissa extra-forte dans
mon quatre-heures. Petit à petit, je me suis fait à la
nouvelle couleur du p'pa. Maintenant, je l'aime bien.
Surtout sur le front. Ici, même les grosses rides de soucis
ont disparu. Son visage est lisse comme sur les photos en
noir et blanc des albums de la m'am. Le p'pa me paraît si
jeune d'un coup que j'ai l'impression qu'il m'attend.
Qu'il attend que je grandisse pour qu'on soit copains de
foot. On jouerait dans la même équipe... Je prends le
fiston avec moi!... Mais il y a ces saletés de glandes qui
me laissent sur place. Ce n'est pas malin de rajeunir plus
vite que son père.

— Dis donc, toi, mon petit, t'as l'air de les aimer,
mes oiseaux.

Pas difficile de s'en rendre compte, pour monsieur
Fernando, le patron de la loterie. Je viens chaque matin
depuis le jour où je les ai découverts. J'arrive même
avant l'ouverture de la baraque. Elle est un peu à l'écart
des autres, qui forment un cercle autour de la place. On
dirait qu'elle est punie... Paraît qu'ils sentent, mes
oiseaux. Et la praline grillée, ça sent pas, peut-être!...
Monsieur Fernando a l'air de se chauffer vite.

Au début, je restais dans le square, mine de rien, à
tailler n'importe quoi avec mon canif et à observer. Puis
je me suis approché de banc en arbre en utilisant une
vieille technique de Mohican. Mine de rien, mais pas trop
près. Surtout que la baraque est habitée. Pourtant, une
fois refermée, elle paraît minuscule. Même pas de quoi
s'y allonger. N'empêche que, la nuit, quelqu'un dort à
l'intérieur. Je l'ai vu.

Un matin, très tôt, j'ai surpris une forme qui sortait par la trappe sur le côté de la baraque. Sûrement un voleur d'oiseaux. C'est le moment d'être héroïque et d'avoir enfin son nom dans la rubrique «Faits et méfaits» dans le journal. Facile. Je me glisse derrière le voleur. Clac! avec ma ceinture de short, le coup du père François. Je le charrie sur mon dos, hop! et je le dépose aux pieds de monsieur Fernando. Bong! Lui, ravi et reconnaissant comme dans le feuilleton *La Fille de Buffalo Bill*... Oh! mon enfant! Je te donne en mariage ma fille unique et bien-aimée et tous mes oiseaux!... Malheureusement, il faudra attendre pour la rubrique «Mariages et naissances». Car la forme qui vient de sortir de la baraque est un garçon de peut-être quatorze ou seize ans, plutôt costaud. Même très costaud. Il semble bossu, mais c'est juste parce qu'il met du temps à se déplier. Purée, il est grand pour son âge. Café au lait comme moi, avec un peu plus de café. Ça pourrait être mon grand frère, sauf qu'ils sont tous blanc écrémé à la maison. Par-dessus son pantalon, il porte un maillot rouge à manches courtes blanches. Une fois déplié, il est allé sur la plage, déserte à cette heure. Dans le sable, il a planté une espèce de couteau bizarre. Ensuite, il s'est déshabillé complètement et il est allé se baigner tout nu. Comme ça. Sans essayer de se cacher. J'avais l'impression d'être aux vestiaires sous la douche et de regarder en douce. À voir la taille de son couroucou, même en biais, c'est au moins du seize ans.

Dans la mer, il plonge comme s'il voulait arrêter toutes les vagues. Les empêcher de toucher la plage. Il a une sacrée détente! Soudain j'ai eu envie de savoir nager. De ne plus avoir pied et de rejoindre les deux petites perles de mademoiselle Valnay... Depuis le temps qu'elle te donne des leçons, tu devrais battre Gottvallès... Difficile d'expliquer au p'pa que, si je savais nager, mademoiselle Valnay arrêterait aussitôt de m'apprendre. Et que je n'aurais plus le droit chaque fin d'après-midi de m'approcher en barbotant des deux petites perles roses qui flottent dans l'échancrure de son maillot de bain en vichy. Je préfère continuer à avoir pied.

Dès que le garçon plus café que moi sort de la mer, il se roule dans le sable comme un jeune chien, mais sans jamais rire ni même sourire. C'est ce qui m'étonne le plus chez lui. Il fait tout gravement, avec un visage dur qui fiche les chocottes. Son espèce de couteau bizarre encore plus.

Quand il remonte de la plage, il retourne à la baraque. Pas très malin, pour un voleur. Mais j'ai vite compris que le Plus-café-que-moi n'en est pas un. Dommage pour mon mariage avec l'héritière. En fait, il s'occupe de la baraque, ouvre l'auvent, rabat le comptoir et sort les cages avec des tas d'oiseaux inconnus à l'intérieur. Au début, je disais les bleu et vert avec une crête, le gros noir à bec jaune, les petits orangés. J'ai dû apprendre à tous les reconnaître, sans rien demander à personne. Seulement écouter de loin les clients… C'est quoi, celui-ci?… Une collerette de Sumatra, madame… Et ce tout bizarre là-bas?… Un échassier jugule de Tasmanie… J'ai dû apprendre pour tous, sauf pour les bengalis. Tout de suite, j'ai su leur nom. Avant de les avoir vus. Avant même de les avoir entendus!

— Alaki! Alaki! les cinq billets pour cent francs, les douze pour deux cents francs. Un couple au gagnant, un bengali-allah-pro-chant!

J'étais de l'autre côté de la baraque, ce premier soir où le p'pa nous avait emmenés à la fête foraine… Un bengali-allah-pro-chant… Qu'est-ce que ça peut être? Forcément un oiseau d'ici, avec un nom pareil. Je pense à

Ali Baba et les quarante voleurs. À la télévision, avec mes petites sœurs, on avait vu une version en arabe traduite en français. On rigolait plus vite que les sous-titres. Le bengali-allah-pro-chant, je l'imagine bien: un bel oiseau siffleur professionnel, aux plumes dorées à l'or fin. Il vit dans une grotte pleine de trésors et se nourrit de graines de sésame magiques... Ah non, les enfants, vous venez! Pas d'oiseaux en cage à la maison! Les oiseaux, c'est fait pour être en liberté. Roger, tu ne joues pas. Tu serais capable d'en gagner!... Même pas le temps de voir ce que c'est qu'un bengali-allah-pro-chant. C'est vrai que les oiseaux c'est fait pour vivre en liberté, mais comment on ferait pour les voir, alors? Le lendemain matin, je suis revenu à la baraque en douce.

Au petit déjeuner j'essaie toujours de me sauver avant que la m'am ne se poste dans la cour pour guetter le facteur. Ici, la m'am veut des nouvelles de tout le monde tout le temps. Des nouvelles de tous ceux qui sont restés «à Paris» comme elle dit. Paris est une sorte de ville imaginaire qui réunit tous les endroits où habite quelqu'un de la famille. Avant de partir, la m'am a laissé des piles d'enveloppes timbrées avec l'adresse écrite... Mais on ne s'en va pas pour cinq ans!... T'as vu en 39, on partait pour trois semaines, et résultat des courses... La m'am a de drôles de comparaisons parfois... Une lettre par jour! Par roulement!... Il faut faire suivre le courrier et lui donner des nouvelles de la famille, des amis, de l'escalier, de la cité, des voisines, du gardien, et surtout de sa maison, de la salle à manger en Formica, du rangement de son armoire, du remplissage du frigo, du caoutchouc du salon et de... Brigitte!

Brigitte, c'est un palmier de la fête des Mères devenu géant. La m'am lui parle, lui passe du Tino Rossi, lui lisse les feuilles une à une avec du coton et du lait, la baigne, lui donne de l'aspirine et la descend sur le trottoir

chaque fois qu'il pleut. La m'am a fait école. Les jours
d'orage, la cité Million ressemble à un jardin tropical.

Quand le Plus-café-que-moi sort tous les oiseaux, ce
coin de la place aussi ressemble à une sorte de jardin
tropical. Ensuite, il prend chaque cage, tire la plaque
métallique du fond, la nettoie, charge les mangeoires en
millet, change l'eau des abreuvoirs, gratte les os de
seiche. Et plein d'autres gestes encore mystérieux. Je
regarde bien, parce qu'un jour, c'est décidé, je serai oise-
leur. J'ai trouvé le mot dans une poubelle sur un emballage de graines. Il est assez joli pour faire un bon
métier... J'ai dit: pas d'oiseau à la maison! On n'a même
pas de balcon, à Orly... Pas de balcon! Le drame de la
m'am. Qu'est-ce qu'on aurait pu en mettre des choses
dessus, si on en avait eu un! Des bannettes de géraniums,
des azalées, un lierre grimpant, des meubles de jardin, un
transat, une lanterne de fiacre, un baromètre, un sac de
pommes de terre, un thermomètre, un parasol, le vélo de
la m'am, et... une cage à oiseaux! Oui mais... On n'a
même pas de balcon, à Orly...
    — Alaki! Alaki! Les cinq billets pour cent francs, les
douze pour deux cents francs. Un couple au gagnant, un
bengali-allah-pro-chant!
    À force, j'ai fini par comprendre ce qu'est un bengali-
allah-pro-chant. À la loterie de monsieur Fernando, on
fait tourner trois roues. Une pour les centaines, une pour
les dizaines et une pour les unités. Niveau CM2. Ça
donne un nombre... 984!... Si quelqu'un a le
numéro 984 sur son billet... Les cinq pour cent francs,
les douze pour deux cents francs... Il gagne un couple
d'oiseaux et une cage. Juste assez petite pour qu'ils se
bagarrent et que les gens reviennent en acheter une plus
grande le lendemain... Dites donc, ça revient cher, chez
vous, de gagner... Mais si personne n'a le nombre exact,

on cherche celui qui a le numéro le plus approchant.
Voilà pourquoi les bengalis s'appellent des bengalis tout
court et non pas des «bengalis-allah-pro-chant». Je suis
déçu par mes oreilles. Ce n'est pas la première fois que je
les surprends à inventer des mots. Mais, parfois, des mots
plus beaux que les vrais.

Quand le Plus-café-que-moi a fini... Il faut que
j'arrête de l'appeler comme ça. Il doit avoir un prénom,
un joli, même. Un qui veut dire quelque chose. Monsieur
Clément m'avait appris certains prénoms d'ici. Pour le
Plus-café, ça pourrait être Arz: fort et résistant ; ou
Jibral: très courageux et puissant, ou les deux. Arzjibral!
Ce serait joli comme nom pour un personnage d'histoire.

Quand Arzjibral a fini de nettoyer les cages, il
s'assoit, adossé à la baraque, et plante son couteau
bizarre entre ses jambes écartées. Il croise les bras, le
regard farouche, et attend que quelqu'un s'approche trop
près des cages. Il finit toujours par en trouver un. Alors, il
jaillit, la lame à la main, chasse le trop curieux et le poursuit avec des cris rauques et des grands moulinets. Puis il
retourne s'asseoir. C'est le seul moment où il sourit, en
essuyant sa lame sur la manche de son maillot comme si
elle était couverte de sang. Presque à chaque fois, la
police rapplique dans le quart d'heure et l'embarque au
poste. Arzjibral ne résiste pas. Simplement il garde la tête
droite et haute, avec les yeux bien au-dessus de tout ça.

La m'am, devant le bar, a aussi les yeux bien au-
dessus de tout ça. Mais, elle, c'est pour essayer de voir
arriver le facteur de loin. Ce matin-là, c'est important.
On est tous inquiets. On attend la fin de la lettre de ma
sœur Lilyne. Je revois le visage de la m'am pendant
qu'elle nous la lisait... *Depuis la sortie de chez la
patronne, je sentais bien que quelqu'un me suivait...*
Autour de la table, mes petites sœurs et moi, on écou-

tait, les yeux collés à la m'am... *J'ai changé de trottoir.*
Il a changé aussi. Il faisait déjà nuit. J'ai juste vu son
ombre. Il avait l'air bien taillé... Un sale type suit notre
sœur, en pleine nuit. Et en plus, il est balèze! Maryse et
Martine se massacraient les ongles, moi j'attaquais le
gras de l'index... *J'ai ralenti, il a ralenti. J'ai accé-*
léré, il a accéléré. Pas un chat dans la rue à cette
heure-là. Je me suis dit: toi, ma vieille, tu es bonne!...
La m'am tourne la page. Là, je vois son visage se vider
de ses traits. Comme un écran magique qu'on a secoué.
Qu'est-ce qui a pu remuer la m'am comme ça? Elle
reste muette. Elle ne veut pas nous dire qu'on a attaqué
notre grande sœur. On l'a violée, poignardée, éventrée.
L'article du *Parisien* doit être dans l'enveloppe avec la
photographie où Évelyne a sa jolie bouille ronde et sa
croix autour du cou. La m'am tourne et retourne la
feuille. Elle ne nous dit rien. Il ne reste plus d'ongles à
mes sœurs et à moi qu'un moignon d'index. C'est pire
que *13, rue de l'Espoir.* Dans ce feuilleton, ça s'arrête
toujours au moment où le cœur est à cent vingt. La
m'am nous regarde avec un visage qui ne comprend
pas... C'est pas croyable, mes enfants!... Mais qu'est-
ce qui n'est pas croyable?

Et pour la première fois, j'ai eu l'impression de lire
dans les yeux perdus de la m'am... À suivre...

C'était étrange, ce matin-là, Arzjibral n'était pas sorti
de la baraque. J'ai attendu caché derrière un pin. Ce n'est
pas normal. Les autres stands commencent à déballer. Je
m'avance d'un banc, puis d'un arbre. Je n'avais jamais
été aussi proche de la baraque. J'ai l'impression
d'entendre le cœur des oiseaux battre dans leurs cages.
Ou bien c'était le mien dans la sienne. Et si les oiseaux
l'avaient attaqué pendant son sommeil? Lui avaient
perforé les yeux.

— Un jour, ils te feront pareil.

— On l'a vu dans un film.

Les petites sœurs enragent que je ne les accompagne plus explorer le fort turc sur la falaise. C'est à cause de lui que Fort de l'Eau s'appelle comme ça. Sauf qu'avant, d'après monsieur Clément, c'était Borj el-Kiffan, et que ça veut dire Fort des Coteaux. Je n'y comprends rien à leur traduction. Du fort, on a une vraie vue de pirate sur la baie d'Alger. Avec mes petites sœurs, on a décidé de l'explorer pendant nos vacances. Chut! On veut retrouver la clef du trésor du dey Hussein. Un trésor normal avec des perles, de l'or, des diamants, qu'il a cachés quand il s'est sauvé à Naples après une histoire de coup de chasse-mouches qu'il avait donné à quelqu'un d'important. Je ne me souviens plus très bien. Mais ce trésor, c'est une vraie histoire, avec tempête, pirate, naufrage, rescapé, et pierre noire marquée de la croix de Malte. À quatorze ans, ça m'aurait fait rigoler. Mais à douze, ça m'intrigue. En plus, une murène géante garde l'entrée. Et des murènes, ici, il y en a plein les rochers.

À certains moments, le fort est un endroit désert, qui ressemble à des ruines. Mais ce n'est jamais aussi désert que certains le croient. Un soir, mes sœurs et moi, on en a surpris deux qui n'auraient pas dû être là ensemble à faire des choses. J'ai empêché Maryse et Martine de regarder. Ce n'était pas de leur âge.

— Et pourquoi…

— Toi, tu regardes?

— Pour savoir si vous pouvez regarder.

Mais, même dans le noir et sans tous ses vêtements, elles avaient bien eu le temps de reconnaître monsieur…

— T'as pas le droit de dire nos secrets!

— T'as juré!

— Alors laissez-moi retourner voir mes bengalis.

— D'accord, mais t'as pas le droit de les aimer plus que nous.

— Sinon on le dira à maman.

— Et tu nous raconteras l'histoire de la malédiction des bengalis!

— Avec le Mahonnais de la *Friquita* qui a une jambe de bois.

Je n'ai jamais dit qu'il avait une jambe de bois. J'ai dit qu'il boitait. Nuance. Mais on verra ça plus tard.

Arzjibral n'est toujours pas sorti de la baraque. Si j'osais encore avancer d'un arbre, je pourrais presque voir par la trappe de côté. Et, en me glissant à plat ventre... Aouf! Pour être à plat ventre, je suis à plat ventre! À plat côtes, à plat menton, à plat nez, à plat tout. Aplati. Quelque chose m'écrase. Certainement les serres d'un aigle royal du Haut-Atlas de deux mètres dix d'envergure. Un aigle qui sent la sueur. Après m'avoir passé à l'attendrisseur, il va m'enlever jusqu'à son nid et me faire dévorer le foie vivant par ses petits.

— Tu veux me voler mes oiseaux, toi?

L'aigle parle. C'est un aigle bossu. Peut-être un vautour. Il me retourne comme un tapis. Arzjibral! Enchanté. La lame de son couteau est encore plus large de près. J'aimerais bien que ma pomme d'Adam arrête de se faire repérer en faisant du yo-yo dans ma gorge. Ça pourrait lui donner une idée de jeu, genre coupe-sifflet.

— Je te vois le matin, faire le serpent par ici. Moi, les serpents: couic!

C'est une manie, ici, de sortir son couteau comme on sort un ouvre-boîtes. Cette fois, Arzjibral va vraiment avoir quelque chose de rouge à essuyer sur sa manche blanche. Ça ira très bien avec les couleurs de... Ma mémoire frappe la barre transversale.

— Reims! C'est le maillot de Reims, ça!

Je montre avec un restant de menton un restant d'écusson délavé sur sa poitrine.

— Tu connais le stade de Reims?

— Mon grand frère Serge y a joué.

J'aurais dû dire «a failli» y jouer, mais on n'en est pas aux subtilités familiales. La lame vient à peine de s'éloigner de mon cou et son genou enfonce encore mon diaphragme.

— C'est Kopa, ton frère?

Pas vraiment. Pas loin. Presque. Serge est numéro 7, Kopa numéro 9. À deux numéros près, on va pas risquer l'hémorragie. Normalement je gagne à l'approchant.

— Alors, c'est Kopa?

Je dis notre nom de famille en le prononçant de manière à ce qu'il puisse confondre avec Ujlaki, Wiesnievski ou Piantoni. Mais le Arzjibral a l'oreille fine et connaît l'équipe par cœur. Il fait la moue. Sa lame aussi. Je précise.

— Il était remplaçant... Blessé... Les genoux fragiles... c'est de famille, le ménisque... Il a presque pas pu jouer du tout.

Pas l'air convaincu. Moi non plus, je ne suis pas certain de savoir exactement ce que c'est que le ménisque. Juste une sacrée cicatrice sur le genou de Serge... Ce serait plus simple de l'aspirer!... Un jour, à table, le p'pa avait fait une démonstration sur un os à moelle avec une paille. Spectaculaire... Il resterait juste deux petits trous sur le côté. Et le soir on rentre chez soi... Il en avait parlé à un grand patron de l'hôpital où il va pour son pneumothorax. Pas de nouvelles. L'idée fumante du p'pa avait dû être aspirée ailleurs.

Moi, il ne me reste plus un bout de moelle à l'intérieur. J'essaie de penser au moyen de me sauver. Je suis en nage. Je devrais peut-être essayer de m'échapper par évaporation. Mais même comme ça, je n'ai aucune chance. J'avais vu sa détente dans les vagues. Et si je l'appelais plutôt Asad: le lion.

— Ça, c'est le maillot contre El Biar.

S'il m'avait resté du souffle, je l'aurais eu coupé. Asad le Lion porte un vrai maillot du match El Biar-Reims! Coupe de France 57! Reims! Le grand Reims! Celui de Kopa, Fontaine, Piantoni et de mon frère Serge blessé. Reims, battu par El Biar! C'était quoi le score? El Biar, deux cent quarante mètres d'altitude, trois kilomètres d'Alger! El Biar et ses belles villas que la m'am aime tant aller voir! El Biar, la surprise du siècle! J'en ai les points d'exclamation hérissés sur la tête.

— Tu aimes les devinettes?

Dans cette position, j'aime tout.

— Écoute. C'est une de mon pays: Le voici! Où est-il?... Qui suis-je?

C'est une devinette, ça? Il doit être étrange, son pays.

— C'est l'oiseau, ignorant. Tu veux les voir?

Si je veux les voir! Ça transpire de partout. Je dois être transparent, avec des plumes de toutes les couleurs à l'intérieur. Il m'a pris par le bras. Je viens de remarquer ses yeux, bleu et vert mal mélangés. Un peu comme quand le p'pa peint la mer et les rochers au pied du fort turc. On a du mal à démêler les coups de pinceau. Ça fait tempête par temps calme... C'est exprès, sinon autant acheter une carte postale à trente sous... D'accord, p'pa, mais au moins sur une carte postale, les rochers sont au bon endroit. Toi, tu les changes de place... Ce n'est pas de ma faute si, en vrai, ils sont mal rangés!... À cause de ça, pendant nos promenades de pêche aux coquillages, avec mes petites sœurs, on bute sur des rochers qui n'auraient pas dû être là. Heureusement, dans la peinture du p'pa, il y a l'odeur. Moi, c'est ce que je préfère. Dommage qu'elles finissent toujours par sécher, ses toiles.

Asad le Lion vient d'ouvrir la trappe de côté de la baraque. Ça sent le fauve! Des oiseaux aux parfums de panthère noire et de tigre, en un peu plus sucré. Une sorte d'énorme bouffée de pain d'épices sauvage. Je n'en ai jamais goûté, mais ça doit ressembler à ça.

— Viens! Viens voir.

Asad le Lion s'est déjà à moitié glissé à l'intérieur. Il me tend la main et sourit comme sur la réclame pour la semoule Azan au cinéma. Soudain, la trouille me remonte par toutes les coutures du short. Pas ce sourire-là... Cours! Cours! Sauve-toi! Il est grand, il a un grand couteau, et un grand couroucou qui fait une grosse bosse... Paulette, fais attention à ton gamin. Ici ils les aiment bien dorés comme le tien... Asad le Lion a le sourire Azan. Il faut que je change son nom, sinon il va me manger. Ce prénom lui fait un sourire d'ogre, d'ogre doux. C'est un ogre à ficelle blanche, comme la soubresade. Il va m'étrangler avec. Dans la publicité, il attire les enfants avec sa semoule de couscous «extra-fine» et on ne les revoit jamais, comme dans l'histoire du joueur de flûte... Quand tu rencontres le sourire Azan, tu te sauves... Je veux bien, m'am, mais j'ai le short tout chamboulé à l'intérieur. L'impression de porter une culotte tyrolienne et d'être retenu par un harnais de bretelles. Je suis un parachutiste horizontal en chute libre. Je vais battre le record du monde de Gilles Delamare. C'est de la faute à cette odeur de pain d'épices sauvage. Tout se mélange dans ma tête. Mon cœur d'oiseau dans sa cage, l'ombre lourde du figuier, la sueur invisible, et cette chaleur immobile qui empêche le parfum de la mer de venir me sauver. Rien qu'un souffle dans les cheveux et je galope au loin. Mais rien ne bouge.

— Viens!

Je viens. Je sais qu'il ne faut pas, m'am, mais je viens le rejoindre dans l'obscurité.

60

— Allonge-toi!

Impossible autrement de se glisser sous les cages empilées dans la baraque. Il reste un espace étroit, juste assez pour tenir en chien de fusil. J'ai la joue collée contre la poitrine d'Asad le Lion. Il a un parfum de charmeur de serpent. Je vais l'appeler Khouzam la Lavande! C'est plus rassurant... Les parfums qui endorment, c'est leur truc, à ces gars-là. C'est simple, tu respires pas... Je voudrais bien l'y voir, moi, la m'am. Déjà que j'étouffe, comme quand les moniteurs de colo veulent me faire passer la tête la première dans le trou d'une grotte. La spéléologie, d'accord, mais les pieds d'abord. Je serre le manche de mon canif replié dans ma poche pour me rassurer. Pour l'être vraiment il me faudrait un Opinel numéro 13, le géant. Celui qui porte chance. Ou le 7,65 du p'pa avec un silencieux.

— Écoute les oiseaux.

J'ai l'impression qu'ils sont tout autour de moi, au-dessus, partout. Des milliers de pattes, de becs et de froissements d'ailes sur les barreaux métalliques. Ils me guettent. Ça y est, j'ai compris! Khouzam la Lavande m'a attiré là pour me mettre dans une cage et m'utiliser comme lot. J'espère que je ne serai pas un approchant... Alaki! Alaki! Mesdames et messieurs, un spécimen rare: le petit frelot café au lait à marinière bleu d'Orly... Je serai gagné par un couple de retraités qui me donnera des graines. Je n'aime pas le millet au petit déjeuner. Tout à coup, je sens la main de Khouzam sur ma cuisse. Ça y est, je suis bon pour la semoule Azan! Sa main remonte et me palpe le genou. Je pense au mot «bengali». Il me fait du bien. Je le répète dans ma tête comme une prière... Bengali! Bengali! Bengali!... Pas le temps d'inventer d'autres paroles... Je le dis sept fois à toute vitesse, pour que les sept lanciers du Bengale viennent me sauver. La main de Khouzam se déplace sur ma jambe. Je me souviens de la lettre d'Évelyne... *Toi, ma vieille, tu es bonne.*

— Regarde, c'est le facteur qui arrive!

— Il apporte peut-être la suite.

Merci, les sœurs, vous venez de sauver votre frère de la semoule Azan. Où on en était dans sa lettre?

— Toi, t'avais écrit «À suivre». Et tu nous avais laissées comme ça.

— Sans savoir ce qui arrive à Lilyne.

Ce n'est pas moi. C'est Évelyne qui a oublié de nous raconter la suite. Je revois la m'am tournant et retournant la lettre après l'avoir lue.

— C'est tout. Votre sœur n'a pas envoyé le reste.

La m'am fouille l'enveloppe pour la dixième fois. Rien. La lettre par épisodes, je ne connaissais pas. C'est une très bonne idée pour mettre de l'animation dans la famille. Chacun y serait allé de sa suite: pour Gérard, le tueur au bas de soie ajoutait une treizième victime à sa funeste liste, pour Josette, une courageuse mère de famille mettait en fuite un sadique, Michel voyait une jeune Française kidnappée en pleine rue. C'est vrai qu'il y avait une histoire de traite des Blanches en Angleterre dans le journal, l'autre jour. Et Évelyne qui ne parle même pas anglais! La m'am s'était jetée sur une feuille de papier et avait juste écrit... Et après?... Le p'pa l'avait tout de suite portée à l'aéroport de Maison-Blanche à un copain de la Postale... Et le téléphone?... Pas de téléphone!... La m'am avait été nette... On avait dit seulement en cas de mort ou de choses comme ça. Sinon, ça porterait malheur...

Mais inutile de décrocher le téléphone, le facteur venait d'arriver plus vite que le 22 à Asnières dans le sketch de Fernand Raynaud. Je le regarde de loin donner le courrier à la m'am. Elle lui paiera sûrement un café bien arrosé. La m'am sort du paquet de courrier une lettre. C'est celle d'Évelyne. Ça se voit à ses yeux. Elle rentre vite dans la cour. J'attendrai ce soir pour savoir la suite. Si je retourne maintenant au Marsouin, je serai de corvée d'épluchage.

— Et après, pour la lettre? Tu nous dis?

— T'es pas gentil! Nous, on t'a sauvé de la semoule Azan.

C'est vrai, les sœurs, mais regardez. La main de Khouzam redescend vers ma cheville. Je ne voyais pas le trajet dans ce sens. Il ausculte mes pieds, maintenant.

— Écoute. Une devinette de chez moi: Elle meurt en pleurant. Qui suis-je?

Certainement une dernière manœuvre de diversion et d'intimidation avant la semoule Azan. Si j'en réchappe, m'am, je te promets de t'obéir, de te chérir et de... Mince, je ne trouve pas de troisième verbe du deuxième groupe. Bref, je serai un fils modèle.

— Elle meurt en pleurant. Qui suis-je? La bougie, ignorant... Je l'ai!

Un éclair m'éblouit. La masse des oiseaux sursaute dans mes cheveux. Khouzam tient une bougie d'aujourd'hui: une lampe électrique. C'est donc ça qu'il cherchait. Bizarrement, je suis presque déçu. Mais je ne sais pas pourquoi.

— Regarde!... Ça, c'est moi.

Il éclaire un petit trait blanc sur le bord du tapis rouge sang sur lequel nous sommes allongés. Pas très ressemblant avec lui.

— Ici, mes cinq frères, ça, c'est l'œil, là, c'est ma tribu.

Khouzam appartient à une tribu! Ce serait donc une sorte d'Indien d'ici? Ils doivent être cachés dans les montagnes.

— Là, mon père et ma mère.

Je me demande comment serait le tapis de notre famille. Il faudra que j'essaie d'en dessiner un. J'avais dessiné le blason en cours de dessin: un soleil blanc et un soleil noir au-dessus d'un palmier à treize palmes de toutes les couleurs. Plus une devise en latin... I = XIII, dessous... Un peu copiée sur le titre d'une émission de télé. Mais Khouzam s'en fiche de mon blason et continuer à m'expliquer, un à un, les motifs de son tapis. Ça finit par raconter une vraie histoire.

— La rivière! Où est la rivière?

On a dû se contorsionner dans tous les coins du tapis pour retrouver la rivière de son village. C'étaient ces trois misérables petites croix élimées. Pourtant, comme l'eau paraît fraîche dans ses yeux. Le motif que je préfère, c'est le ventre du serpent. Des losanges imbriqués. Il ne faut jamais poser le pied dessus. Sinon, on est sûr d'être mordu au talon et de mourir en bavant. Comment un simple morceau de laine tissée peut-il si bien raconter une histoire? Et moi qui m'embête avec toutes ces images découpées, ces listes de mots, ces phrases dans les livres, les journaux et ces paroles ramassées un peu partout! Est-ce que c'est bien la peine?

— Et là, c'est notre colline...

Mais je n'écoute plus. J'aime son histoire, mais je n'écoute plus. Je n'entends plus rien. Je viens de prendre une gifle. Pas comme ce matin. Bien plus forte. Un visage. Juste l'éclair d'un regard triste dans le visage d'une femme. Le faisceau de la lampe de Khouzam l'a surpris au hasard. On cherche un puits, une rivière ou une brebis. Et on rencontre un visage qui est tout ça en même temps. Le visage est apparu. Sûrement une photographie accrochée quelque part dans l'obscurité de la baraque.

— C'est qui?

J'ai montré du doigt le regard de la femme. Khouzam

s'est figé. La rage a soudain avalé son visage. Il ne reste qu'un bloc dur. J'ai cru qu'il allait me fracasser.

— Tu n'as pas le droit de regarder. Pas le droit!

Il n'a pas crié. Seulement coupé la lumière. Il y eut une seconde avec des battements de cœur et des bruits d'ailes. Une longue seconde. Et soudain, dehors, trois coups de feu.

Trois coups qui sonnent comme à une horloge grippée. Des coups pour rire. Mais ce n'est pas normal à cette heure. Le temps d'un éclair, j'ai cru qu'on tirait sur la femme de la photographie. D'un bond, je suis sorti de la baraque. Les pieds devant, mais entier. J'ai l'impression d'avoir échappé à quelque chose. Mais à quoi? Qui est cette femme? Ce qu'elle est belle! Belle, c'est idiot de dire qu'elle est belle. Pas la peine d'avoir emporté ici un dictionnaire qui pèse sept cent trente-quatre grammes… Je te préviens, si on a un excédent de bagages, je le laisse à la douane… Je préfère sacrifier mes affaires de toilette. Vaut mieux sentir le mot juste que la savonnette.

Du côté des coups de feu, on braille: un homme. Je me suis approché pour voir. Khouzam est resté pour sortir les cages.

— Monsieur Fernando va arriver. Je suis en retard. Il va me tuer. Tu reviendras voir les oiseaux?

Il faut bien. Je ne sais toujours pas à quoi ressemble un bengali. L'homme qui braille, lui, ressemble à un type saoul. Au bar, ils se ressemblent tous. Même façon de tituber, de bafouiller, de brailler et de ronfler la tête dans les bras, sur une table, comme quand on nous fait faire la sieste à la colo. Tout ce qu'ils boivent, même si ça sent bon dans le verre, finit par puer dans leur bouche. Plus tard, je ne boirai pas, on se ressemble trop.

— Et si je veux en casser, moi, des pipes!

Le brailleur agite une carabine à air comprimé du stand de tir... Trois mouches et tu touches!...

— Donne-moi des plombs!

Milou, le patron du stand, reste impassible et continue à gonfler à la bouche des ballons bleus, blancs et rouges.

— Quoi? On peut plus tirer aujourd'hui? Tout le monde se tire mais on tire plus.

— Tu vois bien que je suis pas ouvert. Prends ton kilo de sucre et rentre chez toi.

— Mais c'est ici, chez moi! Tu crois pas que tu peux m'acheter tout ça avec un kilo de sucre.

Le brailleur montre à la ronde la terre, le ciel, la mer et les arbres, plus un morceau de la pissotière au-delà de la place. Tout à coup, il jette la carabine par terre.

— Hé! attention au matériel.

— T'en veux du matériel? Je vais t'en montrer, moi, du matériel!

L'homme saoul sort de sa chemise un gros pistolet qui brille comme un faux. Il tire, le bras tendu, vers la terre, le ciel et les arbres. Des coups lourds. Un petit bourdon d'horloge presque sans écho. Sauf un envol effrayé d'oiseaux vers la mer.

— C'est ça, tirez-vous! Les piafs quittent le navire! Plus que mille kilomètres et vous y êtes!

Le patron en est resté un ballon rouge dégonflé à la bouche.

— Tu tires la langue, Milou? Bon chien-chien. Allez, donne-moi mon kilo de su-sucre. Je l'ai bien gagné.

Le brailleur est parti avec son paquet sous le bras. Il a l'allure dessaoulée. En traversant la place, j'ai trouvé des oiseaux morts sous un platane. C'est là que j'ai vu un bengali pour la première fois.

3
Monsieur Fernando

Au pied du platane, le bengali a l'air d'être mort sans raison. Pas de sang. Pas de blessure. Juste un peu de vert sur les plumes. Du vert paradis. Ici, le paradis a une couleur. Chez nous, il est plutôt layette. C'est rose bonbon ou bleu ciel. Ça dépend du sexe des anges. Il y a peut-être un paradis pour les filles et un pour les garçons. Le plus sûr moyen que ça en reste un.

— Toi, t'iras pas.

— T'as pas fait ta communion.

Les petites sœurs n'arriveront pas à me faire peur. J'ai été baptisé à Sainte-Marie-de-l'Espérance à Ville-momble. Avec parrain, marraine, dragées et timbale gravée. À cause de la gravure, je n'ai jamais pu l'échanger à l'école contre une étoile de shérif. Comment retrouver quelqu'un qui a exactement le même prénom et la même date de naissance? Un jumeau. Je préfère ne pas chercher. Aujourd'hui, il serait certainement plus grand et plus costaud que moi.

— Toi, t'iras pas.

— T'as pas fait ta communion.

Inutile d'insister, les chipies. Pour le paradis, le

baptême suffit. C'est une assurance à vie contre les accidents de caté. Les parents ont eu raison, on ne sait jamais. Depuis qu'on est arrivés à Fort de l'Eau, je commence à me demander si je suis bien non-croyant, athée, agnostique ou libre penseur. Je change de façon de le dire selon l'occasion. En ce moment, j'ai juste à me taire, on me prend pour un musulman. C'est pratique, même si ça peut coûter une raclée de temps en temps. Et si les gens d'ici avaient raison ? Ils ont l'air de s'y connaître en dieux. On parle beaucoup d'Allah, de Jésus, de Yahvé et d'autres. Je dois me méfier, quand une chose commence à avoir plusieurs noms, c'est qu'elle n'est pas loin d'exister.

N'empêche que j'ai du mal à m'y retrouver, même en lisant *La Dépêche d'Algérie... La race sémite englobe les israélites et les musulmans directs descendants de Sem, fils de Noé. Et donc les chrétiens aussi...* Paraît que c'est Pie XI qui dit ça. Tiens, je n'avais jamais remarqué que ce pape avait un nom d'oiseau.

Le bengali mort, lui, doit descendre de la colombe de l'arche de Noé. Je ne l'ai pas touché, j'ai eu peur qu'il soit tiède. C'est pire que froid. On croit que ça peut revivre. J'ai déjà touché un corps tiède. C'était derrière le fort turc. Un matin où j'essayais de me fabriquer une île au milieu des rochers... Monsieur !... Monsieur !... Je le secoue. Il va bien se réveiller à force et me remercier... Tu es gentil, mon petit. Je sentais le froid me prendre. Tu m'as sauvé la vie... Il va peut-être me donner sa montre en récompense. Mais le monsieur a gardé le cou en arrière, comme le bengali du paradis. Sa montre, il n'en a plus besoin, maintenant. Je peux la prendre. Faudra que j'ajoute un trou au bracelet sans l'abîmer. Oui, mais elle se remarquera à mon poignet. On me traitera de voleur. On me jettera des pierres. Des grosses. « Lapider ». Il paraît qu'on fait ça ici. Rien que le mot, et j'ai déjà mal dans le dos. C'est toujours dans le dos qu'on reçoit les pierres. Je me suis sauvé en perdant une tongue... Pièce à conviction n° 7... Les gendarmes viendront me chercher en Jeep. La m'am aura honte.

À peine rentré au Marsouin, j'ai brûlé ma deuxième tongue dans le fourneau de la cuisine. Une puanteur! Pire que les têtes de mouton dans la rue du coiffeur. Il a fallu éventer la cuisine comme un pacha à neuf queues. Juste à l'heure du repas... Clément, si c'est ça l'odeur de tes brochettes, merci, on va manger chez Léon...

Léon! l'ennemi des Clément. Une gargote qui fabrique des merguez à la sciure et sert des tajines de chien. C'est ce que dit madame. À cette heure, au Marsouin, on va bientôt commencer à préparer les brochettes pour ce soir. Des montagnes! Le samedi, tout le monde s'y met autour d'une grande table dans la cour. Il vaut mieux que j'évite de passer dans le secteur, ou je vais me retrouver à embrocher toute la journée... Bien au milieu, la viande!... Pas l'oignon entre le poivron et la tomate!... Faut d'abord qu'elles soient belles, vos brochettes! Comme d'habitude, madame Clément surveillera l'embrochage en distribuant des coups d'éventail... N'oubliez pas: Fort de l'Eau est la capitale mondiale de la brochette, et c'est chez Clément qu'on mange les meilleures brochettes de Fort de l'Eau. Donc... Et tout le monde reprendra en chœur... C'est chez Clément qu'on mange les meilleures brochettes du monde!...

Aïe! Ça ne manque jamais. Quand je me fais coincer dans les préparatifs, je finis toujours par m'empaler le pouce... C'est pas la peine de te saigner, t'es pas casher!... Je ne comprends pas l'allusion de la patronne, mais au moins j'ai une excuse pour quitter la table. Le p'pa m'avait raconté comment se mettre un coup de ciseau à froid sur le doigt pour «avoir des jours». Il faisait ça, à l'usine, quand les chefs exagéraient trop sur les heures supplémentaires, au lieu d'embaucher ! Il m'avait fait une démonstration... Le truc, c'est de bien aiguiser l'outil. Après, ça saigne tout seul... N'empêche qu'une fois, il s'était drôlement arrangé le petit doigt. On voit encore la marque, aujourd'hui... J'ai ripé. Le morceau de barbaque est parti avec. Il a giclé dans la popote des copains. On l'a pas retrouvé... Comme à la circoncision de Rawi.

— Ah non, tu racontes pas cette histoire !

— Elle est dégoûtante !

C'est pas moi, c'est Rawi qui la raconte. Rawi-Tchatchi, c'est un copain de mon âge qui est de derrière la colline. J'avais mis du temps à comprendre qu'à Fort de l'Eau on est «de la station» quand on loge près de la plage, «du village» si on habite le centre ville, et «de derrière la colline» quand on vit derrière la colline. Et tout ça fait des Aquafortains. Le nom des habitants d'ici. Moi, ça me fait penser à «aquarelle» et à «eau-forte». Une ville faite pour être peinte.

— Ouf ! T'y penses plus à la raconter.

— Ton histoire dégoûtante.

Rawi-Tchatchi, lui, ne va pas oublier. C'est le meilleur raconteur de la plage. Rien qu'avec deux gestes, trois grimaces et un bruit de bouche, il te décrit un repas de cent vingt personnes, avec le menu, la musique, les danses et la quête. Le jour de sa circoncision...

— Non ! Ça, c'est trop dégoûtant...

— Nous on bouche nos oreilles...

C'est lui qui raconte. Dans un grand plat de semoule extra-fine, on a mis le bout coupé de mon couroucou comme tu dis. Après, les gens jettent des billets dans une coupe. Pour un billet, t'as une cuillerée de semoule.

Celui qui trouve le bout... Il mime un congre de dix livres avec ses mains. Mais là, il exagère... Celui qui le trouve rafle toutes les mises... On a vidé le plat... Alors?... Personne ne l'avait trouvé... Comment ça se fait?... Quelqu'un l'avait avalé!

— Aâââh!

— C'est vraiment dégoûtant!

Mais non, c'est fait exprès. Comme ça, c'est Rawi-Tchatchi qui a eu tout l'argent... Tu vois, aujourd'hui, je sais qu'il y a quelqu'un qui a un bout de mon smour dans le ventre. Mais c'est un secret entre nous... Moi, je me demande, dans ma famille, qui l'aurait avalé pour me faire plaisir.

— Tu dis des histoires même pas propres.

— Et tu racontes pas la fin d'Évelyne.

Pour l'instant, j'essaie d'échapper à la corvée de brochettes sans trop m'estropier. Et c'est du travail. Un: il faut que je pique un peu dans le pouce. Pas trop. Deux: que j'appuie pour faire perler le sang. Trois: que je barbouille bien. Quatre: que je hurle. Cinq: que je retienne bien le cri. Le mieux c'est d'aspirer en serrant les dents et en disant... non! non! ce n'est rien! ce n'est rien!... J'ai remarqué que «ce n'est rien!» fait plus humble et souffrant que «c'est rien» qui donne l'impression d'être plus dur au mal... Jeunes cancres, la négation, c'est la distinction. Pensez-y, quand vous vous coincerez les doigts dans une porte... En classe, Louis XVI est capable de débiter les pires gros mots et de rester distingué... Il faut plusieurs générations pour ça. Vous, jeunes cancres, contentez-vous d'être polis...

À peine le doigt piqué et le premier «n» apostrophe expiré, on se précipite vers moi. Je cache mon effroyable mutilation. Inquiétude garantie. Sauf pour mes petites sœurs qui connaissent le coup... Va donc plutôt t'occuper de tes oiseaux. Je veux pas d'un mort sur la conscience!... C'est la formule magique que j'attendais. Merci patronne! Je quitte la cour en moribond au bord de l'amputation. Dès la terrasse, je galope déjà comme un miraculé. J'ai échappé aux brochettes des Clément! Meilleures du monde ou pas, je préfère le couscous. Au moins on ne risque pas de s'écharper.

Sauf s'écharper le cœur.

«Couscous» est un mot bizarre. À moi, il me pince à l'intérieur. Sûrement à cause du concours de couscous du Marsouin le 15 juillet. Cette année, madame Clément l'a annoncé, elle veut gagner. D'habitude elle se contente de remporter le titre de reine de la paella. Ce qui lui permet de chanter *Torero et mantilles* en montant sur les tables. Mais cette fois, elle veut réussir le grand chelem. Pour le concours de cette année, après les qualifications, restent en finale: l'énorme Talala qui vend de l'huile au village, la vieille Amra, madame Clément et une petite nouvelle, un outsider inattendu... la m'am!

Ça lui avait pris comme ça, un jour que la patronne avait dit: «Le couscous, il faut l'avoir dans le sang!...» en bombant tout ce qu'elle pouvait bomber... C'est que de la semoule, des légumes et de la viande. C'est pas plus dur que le pot au feu!... La m'am exagère mais la Clément l'a énervée. Faut pas énerver la m'am avec la cuisine. La préparation de la finale avait commencé la veille. Mais pour la m'am, bien avant. Dès sa décision prise, elle a écrit à madame Tayeb qui habite juste en dessous de chez nous au 29. La plus gentille et qui fait le meilleur couscous aux sept légumes. Pour pas que la patronne se méfie, les lettres arrivaient à une autre adresse que le Marsouin. Ensuite, il fallait discrètement les faire traduire par Saïda. Qui en profitait pour ajouter les secrets de chez elle. Parce que «couscous» ça devrait s'écrire avec plein de «s»... Il y a mille et un couscous, comme il y a mille et une nuits... La m'am passait les siennes à tester le beurre rance, l'huile d'olive, la découpe des légumes, la détrempe des pois chiches, le mariage des viandes, la touche de miel. Elle me réveillait... Tu trouves pas que c'est moins gras, comme ça?... Du bouillon à trois heures du matin!... Non, m'am, c'est très bon. Tu vas gagner!...

Enfin le jour du concours arrive. Heureusement. Parce qu'on était épuisés par les dégustations nocturnes. Dans la cour, on a posé le trophée au milieu de la grande table. Une coupe chromée en forme de couscoussière. C'est le p'pa qui l'a fabriquée à l'usine. Reste plus qu'à graver le nom de la m'am sur le socle. Le soir de la finale, le jury goûte. Un jury d'enfants du coin. Treize dont mes sœurs et moi, autour de la table, les yeux bandés pour ne pas être influencés. Ça doit ressembler à Jésus jouant à colin-maillard avec ses disciples. Parmi les quatre finalistes, le numéro un est huileux, le deux a des légumes coupés trop petit, mais le trois et le quatre sont parfaits. Impossible de les départager... Allez, il reste plus que toi à voter. Ils sont à égalité six à six. Décide-toi... Je respire la semoule et le bouillon... Ne mélange jamais, gamin. C'est ça, le vrai secret du couscous!... Depuis ce jour-là, depuis mon premier couscous, j'écoute monsieur Clément. Je ne mélange jamais le bouillon et la semoule... Alors, tu te décides!... Je vérifie une dernière fois. C'est bien ça. Dans celui-là il y a une très légère odeur de brûlé. Même pas un parfum. Juste un souvenir. Le brûlé! L'épice favorite de la m'am. Elle en glisse partout.

Je vote pour le couscous numéro trois.

Le sien! D'accord, c'est de la triche. Le 15 août,

pendant la grande fête de Fort de l'Eau, j'irai me faire pardonner par la Vierge noire de Notre-Dame-d'Afrique.

— La dernière voix est donc pour le numéro trois. Maintenant, je peux proclamer les résultats. La princesse du couscous 1962, par sept voix contre six! est... madame Maria Clément!

Je manque vomir toutes les semoules-bouillon-viande de la création. Je viens de faire perdre la m'am. C'est moi le Judas de la table. Je préfère ne pas croiser ses yeux. Pour une fois qu'elle ne fait pas brûler quelque chose. Je la trahis. La Vierge trop cuite d'Alger s'est vengée. C'est vrai que sa couronne ressemble à une couscoussière. J'aurais dû me méfier.

Depuis ce jour, j'ai un trou dans l'estomac quand je mange de la semoule. Ça me fait une sorte de sablier à l'intérieur. C'est peut-être pour ça qu'on dit que le temps s'égrène.

Aujourd'hui, il s'égrène lentement. C'est une journée historique, mais j'ai l'impression qu'il ne se passe rien. À cette heure, j'aurais déjà dû voir passer les bidasses du camp du Lido... Hop! Hop!... Au pas de gymnastique. En sueur, à la ramasse. Avec le gradé dans sa Jeep qui fait brailler une radio... *Tu parles trop, du soir au matin. Les mêmes mots, toujours les mêmes refrains...* Allez, en mesure, bordel! En mesure ou je vous mets *Dactylo Rock!*... Un coup à dégoûter des Chaussettes Noires.

Pas vu non plus Moutchou, l'épicier mozabite qui vend les meilleurs cacas de cheval... Si, je suis cap'de manger du caca de cheval!... Et hop, je gobe un gros bonbon marron. Les sœurs ont perdu leur pari... Tricheur!... C'est ça, avoir du vocabulaire.

Ça s'égrène.

Pourquoi est-ce que je pense ça, ce matin? Je me sens mou. Pourtant, ce n'est pas le moment. Il va m'en falloir des forces, pour cette journée. Peut-être que j'ai attrapé la maladie du bleu. Une maladie que j'ai trouvée dans le livre de Théo. Ça arrive quand le bleu vous manque. Le bleu du ciel, le bleu de la mer. Le bleu tout court. Mais ici, c'est impossible à attraper. Il y en a partout. Alors, c'est quoi, ce mou? Peut-être simplement une petite faim. C'est moins joli, mais ça se guérit plus facilement.

Pourtant, m'am, il y a bien quelque chose qui tourne au fond de mon crâne. Il ne faut surtout pas s'en occuper. Ça s'approchera tout seul. J'ai comme ça, parfois, des images craintives dans la tête. Des renardeaux que je dois apprivoiser. Doucement. Sinon ils se sauvent dans leur terrier et je ne les retrouve jamais. Il y a déjà assez de terriers comme ça dans ma tête. Mais cette image qui tourne au loin, je sens qu'il ne faut surtout pas la perdre. Du calme. Il suffit de faire semblant de penser à autre chose. Et elle viendra. Toute seule.

— Tu me tiens les fils?

C'est Yakzane. Il a moins que mon âge et travaille déjà pour le tisserand de la ruelle. Il lui tient les fils à tisser pour un peu de sous. Il dit qu'il va pas à l'école... Je sais où elle est. Ça me suffit... Les fils font des mètres et des mètres. Tu commences sur la place et tu finis dans l'échoppe. Pire qu'à Orly quand le p'pa a voulu se fabriquer un véritable hamac de la Martinique en macramé. Il a fallu accrocher le hamac au deuxième étage chez les Pastor et le laisser pendre jusque par terre. Le soir, le p'pa, en bas sur son pliant de pêche, les doigts entourés de chatterton, nouait et nouait sans s'occuper des remarques... Ça mord!... Pas mal ton filet pour les poissons volants... Hé! C'est pour des histoires à dormir debout!... Je ne me souviens même plus ce qu'il est devenu, ce hamac. Il doit dormir emmêlé à la cave.

Souvent, j'observe Yakzane. Il tient les fils du tisserand comme les rênes d'un cheval invisible. Loin de l'échoppe, il rigole, se moque de tout et arrive même à jouer au foot avec moi. On dirait une ballerine avec ses bras bien en l'air pour ne rien emmêler. Mais dès qu'il est à portée de la hachette et du bâton noueux posés aux pieds du tisserand, il est comme un petit communiant dans sa gandoura blanche... Plus la laisse est courte, moins le chien peut mordre... C'est ce que lui dit le tisserand en lui donnant sa pièce à la fin de la journée.

— Tu me tiens les fils!

Une fois, je m'étais laissé prendre. On venait à peine de débarquer de l'aéroport. J'ai voulu jouer à celui qui ne s'étonne de rien. Trois mètres plus tard, j'ai déjà tout emmêlé. Pire, j'ai essayé de démêler. Heureusement, j'étais encore loin du bâton. Mais j'avais oublié la hachette et ma leçon d'histoire sur Alésia... Chez les Gaulois, la francisque était une arme de jet... J'ai entendu tournoyer l'engin au-dessus de ma tête et vu le fer ricocher contre le mur avec une étincelle bleue. En me sauvant, je ne sais pas pourquoi, j'avais pensé à nos ancêtres les Gaulois.

— Allez, tu me tiens les fils cinq minutes. Chouf-Chouf a promis de me laisser voir la mouquère du notaire.

Yakzane essaie de m'attendrir, mais je ne veux pas être débité à la hache. Tant pis pour lui. Ça fera une place de plus sur le perchoir. Chouf-Chouf gagne déjà assez d'argent. Une poche remplie par le notaire pour empêcher qu'on voie sa mouquère se balader toute nue sur sa terrasse. Et l'autre bourrée par ceux qu'il laisse voir quand même. C'est gratuit si on arrive à passer du haut du poteau électrique à la branche presque horizontale du figuier. Moi j'y arrive. D'autres aussi. Parfois, c'est la cohue dans les branchages. On se croirait à un match de foot. La femme du notaire fait semblant de ne s'apercevoir de rien. Mais je suis certain qu'elle sait qu'il y a une meute de gros piafs dans les arbres. Mais, à chaque fois, je suis déçu. Ce qu'on voit de là-haut n'est pas très intéressant. Peut-être parce que c'est gratuit.

Je regarde Yakzane se chercher un autre gogo sur la place. Mais ce n'est pas facile aujourd'hui de trouver quelqu'un qui vient de débarquer.

Un mois ! Plus d'un mois qu'on est arrivés à Fort de l'Eau. Ça m'a pris le fond du short rien que d'y penser. Ici, les journées ne passent pas vite, mais les jours défilent. Pour partir d'Orly, il a fallu qu'on morde un peu sur l'école. Pas facile. À la mairie, ils ont même voulu nous supprimer les allocations familiales. Juste quand elles allaient augmenter de 4 %. Ça s'était arrangé. Faut dire que c'était exceptionnel ce voyage en Algérie. Certainement la dernière fois qu'on pouvait... Après, vous savez... Ces points de suspension nous avaient beaucoup aidés pour l'autorisation. Avec, en plus, la promesse de rapporter une rose des sables à monsieur Josèphe, le directeur du collège, une théière en argent à la directrice de l'école de mes sœurs, et une couverture algérienne à la dame de la mairie. Sans compter le gardien, les voisins et les copains. Il allait nous falloir une caravane de chameaux pour le retour.

Un mois qu'on est à Fort de l'Eau, et j'ai l'impression d'être né ici, chez les Clément, il y a douze ans, un jour de sirocco, là-haut, dans la chambre 11. À cause du vent, le docteur n'avait pas pu arriver à temps. Et c'est Serge qui avait aidé la m'am.

— Et nous?

— On est nées où, alors?

À l'hôpital Parnet. Je suis gentil. «La maternité la plus moderne d'Europe» comme ils disent dans le journal. On habitait à côté de l'immeuble d'Air France. Même qu'un jour, votre poussette a failli dégringoler les grandes marches. Je vous ai sauvées.

— Alors, on est pieds-noirs?

— Mais non, c'est juste que les garçons!

Aujourd'hui, la chambre 11 où je suis né est celle de mademoiselle Valnay. Peut-être que son bébé aussi naîtra là. Ce sera pour fin août. Autour du 23. Un Lion ou une Vierge, ça dépendra... Je n'y comprends rien à ces histoires d'horoscope. À un jour près, on est calme, réservé et attentif toute sa vie au lieu d'être brutal, exubérant et égoïste. C'est marqué dans le ciel et dans le journal à la rubrique «Semaine zodiacale». Alors pourquoi ne pas faire naître tous les enfants sous le même signe? Balance, on serait tranquille.

— Évelyne, elle, est Poissons.

— Mais elle va mourir si tu racontes pas la suite.

Maryse et Martine ont du «À suivre» dans les idées. C'est plus une famille, c'est un feuilleton. Résumé des épisodes précédents: Évelyne, une jeune mère, élève seule ses trois enfants et en attend un quatrième. Pour les nourrir, elle est serveuse dans un petit restaurant en dehors de la ville. Un soir qu'elle rentre tard après son service, elle est suivie dans la rue par un homme lugubre qui se jette sur elle. La courageuse Évelyne sera-t-elle la prochaine victime de l'homme au bas de soie?

Non!

Le lendemain, le facteur a apporté la suite de la lettre d'Évelyne. Elle croyait l'avoir postée... *Mais les gosses braillaient. Tu sais ce que c'est...* La m'am hoche la tête en nous regardant, mes sœurs et moi. On est vexés, mais on écoute la fin:

Je le sens qui presse le pas. J'étais pas fiérote. Mais je me suis rappelé de ce que le p'pa nous disait. Tu souffles bien. Tu paniques pas. Faut pas qu'il voie que t'as peur sinon t'es foutue. Et surtout, t'attends le dernier moment. Je l'ai senti juste derrière moi. Je me suis retournée et vlan! en pleine poire. Tout le trousseau de clefs du restaurant. Après, j'ai pas regretté mes talons aiguilles à 1 500 francs du Monoprix. Je te l'ai lardé comme un gigot. Je te jure que demain, il va sentir l'ail. Et je me suis carapatée.

On applaudit autour de la table. Purée, elle devait être drôlement bonne en rédac, Évelyne. Moi, j'avais tout noté pendant que la m'am lisait. Depuis cette lettre, c'est décidé. Je vais tout raconter comme un feuilleton. Avec des «À suivre» même si on ne les voit pas. Comme ça, on est obligé d'attendre pour savoir et l'histoire reste dans le ventre au lieu de se perdre dans la tête.

— Tu vas pas à tes oiseaux, aujourd'hui?

La m'am m'a rejoint sur le banc face à la mer, avec son torchon à rien faire. C'est ce qu'elle dit en rigolant. Moi j'aime bien que la m'am soit habillée de la même façon ici que chez nous.

— Dis donc, t'es dans un drôle d'état. Tu viendras te passer un coup d'eau.

J'irai sur la plage. Il y a moins de risque d'être réquisitionné pour les épluchages. Je ne lui parle pas de la raclée. Elle se dérangerait pour causer du pays à Farouk et reviendrait avec au moins un tapis pour Orly.

— Pourquoi tu t'es levé si tôt?

— Je voulais voir le dernier soleil.

— Moi aussi je l'ai regardé de la cour. Tes sœurs dormaient.

Dommage, je ne savais pas. Sinon on l'aurait vu ensemble.

— T'as mangé ce matin?

Je laisse un peu traîner la réponse, le temps que la m'am glisse deux figues, une grappe de raisin et un morceau de pain dans mes poches.

— Ton père a retrouvé sa montre avec le cadran esquinté. Je lui ai dit qu'il avait dû faire un faux mouvement en dormant.

La m'am raconte bien et le p'pa fait encore mieux semblant de la croire.

— C'est incroyable ce qu'il peut bouger. Des fois, je me demande à quoi rêve ton père.

Je viens de m'apercevoir que je ne pensais même pas que le p'pa rêvait.

— Tu sais qu'elle a le même âge que toi, sa montre? Moi, je trouve que je fais plus jeune qu'elle.

— Je t'attendais de huit mois. Je ressemblais à une vraie comtoise. C'est ce que disait ton père.

La m'am en pendule! Tiens, mademoiselle Valnay aussi est dans son huitième mois. Mais je ne l'avais jamais imaginée en horloge avec un joli cadran bleu dans les yeux et un décolleté qui fait tic tac! tic tac!

— On aurait dit comme un fait exprès. Paf! la montre de ton père qui s'arrête. Celle qu'il avait avant et qui lui venait de ton grand-père. Eh ben, la v'là qui nous lâche. Elle qu'avait jamais pris une minute de retard en trente ans... C'est un signe! qu'il a dit ton père. Tu sais, lui et les signes...

Le p'pa est un sorcier nègre qui est un peu nègre, mais pas beaucoup sorcier.

— Alors il a acheté cette montre. Une Lip. 27 500 F. Je me souviens. Ça faisait des sous à l'époque. C'était en...

Ça y est! Comme d'habitude. La m'am va encore oublier mon année de naissance. C'est peut-être pour ça qu'aujourd'hui elle me parle de choses de grands: les rêves du p'pa, les dames en forme de pendule.

— On logeait plus à Fourchambaut, on avait pas encore acheté le buffet de la salle à manger. On avait la Talbot... Le type de BB Confort!... C'est ça. Ton père a acheté sa montre chez le type de la côte de BB Confort. Celui qui avait réparé le balancier du Westminster... C'est à cause de lui que t'as failli pas être déclaré...

Qu'est-ce que j'ai à voir avec un balancier de carillon, moi?

— Ton père voulait sa montre le jour de ta naissance. Pas avant, pas après. Tu le connais. Mais le type était en vadrouille. Il avait fermé sa boutique. Et il est rentré très tard le soir. Impossible de te déclarer à la mairie. Après, ton père a oublié d'y aller. Il avait la montre, c'était le principal.

— Comment vous avez fait?

Je me vois déjà né de père inconnu, adopté par un couple de danseurs folkloriques logé dans un coucou fabriqué par des Suisses de Koléa.

— C'est quand j'ai eu besoin du papier qu'on s'en est aperçus. Moi, je croyais que c'était réglé. J'avais d'autres choses à penser. Toi, tu faisais pas tes nuits.

Ça doit être pour ça que je me réveille quand tout le monde dort encore.

— Ton père est retourné dare-dare à l'état civil avec la montre et la facture... Vous voyez bien que c'est le 21 qu'il est né. C'est marqué... Le gars n'avait jamais vu ça... Mais monsieur, on ne reconnaît pas son enfant avec une facture d'horloger... Parce que, en plus, ton père avait perdu les papiers du docteur. Il perd toujours tout.

— Et alors?

J'ai peur de la réponse. Parce que maintenant, c'est sûr. La m'am est venue me rejoindre sur ce banc, ce 4 août, journée historique, pour me faire une «cruelle révélation». C'est comme ça qu'on dit dans *Agnès, mon doux cœur,* le feuilleton de *L'Écho d'Alger*. La m'am va m'annoncer qu'elle n'est pas ma mère, que je n'ai ni douze ni quatorze ans, mais seize, que je suis nain, que j'ai une maladie incurable et que ma couleur est une teinture. Elle a attendu qu'on soit à 1353 kilomètres de chez nous pour me l'avouer. Elle pense que ce sera plus facile à faire passer avec la distance. Mais elle est tout près de moi, elle!

— Le type des naissances s'est fait tirer le gilet, mais ça a marché! On peut dire que tu es le premier enfant reconnu sur facture!

La m'am rigole. J'ai eu chaud. Sans cette montre, je naissais peut-être le 20, le 22 ou le 23. Je ne me serais même pas reconnu.

— C'est bizarre, je me rappelle de ça comme si c'était de ce matin, mais pour chiffrer l'année…

Tant mieux. Sinon la m'am va finir par se demander pourquoi on est là, tous les deux assis à discuter, côte à côte sur un banc, en plein soleil, sans même s'apercevoir qu'en face il y a la plus belle mer du monde. Tout à coup, la m'am se tait, entortille son torchon à rien faire autour de sa main et laisse partir son regard bien au-delà de l'horizon, comme dans un songe.

— C'est dommage les années… C'est dommage… ici… ce pays. On a le temps…

Parfois, les phrases de la m'am sont comme ses tricots. Elle saute des mailles. Mais je finis toujours par les comprendre, un jour.

— Y a encore une chose que tu sais pas, pour cette montre…

J'avais raison tout à l'heure, il y a de la «cruelle révélation» là-dessous.

— ... mais je peux te le dire, maintenant. Tu es grand.

Non! Non! Et non! Je ne suis pas grand. Un mètre trente-quatre à douze ans c'est même inquiétant. Donc, je préfère qu'elle attende pour les secrets.

— T'as pas douze ans, t'as presque quatorze. Pas le droit de rapetisser ton âge.

— Sinon, nous, on va être tes grandes sœurs.

— On devra t'inventer des histoires...

— Et nous on en connaît pas.

Pourquoi est-ce que ces deux chipies entrent dans ma tête sans frapper en plein secret de famille? Juste quand j'avais trouvé une jolie phrase. Qu'est-ce que c'était déjà? Ah oui: quand les grands nous disent qu'on est grand, c'est pour nous dire des choses qui ne sont pas de notre âge.

— Maintenant tu es grand, je peux te le dire. Ton père voulait t'offrir cette montre pour ta communion. Mais puisque...

J'ai été viré du caté! Je sais. Pour une affaire d'hostie et de confiture. D'ailleurs, je ne suis même pas certain que cette histoire soit vraie. Surtout si ça me fait perdre une montre-bracelet Lip de 27 500 F, pour un malheureux quatre-heures plutôt écœurant.

— ... puisque toi et le Bon Dieu...

... Ça fait deux!... La m'am a un petit sourire, juste un peu triste derrière le rouge à lèvres. Je sais qu'elle aurait aimé me voir en costume de communiant, avec le brassard et les images pieuses à vendre. Et surtout en aube. Les grandes sœurs et elle auraient cousu la plus belle de toute la paroisse. Ça peut encore s'arranger. Ici, tout s'arrange. Sauf qu'il y a cette histoire de circoncision. Paraît qu'elle est obligatoire. Déjà que mon couroucou, lui non plus, n'est pas très grand. Si en plus, il faut le raccourcir! Je demanderai à Rawi-Tchatchi de me raconter si ça fait si mal que ça. Et si ça vaut les sous qu'on gagne.

— Paulette!

C'est madame Clément qui appelle à l'aide par la fenêtre du bar. La m'am y travaille chaque jour.

— C'est juste un coup de main, mon grand. Faut bien aider.

— Tu te souviens, m'am, ce que tu disais avant de partir... Rien! Là-bas, je ne ferai rien! rien! Juste me reposer.

— Tu m'imites bien, dis donc. Mais je me repose, tu sais. Ici, c'est pas pareil, c'est pas du travail.

Elle me montre le ciel, comme si c'était lui qui débarrassait les tables.

— Et ton père, lui, il est pas en vacances. Alors, en l'attendant...

La m'am attend le p'pa. C'est pour ça qu'un quart d'heure après notre arrivée, elle récurait notre garage habitation. Et qu'après un quart d'heure de pause, elle se retrouvait derrière le comptoir à servir sa première mauresque. Anisette et orgeat, Paulette!... En Algérie, la m'am aura pris deux quarts d'heure de vacances. Au retour, qu'est-ce qu'elle en aura à raconter à ses copines de l'escalier!

— Paulette, on est dans le jus!

— Pô-lêête! on-hé danhan leu jûûû!

— Chut! Madame Clément pourrait t'entendre. Il faut que j'y aille. T'as qu'à passer. Pourquoi tu viens jamais au bar?

Je n'aime pas voir la m'am servir les autres.

— Y a trop de fumée pour mes poumons.

— Tu as raison. Fais attention à toi. Surtout aujourd'hui.

La m'am se penche à mon oreille.

— Il y a un petit fennec dans tes yeux. Mais n'aie pas peur.

La m'am me donne une pichenette sur le bout du nez. Si c'est ça, être grand. Plus de baiser-frotté sur la joue, plus de crème Nivea, pas de doigts dans les cheveux pour refaire mon cran, et personne pour me rajuster la marinière dans le short Si c'est ça: non merci !

— Tu sais bien… pas devant les autres.

D'accord, m'am, je sais. Mais heureusement qu'elle voit des fennecs dans mes yeux. Sinon je me demanderais si le cœur des mamans, aussi, ça peut se mettre en vacances. Je la regarde rejoindre madame Clément avec son torchon à rien faire sur l'épaule. Il a juste des carreaux un peu plus grands que celui de chez nous. Des carreaux d'ici.

La m'am me fait un dernier petit signe de la main avant de disparaître dans le bar. J'entends sa voix dans mon oreille… Il y a un petit fennec dans tes yeux. Mais n'aie pas peur… La m'am a raison. Je le sens se rapprocher. C'est encore flou… Allez, viens. Ne crains rien… J'aimerais l'apprivoiser dans ma tête. L'image se dessine. Un contour. Puis des yeux. Maintenant je la vois ! C'est un visage. Le visage d'une femme brune. Celui que j'ai vu pour la première fois dans la baraque, avec le gars qui a le maillot de Reims et le sourire Azan. C'était quand monsieur Fernando n'était pas encore là.

Monsieur Fernando ! Il doit être arrivé à cette heure. Le samedi il vient plus tôt. Je n'ai pas intérêt à être en retard comme la première fois. C'est incroyable ce pays. Il est plein de premières fois. Je ne sais plus quoi faire comme vœu. Pourtant il en faut un. Sinon ça ne comptera pas. Tant pis. Mais je n'ai pas le temps d'y réfléchir, sinon je ne serai pas à l'heure à la baraque.

— Reviens demain matin. On verra ce que tu sais faire.

Ce jour-là, quand monsieur Fernando m'avait dit ça, j'avais failli m'envoler en danseuse comme Bahamontes dans le col du Galibier. L'Aigle de Tolède, c'est moi ! Je viens d'être pris. Employé, engagé, embauché ! Tope là ! Je vais m'occuper des oiseaux. Des bengalis et de tous les autres. On n'a même pas parlé salaire. Motus ! Je l'aurais fait gratis et j'aurais même donné en plus tout mon argent de poche.

— On va le dire à maman que tu as de l'argent dans ta poche.

— Et pas nous !

On n'a pas non plus parlé qualification avec monsieur Fernando... La qualif', c'est comme les haricots verts. Le patron veut payer l'extra-fin au prix du fin... Même si la m'am a encore sauté des mailles dans sa phrase, je vois ce qu'elle veut dire. Moi, ce sera «aide-cagiste», «commis d'entretien» ou «P3-bengalis». Avec le titre écrit bien propre à la machine, en haut de la feuille de paye. Une si bonne place, et j'ai failli la perdre avant de l'avoir.

Comme chaque matin, depuis quelques jours, je tourne autour de la baraque et des cages. Petit à petit je commence à distinguer les différents chants des oiseaux : les peripi, rui-rui-tu, les vroulou. Mais je ne peux pas encore mettre un chant sur un bec. Ce n'est pas le plus important. Ce que je veux surtout, c'est rester dans le champ visuel de monsieur Fernando, mine de rien. Je suis très entraîné au «mine de rien». Mais cette fois, ce n'est pas facile quand, à l'intérieur, on veut sauter en l'air en criant... Moi, monsieur ! Moi !

comme un vulgaire cire-pompes du premier rang. J'avais rodé la technique du «mine de rien» chez Jaouen, une ferme du haut d'Orly, pour le ramassage des pommes de terre... Toi, tu peux prendre un sac. Toi non! Toi oui... Et toc! Mine de rien, c'était trente centimes des cinquante kilos, plus toutes les patates qu'on jetterait par-dessus le grillage et qu'on reviendrait chercher à la nuit.

J'étais en plein «mine de rien» quand est arrivé un type qui ressemblait à un marié sans mariée. Il balance au bout des doigts, comme une pâtisserie du dimanche, une cage minuscule avec un bengali bleu à l'intérieur. Ça donne l'impression que le faux marié a un feu de plancher à son pantalon. Le bengali est certainement un lot gagné la veille à l'approchant. Il vient acheter une cage plus grande... Je ne voudrais pas que cette bête ait l'impression d'être enfermée... Palabres. Monsieur Fernando arrive à lui placer son modèle Régence chromé... C'est cher!... La liberté n'a pas de prix, monsieur. Ça fait mille deux cent cinquante!... Au moment de déménager le bengali de sa bicoque en bois à son F5 standing... Laissez, je vais le faire!... Le faux marié maladroit se prend la main dans le fermoir... Ah! Il m'a mordu!... Il desserre sa prise... Saleté!... L'oiseau s'échappe... Reviens, je te dis!... L'autre bat de l'aile. 1250 F la liberté, c'est une affaire.

Le bengali bleu a eu du mal à décoller. On aurait dit un Dakota trop chargé de millet. Il commence par se dégourdir les ailes autour du platane. Puis il tente des piqués timides et s'initie au rase-mottes au-dessus de la baraque. Maintenant, il s'enhardit, varie les figures, se saoule avec des sortes de loopings pour se laisser retomber en feuille morte et remettre les gaz au dernier moment. Un bengali de la RAF. Un as. Une véritable attraction. Le public accourt. Monsieur Fernando saisit l'occasion pour faire un tirage exceptionnel... Admirez! mesdames et messieurs, le rarissime bengali voltigeur de Sumatra... Pendant ce temps, le maillot de Reims saute dans tous les sens avec une épuisette. On dirait un chasseur de papillons devenu maboul. Il vaut mieux ne pas comprendre ce qu'il hurle. L'oiseau s'en moque. La foule est avec lui.

Je regarde le bengali découvrir sa grammaire du vol et je me demande pourquoi il ne se sauve pas. Un coup d'aile dans le ciel. Bleu sur bleu. Et hop! Adieu la compagnie. Au contraire, lassé de faire le spectacle, il se pose sur une cage à l'ancienne en osier, juste à côté de moi. Il parade du bec. Pas mal cabot, ce bengali. C'est le moment de devenir un héros, mine de rien. Je plonge. Une espèce d'arrêt réflexe. Je saisis le bengali bleu avec une raflette tête-de-mort, comme aux osselets... Je l'ai!... Dans l'élan, j'embarque cages, seaux d'eau et bacs à graines. Ça a valdingué. On dirait le chamboule-tout de la mère Lulu. Le public en a pris pour son compte. Les cages se sont ouvertes. Un vrai lâcher de pigeons pour fête de l'Indépendance. J'atterris aux pieds de monsieur Fernando. Au moins du 46. Pas bon signe. Les grandes pointures font les bons coups de pied aux fesses... C'est lui! C'est lui!... On va me porter en triomphe pour ce geste héroïque. Pas du tout. C'est le maillot de Reims qui me montre du doigt. Il me désigne-à-la-vindicte-populaire. J'avais lu ça dans le journal. On parlait de lynchage. Un mot que je n'avais vu avant que pour les Noirs dans le sud des États-Unis. Je n'ai quand même pas bronzé à ce point-là. Le sale mouchard! Cette fois je suis bon pour la lapidation à la boule de pétanque. Les deux 46 fillette se sont plantés devant moi... Alors, c'est toi qui tournes autour de mes oiseaux... Affalé sur le dos, j'agite le bengali comme un drapeau blanc en couleurs. Je suis pour la paix avec tout ce qui chausse du 46.

Monsieur Fernando récupère le bengali à moitié étouffé. Je regarde ma main. Elle est bleue!... C'est rien. C'est la teinture… Alors, c'est vrai ce qu'on dit. Monsieur Fernando peint ses oiseaux! Je savais bien que ça ne pouvait pas exister des couleurs pareilles. C'est de la triche! Maquiller des bengalis comme des voitures volées. Je ne peux pas être complice de ça. Je dénonce mon contrat de travail. On dit comme ça. C'est le copain du syndicat du p'pa qui me l'a appris.

— Qu'est-ce que tu racontes!

— T'as même pas encore été embauché.

C'est tout comme. Les petites sœurs, arrêtez de m'embêter avec la concordance des temps ou je ne vous raconte plus rien… Jeunes cancres, depuis Einstein, le temps est relatif. Pour la conjugaison, c'est pareil… Merci, Louis XVI, même si je n'ai pas tout compris. Purée! Ça donne soif, les idées. Monsieur Fernando me tend un verre d'eau. Il a une paluche à la King Kong et un ventre de catcheur avec une grosse bosse dure. L'eau est fraîche comme dans une gargoulette. Il a souri. Comme ça, il ne ressemble pas à un maquilleur de bengalis. Bon! À bien y réfléchir, ça fera très bien sur ma feuille de paye: apprenti peintre en oiseaux.

Moi, ça va, j'ai vite récupéré de mon plongeon dans les cages. Mais le bengali bleu! Je l'ai à moitié tué en le sauvant. Avec une paille, monsieur Fernando lui souffle doucement dans le bec. On dirait un charmeur de serpents. Le bengali reste inerte. Bêtement, je m'attends à le voir tousser et cracher de l'eau comme la dame en maillot rouge sur la plage.

Elle avait bu la tasse. Une sacrée tasse. C'est traître du côté du débarcadère. Surtout à l'endroit où il est cassé.

On avait tiré la dame toute blanche sur le sable. Elle porte une chaîne en or sans médaille. Une bretelle de son maillot a glissé et les ongles de ses pieds sont vernis en rose. La femme paraît morte. Un garçon avec un bob s'agenouille près de sa tête. Je le connais, il a une Jawa 250. Il prend la bouche de la femme dans la sienne. Une nouvelle technique, paraît-il, pour les noyés. Je vois mal. Il y a du monde. On ne laisse jamais les petits regarder. Mais il lui mange vraiment la bouche. Tout à coup, un grand costaud en maillot de corps arrive. Il attrape le garçon au bob et lui donne un méchant coup de poing dans la figure... On suce pas ma femme, à moi!... Le costaud remonte la bretelle du maillot de bain et se met à agiter les bras de la dame. Ça ressemble à peu près à la planche accrochée dans la classe de sciences naturelles du collège... *Apprenez les gestes qui sauvent...* Entre les jambes des grands, j'essaie de me faufiler pour voir quand elle va tousser et cracher comme on nous l'a appris. Mais je regarde surtout sa poitrine qui bouge sous son maillot rouge. C'est la seule partie de son corps qui semble se bagarrer pour vivre. Ça se bagarre aussi dans mon short. J'ai honte. Je regarde une dame noyée et je prends du centimètre en douce. Il se passe de plus en plus de choses mal élevées dans ce short.

La m'am est venue m'enlever de là... Je t'ai déjà dit de ne pas aller vers le débarcadère... On aurait dit que c'était moi qui venais de boire la tasse... T'as pas intérêt sinon je te tue!... La m'am parle de plus en plus couramment la langue d'ici. Le lendemain sur la plage on disait qu'on n'avait pas réussi à sauver la dame au maillot rouge. Sa poitrine ne s'était pas assez bagarrée. Il faudra que j'étudie cette technique de bouche pour sauver les dames.

— Ah non! Tu t'entraînes pas avec nous.

— C'est dégoûtant!

Pas modernes, mes siamoises de petites sœurs. À cause d'elles je ne suis pas près de l'avoir, la médaille de sauvetage.

Le bengali sauvé-écrabouillé-rescapé n'a ni toussé ni craché. Juste un cuicuitement de reconnaissance enroué pour monsieur Fernando. Mais le faux marié à feu de plancher n'en veut plus... J'en préférerais un plus neuf à la place... Désolé, monsieur. Ici, ce n'est pas les Galeries de France. On n'échange pas... Le faux marié, en colère, récupère son bengali rafistolé, et le fourre dans sa cage-palace... Puisque c'est ça, je vais aller le libérer sur le fort... Monsieur Fernando fixe le faux marié dans les yeux, avec des sourcils inquiétants de film muet... Attention à la malédiction du Mahonnais de la *Friquita*!... L'autre devient tout raide, prend sa cage sous le bras et disparaît. Avec quand même deux paquets de graines à 2,50 F sous le bras.

Monsieur Fernando se tourne vers moi. Il a changé de sourcils.

— T'es une vraie calamité, toi.

Mes professeurs le disent, mais ce n'est quand même pas moi la malédiction de la *Friquita*!

— Et en plus, il paraît que tu veux t'occuper des oiseaux.

Je prends un air de niais ravi pour faire oui de la tête.

— Les pauvres! Tu sais qu'il te faudra au moins cent ans pour me rembourser tout ça.

Il me montre le désastre. Au premier coup d'œil, ce sera même juste pour juillet 2062! Paul Cramp, «le Chessman noir» comme ils disent dans *La Dépêche*, en sera à la moitié de sa peine. Il a attrapé 199 ans de prison! Pour un écrivain, c'est pratique. Ça donne le temps d'écrire. Ce serait peut-être bien, mais je me demande ce que ça fait d'aller quatorze fois vers la chaise électrique... Ils ont grillé le Blanc, ils vont pas gracier le Noir... Comme d'habitude, le p'pa n'a pas été un bon sorcier. Ils l'ont gracié. Cramp était d'une famille de treize. Ça lui a porté bonheur. J'ai noté dans ma tête une phrase de lui que j'aime bien. Ça parle du bruit du cœur. Mais où est-ce que je l'ai fourrée? Tant pis. On verra plus tard. Il faut que je me mette tout de suite au travail.

Cent ans pour me rembourser tout ça!... Je me suis voté une remise de peine. Une heure plus tard, j'ai gagné un siècle. Tout est gratté, épongé, briqué, rangé. Et il ne manque pas un seul oiseau. J'ai utilisé la technique de ménage en rafales de la m'am, copié sur le bombardement en piqué des Stukas.

— Lamia, tu ne l'aides pas! On va voir ce qu'il vaut.

Dommage. Arzjibral-Asad-Khouzam, le garçon au maillot de Reims, ne s'appelle que Lamia. C'est moins joli. Il faudra que je demande à monsieur Clément ce que ça veut dire, ce prénom. Pendant tout mon grattage-briquage, monsieur Fernando avait inspecté mon travail en silence. Je ne voyais que son 46 arpenter entre les cages. Un moment, je me suis relevé. Fini! Je ne peux pas faire plus, à moins de récurer chaque oiseau, plume à plume. Si c'est ça qu'il veut, d'accord. Il me reste encore un siècle moins une heure.

— Tu te débrouilles pas mal, petit. Sois là demain matin à neuf heures pile. Si t'es en retard, c'est pas la peine!...

Et j'avais été en retard.

Et ça n'avait pas été la peine.

D'un geste de la main, monsieur Fernando m'avait renvoyé. Congédié. Pas un mot. Un regard à donner envie de se cacher de honte au fond du désert. J'en aurais pleuré. D'ailleurs j'ai chialé. Pas eu le temps de faire propre. J'ai largué des paquets et des paquets face à la mer assis sur un rocher. Tout ça à cause de Sultan, ce clebs de malheur qui s'était sauvé, juste le matin où j'avais rendez-vous avec monsieur Fernando.

— Les gosses, vous n'ouvrez pas la porte de la cour au chien. Sinon, il va se partir en balade!

On sait. Madame Clément n'arrête pas de nous le répéter.

— C'est toi qui as voulu l'emmener pour le faire plonger de la digue.

— Pour voir si c'était un vrai labrador.

Sultan a dû flairer l'affaire. À peine sur le débarcadère, il s'est carapaté. On l'a cherché en pensant à la tannée qu'on allait prendre au retour. Mais rien. On aurait pu en ramener un autre. Même un mieux. Ce n'est pas ce qui manque en ce moment, les chiens abandonnés. Les gens partent... Comment veux-tu qu'on le ramène dans le bateau? Et là-bas, qu'est-ce qu'on en fera en appartement?...

Quand on va «faire les vivres» pour le restaurant, avec monsieur Clément, il aime aller sur le port d'Alger regarder les bateaux. Mon préféré c'est l'*El Djezaïr*... Tu vois, gamin, la famille est arrivée par bateau. Si je dois partir un jour, ce sera en avion. Sinon, j'aurais l'impression qu'on a fait tout ça pour rien... Sur les quais, on voit des chiens qui reniflent les amarres. Au matin, on en retrouve noyés sur la plage. Est-ce qu'ils ont voulu rejoindre leur maître? Nous, c'est jusqu'à Marseille qu'on devra nager si on le retrouve pas, le Sultan. On l'a pas retrouvé. Mes petites sœurs et moi on est rentrés à midi en numérotant nos côtelettes. C'est comme ça que dit la patronne. Mais en ce moment on a plus besoin d'un casque lourd que d'expressions rigolotes. On les numérote tout de même. Quand tout à coup, on voit, dans la cour, le Sultan, tranquillement attablé à un os géant. C'est Léon le mangeur de chien qui l'avait ramené à madame Clément... Je te le rends, il est trop vieux pour mes brochettes... Elle n'avait même pas pu lui dire merci, tellement elle avait eu honte.

Moi aussi, j'avais honte.

J'avais été renvoyé, congédié, remercié, humilié. Cent trente-deux ans après, monsieur Fernando m'avait refait le coup du chasse-mouches. Lui, dans le rôle du dey Hussein, et moi celui du consul. Merci pour la distribution. Normalement, juste après l'affront, les bateaux français arrivent. Je ne vois rien... T'excites pas, gamin. En vérité, ils ont mis trois ans à venir. Deval, ton consul, il avait eu le temps de cicatriser... Si j'en crois monsieur Clément, je peux toujours attendre. Et l'honneur, la dignité, la fierté, alors?... Des histoires de gros sous, c'est tout. Ils voulaient juste récupérer le trésor d'Alger... Je suis déçu. Mais tout de même, il y avait eu offense sur ma personne. Monsieur Fernando avait de la chance que la m'am m'ait demandé de laisser Chaudrake en vacances. Sinon, c'était l'abordage commando de la baraque, avec grappins et sabre au clair. Après un tel camouflet – le mot me plaisait assez –, impossible de retourner voir les oiseaux. C'est une question d'honneur, de fierté, et de dignité. J'avais trouvé trois mots avec des couleurs qui flottaient joliment. Je les gardais. Même dans le désordre.

Mais ça ne suffisait pas. Les bengalis me manquaient déjà.

— Tu vois que c'est même pas vrai que tu vas t'occuper des oiseaux !

— Le monsieur ne veut pas.

Rien que pour que les sœurs arrêtent de m'embêter, j'y serais retourné à plat ventre, à la baraque. J'aurais supplié, pleurniché, fait le cocker. Non! Ce serait la honte jusqu'à la onzième génération pour moi et ma famille. Je ne pourrais plus me regarder dans une glace, je perdrais la face, je serais sans vergogne. J'empilais les expressions comme des couches de mille-feuilles. Et pour que ce soit encore plus écœurant, j'ajoutais une cerise confite en forme de proverbe... La honte a l'odeur du cadavre... C'est complet, maintenant, je ne peux même plus me sentir... Tu mets de l'eau de Cologne Mont Saint-Michel, toi, maintenant?... Comment expliquer à la m'am que j'ai entendu dire qu'on peut revenir en odeur de sainteté.

— T'as trop de mots dans ta tête, toi. Tu mélanges tout. C'est pourtant simple. Pourquoi tu vas pas expliquer à monsieur Fernando, pour le chien?

La m'am a raison. Elle est du même avis que Louis XVI... Jeunes cancres, pour les mots, pensez à Azincourt!... On se regardait dans la classe. Ça y est! Le prof avait encore sa crise... Jeunes cancres, les mots ne doivent pas être une armure, mais un trait! Nos lourds chevaliers ont été battus par les graciles archers anglais. Gloire au vainqueur! Demain, toute honte bue, nous ferons du Shakespeare!...

Toute honte bue!

On peut boire sa honte! Ça change tout. Maintenant, je sais quoi en faire. Merci Louis XVI! Je vais la donner aux bengalis. Les abreuvoirs vont déborder. J'irai voir monsieur Fernando. Il me chassera. Je reviendrai. Je ferai la mouche du chasse-mouches. Je ne vais pas rester là, à écouter s'agrandir mon trou dans le ventre... La honte c'est comme l'Orangina, il faut pas laisser la pulpe se déposer au fond... Je t'ai dit que c'est ton père qui a donné l'idée de la réclame à son copain de Boufarik?... Oui, m'am... Tu sais que c'est de là-bas, cette boisson. En France, ils connaissent même pas... Je sais. Maintenant, la m'am parle comme si elle était d'ici. On va finir par rester... Tu le diras pour ton père, l'histoire de la pulpe... D'accord, m'am. Mais comment il a eu l'idée pour «Secouez-moi»... Ça t'es trop petit. Tu comprendras plus tard... Et voilà! Même la m'am me trouve trop petit tout à coup.

Mais trop petit ou pas trop petit, inutile pour monsieur Fernando d'essayer de me chasser de là. Je resterai planté devant la baraque comme un cadran solaire jusqu'à tomber en poussière, s'il le faut. Je boirai ma honte, debout. Comme au comptoir. Monsieur Fernando vient vers moi. Il marche sur mon ombre avec son 46. Il peut bien essayer de m'intimider, de me faire peur, aller chercher les gendarmes, la Terri-toriale, les CRS, faire venir le 1er régiment de parachutistes: je ne bougerai pas d'ici. La place est à tout le monde.

— Qu'est-ce que tu attends pour te mettre au travail?

Pas question, je ne partirai pas d'ici.

— Lamia s'est encore fait ramasser. Il faut que j'aille le chercher au commissariat.

Inutile d'essayer de m'intimider avec la police. J'ai bien étudié les techniques de résistance non violentes de Gandhi et des Noirs américains. Surtout ne pas céder à la provocation.

— Tu sors les cages le temps qu'on revienne.

Je ne céderai pas. Il a beau me tendre la main avec un dédommagement. On n'achète pas l'honneur bafoué. Elle n'est pas mal cette phrase. J'ai été injustement congédié, et seules des excuses...

— Et tu fais fissa!

Un pourboire! Monsieur Fernando a osé me glisser un pourboire dans la main. Je vais lui balancer en pleine poire, moi, ses clefs! Comme ma sœur Évelyne avec l'étrangleur au bas de soie. C'est lui, cette fois, qui va la perdre la face... Des clefs en pleine poire!... Quelque chose ne va pas dans cette expression. Pourtant, c'est bien des clefs que je tiens dans la main. Des clefs avec un porte-clefs à main de Fatma. Les clefs de la baraque! Monsieur Fernando m'a donné les clefs de la baraque. J'en bégaierais bien si je n'étais pas devenu muet. Je crois que je vais pousser un cri de coyote du Hoggar, et embrasser monsieur Fernando. Mais il a déjà disparu. Ça y est! Je vais m'occuper des bengalis. Juste quand je croyais qu'il était en train de me renvoyer.

Purée! J'ai dû trop boire de honte. Je crois que je suis en train de faire pipi dans mon short.

4

Lamia

Heureusement, ici tout sèche vite, même les émotions.
J'ai sorti ma marinière du short. En tirant, ça cache les
traces. Je me moquais des pantalons de Mozabite qui
donnent l'impression qu'on a fait dedans. Mais là, j'en
voudrais bien un. Pour camoufler le reste d'humidité
entre les jambes, je me suis mis à marcher en cow-boy en
faisant sauter le trousseau de clefs à la main de Fatma. Je
suis Hoppalong Cassidy en tournée exceptionnelle à la
fête de Fort de l'Eau. Le tireur le plus rapide à l'est
d'Alger. Le trousseau glissé à ma ceinture, je me suis mis
en position de duel, les bras le long du corps, le soleil
dans le dos, et j'ai défié le grand platane prétentieux qui
m'a à moitié assommé tout à l'heure. Je vais dégainer la
grosse clef et lui écharder l'écorce. «Écharder», c'est le
mot que je cherchais ce matin pendant la raclée...
Paoum! En plein dans le mille. Bizarre, je viens de
prendre une calotte derrière le crâne. Ça doit être le recul.

— Ne fais jamais ce geste! On ne rigole pas avec
ça, ici.

Le p'pa me prend par les épaules et plante ses yeux
dans les miens. Lui, il n'a pas besoin d'être armé. Ce

jour-là, après la calotte, il m'a emmené promener au bord de la mer. Signe d'événement important. Il va certainement m'offrir ma première cigarette. Les copains sur la plage m'avaient prévenu que ça se passait comme ça. Un jour qu'on a bien reçu son compte, le père prend un visage grave, marche avec vous en silence et tout à coup, vous prend en tête à tête, pour vous dire une chose importante... Tu sais, mon fils, maintenant que tu es un homme... Ça se passe comme ça pour les premières fois. En plus, j'ai l'âge du rôle : quatorze ans.

— Des fois t'as douze.

— Des fois t'as quatorze.

— Faudrait savoir.

— Heureusement que nous on sait.

Quand c'est un grand événement, on peut bien mentir pour avoir son âge. Difficile à faire comprendre à mes petites sœurs. La première cigarette, c'est un truc de garçon.

— Nous aussi...

— on a nos trucs.

On est face à la mer avec le p'pa, accoudés à la balustrade de pierre. Je regarde tout pour pouvoir me souvenir. J'entends le p'pa ouvrir le paquet. Ça y est ! C'est le moment ! Il me tend une Hollywood. Tiens, une marque que je ne connais pas. À l'odeur, ça doit être comme les Kool mentholées. Le p'pa a raison, il faut commencer doux... *Hollywood à la chlorophylle...* Réflexe. Je la prends entre le pouce et l'index et je l'amène à mes lèvres. Style Humphrey Bogart. Le geste, je l'ai répété deux cent trente-quatre fois, au moins. Il y a encore de la buée sur les miroirs à Orly. Dommage que je ne puisse pas me voir... Tu ferais mieux de la mâcher... Le p'pa rigole. Quel idiot ! Confondre sa première cigarette avec une tablette de chewing-gum. Dans le mouvement, pour avoir l'air moins bête, j'ai fait semblant de la fumer comme une cigarette en chocolat. Le p'pa rigole encore plus. Moi, je rumine ma tablette, un peu déçu. C'est amer, le goût de la chlorophylle. Tant pis. Peut-être que ça n'est pas si important, ce que le p'pa a à me dire. Voilà au moins un souvenir qui ne me fera pas mal aux poumons.

Le p'pa, lui, fume pour de vrai. Il me raconte Frédéric, ce petit garçon d'un copain d'équipe à Air France. Un soir, pour rire, il a voulu faire peur à son père qui rentrait du travail. Le p'pa m'a pris par les yeux. J'en aurais avalé ma première cigarette.

— Écoute-moi bien. Ici, c'est pas «pan! t'es mort» et après on se relève pour aller goûter. Ici, c'est pan! *et* t'es mort! Tu vois la différence?

La conjonction de coordination, m'sieur! En classe une réponse pareille, c'est le 18 assuré. Ici je prends une calotte supplémentaire du p'pa. Je renonce à faire le malin. Il vaut mieux chercher la réponse du côté du «pan!». Ça tombe bien, j'ai eu une leçon d'onomatopées de monsieur Fernando. C'était un matin qu'il réparait le moteur de sa Versailles, en chantant... *Pour promener Mimi, ma petite amie Mimi, et son jeune frère Toto, j'ai une auto...* Il m'a appris à reconnaître à l'oreille un Beretta, un Mat 69 et un P38. Maintenant, je sais faire la différence entre un peutte! un tara-tara! ou un taca-taca!... Les armes, petit, c'est comme les oiseaux, elles ont chacune leur chant. Sauf qu'on y laisse des plumes... Je ne dis rien à la m'am de tout ce que monsieur Fernando m'apprend. Je veux pouvoir continuer à aller m'occuper des oiseaux et de leurs plumes.

Après l'histoire de Frédéric, maintenant, quand le p'pa rentre d'Air France, je lève les mains pour lui montrer que je suis désarmé. Il sourit, me dégaine un petit clin d'œil et m'embrasse sur le front. Sauf que mes petites sœurs en profitent encore pour me griller et sauter au cou du p'pa... Preums!... Deuze!... Je préfère les laisser gagner plutôt que de risquer un mauvais réflexe.

J'ai arrêté là ma carrière de chasseur de primes. Finis les duels western. Ce platane prétentieux l'a échappé belle. De toute façon, je crois que «écharder» n'est pas le bon verbe pour dire qu'on retire l'écorce.

Quand monsieur Fernando m'a confié le trousseau de clefs de la baraque aux oiseaux, j'ai tout de suite reconnu celle pour ouvrir la trappe d'entrée. Une longue plate brillante. Elle a déjà un visage. Celui que j'ai aperçu dans l'obscurité avec Lamia... Tu regardes pas! T'as pas le droit... C'est sa colère qui m'a intrigué et qui me donne tant envie de retourner voir cette photo. Elle est sûrement encore dans la baraque. Lamia a dû être emmené au commissariat sans avoir eu le temps de la cacher. Je glisse la clef brillante dans le verrou avec de la bloblote dans les doigts... Au voleur!... J'ai l'impression que quelqu'un sur la place va crier. Il a fallu que je rentre presque à plat ventre. À l'intérieur, la même puanteur que la première fois, en plus fauve encore. Soudain, dans mes cheveux, il y a un formidable envol d'ailes. Un envol contrarié. Les oiseaux semblent avoir compris que ce n'est pas Lamia. J'ai cru que la baraque allait exploser. Les petites sœurs ont raison. Ils vont me bouffer les yeux! La lampe! La lampe électrique. Où il a pu la ranger? Et si quelqu'un referme la porte de la trappe? Bien sûr, j'ai laissé le trousseau de clefs dessus. Ah non! À peine le short sec, je ne vais pas me remettre une émotion dessus. Impossible de se retourner. Mourir étouffé dans le noir. Le pire!... Docteur, il a dû se passer quelque chose à sa naissance. Il supporte pas d'être enfermé quand c'est étroit... M'am, ce n'est pas le moment de demander une consultation. Toi qui as des yeux de chat, aide-moi plutôt à retrouver la lampe... Ça y est, je l'ai!... Merci, m'am... Je lui parle pour ne pas être seul. Clac! Un joli rond de lumière prend les cages par en dessous. Les oiseaux se calment un peu. Moi aussi. Mais mon cœur est à la traîne. Je cherche le visage de la dame. Il a disparu. Lamia a dû réussir à cacher la photo. Mais où? C'est pourtant tout petit ici. On ne peut pas y perdre un visage. Sa couverture! Sa couverture vieux rouge, avec des champs, des collines et des rivières. Son trésor, comme il dit. Elle est là, bien au carré, avec l'œil de la tribu au-dessus. Je la déplie. Si monsieur Fernando fait libérer Lamia trop vite du commissariat, je suis mort. Il va m'arranger la cravate, m'égorger, me rouler dans un tapis et me jeter dans un puits comme une pierre... Le tapis recouvre la pierre, la pierre bouche le puits, le puits mange le tapis... Tu crois que c'est le moment de jouer? Pourquoi tu ne sifflotes pas pendant que tu y es?... *Tout ça ne vaut pas un clair de lune à Maubeuge...* C'est ça, fais le malin. Et si personne ne te retrouve plus jamais?

J'ai soulevé un coin de la couverture rouge. Le regard de la dame est apparu. Un regard farouche. Il est là, dans un repli. Les yeux pris dans les cercles de lumière de la lampe électrique. Ils paraissent effrayés, maintenant. Comme ce soir-là à un barrage sur la route vers Fondouk... Allumez le plafonnier! Pas de gestes brusques. Faut qu'ils voient bien nos mains surtout!... C'était mon premier barrage. Pas le cœur à faire un vœu. On roulait un peu tard avec Serge et ses copains de foot. On revenait d'un tournoi. Il y avait eu des prolongations à la buvette. On avait la coupe et les cinquante nouveaux francs mais on risquait d'être pris par le couvre-feu.

À l'arrière de la 403, j'avais les yeux juste à la hauteur de la gâchette du pistolet mitrailleur d'un des soldats. Il avait un sparadrap au doigt qui lui faisait comme une poupée. C'est idiot. Ça m'a rassuré. On ne pouvait pas fusiller les gens avec une poupée. Devant nous, ils avaient fait sortir le couple de l'Aronde. La femme était brune. Le profil très blanc. Les cheveux libres. Toute droite au milieu des fils de fer barbelés. Sans trop savoir pourquoi, j'ai pensé aux chevaux de frise. Peut-être à cause de sa chevelure bouclée... Avancez! Avancez!... Dans la lunette arrière, je regardais le visage de la dame brune s'éloigner. C'est étrange comme on a tous l'air d'avoir quelque chose à se reprocher dans le faisceau d'une torche électrique.

Pas elle.

Pas la dame farouche sur la photo de Lamia. Devant elle, on a plutôt envie de baisser les yeux. Elle n'était pas une image pour aller sous les draps. En colo, les copains emportaient des pages de magazine pour faire la tente.

— C'est quoi...

— faire la tente?

Elles exagèrent les siamoises, ce sont des trucs de garçons, ça. Comment leur expliquer qu'on avait décidé, dans notre dortoir, de tous s'occuper de notre couroucou, tous en même temps. Sinon, c'était la pagaille. Ça gigotait, ça râlait, ça s'excitait quand ça voulait. Résultat, on ne pouvait pas dormir et le lendemain on se faisait battre au foot par l'équipe de l'autre dortoir. Alors on avait décidé. Chacun devait faire la tente avec ses draps pour pas que ça se voie. Et, au signal, tous ensemble! Ces soirs-là, le dortoir avec ses tentes blanches alignées devait ressembler à un camp de légionnaires... Hé! t'en as eu toi? T'en as eu?... Y avait pas intérêt à répondre oui, sinon tout le monde rappliquait pour voir.

— T'en as eu, quoi?

— C'était quoi?

Je ne lui dirai pas. Ce n'est pas pour les filles. Et en

plus, moi j'en avais pas eu. Peut-être à cause des magazines. Je n'en prenais pas sous la tente. J'avais trop peur que le mono les confisque... Madame, voilà ce qu'on a retrouvé sous l'oreiller de votre fils. *Paris-Hollywood*!... Finis les mandats et les colis au clafoutis de la m'am. Je préférais fermer les yeux et allumer ma télévision dans la tête avec Martine Carol, Gina Lollobrigida, Jane Mansfield, Michèle Mercier. Mieux que «La séquence du spectateur» et la voix de Catherine Langeais. J'avais aussi mes films rien qu'à moi, comme «La quincaillière de la cité de la Pierre-au-Prêtre». Dans mon extrait préféré elle monte sur un escabeau pour décrocher un rouleau de fil de fer. Elle doit soulever sa jupe pour ne pas marcher dessus... Qu'est-ce que tu trafiques avec toute cette ferraille et ce calque dans ta chambre?... Le papier carbone, c'était dans une séquence de «La marchande de journaux du haut d'Orly». Les liasses sont rangées dans le tiroir d'en bas, et elle doit se mettre à quatre pattes. La m'am voit tout, il faudra que je trouve un système pour cacher dans ma tête du fil de fer et du papier carbone. Heureusement que pour «La boulangère de Rouget-de-Lisle», à Choisy-le-Roi, je pouvais manger les puddings.

Ce serait pratique d'avoir la tête comme le Kodak du p'pa. Clic-clac! Le visage de la dame farouche serait maintenant bien enfermé dans ma petite boîte carrée. Je n'aurais plus qu'à développer et agrandir. Je repose la photographie à sa place dans les replis de la couverture vieux rouge de Lamia... Dépêche-toi, il faut que tu ouvres la baraque avant que monsieur Fernando ne revienne. T'auras pas une deuxième chance, pour les oiseaux... J'avais tellement regardé Lamia le faire que mes doigts s'en souviennent par cœur. D'abord la béquille pour soulever l'auvent, les deux taquets de maintien. Attention! il faut tirer avant de rabattre la poignée escamotable du comptoir. Flit! la goupille à chaînette. Où est le loquet qui pince les doigts de Lamia? Gaffe! Ah non, c'est à gauche... Aïe!... Moi aussi. C'est bien fait! Je pousse sur les équerres, les clapets de blocage bien à fond. C'est fait. Top! Record du monde de montée de baraque foraine battu! Personne pour enregistrer la performance. Tant pis.

Au tour des cages maintenant. J'ai remarqué qu'il y a un ordre pour les disposer. Du plus petit au plus grand, du terne au coloré, et du muet au parlant. Sans oublier le rossignol de Bornéo bien au centre... J'arriverai jamais à m'en débarrasser de celui-là... Il faut dire qu'avec son œil sournois et son bec vorace, il a peu de clients. Maintenant que j'ai sorti toutes les cages, je me recule comme un peintre devant sa toile. Trop de jaune ici, pas assez de rouge là. Je remets un peu de perruche dans les serins, retire du bengali sur les perroquets et ajoute une touche de colibri. Parfait. Il n'y a plus qu'à signer en bas à droite. Maintenant, je peux installer la loterie.

— Hep! pas touche, gamin. Ça, c'est trop précieux.

Monsieur Fernando! Déjà. J'ai eu chaud. Lui aussi. Il revient du commissariat en sueur. Derrière lui, Lamia boude en regardant ses pieds nus. Je lui tends ses savates. Il me les arrache des mains avec un regard qui me fait regretter son couteau bizarre. Ça commence bien notre équipe.

— La loterie, gamin, c'est du sacré.

Trois malheureuses roues en bois grandes comme des assiettes, plantées de clous pas droits avec des numéros qui s'effacent. Drôle de sacré.

— Faut pas plaisanter avec le hasard.

Le hasard! Le hasard! Mon œil! Presque tout de suite, monsieur Fernando m'avait expliqué comment «causer au hasard». Ma première leçon.

— Tu vois le clou qui a une tête un peu plus brillante sur chaque roue... Si tu te débrouilles bien, quand il part du 5 il arrive sur le 7 et c'est le 3 qui gagne... Tu comprends?

C'est pire qu'en géométrie avec Chavanel, le prof de math du collège. Sur l'estrade, pendant les interrogations, il nous marche sur le pied, et nous donne des coups de poing dans l'épaule en demandant... Alors Pythagore?... Alors, Pythagore?... C'est pas moi, m'sieur!... Quatre heures, samedi matin!...

— Regarde la roue, gamin, et concentre-toi.

On dirait le numéro de Miroska à «La piste aux étoiles».

— Si tu veux faire gagner le 4, gamin, tu le fais partir d'où, le clou brillant?

— Du 8!

Je n'ai pas réfléchi avant de répondre. Le triangle s'est dessiné tout seul dans ma tête. Je vais me faire calotter l'hypoténuse. C'est sûr. Et en plus, monsieur Fernando fait durer le plaisir. Il me regarde, étonné ou désespéré. Difficile à dire quand on attend d'en prendre une.

— Et pour faire gagner le 6?

— Le 2!

Je baisse la tête pour éviter le coup. C'est venu en rafales... Et pour le 0?... Le 7!... Pour le 2?... Le 1!... Il y a soudain un silence. Encore plus long qu'avant d'annoncer le premier en composition de rédaction. Le moment où il ne reste plus que deux copies à rendre. Soudain, monsieur Fernando me saisit par la taille. Ça y est, il va me propulser en l'air. Me satelliser plus haut que Telstar. Ce sera cap Canaveral à Fort de l'Eau, et je vais exploser au décollage, comme au journal télévisé.

— Incroyable! Toi, gamin, tu deviendras patron de loterie plus tard.

En atterrissant, je pense plutôt à champion du monde de football, ou propriétaire d'autos tamponneuses. J'aimerais bien avoir, pour moi tout seul, les petites étincelles bleues au sommet des perches, à la tombée de la nuit. En attendant de m'installer à mon compte, j'ai vite appris à causer le hasard couramment. Question de coup de main. Maintenant, je sais lancer la roue ni trop mou ni trop fort et tomber sur les trois bons chiffres... 1-2 et 5!... Deuxième leçon... Les «bons chiffres» sont ceux d'un billet qu'on a pas vendu!...

— Allons, mesdames et messieurs, qui a le numéro 125? Qui va gagner ce superbe couple de perruches d'Hawaii dans son paradis en véritable acier chromé de Tolède?

Monsieur Fernando brandit la cage au-dessus de sa tête comme la coupe de France au stade de Colombes.

— Je suis sûr qu'il est caché quelque part, ce coquin. Cherchez bien.

Les gens vérifient leurs billets pour la dixième fois. C'est étrange de les regarder chercher en sachant qu'ils ne trouveront pas.

— Personne pour le numéro 125?... Attention, mesdames et messieurs, je vais compter!...

Monsieur Fernando imite l'arbitre au sol quand l'un des catcheurs a les deux épaules qui touchent... Est déclaré vainqueur par tombé: l'homme au masque de soie!... Je me suis toujours demandé qui c'était.

— Attention, personne, une fois! Attention, personne, deux fois!

Il tape sur la cage pour marquer son compte. À l'intérieur les perruches d'Hawaii sont affolées comme si on allait les plumer.

— Attention, personne... trois fois!

Là, monsieur Fernando pousse un long cri de coyote de Sumatra... Aaaahhhouhou!... Ou quelque chose comme ça, avec un visage bouffi de déception. Même moi, à chaque fois, j'ai mal pour lui. Pauvre monsieur Fernando, il n'a pas réussi à faire gagner le gros lot à quelqu'un. Le dos voûté, il range la cage à 1 850 F et le couple de perruches d'Hawaii à 920 F. Le public a honte de ne pas avoir été capable de lui faire plaisir. Mais monsieur Fernando rebondit au milieu du cercle avec une cage minuscule et un secret à l'intérieur.

— Le bengali à l'approchant!

Les parieurs frémissent. Ils vont pouvoir se faire pardonner leur maladresse. Parce que, là, c'est sûr: il y aura un gagnant.

— Même pas vrai!

— Nous on a jamais gagné!

Pas question que Maryse et Martine aient des oiseaux avant moi. Pour être certain que ça n'arrive pas, je cause à l'oreille du hasard et il m'écoute. Troisième leçon: pour la chance, y a pas d'ami, y a pas de famille. Juste des écrous à serrer.

— Regarde, gamin. Pour les dizaines, il faut forcer un peu dessus. Le pas de vis est foiré.

Monsieur Fernando a fini par me laisser toucher aux roues de la loterie. Il m'a montré comment les boulonner sur leur portique. Le hasard ne tient que par trois écrous rongés. Pas de chance pour mes petites sœurs, la rouille n'est pas de leur côté. Maryse et Martine ne gagnent pas et, en plus, je suis un bon fils. La m'am l'a encore répété… Les oiseaux c'est fait pour vivre en liberté…

— Aouah! Lamia, tu veux me faire un lâcher de canaris, ce matin! Chouf le fermoir.

Lamia ne répond pas et claque la porte de la cage. Ça sent le sirocco! Depuis qu'il a été ramené du commissariat de police par monsieur Fernando, il boude avec mine contrariée et gestes brusques. Dès qu'il peut il me jette un regard chaque fois plus sombre. Je me demande combien il y a de nuances dans le noir. Ses yeux vont bien finir par se vider.

— Lamia, tu le rationnes ou quoi, le perroquet? Remets-lui de l'eau.

Monsieur Fernando inspecte encore. Une fois la loterie montée, il fait sa tournée. En plus d'un 46 fillette, il a 10-10 aux deux yeux. Il voit tout. Il me fait penser à la récitation *L'Œil du maître*. Une fable qu'on a étudiée en classe. La Fontaine! j'avais trouvé ça un peu bébé pour notre âge... Encore pire, une fois *Le Corbeau et le Renard*. Jeunes cancres! Bien sûr qu'on s'en tamponne le coquillard que ce pigeon de corbac se fasse chourer son calendos par ce faux derche de goupil. Mais nous! nous! on a tous un fromage dans le gosier! C'est ça, la fable... Ça m'étonnerait que ton professeur parle comme ça... Si, m'am, et on n'a pas intérêt à l'imiter... L'argot, jeunes cancres, c'est en plus du français! Pas à la place! Alors, apprenez le français d'abord...

Je pense à la récitation... *Chacun prend un épieu, chacun donne un coup à la bête...* C'est ce passage de *L'Œil du maître* qui me pince le cœur aujourd'hui. Parfois il vaut mieux ne pas avoir vu. Ne pas avoir vu celui qui se cache.

De cette nuit-là, je m'en souviens, mais pas des détails. On dormait entassés dans notre garage-habitation. Le ventilateur au plafond devait être en panne comme d'habitude. Il y avait eu du bruit dans la cour... Il est passé par là!... Des soldats couraient... Il a pas pu se volatiliser, bordel!... Ils cherchaient quelqu'un. Dans le haut de la grange... C'est pas possible, merde! Fouillez encore! Tout à coup, j'ai eu peur pour ma caisse de rations, mes journaux, le livre de Théo et mes cahiers. Je me suis faufilé par une sorte de conduit. Avec, on peut monter à la grange sans passer par la cour. Il n'y a que moi qui connaisse ce passage. J'ai vérifié dans l'obscurité, les trois lattes du plancher étaient en place. Les truffes! Ils n'avaient rien vu. Je pouvais aller me recoucher. C'est là que j'ai remarqué que la petite échelle en fer qui sert à atteindre le vasistas était décrochée. J'ai voulu la remettre. Si les soldats s'en apercevaient. À peine j'y ai touché, quelque chose jaillit du mur. Mon cœur a failli éclater... Il est là, le fumier!... Ça a cavalé dans tous les sens. Des bruits de rangers, des coups... J'veux pas! J'veux pas!... J'ai juste pu voir à travers les planches quatre soldats qui portaient un garçon aux cheveux courts. Il avait l'air d'avoir l'âge de Serge. Il se débattait. La chaîne de sa plaque militaire lui coupait la bouche comme un mors. Les soldats l'ont jeté à l'arrière du camion. Il était complètement nu. Après, je n'ai plus rien vu. Juste entendu... Attention! Il se barre, l'enfoiré!... Mais qu'est-ce que vous foutez! Il se barre!... Et il y a eu une rafale du côté du fort turc. Encore un coup de feu. Et, un peu après, le camion était reparti.

Le lendemain au Marsouin, personne n'en parlait. Je n'ai jamais su qui était ce garçon nu, qu'est-ce qu'il ne voulait pas et s'il avait couru assez vite. On n'avait même pas retrouvé ses vêtements. Je ne toucherai plus aux échelles en fer. C'est une saleté d'avoir l'œil du maître.

— Lamia, je t'ai dit de me faire disparaître ton fourbi de la baraque. J'ai déjà pas assez de place pour les oiseaux.

Lamia range ses affaires dans l'outre en peau qui lui sert de sac. De l'index, il me montre son œil et celui de la couverture vieux rouge. En traduction approximative, ça veut dire : je sais que tu as fouillé dans mes affaires et que tu as regardé la photographie. Comment il a pu s'en apercevoir ? Ensuite il me montre son poing qui cogne son front, son nez et ses dents. Là, il n'y a pas besoin de traduction. Reste plus qu'à courir.

— Bon, vous vous débrouillez pas trop mal tous les deux. Gardez le stand, je vais au Marsouin lire le journal.

Le journal ! Incroyable. Monsieur Fernando va, comme chaque matin, aller lire les cours de la Bourse en terrasse en fumant ses Bastos. Il m'abandonne à Lamia en pleines menaces de mort. Il me sacrifie pour une anisette, la Française des pétroles et une partie de ronda. Ce jeu, je n'y comprends rien, mais je l'aime bien, à cause du dessin des cartes. Les massues, les coupes, les poignards et les pièces d'or. C'est autre chose que nos pique, cœur, carreau, trèfle. Mais ce que je trouve le plus étrange, c'est que les numéros des cartes ressemblent à notre famille. Ça va jusqu'à 12, mais il n'y a pas de 8, de 9 et de 13. Comme si on avait fait disparaître Roland, Évelyne et Martine. La malédiction de la ronda ! Je préfère ne pas savoir ce que ça veut dire. Moi, je suis le 11. Le cavalier. *El cavaliere !* Pourtant, je suis venu à Fort de l'Eau sans Blanco, mon cheval qui galope dans ma tête. Je pensais qu'il aurait trop chaud et qu'ici il n'y avait que des ânes et des chameaux. Alors, je l'ai laissé en haut d'Orly, à la Vallée verte. Il y sera bien. Là, pourtant, j'aurais bien besoin de lui, pour échapper à Lamia. Il va se venger sur moi pendant la partie de cartes de monsieur Fernando. Je le vois déjà me fracasser le crâne avec les massues, m'empoisonner avec les coupes, me découper avec les poignards et vendre mes morceaux pour quelques pièces d'or. Ça n'a pas manqué. À peine monsieur Fernando est parti vers le Marsouin que Lamia se jette sur moi.

— Tu as regardé?

Difficile de dire le contraire. J'ai dû me tromper de repli en rangeant la photographie dans la couverture vieux rouge. J'ai dû tourner le visage du côté des champs au lieu de le placer face à la maison. Ou quelque chose comme ça.

— Tu as regardé, alors lave-toi les yeux!

Lamia me montre le seau d'eau qui sert à remplir les abreuvoirs et rafraîchir les oiseaux. Si ce n'est que ça. Par ce temps, ce sera un peu comme piquer une tête du débarcadère. D'accord pour me tremper les yeux, mais sans mouiller le col de la marinière. On abîme pas les affaires!

— Écoute: Vivante elle mange de l'herbe. Morte elle boit de l'eau. Qui suis-je?

Sûrement pas moi. Je n'ai jamais mangé d'herbe de mon vivant. Même si je broute parfois, au foot. Mort, ça peut attendre. Et pour le bouillon de onze heures, on est en avance. Je fais signe que je donne ma langue au poisson-chat.

— C'est l'outre, ignorant!

Le temps d'essayer de comprendre et je contemple le fond du seau. Je sens la poigne de Lamia me peser sur la nuque. Inutile de se débattre, c'est comme ça qu'on boit la tasse. Tout de suite, j'ai commencé à compter. On fait comme ça avec mes petites sœurs quand on joue au plongeur sous-marin dans la bassine pour rincer de la m'am... 1, 2, 3, 4... Je ne me souviens plus quel est mon record, mais je suis bien parti pour le battre. La paluche de Lamia ne desserre pas. J'ai le temps de penser aux deux types de la plage qui ne se déshabillent jamais. Même les chaussures. On les appelle Eau-Gaz-Électricité parce qu'ils ne parlent que de ça.

— Y a des gonzes, c'est incroyable ce qu'ils tiennent le choc à la baignoire.

— Ouais, mais dès que tu les passes à l'électricité, y a plus personne.

Avec le vélo de madame Clément, en branchant des fils sur la dynamo, on avait voulu fabriquer une gégène pour l'essayer sur Sultan mais...

— Oh le culot !

— «On» c'est toi tout seul.

Puisque c'est ça la solidarité entre frère et sœurs, je retourne à mon seau... 341, 342, 343... J'ai un peu sauté des mailles, comme la m'am au tricot. C'est pour apitoyer. Des fois qu'on m'entendrait, là-haut, à la surface. Mais la poigne de Lamia est sourde. J'en suis à 2 650, je commence à voir des couleurs qui n'existent pas et à entendre des GMC passer en convoi dans mon crâne. Je vais mourir. On est le 19 juillet 1962, il faut que je me souvienne de la date pour la faire graver... 2998 !... 2999 !... Lamia me ressort la tête du seau. Dommage, j'étais au bord du record du monde.

— Tes yeux sont propres ?

Je dois les avoir bleu lavande avec toute la Javel qu'il y a dans l'eau. Ma bouche saigne. Ça me rassure. J'ai eu la trouille, mais il ne faut pas le montrer. En regardant Lamia toujours aussi sombre, je me demande quelle femme peut mériter qu'on noie quelqu'un, à dix heures du matin par un temps pareil. Ce seau d'eau m'a encore plus donné envie de la connaître.

— Qu'est-ce qui se passe, ici ?

Le retour du Marsouin de monsieur Fernando a été annoncé par une jolie odeur d'anis. Même au fond du seau, je l'ai sentie. Il a l'œil sombre. La Française des pétroles a dû perdre deux points.

— C'est toi, Lamia, qui lui as fait ça ?

Il montre ma lèvre éclatée.

— Je t'avais prévenu. Tu peux prendre ton barda !

— Non, monsieur, c'est moi. Je me suis pris les

pieds dans une racine. Je suis tombé à moitié assommé. Heureusement que Lamia m'a jeté de l'eau. C'est vrai, c'est pas bon, quand on reste évanoui.

Monsieur Fernando nous fixe. Son regard va de l'un à l'autre. Il a l'air de se demander s'il faut me croire. Dans sa tête, il doit être comme la plume sur la roue de la loterie quand elle hésite entre le zéro et le neuf. C'est le moment de causer à l'oreille du hasard. Ou ça tombera sur: fichez-moi le camp tous les deux! Ou alors...

— C'est bien, Lamia. C'est bien, mon fils. Toi, viens là que je te soigne.

Avec son eau oxygénée et son mercurochrome, monsieur Fernando ne le sait pas, mais il me sauve la vie. Je n'ose même pas imaginer la vengeance de Lamia si je lui avais fait perdre son travail. Quand même, j'aurais aimé qu'il me fasse un sourire, un clin d'œil ou une petite tape sur l'épaule pour me remercier. Comme quand on a fait la passe au buteur. Le reste de la journée, il ne m'a pas dit un mot, pas lancé un regard. Rien. Lamia doit certainement connaître une devinette sur l'ingratitude.

Ce soir-là, sur la plage de la Sirène, dans un coin tranquille près du grand escalier, je suis en train de jongler avec mon ballon de foot... 6, 7, 8!... C'est mon point faible le jonglage. Il faut que je travaille. Pelé peut faire plus de mille têtes de suite. Mais moi, j'ai le dessus des pieds fuyant, les genoux pointus, la poitrine plate et le front trop étroit. Il faudra que je demande à la m'am de qui je tiens ça.

— Tu me tires des buts?

Lamia vient d'arriver dans mon dos. Heureusement que je ne l'ai pas vu venir, sinon je piquais un sprint à la Piquemal et Delecourt vers le Marsouin. Parce que, question course à pied, tout a été très bien étudié par le p'pa et la m'am. Sans attendre ma réponse, Lamia laisse tomber son outre dans le sable et pose un caillou à quelques pas. Ça ne fait pas 7,32 mètres, ça. Il écarte la pierre. Là, j'y gagne. Lamia trace la ligne de but avec son talon. Il jette ses savates, ôte sa chemise, son pantalon, et les fourre dans son outre. Lamia se retrouve dans une espèce de slip de bain à la Johnny Weissmuller. Mais il me fait plus penser à Darry Cowl dans *Le Triporteur* qu'à *Tarzan trouve un fils*. Lamia se met en position et se crache dans les mains.

Ça va être facile. Il faut l'impressionner d'entrée. Pour commencer je lui réserve ma spécialité du chef: un brossé du droit à ras de terre, servi avec poteau rentrant. Imparable. Lamia le bloque d'une main. Il est parti du bon côté. Coup de chance. Cette fois, il ne pourra rien contre mon boulet saignant sous la barre à la Fontaine avant qu'il soit « perdu pour le football ». Lamia se détend et le détourne. Je balance une patate à la Zagalo. Il bloque. Un rabe bien fritté façon Jonquet. Il cueille. J'enchaîne les plats. Demi-volée, ciseau, ciseau retourné, lobe: rien à faire. Il arrête tout. C'est un chat, une girafe, un singe, la ligne Maginot, le mur de l'Atlantique et la ligne Morice à lui tout seul. J'essaie encore, de la balle vicieuse au bottard de bourrin. Les ballons lui collent aux mains. C'est de la glu, ce type. Monsieur Sécotine 62. Pas même un relâché de rhuma-tisant pour espérer lui glisser une pissette de baby-foot sous le ventre. J'ai même shooté un pointu en douce. Oui, je l'avoue, un vilain pointu vrillé à trajectoire de têtard. Un coup à être excommunié par la Fédération. À perdre son maillot et ses crampons. J'en ai honte. Si quelque part il existe un saint du football. Sûrement saint Denis, la tête servie sur un plateau par une balle venue de l'aile. À ce saint, je promets de lui allumer une chandelle dans la lucarne, et de faire toute la surface de réparation sur les genouillères pour me faire pardonner.

— Bravo, mon gars. Tu les arrêtes bien les tirs.

Deux Chinois en costume clair sont accoudés à la balustrade au-dessus de nous. Leur allure me dit quelque chose. Surtout cette façon de tirer sur leurs cigarillos comme avec un fume-cigarette. Lamia les regarde et crache dans le sable. Ça sent le sirocco! Il va sortir son couteau bizarre et les poursuivre par la côte jusqu'à Suffren. Mais non. Il rafle son outre en peau et part vers les rochers avec des pas raides d'arpenteur.

— Viens!

Aucune envie de rester avec ces deux types. Ils n'ont même pas eu peur quand Lamia les a fixés dans les yeux.

— Tu viens!

Je sens que j'ai oublié quelque chose, mais je le suis quand même. À trois foulées pour un pas. Ça les vaut. Derrière nous, les deux hommes rigolent. Des petits rires sucrés à fumer des blondes mentholées de femmes.

— Nous aussi, on veut bien t'en tirer.

Ils rient de plus belle… Qu'est-ce que ça donne au masculin, cette expression? Accélère! C'est pas le moment de faire du genre. J'ai peur sans savoir pourquoi. En suivant Lamia vers le fort, je me souviens où j'ai déjà vu ces deux Chinois. Un matin, ils tournaient autour de la place dans une Facel Vega grise. Ils se sont arrêtés devant la baraque et se sont adressés à Lamia qui remplissait les mangeoires… Petit! Petit!… Il a fait comme s'il ne les entendait pas… Petit! Petit! Approche… Monsieur Fernando revenait à ce moment-là du Marsouin, le ventre en avant… Vous cherchez quelqu'un?… Nous? Non. On regarde les pinsons… Y en a pas ici, de pinsons, mais j'ai des gnons de Bornéo si vous voulez… Monsieur Fernando leur avait montré son poing à chevalière. Pas impressionnés, les deux Chinois étaient repartis dans leur Facel Vega... Cette voiture, elle porte malheur... C'est le p'pa qui dit ça.

Ça veut dire qu'il pense à son copain goal-écrivain qui s'est tué avec le même modèle.
— Tu vas pas raconter cette histoire. Ton père s'en veut assez.
Ce n'est pas de sa faute, m'am. Tu me l'as assez raconté. Elle avait un problème de train avant, cette voiture. Le p'pa l'avait prévenu. Le copain goal aurait dû lui laisser.
— Ton père devait la regarder. Il a pas pu. Je sais plus ce qu'il avait à faire ce jour-là. Mais il a bien regretté.
Mais ce sont eux, m'am, qui ont décidé de prendre la Facel au lieu d'y aller en train ou en avion.
— C'est comme ça. On n'y peut plus rien. Un garçon si gentil.
Il y a une question que je voudrais bien poser à la m'am, mais je n'ose pas. Je n'ai pas peur qu'elle me calotte, j'ai peur qu'elle me réponde. J'attendrai. Pour l'instant, je revois l'école dans le village où on était allés en traction avec le père. Il m'a laissé dans la voiture. Il faisait froid. Quand il est revenu, il a seulement dit... Au moins, il est pas amoché... On est remontés vers Paris. Le p'pa a mis les essuie-glaces. Il fait toujours ça quand il pleure. Moi, j'avais du chagrin pour le p'pa... Perdre un copain comme ça... Quand on avait déménagé de Villemomble, moi aussi j'avais eu l'impression d'avoir un accident de voiture. Un gros.
On roulait, et je ne sais pas pourquoi, je pensais à l'autre monsieur. Celui qui était mort dans la Facel Vega avec le copain du p'pa. Comme si personne n'était triste pour lui. Comme si tout le chagrin avait été dépensé pour

un seul. Pourtant il avait un nom célèbre, paraît-il. Le journal avait dit… *Albert Camus se tue dans un accident de voiture…* Et en plus petit… *Michel Gallimard l'accompagnait…* C'était comme pour Ginette Neveu avec Marcel Cerdan, un autre copain du p'pa. Ce jour-là, il n'y avait plus de place pour elle. Quand on est célèbre, il vaut mieux mourir tout seul. Sinon, ça fait comme Poulidor avec Anquetil. On finit en plus petit.

Un après-midi qu'on était sur la plage, j'ai quand même osé poser ma question à la m'am. Elle tricotait sur son pliant pour la dernière ou le dernier arrivé de la famille. C'était qui déjà? Depuis qu'on était ici, je ne suivais plus bien. Il me faudrait un arbre généalogique. Ce serait un baobab! Pourtant, c'est important d'être tonton. Ma sœur Martine avait même été tata à l'âge de six mois. Un record… Tu te rends compte? La mère n'a pas pu venir à mon mariage, parce qu'elle accouchait ce jour-là… Ça laissait mon frère Guy songeur. Moi aussi. Mais d'habitude, c'était plus simple. On devenait tonton par la poste. Une lettre arrivait et la m'am annonçait… Me voilà une dix-neuvième fois grand-mère!… Elle avait l'air dix-neuf fois heureuse. Et moi, je me demandais comment la m'am pouvait être grand-mère. Même seulement une fois! Je n'en ai pas eu, mais je sais bien que ce n'est pas comme ça, une grand-mère.

Ma question, je n'étais pas trop sûr d'oser la poser. Je regardais la m'am tricoter pour me décider. Comment on pouvait encore avoir besoin de tricoter dans cette famille? Avec tous les échanges de vêtements qu'il y avait à chaque naissance. Un vrai trafic de layette. Je ne comptais pas les landaus, poussettes et Youp-la-la. J'espérais qu'on avait des prix chez BB Confort. À cause de ce trafic, j'avais l'impression que tous les bébés se ressemblaient, dans cet uniforme burnous-chaussons-bonnet que j'avais déjà vu défiler des tas de fois. Ma parole, chez nous, on les faisait tous avec le même patron, les enfants !

La m'am tricotait et je regardais sur la plage les gros rouleurs qui tournaient autour des filles en jouant les cakes... Tu peux pas parler mieux que ça, non ?... Il fallait que je me dépêche de poser ma question, sinon la m'am aurait fini d'habiller toute la famille avant.

— Dis m'am, Albert, le copain goal-écrivain du p'pa, il était pas un peu...

— Un peu quoi ?... 6, 7, 8...

La m'am entamait ses diminutions. Ça allait être commode pour l'interroger.

— Un peu. Même beaucoup... avec les femmes... Tu vois !

— 9, 10... Avec les femmes ? Beaucoup, quoi ?...

— Un peu beaucoup... dragueur !

— Ça oui. Un peu beaucoup... 11, 12. C'est sûr. Un peu beaucoup charmeur !...

J'en étais sûre qu'on allait buter sur le vocabulaire.

— Oui, m'am, mais il paraît qu'avec les femmes, en général... enfin... avec toi... enfin, je veux dire... même pour rire... il a pas... juste comme ça... essayé !... Tu comprends...

— 13... Et ton père ?

La m'am avait posé son tricot. C'est vrai que ça suffisait comme réponse. Ça pouvait vouloir dire mille choses. Mais ça suffisait.

— Et puis regarde-moi : vingt fois grand-mère !...

Tiens, on m'a caché un neveu, ou une nièce.

— Voilà ! Je sais plus où j'en suis dans mes comptes. Faut que je recommence.

Je me suis sauvé dans la mer tellement j'avais honte de ma question. Je savais bien pourquoi je l'avais posée. Je savais bien que c'était à cause de cette histoire de «veine de coucou» du p'pa à la loterie. Et de ce «quelqu'un qui fait la roue dans votre dos». Comment j'avais pu lui demander ça? Pourtant je la connaissais, la réponse. Quand la m'am faisait la roue, c'était qu'elle ouvrait ses bras pour nous serrer contre elle.

Je me suis aspergé d'eau. Je me sentais sale. Heureusement, ça allait être l'heure de ma leçon de natation avec mademoiselle Valnay. Il fallait que je lui demande si elle n'avait pas besoin de quelque chose pour son trousseau. C'était le moment, la m'am avait repris son tricot.

J'espère que les deux Chinois qui ont embêté Lamia auront aussi un problème de train avant avec leur Facel Vega.

— Lamia, c'est quoi ce faux couple qui te tourne autour?

— Des canifs!

— D'où tu les connais?

Lamia n'a pas répondu. Monsieur Fernando pas insisté. C'est comme ça qu'ils se comprennent le mieux. Pas moi. Un faux couple, d'accord, je sais ce que c'est... Dites, je risquais pas d'avoir des petits avec vos perruches. Ce sont deux mâles... Chez les oiseaux il y en a plein de faux couples. Chez les hommes aussi. D'après monsieur Fernando. Même avec des sexes opposés. Mais ça se voit encore moins. Par contre, «canif» je me demande ce que c'est. Sûrement un petit calife, un caïd à la mie de pain, une petite lame. À voir la moue dégoûtée de Lamia et de monsieur Fernando, il doit y avoir autre chose. Je le sens quand un mot a un polichinelle dans le tiroir. C'est un sixième ou septième sens. Je ne sais plus.

En attendant, je ferais bien de travailler ma vue. Je viens de perdre Lamia dans les rochers. En plus d'être

un chat, une girafe et un singe, c'est aussi une chèvre...
Vivante, elle broute l'herbe; morte, elle boit l'eau...
Lamia avait dit que c'était l'outre. Je viens juste de
comprendre. C'est parce que l'outre est en peau de
chèvre. J'ai encore des progrès à faire en devinette. Faut
que je me muscle à l'intérieur. Lamia! Le voilà. Il est
assis face à la mer sur une grosse pierre plate. Sur son
tableau du fort turc, le p'pa l'avait peinte un peu plus
haute et moins verte. Je préfère celle du p'pa. Au
moins, on aurait pu tenir à deux. Lamia s'en moque. Il
porte son outre serrée sur son ventre et fixe quelque part
au loin la route des cargos. Lamia n'a pas l'air effrayé.
Seulement en colère. Tout à coup il se dresse et se
rhabille comme s'il se battait avec ses vêtements.
J'essaie de l'amadouer.

— Purée, tu goales drôlement bien, tu sais!

Lamia ne répond pas. Il doit se demander pourquoi il
n'a pas éventré les deux Chinois. Moi aussi. D'habitude, ceux qui l'insultent, il peut les poursuivre avec
son couteau bizarre jusqu'au garage Renault d'Hussein
Dey. C'est sa meilleure performance. À ce jour.

— Purée! Si tu avais été le goal de la France, on se
serait qualifié pour le Chili.

J'exagère un peu pour le faire sourire. Mais ça aurait
été bien qu'on aille en Coupe du monde. Inutile. La
colère lui reste collée au visage.

J'essaie quand même de passer.

— Tu crois qu'on aurait pu, avec Mekloufi et
Zitouni dans l'équipe, s'ils étaient pas revenus ici?

Il hausse les épaules. Je renverse le jeu.

— C'est quoi des canifs, Lamia?

— Cherche!

Encore une devinette! Les pires. Celles avec la
réponse avant la question comme pour le «Mystère-
minute» de l'inspecteur Fauvet dans *La Dépêche*

d'Algérie du dimanche. Ce serait quand même plus simple de commencer par le début.

— Écoute ! J'ai la langue dans les fesses. Qui suis-je ?

Je pense au chien comme réponse. Il suffit de voir Sultan quand il se cherche une puce entre les jambes. C'est ça. Ces deux types sont des chiens ! Bien trouvé. Il va être soufflé, le Lamia. Mais les devinettes n'aiment que leur maître. Il répond.

— J'ai la langue dans les fesses. Qui suis-je ? Le canif, ignorant !

Quel idiot ! J'aurais dû y penser, surtout que le mien ne veut plus s'ouvrir depuis que je me suis baigné avec. Maintenant, je trouve ça louche, cet amour soudain du manche pour la lame. Lamia finit de s'habiller. Il me fixe debout sur cette grosse pierre qui n'aurait pas dû être là.

— Alors, tu as regardé ?

Ça fait au moins quatre fois qu'il me le demande. Je baisse les yeux vers mes sandalettes, histoire de ne pas avouer trop fort. Lamia s'assoit et fouille dans son outre en peau. D'habitude il porte son couteau à égorger les copains sous sa chemise. Non. C'est la couverture en vieux rouge qu'il sort de son sac et étale sur ses genoux. Puis la photo qu'il pose dessus. Il la lisse de la main. Le visage apparaît sur les motifs. Celui de la dame farouche. On la dirait couchée entre le ruisseau et la colline.

— C'est bien d'avoir rien dit pour le seau.

Je suis surtout fier de mes 2 999 secondes sous l'eau.

— Tiens !

Lamia me tend la photo. Encore un piège ! Non merci, je n'ai aucune envie de battre mon record de plongée en apnée. Il me confond avec le bathyscaphe Archimède. 9 300 mètres ! Record du monde. Ça en fait des litres à boire.

— Prends-la !

La photo de la dame farouche devrait être brûlante. Elle l'est. J'ai des dizaines de doigts qui me fuient des mains. Je tremble. On peut toujours croire que c'est le petit vent qui vient de la mer. La brise.

— Écoute. L'oreille est ma porte, le cœur ma couche, et la bouche mon tombeau. Qui suis-je ?

Je fais semblant de réfléchir, mais celle-là, je l'ai trouvée tout de suite.

— Le secret !

— C'est bien, ignorant. Tu sais le garder ?

Je n'ai pas le temps de répondre. Lamia me reprend la photo brûlante.

— C'est Maryline.

C'est ça son secret ?... Maryline !... Des Maryline, il y en a des tas. Partout. Dans les rues, à la plage, en terrasse, sur les scooters. Il y en a même une qui vend des glaces à Maison-Carrée près de la place aux palmiers. Des Maryline, y en a presque autant que des Brigitte Bardot. Quand c'est blond avec un maillot une pièce c'est une Maryline, quand c'est avec un bikini c'est une Bardot. Dans *La Dépêche d'Algérie*, il y en au moins une par jour en première page et une de plus en dernière dans *La Dépêche de Constantine*... C'est plus un canard, c'est un sandwich à la pin-up... Il dit ça monsieur Fernando, mais il les regarde, les miss camping, miss plus belles jambes, miss buste, miss twist, miss plage, miss madison. Toutes pareilles avec des coiffures impossibles et des maillots de bain qu'on voit nulle part. Toutes pareilles, mais pas elle. Pas la dame farouche de la photo... Maryline... Ça ne lui ressemble pas. D'habitude on ressemble à son prénom. Au moins la couleur des cheveux. Elle est comme la dame sur les paquets de henné. Une Maryline, ça remue son gros popotin en jouant du yukulélé riquiqui dans un train avec des hommes déguisés en femmes. Est-ce qu'on appelle ça aussi des canifs?

— Non, des kaoueds.

Il faut que je mette à jour mon cahier de mots d'ici. Sinon je ne vais plus m'y retrouver entre les faux couples, les canifs et les kaoueds. Comme quand Michou est venu à Fort de l'Eau. Je regardais des hommes en gandoura regarder sans comprendre un homme habillé en femme... Michou est venu ici?... Oui, m'am. À moins que ce soit un imitateur. Lamia, lui, est là en vrai.

— Écoute, ignorant...

Oh, non! Ce soir-là, je suis fatigué des devinettes.

— Maryline. La Maryline de la photo. C'est pas son vrai nom.

Ça, je l'avais deviné.

— J'ai pas le droit de te dire le vrai... Mais elle, les deux Chinois... ils veulent la tuer!

Je regarde Lamia debout sur son rocher. Le corps tendu, les bras repliés, les doigts écartés, comme s'il se préparait à arrêter un tir. Ce n'est pas croyable! Je me frappe le front. Purée, j'ai oublié mon ballon de foot sur la plage.

5

Chahala

Incroyable!

On veut tuer une femme, et toi tu ne penses qu'à ton ballon de football! Tu es pire que la tortue de *La Dépêche d'Algérie*. Celle de ce matin en première page. Quelqu'un va mourir, et la seule chose qui t'intéresse, c'est ta misérable petite balle. N'empêche qu'il était en vrai cuir, mon ballon. Pardon: qu'il est! en vrai cuir... Jeunes cancres, la mauvaise conjugaison, c'est le début du renoncement... Il a raison, Louis XVI. En plus, je venais juste de lui suiffer les coutures, et de le gonfler à bloc avec la pompe à pied de monsieur Clément. On va me le voler, c'est sûr. Heureusement qu'il est tatoué comme un chien de race.

Et cette Maryline! Qu'est-ce que j'y peux pour elle, moi, avec mes pieds fuyants, mes genoux pointus, ma poitrine plate et mon front trop étroit? Me retrouver en page 3 à la rubrique «Faits et méfaits d'Alger». *Un jeune garçon courageux tué alors qu'il voulait porter secours à une inconnue*... Parfaitement, une inconnue. Alors qu'en allongeant la foulée façon Jazy, je peux encore arriver à temps pour éviter le vol crapuleux d'un ballon. Pour la Maryline, ça peut attendre. Lamia a dit que le faux couple de Chinois voulait la tuer. «Voulait»! Ce n'est pas encore fait. Si maintenant on commence à s'en faire à la moindre intention de tuer. La m'am aussi veut me tuer quand je vais me baigner juste après manger... Ma parole, j'vais le tuer!... Ici, tuer c'est plus un verbe. Tout juste un point d'exclamation, et même parfois trois points de suspension vaguement fatigués... Sur ma vie, j'en peux plus de ce mari, j'vais me tuer aux loukoums... Pourtant, ça a plutôt l'air de lui faire plaisir, à madame Clément, de se tuer de cette manière. Puisqu'elle recommence. À force, je ne m'y retrouve plus. Tout le monde tue tout le monde. Les premiers jours ici, j'ai cru mourir à chaque phrase... Ba ba ba! y m'tue ce bourricot!... J'ai fini par comprendre que tout ça, c'est manière de causer. Il faut que j'apprenne la langue si je ne veux pas me faire sauter le cœur. Le mieux c'est de commencer par une collection de mots d'ici.

J'ai récupéré un livre de comptes du restaurant... *Un cahier tracé journal...* Le nom me plaisait. En plus, ça tombait bien, il y avait deux colonnes. J'ai remplacé «Débit» et «Crédit» par «Ici» et «Là-bas». Avec ça, me suis fait mon Assimil. Ça me permettait de m'entraîner à roter pour apprendre à m'excuser après les merguez... *Amdoullah!...* de répondre *Inch Allah!...* en montrant le ciel quand on me demande à quelle heure je rentre, et d'ajouter *mektoub* quand on me prévient gentiment que ça n'a pas intérêt à être après le p'pa. Le matin, je peux faire illusion dans la conversation... *La bès? La bès!...* ou chez le mozabite *aouha!* c'est pas *bézef* de *makhroud* pour un franc. *Sara*, quand même, je me suis vite aperçu que quand on me fait *Asma, yaouled,* vaut mieux pas y aller, et quand c'est *balek!* ça sent le roussi. Pour le reste, quand on me demande si je parle arabe, je réponds *chouia*... malgré ma tête de face de couscous, de tronc de figuier, de...

— M'am, il dit des gros mots !

— En plus, des gros mots sur lui...

Je les connaissais déjà tous. Et pas d'ici. J'en avais une pleine colonne. Mais quand même moins longue que celle des insultes. Ici, ça poussait drôlement bien. J'aurais pu en remplir un cahier entier... *Naal dinn i mek... Figa de ta...*

— M'am, il recommence avec ses mots !

— Des encore plus gros !

Je les ai tous écrits phonétiquement. Mais je ne suis pas sûr que mon oreille fasse plus de fautes d'orthographe que moi. Pas certain non plus d'avoir tout compris. Rien de grave. Ce n'est pas pour consommer tout de suite. Je compte les rapporter comme souvenirs à Orly. Ici, c'est trop risqué. Mais dans la cité, je ferai un malheur avec.

Je vais en faire un autre malheur, si je ne retrouve pas mon ballon de football. Un Kopa Lux, vingt-quatre panneaux.

— C'est même pas à toi.

— Maman t'a déjà dit de le rapporter.

C'est vrai que je l'avais un peu trouvé dans le square de la poste. Il avait été oublié sous un banc, par un tout gamin qui n'aurait même pas pu jouer pupille à l'USFE, le club d'ici. Il était trop gros pour lui, ce ballon. J'ai acheté un filet au bazar, et avec de l'encre de Chine, j'ai écrit mes initiales autour de la valve. Ensuite, je l'ai fait maquiller en havane foncé par un copain d'Alger, Fissa-Fissa, le petit cireur le plus rapide de la place du Gouverneur. Il faut le voir jongler avec ses brosses en sifflant *La Cucaracha*. Et jamais une trace sur les chaussettes. En plus, il a la plus belle boîte à cirer de tout Alger. Une véritable œuvre d'art entièrement gravée et peinte avec «Fissa-Fissa» en clous dorés. Ça lui sert d'enseigne quand il la porte à l'épaule.

— Tu m'apprendras à cirer comme toi?

— Pourquoi, on cire là-bas?

Je l'ai vu une fois dans le métro. On aurait dit que l'homme qui lisait son journal était assis sur un trône en or. Sinon, je n'en avais jamais vu d'autre ailleurs. Tant mieux, je serai le premier cireur ambulant de l'aéroport d'Orly. Je travaillerai devant le grand panneau d'affichage. Celui qui fait un bruit d'ailes d'oiseaux quand il annonce les départs. Je chanterai des airs pour partir loin: *La Samba du Pérou*, *Mia Bella Napoli*, *Le Chanteur de Mexico*, *Le Carabinier de Castille* et *La Belle de Tolède*. Il faut dire que j'avais trouvé tout un paquet de vieilles chansons en haut de la grange. Ça devait être à monsieur et madame Clément du temps où elle était la Castagnette de velours de Constantine.

Suffit pas de chanter, pour cirer les chaussures. Il faut du matériel. Le p'pa s'en occupera. À l'usine, il me fabriquera une caisse entièrement en Duralinox avec des palmiers gravés en style nouille. Il faudra que je me trouve un nom du genre Yaou-Yaouled. Un nom, dans la rue, ça doit être comme un cri.

— Chouf le boulot!

Fissa-Fissa me montre mon ballon. Méconnaissable. On dirait du cèdre massif. En échange, je lui prête deux jours par semaine. Et, promis, je lui laisse quand je retournerai en France après les vacances.

— Et pour les initiales? Ce sont pas les mêmes.

— T'occupe, je sais pas lire.

— Allez, tape cinq!...

On a tapé. Ici, taper, c'était encore plus que juré-craché-effacé en croix. Un gars de ma classe m'avait montré ça. Il jurait, crachait et effaçait par terre en faisant une croix avec son pied. J'avais montré ça, ici, aux copains de plage. Ça avait plu. Pour l'instant, si je ne veux pas faire une croix sur mon ballon, j'ai intérêt à me remuer. Sinon il faudra en plus que je paie un débours à Fissa-Fissa. «Débours», c'est un mot de madame Clément quand elle marchande... Je te prends ça, je te laisse ça. Au débours, c'est kif-kif!...

Le mot «débours» me fait penser à «bourrin». Un peu aussi à madame Clément. Mais beaucoup à Chahala.

— C'est vrai que tu vas à Alger, cet été?

Le grand tataneur qui me parle doit avoir à peine deux ans de plus que moi. Il est l'arrière gauche de l'équipe des Gaziers. On fait un tournoi intercités au terrain du Fer-à-Cheval à Orly. Comment il sait que je vais là-bas, ce bourrin?

— Tu verras, c'est la plus belle ville du monde. Rien que les arcades en arrivant. Quatre cents! Tu verras, c'est mieux que la rue de Rivoli.

Je ne connais pas la rue de Rivoli. Mais en parlant d'arcades, lui ferait mieux de serrer les jambes. Il prend plus de petits ponts qu'une voie de chemin de fer.

— Tu me rendrais un service?

Je savais bien, que c'était louche de se laisser dribbler aussi facilement.

— Je voudrais que tu ailles à mon lycée à Alger.

Je ne vais pas en vacances pour retourner à l'école!

— C'est le lycée Gautier.

Enchanté, moi c'est le collège Joliot-Curie.

— À l'entrée, tu verras, le mur est en pavés de verre.

Il ferait mieux de me donner l'adresse.

— Quand tu es en face, sur la deuxième rangée en partant du bas, tu comptes le cinquième pavé à partir de la droite...

Le reste, il me le chuchote. J'ai l'impression de préparer un casse.

— Dessus, j'ai gravé quelque chose, juste avant de partir. Tu reviens me le dire et t'auras l'autre moitié.

Le tataneur me tend un gros billet coupé en deux comme dans les films de gangsters. Il est fou ce type! Ça fait des sous. Je vérifie le filigrane et j'empoche le billet. Ça n'engage à rien et le tataneur est gaucher... Jamais contredire une fausse garde. On les voit pas venir... Le p'pa a raison. Les affaires, c'est comme la boxe. Les gants en moins.

— Léon, je m'appelle Léon Cassenti. Pense à moi, quand tu y seras. Moi, j'y penserai.

On les a battus 4-2 et j'ai plus entendu parler du tataneur jusqu'à mon départ.

— Et le morceau de billet?

— Où tu l'as mis?

Pas question de leur dire. J'ai eu assez de mal à trouver un endroit sûr où cacher ma caisse de rations.

— Pourquoi tu veux aller à ce lycée, gamin? Du marché de Maison-Carrée, pour monter là-haut, ça nous fait un bout. Tu veux t'inscrire ici?

J'ai l'impression que ça ne lui déplairait pas à monsieur Clément. Moi non plus. 4h30 : dring! sortie des cours. 4h32 : plouf dans la mer! Plus tous les congés pour les fêtes de là-bas et d'ici, Noël, Pâques, l'Aïd, Kippour, le Mouloud. Mais il y a le reste de la famille. La smala. Je ne peux pas les abandonner. C'est bien beau, plouf! et la fête, mais qui me mettra de la crème Nivea sur mes dartres? Elle est traître l'eau salée d'ici. Pour Léon, je raconte presque la vérité à monsieur Clément. Sauf le gros billet. Il est d'accord pour y aller jeudi avant de faire les vivres au marché.

— D'accord, mais tu charges tout seul la marchandise.

Je vais finir par l'avoir bien gagné, ce gros billet. On

est arrivés tout droit au lycée Gautier. Je lis l'affiche collée sur la porte d'entrée du lycée.

Baccalauréat
Séries A, A', B, Sciences Ex, Math. Élem.
Épreuves le 12 et 13 septembre 1962

Quel idiot! Je ne savais même pas qu'ils passaient le bac, ici. Pourtant, j'ai vu les résultats dans le journal. Il y a même ceux du brevet et du certificat d'études. La honte, quand on n'est pas dedans. Faut dire qu'on a des excuses, ici. Comment faire, pour réussir ses examens, avec la mer qu'on voit par la fenêtre de la salle de classe? D'ailleurs, où elle était la mer? Ils l'avaient cachée. Valait mieux.

— Regarde, gamin, sur celle-là, ils ont pas mis l'année.

Monsieur Clément me montre en rigolant une deuxième affichette...

Rentrée des classes: 15 octobre...

La chance! Moi aussi, je veux bien qu'ils oublient l'année et même le siècle.

Quand on était arrivés devant le lycée, j'étais resté comme une figue. Les pavés de verre du grand tataneur étaient bien là! Ça m'épatait après 1 353 kilomètres. Je les avais même touchés pour vérifier. Heureusement, j'avais écrit la combinaison du pavé que je devais chercher sur un morceau de papier. Comme pour un coffre-fort... Deux en bas, trois, quatre, cinq à droite... Le reste est secret. Je m'accroupis. Ma gorge se tire-bouchonne, comme si j'allais passer le bac. Je regarde. C'est incroyable! Je regarde encore. Pas de doute. Il y a bien quelque chose d'écrit sur le verre. Ça a dû être gravé avec un clou ou un diamant. Le soleil l'éclaire par l'intérieur. Avant de lire, j'essaie de deviner. Mais ça ne se devine pas des choses comme ça. Ça brille.

— Je t'aime Chahala.

J'ai lu à voix haute sans m'en rendre compte. Mon cœur s'affole. Il bat comme le tableau des départs de l'aéroport d'Orly. Un battement de petites ailes noires. Un battement de long-courrier. À 1 353 kilomètres de là. Léon d'Orly aime Chahala d'Alger. J'espère qu'il pense à elle en ce moment. Il me l'a promis, ce bourrin. *Je t'aime Chahala...* C'est signé L. C. Trois petits mots et ça suffit pour tout dire. On sait que Léon est parti, et que Chahala est restée. Chahala, c'est un prénom à rester. À rester toujours. Lui est devenu un grand tataneur de cité. Un bourrin. Et elle? Est-ce qu'elle prend le tram rue Michelet, un café à une terrasse de la rue d'Isly, va à la poste, passe devant la statue de Jeanne d'Arc qui me fait penser à Alphonse Halimi quand il est devenu champion du monde des poids coq... J'ai vengé Jeanne d'Arc!... Tu sais qu'il est de Constantine?... Oui, monsieur Clément. Mais, c'est malin, maintenant j'ai perdu Chahala dans les escaliers de la rue de Joinville. J'aurais voulu la suivre comme un tourniquet de cartes postales. Comme celles que le p'pa nous envoyait d'Alger et qui nous donnaient envie de nous promener dans les rues, au soleil.

Moi, c'était la rue Bab Azoun, ma préférée. On en parlait tellement dans le livre de Théo. Tout le monde l'avait peinte... *Café et caravansérail à Bab Azoun...* Elle devait être belle, mais je ne l'ai jamais vue.

Je reste accroupi devant l'inscription. J'ai l'impression de lire toute une histoire d'amour dans l'épaisseur d'un bloc de verre. Une histoire d'amour qui aurait été prise dans les glaces. Chahala: celle qui a des yeux de la couleur de la mer. Je pense à ce papillon bleu dans la vitrine de la salle de sciences nat. Le *lemonias studias* du

Honduras. Je vois l'épingle à tête dorée qui lui traverse le corps. Chahala doit avoir un pieu enfoncé dans le cœur.

Je lis et lis encore l'inscription... *Chahala je t'aime*... Est-ce qu'elle l'a vue ? C'est peut-être un secret. Et elle passe là, chaque jour, sans s'arrêter. Juste en y pensant fort. Combien est-ce qu'il y a de prénoms gravés comme ça, ici ? Dans l'écorce, dans la pierre, dans le bois, dans le sable. Je n'arrive pas à décoller mon regard des mots pris dans le verre.

Soudain, me voilà pris, moi aussi. J'ai l'occasion de constater que le regard est plus difficile à décoller que le corps. Il faudra que je demande pourquoi à mon professeur de physique... Tout corps jeté en l'air ressent une trouille égale au volume de celui qui le déplace... La chose qui vient de me «déplacer» fait au moins deux mètres cubes. C'est un policier, ou un soldat, je n'ai pas le temps de reconnaître l'uniforme.

— Qu'est-ce t'as posé là ?

Son fusil est plus haut que moi...

— Montre tes mains ! Montre !

Les siennes de paluches me claquent comme une pastèque. J'espère que je sonne creux, qu'il va me laisser et en choisir une plus mûre.

— Arrêtez ! Arrêtez ! Il est avec moi !

Monsieur Clément se précipite. Salamalecs. Il plie un billet plus petit qu'une antisèche, et le glisse en douce. Il me sauve juste quand le policier allait me découper en tranches.

— Faut jamais rester accroupi comme ça, gamin. Il a cru que tu posais quelque chose.

Quelque chose ! C'est vrai qu'en ce moment, ça en faisait des dégâts, les quelque chose.

— Viens, gamin, maintenant on va redescendre à Maison-Carrée faire les vivres.

J'aimais bien Maison-Carrée à cause de sa citronnade et de sa place Zevacco. Grâce à elle, quand on jouera au baccalauréat, et que le «Z» sortira, j'écrirai Zevacco dans la case «écrivains». Comme d'habitude, les autres mettront Zola. Sept points pour moi.

— On était d'accord, gamin. Tu charges la Juva tout seul. Mais aujourd'hui, whalou pour la citronnade! Je l'ai déjà payée au gradé.

Quoi! Je suis privé de ma citronnade de chez Pépé. La meilleure du monde! Encore plus pulpeuse que l'Orangina citron. Chut! Il ne faut pas que je parle de boisson fraîche quand je me coltine les cageots en plein cagnard. Ça va me donner soif. Il fait au moins quarante-cinq degrés à l'ombre. Sauf qu'il y a pas d'ombre. Il n'y a jamais d'ombre quand on en veut dans ce pays. Purée! En plus, monsieur Clément a passé la plus grosse commande de fruits et légumes de l'histoire du Marsouin. Ma parole, il va offrir à manger à tout Fort de l'Eau!... Toi, moins on a de clients, plus t'achètes... C'est comme ça que madame Clément va nous accueillir avec une commande pareille. À cette heure, elle doit faire la mise en place au restaurant.

J'aime la regarder préparer les tables, disposer les assiettes à losanges bleus, aligner les couverts au millimètre, poser la serviette en pointe, et surtout, à la fin, mettre sur chaque table un verre à thé avec des cure-dents à l'intérieur comme un mikado... On pourrait préparer moins de couverts... T'inquiète, Paulette, ils viendront pour la cuisine de Maria, ils viendront...

Pour l'instant, assis au volant, monsieur Clément mâche sa chique comme un dromadaire et s'évente avec son chapeau. Des porteurs passent avec de l'eau fraîche et des verres qui tintent comme des glaçons. Ils crient *ille! ille!* exprès pour me faire saliver. Et moi, je suis privé de la citronnade de chez Pépé, pour un malheureux petit billet plié comme un mot doux. Je n'avais jamais remarqué que ça pouvait se ressembler autant, les mots d'amour et les antisèches…

En chargeant, je réfléchissais. *Je t'aime Chahala…* Il ne s'était pas foulé, le Léon… Développez !… aurait dit Louis XVI. J'ai souvent ça dans mes rédactions. Mais Léon n'avait pas eu le temps. Il fallait partir. Peut-être qu'il faut toujours écrire comme si on devait s'en aller. Tant mieux pour moi. Ce serait plus facile à retenir, ce style «net et concis». Voilà un gros billet vite gagné. Même si, avec tout ce que je venais d'endurer sous le soleil, ce n'était pas bézef au débours.

— M'am, il se moque de madame Clément.

— Il imite son accent.

… Jeunes cancres, ça ne s'imite pas l'accent. Ça se fait entendre… Elles ne se rendent pas compte, les petites sœurs, de ce à quoi je viens d'échapper avec ce policier de deux mètres cubes. Je n'aurais jamais cru que c'était si dangereux d'écrire… Je t'aime… On peut en mourir. En mourir pour de vrai. Pas comme Madame de Célant dans «Les amours célèbres», le feuilleton du journal. J'avais remarqué que ça n'avait pas l'air facile de mourir en plusieurs épisodes, sans se lasser. Alors qu'un simple petit mot, ça peut tuer net… *J'ai énormément d'affection pour Mickey…* C'est ce que dit Jane Mansfield dans *La Dépêche* de ce matin. Pourtant, on sent bien que dans sa grande bouche, «énormément», c'est «beaucoup» en plus petit, et que «affection» est un gros mot pour dire «amour»… L'euphémisme, jeunes cancres ! L'euphémisme est un faux cul. Mais c'est la politesse de l'épithète… Si Louis XVI a raison, Jane Mansfield est «énormément» polie… Une garce ! Les femmes, plus y a de poitrine, moins y a de cœur en dessous !… Après une phrase comme ça, monsieur Fernando reprenait toujours une mauresque.

Faux cul et grosse poitrine, ça ne m'avance pas beaucoup ce genre de cours d'anatomie. Je ne sais toujours pas pourquoi le faux couple de Chinois qui cherche des histoires à Lamia veut tuer Maryline.

Ce n'est pas Lamia qui m'aidera. Assis sur son rocher, que le p'pa n'a pas peint à cet endroit, il range ses savates dans son outre. Pourquoi est-ce qu'il transporte toujours avec lui des chaussures qu'il ne porte jamais ? Il faut dire qu'il a sous les pieds une véritable semelle de corne. Je l'ai même vu la sculpter en lignes brisées avec son couteau bizarre. Ça imite un pneu... Michelin carcasse radiale !... Lamia rigole en faisant le Bibendum. Pour me faire mousser, je lui ai raconté que je l'avais vu, en vrai ! dans la vallée de Chevreuse, au passage du Tour. Ça l'a encore plus épaté que si je lui avais présenté le général de Gaulle en personne. Ça m'apprendra de faire le malin. Maintenant il veut que je lui mime toute la caravane publicitaire. La camionnette qu'il préfère, c'est celle de Catch l'insecticide. J'ai l'air de quoi, moi, sur le dos, à faire le gros cafard qui agonise ?

— C'est une crise de palu. C'est rien. J'ai de la quinine.

— Mais non, monsieur. C'est le Tour de France.

Monsieur Fernando me regarde désespéré. Il pense sûrement que je suis dérangé.

— Ma mère ! Maintenant, j'en ai deux mabouls pour moi tout seul. Chouf-moi celui-là !

Il faut dire que Lamia s'est fait tatouer au henné une paire de sandales sur les pieds. Il y a même les boucles. Un vrai trompe-l'œil comme le professeur de dessin a essayé de nous l'apprendre. Sauf que nous, ça ne trompe pas l'œil. Tandis que celui de Lamia est si bien fait que monsieur Fernando a mis deux jours pour s'en rendre compte. J'aimerais bien me faire dessiner ma marinière et mon short sur le corps. Plus besoin de les laver, de les repasser, ou de repriser les accrocs.

— C'est même pas toi !

— Toi, tu fais que les trous.

Je pourrais même demander qu'on me tatoue une ceinture de Mohican en serpent comme je la veux. Pour les poches, il faudrait trouver un système pour tout accrocher sans être le fakir Yvon Yva de la télé. Cacher le couroucou, je ne vois pas comment. Même avec plusieurs couches contre les émotions. Mais le henné, ça doit gratter en séchant. Et quand la couleur s'en va ? Un moment on se retrouve tout nu ! Tu t'imagines, si ça t'arrive juste sur la place en plein marché. L'archoum. La honte jusqu'à la douzième génération ! Non, ce n'est pas une bonne idée, le tatouage au henné. En vrai, je l'aime bien ma vieille marinière et mon short.

Je regarde Lamia assis sur son rocher. Les traces de henné ont disparu depuis longtemps sur ses pieds.

— Écoute, tu la verras bientôt.

Ce n'est même pas une devinette. Lamia n'a pas demandé… Qui suis-je ?… Ce n'est pas la peine. J'ai deviné. Il parle de Maryline. J'en ai eu un rot au cœur… *Amdoulha !*… À force d'apprendre des mots nouveaux, il faut bien qu'il m'arrive des trucs bizarres. Ça ressemble à un pincement, un hoquet, un tremblement, et un haut-le-cœur à la fois. Pour être certain d'avoir bien compris, j'ai attendu que Lamia répète sa phrase. Mais Lamia ne répète jamais. Tout à coup, il s'est levé, a balancé son outre autour de son cou et a disparu dans l'obscurité.

— Tu la verras bientôt.

La nuit est tombée en même temps que sa phrase. Il faut que je demande au p'pa où se trouve ce passage secret dans les rochers qui permet à Lamia de disparaître. S'il n'y en a pas, j'aimerais qu'il m'en peigne un pour que je puisse le suivre un jour.

J'ai retrouvé Lamia le lendemain matin devant la baraque. Il prépare les cages des oiseaux comme si de rien. Comme s'il n'avait pas dit... Tu la verras bientôt... Comme si j'avais pu dormir cette nuit-là. Comme si je n'avais pas regardé la trotteuse fluorescente de la montre du p'pa faire ses courses sur le cadran. Ça a la fièvre une trotteuse, la nuit. Moi aussi. Impossible de dormir. Comme si... Répétition!... qu'il va écrire, Louis XVI, dans la marge... Jeunes cancres, laissez les répétitions aux carabines Winchester!... Pour éviter de tourner en rond sur le cadran, je m'étais levé voir la mer. C'est mieux que de compter les chameaux.

— Qu'est-ce que tu fais là? On t'a cherché partout. Viens! Il y a du café au lait frais. Tout chaud.

J'avais dû m'endormir sur la plage. La m'am m'avait ramassé comme une étoile de mer. Comment elle fera quand je serai à 72,5 kilos de poids de forme pour 1,80 mètre?... Je peux essayer de descendre de moyen à welter, mais je vais ressembler à un estocafitche.

— Un jour, tu vas m'attraper une pneumonie comme ton père, si tu continues.

Je n'ai même pas le temps de lui dire que ce n'est pas grave, une pneumonie. Qu'Albert, le copain goal-écrivain du p'pa en a eu deux. Ça ne l'a pas empêché d'être un charmeur.

— Tu ne vas pas recommencer avec tes questions!

Non, m'am, je dis seulement qu'on peut être charmeur avec les dames, attraper deux pneumonies, avoir le prix Nobel à Oslo, et arrêter des penaltys au RUA! Tu te rends compte, m'am, détourner un tir de Pelé sur la transversale au stade de Santiago en finale de la Coupe du monde. Albert Camus face à Edson Arantés do Nascimento, dit Pelé. Moi aussi, j'aurais pu être goal. Dommage que j'aie reçu ce sale tir, à bout portant dans le couroucou. C'était au stade de l'Est-Pavillonnais. J'étais à peine poussin. J'ai eu froid tout à coup. J'ai cru que le sol était gelé. Ça avait brisé net ma carrière.

— Tu as vu? Ton Pelé il était blessé. Il a pas pu jouer la finale. Ils ont gagné quand même le Brésil.

Tiens, la m'am s'intéresse au football, maintenant. C'est louche. D'habitude, elle ne dépasse pas les hymnes nationaux. Peut-être qu'elle trouve ça «charmeur» la tenue des gardiens de but. Faut dire que ce n'est pas mal. On a la casquette, le gros pull avec le numéro 1, les genouillères, des cicatrices, la baraka et, sur les photos, on pose accroupi avec la balle.

— Tu ne prends pas ton ballon?

Mon Kopa Lux! Avec ses vingt-quatre panneaux au complet! Il est là, roulé dans le sable en tenue de camouflage. Hier soir, je l'avais cherché sur toute la plage. Je croyais qu'on me l'avait volé. Mais la m'am a l'œil. C'est un signe de l'avoir retrouvé... *Balance: l'entrée de Vénus dans votre signe va atténuer vos ennuis et valoriser votre action...* L'horoscope dans le journal de ce matin avait raison. Je suis même prêt à rapporter le ballon au gamin du square pour atténuer mes ennuis. J'espère qu'il a les mêmes initiales que moi. Sinon il pourra toujours les maquiller. Dans ma cité, je connais un mur de brique que j'évite. Dessus, en gros, dans un cœur, il y a écrit à la craie DP = MF. Un trait de plus et ça devenait DP = MP. Un coup d'éponge et c'était DD = MP. Ce n'est pas très fidèle en amour, les murs. Ça a la mémoire courte.

Lamia aussi.

Tu la verras bientôt... Les jours suivants, Lamia n'en avait plus parlé. Il ne parlait plus de rien. «Bientôt» ne doit pas avoir le même sens ici. Car, depuis, Reims avait eu le temps d'être champion de France pour un dix-huitième de point, Sophia Loren et Carlo Ponti de devenir bigames, la Française des pétroles de tomber à 314, et un sale gosse blond bouffi de gagner le concours photographique du «Plus Bel Enfant», dans *La Dépêche d'Algérie.*

— C'est combines et compagnie!
La m'am a l'œil tempête. Nous, les petits, on se regarde. On n'a pas fait plus de bêtises que d'habitude. Ouf! On a fini par comprendre. La m'am a envoyé, sans rien dire à personne, des photos de nous au concours. Au moment des résultats, on n'est même pas dans les cent cinquante premiers. La honte. Ça va causer-jaser sur la plage.

— Je vais me déranger. Ils sont où, ceux-là?... 1, place Lyautey... Je trouverai. Un coup de voiture, et ils vont voir!
Un coup de voiture! Un détail: la m'am n'a pas le permis. Et toute la famille a refusé qu'elle le passe. On avait eu assez peur à Villemomble, quand elle avait arraché la moitié d'un platane en Juvaquatre dès sa première leçon. D'ailleurs, depuis qu'on est arrivés à Fort de l'Eau, quelque chose m'intrigue. Plusieurs fois, le matin, tôt, j'ai vu la m'am tourner autour de la voiture de monsieur Clément. Une Juvaquatre commerciale! Exactement la même que celle du platane arraché. Une fois, même, à l'heure de la sieste, je l'ai surprise assise au volant. Elle réglait le rétroviseur. Pour quoi faire? La m'am ne jouait pas dans la voiture au *Salaire de la peur* comme les petites sœurs et moi.

— Pourquoi c'est toujours toi qu'es Yves Montand?
— Et nous celui qui se fait écraser les jambes?
— Parce que moi, j'ai un maillot de corps...

142

Pour le concours du «Plus Beau Bébé», la m'am a l'air d'avoir oublié. Moi, je suis d'avis de demander à Chaudrake de régler ça. C'est du petit boulot de vacances, pour lui. La traction. Trois copains de pêche et hop! 1, place Lyautey à Alger. Mais la m'am n'a pas du tout oublié. Un jour…

— Au lieu de raconter cette histoire de concours truqué, tu ferais mieux de t'occuper de ce rendez-vous mystérieux. T'en parles tout le temps, mais on voit rien venir.

Mais m'am, il faut que je sois sûr que Lamia a dit… Tu la verras bientôt… Sinon j'aurais l'air de quoi? J'ai peut-être mal entendu.

— Je veux bien, qu'avec ton père, on t'ait un peu raté les yeux. Mais pas les oreilles, quand même!

D'accord, m'am. C'est peut-être moi. J'ai confondu avec la voix de la mer. Je suis retourné le soir sur le rocher qui n'a pas été peint là par le p'pa. Je veux vérifier ce que disent les vagues. J'aime y aller après manger, avec un petit casse-croûte à la soubresade et une ou deux figues… Je me demande où tu peux mettre tout ça!… Le soir, c'est le moment où la mer est le plus bavarde. Quand la plage s'est vidée et que le soleil ne braille plus dans le bleu… Belle image!… avait écrit Louis XVI dans la marge. Moi, je voulais juste écrire «brille dans le bleu». C'était une rédaction sur la ville et la campagne. Ça allait avec «meurt dans le gris». Mais je traficote tellement mes lettres pour cacher les fautes d'orthographe qu'il avait lu «braille» au lieu de «brille». C'était devenu «braille dans le bleu et mord dans le gris». 18 sur 20! C'est comme ça qu'on fabrique une «belle image».

Je regarde la mer. J'essaie de comprendre ce que disent les vagues en montant… Chuis lâ!… et en redescendant… Fôô pâ!… C'est très appliqué, les vagues.

On a l'impression qu'elles apprennent à lire sur le sable, en suivant avec leur doigt. Elles font ça le soir, quand tout le monde est parti. Comme si elles avaient honte... Tu penseras à faire la lettre de la dame qui lit l'avenir, je lui ai promis... Oui, m'am... Quand je peux rester assez longtemps, j'entends les vagues faire des progrès. Elles me causent. J'suis là... touha ôssîhî... Mais rien qui ressemble à... *Tu la verras bientôt...* C'était trop compliqué pour elles. Du français soutenu, dirait Louis XVI. Ou alors... C'est vrai, je n'y avais pas pensé. Ce n'est peut-être pas du français.

Et si la mer parlait arabe?

Ici, ça se comprendrait. Elle est là depuis toujours. Avant monsieur Clément. Avant les Turcs. Peut-être que quand je guette tranquillement les fumées de l'*El Djezaïr* qui rentre de Marseille, elle prend sa petite voix mielleuse de sirène et me traite de tous ces noms qui ne sont pas sur mon cahier à tracé journal... J'ai préféré ne pas essayer de savoir. Je n'aurais pas aimé me baigner dans une mer qui dit des gros mots.

— P...! de p...! de p...! Qu'est-ce qui m'a donné ces deux pas capables?

C'est Lamia et moi, les deux pas capables. Monsieur Fernando a ajouté plein d'autres noms d'oiseau dans les points de suspension. Je n'ai pas eu le temps de les retenir. Mais je vois l'idée. Pas besoin de dessin. Il faut reconnaître qu'il a un peu raison. En ce moment, quand je lave les cages, Lamia lave derrière. Si je gratte, il regratte. Je mets des graines, il en rajoute. Je remplis d'eau, il fait déborder. On dirait un numéro de Pipo et Dario.

— Avec vous autres, je peux en perdre un. J'ai tout en double! Ma parole, c'est les deux que je vais jeter à la mer!

144

J'aurais bien fait remarquer que je ne sais toujours pas nager, mais ce n'est pas le moment. Surtout que je prends de plus en plus de leçons avec mademoiselle Valnay. Mais plus j'apprends, moins j'ai hâte de savoir. Ce n'est pas seulement à cause des deux petites perles roses qui flottent dans l'échancrure du décolleté de son maillot. C'est vrai que j'aime avancer dans la mer en faisant mes brasses et qu'elle recule, la poitrine juste au ras de l'eau. Non! Faut pas que je raconte ça, sinon je vais avoir des ennuis avec mon short.

À cause du sirocco, un après-midi, on a dû se sauver dans sa chambre numéro 11, pour se retirer le sable. C'est bizarre, dans la pièce, son ventre a l'air plus gros. Il prend toute la place.

— C'est comme ça, les filles, ça vient devant.

Mademoiselle Valnay avait compris mon regard. C'est de ma faute si son ventre prend trop de place. C'est à cause de moi si c'est une fille. Parce qu'un jour, je lui avais demandé… Quelle main?… Je tendais mes poings fermés. Dans l'un il y avait un grain de blé, dans l'autre un grain d'orge. C'est Lamia qui m'avait expliqué qu'on faisait comme ça, pour savoir… Celui-là!… Le grain d'orge. Ce sera une fille. Elle s'appellera Marie. Naîtra le 19 août, pèsera 2,990 kilos et mesurera 52 centimètres. Moi, je sais lire dans les grains d'orge.

— Tu sais ce que c'est que la Thalidomide?

Mademoiselle Valnay m'a posé la question en me frottant les cheveux dans une serviette parfumée. Bien sûr que je sais. Un médicament-poison. J'ai même vu des images à la télévision et dans les magazines. Des bébés qui naissaient après avec des moignons de bras attachés aux épaules. Thalidomide, c'est un mot qu'il ne faut pas prononcer à la maison. La m'am en a peur, à cause de mes grandes sœurs qui attendent toujours à un moment ou à un autre «un heureux événement»… T'es

145

sûre que t'as pas pris de cette saloperie! Tu me le dirais?... Jure!... C'était la première fois que j'entendais la m'am faire jurer une grande sœur. Dans le journal d'hier, une femme avait tué son enfant. On l'avait mise en prison. La m'am ne veut même pas qu'on lui demande ce qu'elle ferait si ça arrivait.

— Je crois que j'en ai pris.

J'ai encore la tête sous la serviette parfumée quand mademoiselle Valnay dit ça. J'aurais voulu y rester toujours.

— C'était en Belgique. Là-bas il a un autre nom. Je n'ai pas fait attention.

Pourquoi est-ce qu'elle me raconte tout ça? Ce n'était pas possible. Son ventre, si rond, si lisse, ne peut pas contenir un monstre avec des moignons. Un si joli globe. Un jour avec son bâton de rouge à lèvres, elle avait dessiné un planisphère dessus. Une planète Rouge Baiser.

— Tu vois, en ce moment elle dort la tête en Chine et les pieds en Argentine. Ce sera une petite fille qui aime les rimes. Elle écrira des poésies en Tanzanie! Tiens, qu'est-ce que je te disais... Elle a son p'tit derrière au milieu de la mer!

Mademoiselle Valnay doit bien raconter les histoires pour les petits. Hélas pour moi, je suis trop petit, mais pas encore assez. Soudain, j'aurais voulu devenir minuscule, disparaître sous la serviette. Ne jamais avoir entendu ce qu'elle vient de dire.

— Je ne sais pas si je vais pouvoir la garder.

Elle parlait d'Elle! La petite fille aux rimes toutes bouclées. Elle voulait la faire partir de sa petite planète Rouge Baiser. Mademoiselle Valnay m'avait mis la main sur la bouche. Ce n'était pas la peine. Je n'aurais rien pu dire. Mais je savais. À la maison, je savais comment ça s'appelait. Une fausse couche. Il fallait que je prévienne la m'am. Avec treize vraies, elle saurait sûrement quoi faire.

— Tu n'auras pas de cours de natation pendant deux trois jours. Je vais aller faire un petit tour.

Pas la peine de me mentir. Elle ne reviendra pas ou alors avec un ventre plat comme une carte d'état-major.

— N'apprends pas à nager en mon absence.

Il n'y avait pas de danger. Sur toute la plage de la Sirène, il n'y aurait pas pire fer à repasser que moi. Elle ne partirait pas plus de trois jours. C'était promis. Je la croyais. Ce serait juste un petit tour.

— Et comment je peux faire, moi, pour tourner avec deux pas capables comme vous autres? Regardez-moi ça! Rien que pour le fond des cages. Celui-là: que je te gratte, que je te gratte. Et l'autre par-derrière: et que je te regratte, et que je te regratte! Bientôt on va voir à travers.

Monsieur Fernando a raison. En ce moment, Lamia repasse à chaque fois derrière moi. Quand je fais, il refait. Il veut me montrer qui est le patron. Je suis d'accord. Moi ce que j'aime, c'est vendre des billets et faire tourner la loterie.

— On peut pas tourner avec vous autres. Vous allez me ruiner.

Tourner! Monsieur Fernando en parlait depuis près de deux semaines. Ce «tourner»-là, ça voulait dire faire la tournée des plages. On pousserait après Alger, jusqu'à Zeralda, sûr, et peut-être même Castiglione. Ce serait bien. Comme ça, on pourrait rentrer par l'intérieur. J'avais regardé la carte. Blida, Beni-Mered, Boufarik, Birtouta, Birkaden, Birmandreis: la route des 7 B! Depuis le temps que le p'pa m'en parlait. Enfin, j'allais rouler dessus. Depuis que je savais qu'on venait en Algérie, j'avais punaisé la Michelin au mur de ma cave. Je connaissais mieux la route que celle d'Orly à Ivry. Il n'y a rien de plus beau qu'une carte qui se transforme en poussière et en palmiers. J'ai recompté mes «B». J'en avais perdu un en route. Je le retrouverai.

À Blida j'irai voir le café minuscule tout sombre où le p'pa jouait au billard avec son copain Frantz qui est mort très jeune l'année dernière. Si on était venus en 1960 comme c'était prévu, je l'aurais rencontré. Avec lui et le p'pa, je serais allé boire un grand verre d'Antésite glacé. Il n'avait pas d'Orangina dans ce boui-boui. Je les aurais écoutés discuter. Frantz parle vite avec des yeux toujours en colère. C'est étrange de voir un homme qui brûle de l'intérieur. Mais il sait avoir un sourire un peu comme celui du p'pa... Il m'aurait tapoté la main.

— Regarde ton gosse, Roger. Un quarteron...

Quoi ! J'étais un quarteron et on ne m'avait rien dit. Ça faisait quartier d'orange ce mot. Mais il me plaisait.

— Un arrière-arrière-arrière-petit-fils d'esclave, attrapé dans une razzia, et embarqué, à fond de cale. Le voilà qui revient deux cent cinquante ans après en Afrique, avec une tête de petit Algérien d'aujourd'hui. C'est ça aussi, la révolution !

Je n'aurais pas compris tout ce que le copain du p'pa aurait voulu dire. Mais je regretterais surtout d'avoir perdu dans la mer le bracelet en fer lourd qu'il m'avait donné. J'aurais dû me souvenir de la devinette de Lamia... Écoute: Je suis l'esclave qui étrangle son maître... Qui suis-je?... Le bracelet, ignorant!... Il avait repris sa liberté, ce bracelet. Je devrais être content. Mais non. C'est le seul moment où je suis malheureux de ne pas avoir eu douze ans cet été 1960. Ça m'a fait manquer une rencontre.

— Est-ce qu'on prendra le bateau pendant la tournée? Je voudrais voir si vraiment le phare de Bougie s'éteint quand le vent souffle.

— C'est de l'autre côté. On verra ça au retour. Si on la fait cette tournée.

Ce serait joli par la mer. On arriverait en périssoire Je ne sais pas très bien ce que c'est, mais j'ai vu dans le journal qu'on pouvait traverser la Manche avec. Ça ne doit pas être rassurant un bateau qui a un nom de naufrage. On s'échouerait. On ferait marchands de couvertures et de pistaches pour s'offrir un vrai bateau et on repartirait pour les plages d'Alger: Padovani, les Deux-Chameaux. Une vraie tournée des naufrages. Resteraient les Deux-Moulins et celle de Bab el-Oued. J'en profiterais pour aller voir les trois horloges. Celles-là, elles étaient sur ma liste des choses à voir, avec le stade Marcel-Cerdan, la grotte de Cervantès, l'Otomatic, et plein d'autres encore.

J'ai lu qu'aucune des trois horloges n'indique la même heure en même temps. Le rêve! Impossible d'arriver en retard. C'est ce qu'il me faudrait, le matin, pour l'école... Tu exagères. À Orly tu es à deux minutes du CEG... C'est vrai, m'am. Même que nos fenêtres donnent sur la cour. C'est pratique pour me lancer mon quatre-heures à la récréation. N'empêche qu'en deux minutes, moi j'arrive à prendre un quart d'heure de retard. C'est toi, m'am, qui m'as appris que le temps est élastique et que les minutes du matin sont plus courtes que celles du soir.

— Tu vas peut-être me dire que c'est pour ça que tu as perdu deux ans en route depuis qu'on est arrivés ici. Qu'est-ce que c'est que cette histoire que tes sœurs m'ont racontée? Je t'ai monté dans l'avion à Orly, tu en avais quatorze, quand tu es redescendu à Maison-Blanche, il t'en restait plus que douze.

Les cafteuses, ces chipies! Elles ne pouvaient pas attendre. C'est vrai que ça m'est arrivé dans la Cara-velle quand l'hôtesse de l'air m'a donné un bonbon à la menthe. Je me suis souvenu de ce que m'avait dit Gros-Lulu qui a pile mon âge... Je me suis fait une hôtesse !... Enfoncé dans mon fauteuil, je regarde bien la dame en uniforme. Ce n'est pas possible. Ou Gros-Lulu ment, ou je n'ai pas quatorze ans. Gros-Lulu ne ment jamais. Il est assez costaud pour ça. Donc je n'ai pas quatorze ans !... Deux points pour le raisonnement... C'est ce que met Chavanel, le prof de math, quand le résultat est faux.

La m'am me fait des yeux de lampe tempête comme si on allait nous demander de rembourser les allocations familiales sur les deux années perdues... Vingt-quatre fois 2,35 NF, ça nous fait... Je retiens deux... Ça nous fait 54,50. Madame, vous nous devez cinquante-quatre nouveaux francs et cinquante centimes... Et les années de mes gosses à la guerre, vous me les faites à combien ?... Les événements, madame, pas la guerre... Guerre ou pas, le payeur des allocations familiales avait battu en retraite dans la cage d'escalier. Tout ça parce que ces mouchardes de petites sœurs ne sont pas capables de tenir un secret.

— T'as pas dit que c'était un secret, ton âge.

— Sinon on aurait rien dit.

Trop tard. C'était un secret-secret. Il n'y avait pas besoin de le dire. Maintenant, je suis obligé de tout avouer. C'est à cause de ces deux années disparues qu'il faut que je parte en tournée avec monsieur Fernando.

— T'échauffe pas la cabesse, gamin, c'est pas encore fait.

Pendant qu'on cause itinéraire, Lamia entaille tranquillement le pied d'une des chaises de la terrasse du Marsouin. Sculpter c'est une vraie maladie chez lui. Madame Clément va encore hurler.

— Fernando ! Tu peux pas le surveiller ton termite !

Lamia s'en moque. C'est pourtant à cause de lui que

j'ai encore plus envie de partir en tournée. Il n'y a pas que la route des 7 B. Tiens, j'ai retrouvé le septième, c'est le bois de Boulogne à la sortie d'Alger. Il n'y a pas que les 7 B, il y a aussi, il y a surtout: Fontaine-du-Génie. Bien sûr, il faudra convaincre monsieur Fernando de pousser plus loin que Cherchel. Ce sera pas facile mais ça vaut la peine. Fontaine-du-Génie, c'est une ville où il y a une fontaine miraculeuse. Miraculeuse pour moi.

En attendant le miracle, Lamia m'avait emmené en consultation chez la Maltaise qui dit l'avenir dans une roulotte sur la place... Tu te souviens que tu dois écrire une lettre pour cette dame ? Elle va finir par te jeter le mauvais œil. Je te l'ai déjà dit... Oui, m'am, je sais pour la lettre, mais pour l'instant la Maltaise m'explique les vertus de la fontaine miraculeuse. Il paraît que son eau fait grandir d'où on veut. Ça ne m'a rien coûté. Il a juste fallu que je lui écrive une lettre, pour une histoire d'impôts en retard. Je ne savais pas qu'on devait payer des taxes sur les boules de cristal et le marc de café.

La Maltaise me l'avait bien répété... Pour que la fontaine soit miraculeuse, il faut tremper ce qu'on veut faire grandir par une nuit de lune «ascendante»... Elle parle comme la rubrique «Astres» dans le journal. Mais elle me voit encore plus petit que je suis, alors elle me traduit tout en mongol.

— Tu vois, il faut que le croissant de la lune fasse un «d» comme dernier. Pas un «p» comme premier! Surtout pas! C'est pas bon.

Et pour que je comprenne encore mieux, elle secoue la tête comme un cocker qui sort de l'eau. Ça fait un bruit de boucles d'oreilles qui donne l'impression qu'elle va tomber en pièces détachées devant moi. J'ai surtout bien compris que «dernier» et «premier», c'est juste mes initiales. D'après la Maltaise, il paraît que c'est un signe de «conjonction supérieure».

— C'est l'alpha et l'oméga de la bonne fortune.

Sauf qu'avec alpha et oméga comme initiales je n'aurais pas pu être le fils du p'pa et de la m'am. Dommage. Mais avec d'autres parents, j'aurais peut-être pu sortir la nuit. Car malheureusement, la fontaine miraculeuse marche d'une façon bizarre. Ce qu'on veut faire grandir ne prend rien à minuit, un centimètre à une heure, deux à deux heures, et ainsi de suite jusqu'à six heures. Après, ça diminue.

— Si tu veux des petites oreilles, tu viens à sept heures.

Non! Merci, madame. Les miennes sont déjà minuscules. J'ai calculé: il faudrait que je vienne en pleine nuit de Fort de l'Eau à Fontaine-du-Génie. Impossible. Ça fait une trotte. Donc, il n'y a qu'une solution: la tournée. Là je peux avoir droit au miracle.

— Je t'ai dit: t'échauffe pas, gamin. C'est pas encore joué avec tes parents...

Mes parents, c'est surtout le p'pa. En ce moment, il parle souvent de moi et de cette tournée avec la m'am en rentrant du travail. C'est jamais très bon d'être «sujet de conversation»... Sujet, verbe, complément! jeunes cancres, ne sortez pas de cette sainte trilogie. Au-delà, vous êtes en danger... Je suis d'accord avec Louis XVI, «sujet de conversation», c'est très dangereux. Même si en classe, j'aime bien l'analyse logique dans les questions de dictée. Ça rattrape un peu le zéro assuré en orthographe et ça ressemble au Cluedo. J'aime bien rechercher la proposition principale comme on recherche l'assassin et coincer la subordonnée conjonctive pour complicité: je me débrouille pas mal. Même si j'ai déjà fait condamner pas mal d'innocents.

Là, c'est moi qui risque la condamnation. Et par le p'pa... Déjà qu'on le voit pas beaucoup. S'il part en tournée... C'est pas loin. Un coup de voiture, et hop!... La m'am est très bien en avocat. Elle a raison pour la voiture. Du moment que ce n'est pas elle qui conduit. Même monsieur Clément dans sa Juvaquatre poussive met moins d'une demi-heure pour Alger. Pourtant, il crache tout les dix mètres, salue le moindre bourricot et ralentit pour suivre les femmes en vélo. Faut dire aussi qu'on lui laisse la voie libre. Mieux qu'avec des motards. Monsieur Clément prend toute la largeur de la route et hurle par la portière... Dégagez! Dégagez! On est là depuis six générations, nous. Dégagez!... Le pire c'est que tout le monde se jette dans les fossés devant cette chose vociférante qui taille la route et qu'on reconnaît de loin.

Le p'pa n'est toujours pas convaincu par la m'am.

— Comment il va faire pour se débrouiller avec ses affaires?

— Et en colonie? Il y arrive bien.

— Oui, mais il y a des moniteurs pour s'occuper d'eux et les surveiller.

Je dirais bien au p'pa que les monos ça n'empêche pas de mettre le feu aux matelas en varech à Paramé, de balancer une moto dans un ravin à Juzet-d'Izaut, de vider tous les gobelets de résine d'une forêt de pins à Mios, de faire dévaler cinquante stères de bois à Lansle-villard, de couler une... Arrête! On va avoir des ennuis avec les gens d'Air France. Si ton père apprend tout ça, comment tu veux que je te défende... Surtout que le p'pa sort son 21. Un bout imprenable au tarot et dans les discussions...

— Peut-être qu'en ce moment, c'est pas très prudent avec tout ce qui se passe.

— Tu l'as dit toi-même. C'est plutôt plus calme.

M'am, dis-lui que je crains rien. Tout le monde croit que je suis d'ici... Arrête de me souffler. Je sais comment le prendre ton père. Il est spécial... C'est vrai que le p'pa est spécial et que j'aimerais bien savoir le prendre comme la m'am pour les livrets scolaires. Heureusement, au CEG, c'est trimestriel. Ça laisse plus de temps pour s'organiser.

La m'am a bien dû savoir prendre le p'pa. Il se tord la bouche et croise les bras comme quand il est sur le point de dire à la m'am... Bon, d'accord, on fait comme on a dit... Mais il essaie encore une fois.

— Et le Fernando, il va le payer, quand même. C'est du boulot tout ça, pour le gosse.

— Il a dit qu'il lui donnerait un couple de diamants du Japon et une cage.

Des diamants du Japon! Pas question. Je connais les prix. C'est du vol. De l'«exploitation enfantine» comme ils disent dans «Faits de société». Ce sera des perruches ondulées ou rien!

— Je croyais que tu voulais pas d'oiseaux en cage à la maison.

Le p'pa vient de passer sa botte secrète! Le coup de Jarnac! Là, c'est très mal parti pour moi. Je ne sais pas comment la m'am va s'en tirer. C'est comme si je voyais déjà la baraque aux oiseaux s'éloigner sans moi sur la route d'Alger. J'ai l'impression d'entendre le bruit du balancier de la comtoise de «En votre âme et conscience» à la télévision quand on est tous autour de la table devant le poste et qu'on discute du verdict... Pour moi, c'est perpète... Dix ans, pas plus. T'as entendu le témoignage du voisin... Chiqué! Avec sa moto il pouvait pas revenir du bois en trente minutes... Et les traces de raisiné sur le matelas... L'avocate, elle était bonne... Y a pas à dire, quand t'as un bon bavard!...

La m'am avait fait tout ce qu'elle pouvait. Adieu la tournée et la fontaine miraculeuse. Tant pis, je resterai petit de partout. La m'am est silencieuse. Elle triture son torchon à carreaux. Le p'pa tord sa bouche comme s'il goûtait un bon vin. Ça sent la piquette pour moi. Le bruit du balancier dans ce silence, c'est un coup à me faire éclater le cœur. Mes yeux vont de l'un à l'autre. C'est pire que Wimbledon. J'ai le mal de mer sur gazon. Si au moins je pouvais trouver un trèfle à quatre feuilles.

Le p'pa tousse. La m'am lève les yeux vers lui. Il y a un dix-huit millième de seconde qui saute comme une maille. Je n'ai pas vu la m'am toucher du bout de son torchon le dos de la main du p'pa. J'ai manqué un dix-huit millième de seconde de leur vie! Mais qu'est-ce que je faisais pendant ce temps-là? Comment je vais pouvoir raconter maintenant? Heureusement, j'ai bien vu la suite. Pourtant quelque chose de plus rapide qu'une langue de caméléon. La naissance du sourire du p'pa quand il accepte. Ça commence aux coins de ses yeux et ça se poursuit dans ceux de la m'am.

— Bon, d'accord, on fait comme on a dit...

Incroyable! Je l'ai entendu, et je ne me suis pas évanoui. C'est le premier miracle de la fontaine miraculeuse.

6
Fontaine-du-Génie

On l'a faite cette tournée.
— C'est tout? Allez, raconte-nous!
— Comment c'était la fontaine magique?
Ce n'est pas possible de commencer par là. Il faut d'abord parler des préparatifs, du départ...
— Nous, on s'en fiche. On était là.
— On voudrait savoir si ça marche aussi pour les filles, ta fontaine.

Je ne veux pas décevoir les petites sœurs, mais les résultats ne sont pas très encourageants comme on dit à mon conseil de classe. J'ai encore vérifié ce matin. Pris toutes mes mesures avec le mètre de couturière de la m'am.

Pas très magique, la fontaine.

Toujours un mètre trente-quatre sous la toise, même en poussant un peu sur les orteils. Tour de poitrine: cinquante-trois centimètres expiré, cinquante-sept inspiré: quatre centimètres d'inspiration! Ça n'allait pas être brillant, les rédactions à la rentrée. Le tour de taille, ça va, je garde le même cran à ma ceinture. Le bassin: plus deux centimètres. Je remesure. Purée, je pousse des fesses! Ah non! On va se moquer de mon popotin, de mon prose, mon bichon, mon dargeot. À partir de ce soir, je dors sur le dos pour aplatir la chose. Les cuisses, je n'ose même pas regarder. C'est moins que le tour de biceps de Monsieur Alger 62. Ne parlons pas des miens, de biceps. Le droit a trois centimètres de plus que l'autre à force de frotter les cages. C'est comme au foot, il faut que je travaille mon gauche, sinon je vais être disproportionné... Hé! l'Apollon de Blida, tu vas m'user la glace!... Ça le fait rire, monsieur Clément. Pas moi.

Pour la mesure secrète, difficile à dire. Peut-être un demi-centimètre de plus. Ça dépend d'où on mesure et si on tire un peu. Quoi! un demi-centimètre. Si c'est ça, les miracles de la fontaine magique!

D'abord, j'avais été déçu en la voyant. Je m'attendais à des sculptures avec des tritons qui crachent de l'eau. Ça ressemble plutôt à un abreuvoir à bourricots. Elle est au milieu d'une espèce de place. Bravo pour la discrétion. Et en plus, c'est un vrai rendez-vous d'amoureux à Vespa. Et vas-y que je t'en fume une pour deux, que je te roucoule, que je te mouille le visage, le cou, les bras, et qu'à la fin, je te jette des pièces dans l'eau en jurant et en faisant des vœux... L'été prochain, ici, tous les deux... Ploc! ploc! Un gros baiser caoutchouc... Flac-breum!... Et la Vespa part dans la nuit. Lui, le vent dans sa chemise déboutonnée, et elle collée dans son dos comme si elle lui écoutait les poumons... Jaloux!... C'est vrai que je voudrais bien un engin comme ça plus tard. Pour qu'une fille en jupe twist s'asseye en amazone derrière moi et m'enlace. Ça a toujours l'air de s'aimer plus, un couple à moto. Je voudrais une 250 Motobécane. Le scooter, ça fait un peu copain-copain de fils à papa. Mais de toute façon, Mobylette, moto ou scooter, la m'am ne voudra pas. Même pour un Solex d'occasion, vaut mieux pas que j'en cause. J'attendrai.

Il faudra encore attendre pour la fontaine magique.
Un nouveau couple en Lambretta vient d'arriver. Elle,
genre Françoise Hardy... *Tous les garçons et les filles
de mon âge s'en vont dans les rues deux par deux...*
C'est ça. En allez-vous! Mais ça continue à défiler. On
se croirait dans un scopitone. Pendant ce temps là,
Lamia et moi on est cachés dans des espèces de w.-c.
publics qui sentent exactement ce qu'ils devraient
sentir. Moi, déjà déshabillé pour l'opération. Prêt à
bondir. La chair de poule du haut en bas, les vêtements
roulés en boule contre mon couroucou. Et Lamia
accroupi à la turque qui sculpte tranquillement le bas du
montant de la porte. Si on nous surprend là, il faudra de
l'imagination pour expliquer.

Enfin, vers quatre heures et demie, plus personne
sur la place. Pas le temps d'attendre cinq heures. Trop
risqué. Si la Maltaise a dit vrai, à un centimètre de
l'heure, ça fait quatre centimètres et demi. Sauf si la
fontaine arrondit au point inférieur, comme pour les
moyennes de math.

Hop! Lamia et moi on se précipite en courant. Hop!
hop! Il me saisit. Je le saisis. Un véritable numéro de
main-à-main. Hop! hop! hop! Je me retrouve allongé
en équilibre au-dessus de la surface du bassin. Heureusement qu'on a répété dans la journée. Lamia me tient
par les chevilles pendant que je fais des pompes en
appui sur le rebord en pierre. Je trempe. C'est plutôt
agréable. Je pense aux tartines dans le café au lait.
L'eau est fraîche, mais ça tire sur les pectoraux. Je ne
tiendrai pas très longtemps. Pourtant, il faut résister. La
Maltaise l'a bien répété... La fontaine ne marche
qu'une seule fois par personne pour toute une vie... Ce
n'est pas juste, il devrait y avoir un oral de rattrapage...
Résiste! Résiste! Je tremble de partout. J'ai le sang qui
commence à me faire palpiter les tempes. Je vais

lâcher… T'aurais vu ton père comment il tenait la planche aux anneaux… Je sais, m'am, mais ce n'est pas le moment de me parler de ça.

Tout à coup, j'entends un formidable cri rauque. D'énormes dents jaunes surgissent devant moi. Le génie de la fontaine! La Maltaise ne m'avait pas parlé de lui. La traîtresse! C'est donc ça, le secret de Fontaine-du-Génie: un jeu de mots! Mais on ne joue pas avec ces choses-là! Cette mâchoire chargée de dents rongées qui jaillit des entrailles du bassin, est-ce qu'elle joue, elle? Non! Elle saisit ce qu'on veut faire pousser, tire dessus un grand coup et… clac!… Comme le type au marché qui vend sa guimauve au mètre en la coupant au ciseau… Clac! Voilà, jeune homme, quatre centimètres et demi, bien compté… Non merci! Je n'en veux plus. Pas comme ça. Pas un bout de guimauve à la place du couroucou. C'est encore pire que le crabe-crocodile.

Rien que d'y penser à celui-là, j'ai mal partout.

Lamia a l'habitude, le soir, d'aller sur la plage de la Sirène, de s'allonger sur le ventre et d'enfouir son couroucou dans le sable chaud… La terre aime bien qu'on lui fasse des enfants… Lui, ce n'est pas pour le faire grandir. Il n'en a pas besoin… Vas-y! T'as peur?… Je fais comme lui. Pas rassuré et trop profond. Les yeux fermés, j'écoute la mer. L'impression qu'elle monte et descend dans mon ventre. L'odeur chaude du sable m'emplit. Soudain, mon couroucou se met à vivre. Pas grave. Je suis trop petit pour faire des enfants à la terre. Mais tout à coup…

— Aïe! Aïe! Aïe! Au secours!

Lamia bondit sur ses pieds. Il se tient entre les jambes en tournant sur lui comme un sorcier qui veut faire pleuvoir. Ça ne sera pas facile, ici.

— Aïe! Aïe! Aïe!… J'ai été pincé par le crabe-crocodile!

Hein! Il y a des crabes là-dessous! J'ai déjà entendu parler des pinces crocodiles, et des crabes tunneliers. Mais le mélange des deux? Ça doit donner: tunnelier comme tunnel et crocodile comme mâchoire. C'est ça! Un crabe a creusé un tunnel jusqu'à… et avec sa mâchoire il va… Aâââh! Tout à coup, je sens mon couroucou filocher dans le sable comme un mirliton. Je me dresse. Je n'ose pas vérifier s'il me manque quelque chose. Eunuque! Je vais finir comme ça. Je ne sais même pas si le métier existe encore. Lamia rit en me montrant du doigt. C'est fichu. Il ne doit plus rien rester. Je vais finir Petit Chanteur à la croix de bois.

— Ignorant. Tu crois tout!

Il écarte ses mains et montre son couroucou plus qu'intact.

— Y a pas de crabe-crocodile!

Quand même, je ne suis pas si sûr qu'il n'en manque pas un bout. Sûrement à cause de la trouille… La peur, ça rétrécit tout au lavage!… La m'am a raison. Il faudra que je reprenne toutes les mesures. Lamia avait beaucoup ri ce jour-là.

Le génie de la fontaine magique aussi rigole. Mais avec des dents moins blanches que celles de Lamia. Il va me bouffer le peu qui me reste. Tout mon corps tremble au-dessus du bassin. Tant pis. Impossible de résister plus longtemps. Je lâche. Vlac! Un plat dans l'eau glacée. En plus d'être hydrocuté et de me noyer, je risque de prendre froid. Et Lamia qui ne doit rien y connaître en «gestes qui sauvent»… Bande de petits voyous!… Tiens, le génie de la fontaine parle. Il hurle même. Grâce à un superbe rétablissement, je réussis à me sauver de la noyade. Faut dire que j'ai pied dans l'abreuvoir… Sales gosses!… Le génie a une badine qui cingle les airs. Les coups sifflent. On détale. Heureusement, Lamia récupère mes vêtements à la volée. Je jette un œil derrière… Te retourne pas quand tu cours!… Je veux bien, p'pa, mais regarde, Jazy, ça l'a pas empêché de battre le record du monde du 3 000 mètres en 7-49-2. Ce soir, je vais le pulvériser.

Un dernier coup de périscope au-dessus de l'épaule. Alerte! C'est encore pire. Ils sont deux à nous poursuivre. Le génie de la fontaine est double. Moitié homme moitié animal. Un centaure. Y a pas plus féroce. C'est fini. Je renonce. Qu'ils me dévorent. Je protège la fuite de Lamia… Sales gosses!… Ah non! Je veux bien me sacrifier, être déchiqueté, dévoré, mais pas insulté. Je fais front. En fait, je reprends mon souffle. Qu'est-ce que c'est que ça? Où est le génie? Où est le centaure? À la place, il y a un paysan tout ratatiné et son bourricot encore plus ratatiné que lui et qui boit l'eau magique. Ce n'est pas juste. Il n'en a pas besoin, lui! Je suis déçu, furieux et enrhumé. La Maltaise m'a menti. J'espère qu'elle aura un redressement fiscal sur sa boule de cristal. Moi, je peux faire une croix sur mes quatre centimètres et demi. Mais je n'ai pas tout perdu. Comme par réflexe, j'ai ramassé une poignée de pièces au fond du bassin. Je regarde dans ma main. Plutôt radins, les amoureux.

— Alors, tu nous as pas dit si ça marche aussi…
— … pour les filles?

Il faut attendre vingt-huit jours. La Maltaise a dit que pour les effets, ça peut prendre une lune. On en est pas loin, mais je n'y crois pas trop.

— Alors, nous aussi on pourra aller à Fontaine-du-Génie.
— Pour essayer la fontaine magique.

Elles peuvent toujours y aller. La fontaine magique

n'est pas là. Si les petites sœurs croient que je peux leur confier un si gros secret. Les secrets, ça se dit pas. Ça s'emporte.

— Et toi, t'as vérifié tout ce que tu emportes?

C'était le grand départ pour la tournée. La m'am avait préparé mes affaires comme pour partir en colo… Il part *en* colonie, m'am, il part pas *aux* colonies… J'avais aimé cette formule de mon frère Michel, l'été dernier. Mais cette fois, pour la tournée avec monsieur Fernando, c'est pire. Je regarde les piles énormes bien alignées sur le lit et à côté mon malheureux sac à dos sans armature. C'est pas la bonne pointure. Ça n'entrera jamais. Il faudra en jeter par-dessus bord. Tant mieux, j'ai mon idée sur la question… Tu connais pas ta mère!… C'est vrai, je devrais le savoir. Avec la m'am, ça finit toujours par entrer. Grâce à son chausse-pied magique: la liste.

J'ai horreur du moment où il faut la cocher. Ça me donne l'impression qu'on raye les jours.

— Toutes tes affaires sont marquées au col, ou en haut pour les chaussettes.

Comme on est nombreux dans la famille, il y a mon nom et mon prénom brodés en rouge. Ça, j'en suis fier.

— Coche: deux pull-overs en laine… Si, si! les nuits sont traîtres là-bas… Un bonnet de marin… Va pas m'attraper une otite, là-bas.

«Là-bas» est à vingt kilomètres d'ici, mais j'ai l'impression que je pars pour la Patagonie. Comme les pieds du bébé de mademoiselle Valnay dans sa planète Rouge Baiser.

— Coche: trois paires de socquettes, deux paires de chaussettes montantes… Coche!… Cinq culottes, cinq tricots de corps.

Le cinq est le chiffre magique de l'organisation de la m'am.

— On fait système cinq. T'as bien compris? Le mardi tu laves ton petit linge du lundi, mercredi il est sec, plié rangé, tu laves mardi. Comme ça tu fais samedi avec lundi et dimanche avec mardi. Tu me rapportes jeudi et vendredi sales. D'accord?

Je hoche la tête, mais je sais que le système cinq de la m'am finira comme à la colo, en jolies piles intactes. Je garderai lundi, tout mardi-mercredi-jeudi-vendredi-samedi-dimanche. Et à la fin du mois, je déplierai tout, je froisserai, je mouillerai, je salirai et je bourrerai en vrac dans mon sac pour faire plaisir à la m'am... Ben mon cochon, on voit que t'as bien profité, toi, là-bas...

Pour l'instant, je ne profite pas du tout. On en est au moment le pire quand il faut cocher le petit attirail.

— Sur ton gobelet, la boîte à brosse à dents et le porte-savon, j'ai écrit ton nom au stylo.

Une raison de plus pour ne pas me laver.

— Dans le gant de toilette bleu, je t'ai mis le sparadrap, la pommade pour les brûlures, les piqûres, les coupures: ça fait tout. Dans le blanc, des aiguilles, du fil, et la souris grise pour la corne.

C'est comme ça que la m'am appelle encore la pierre ponce.

— T'as cinq enveloppes timbrées à l'adresse pour nous raconter.

Je le ferai en revenant. Mais les timbres ça peut toujours s'échanger ou se revendre.

— Je t'ai recousu ton saint Christophe dans le rabat du sac.

Je sais que la m'am a caché en plus, dans un recoin, une médaille de la Vierge, pour me protéger des petites choses. Une médaille en alu. Une qu'on peut perdre.

— Dans la grande poche, je t'ai mis une pomme au cas... Et ça, c'est pour que tu te fasses beau... De l'eau de Cologne Mont Saint-Michel.

C'est sûr que côté toilettes, les saints ont toujours eu du boulot avec moi… Saint Michel terrasse le dragon et la crasse… Avec la m'am, c'est pratique, chaque saint a une tâche bien définie. Comme nous à la maison. Et pas la peine pour saint Antoine de Padoue de venir se mêler de surveiller le voyage, ni à saint Nicolas de retrouver ce qu'on perd, encore moins à saint Barnabé de faire des cadeaux. La m'am veille à faire respecter le tableau de service. Il n'y a que sainte Zita qui fait un peu ce qu'elle veut. C'est la chouchoute de la m'am.

Heureusement qu'elle est là.

La m'am en avait eu besoin. Ce jour-là, je pense même que les saints ont dû voler en escadrille au-dessus d'elle.

— On m'a volé ma voiture! On m'a volé ma voiture! Depuis six générations de Clément, c'était jamais arrivé. Jamais. Il est foutu ce pays!

Le patron tourne et tourne dans la cour à l'endroit où il garait la Juvaquatre d'habitude.

— Tu te rends compte! Là, à cet endroit, mon père rangeait sa charrette. Mon grand-père son cheval. Mon arrière-grand-père son mulet…

On dirait une planche de la salle de sciences naturelles sur l'évolution de l'espèce. Avec l'homme qui se redresse petit à petit en perdant ses poils au fur et à mesure. Monsieur Clément, lui, se tasse plutôt en se faisant des cheveux.

— Si je retrouve l'enfant de… qui a fait ça…

Moi, je ne préfère pas, car j'ai une petite idée sur «l'enfant de». Au petit jour, ce matin-là, j'étais allé écouter la mer causer dans sa langue. Dans la cour, j'avais vu la m'am au volant de la Juvaquatre. Je m'étais approché. Elle maniait le levier de vitesses. Le plus étrange, c'était que la m'am avait collé sur le pare-brise un pense-z'y bleu avec un schéma dessiné dessus. Le pense-z'y c'est encore une idée fumante du p'pa. Des morceaux de papier de couleur avec de la colle qui se décolle. Il l'a récupéré à Air France. Ça sert pour les assemblages qu'on doit modifier. Une colle qui se décolle ! Je ne voyais pas qui ça pouvait intéresser. Sauf la m'am qui collait des pense-z'y partout. Même sur le pare-brise de la Juvaquatre… Première en haut à gauche, deuxième en bas tout droit… Inquiétant. La m'am révisait ses vitesses.

— Si je le retrouve, celui qui a fait ça. Ma parole…
Tout le monde cherche. Même Sultan, transformé en chien de chasse poussif. Moi, je fais semblant. Depuis les résultats du concours du «Plus Beau Bébé» dans le journal. Depuis la colère de la m'am quand elle n'avait pas vu nos noms sur la liste. Depuis ce jour-là, la m'am tournait de plus en plus serré autour de la Juvaquatre. Ça ne veut rien dire, mais tout de même, par précaution, j'essaie de refaire dans ma tête la route qu'on prenait avec monsieur Clément pour aller à Alger. J'ai fait une liste d'au moins 274 occasions d'écraser un âne, de renverser un marchand ambulant, de percuter une Mobylette, un char à bras, une bicyclette… Ici, tu renverses un vélo, ça fait déjà cinq morts… J'ai vite arrêté de compter les voitures, les cars, les camions, les Jeeps et même les automitrailleuses. Même si la m'am arrive par miracle au panneau «Alger». Pour aller jusqu'à *La Dépêche*, ça va être un massacre. Où c'est, la place Lyautey ? Je défile le plan d'Alger dans ma tête. À peine je remonte le boulevard Carnot, juste avant d'arriver au square à gauche, j'entends un cri.
— La voilà !
J'ouvre les yeux. C'est vrai, la voilà. La Juvaquatre pointe sur la route du front de mer à hauteur des villas.

C'est la m'am au volant. On le sait au torchon accroché à la galerie qui flotte comme un étendard à carreaux. Elle arrive un peu vite et bien au milieu. Les Clément craignent pour la devanture du bar. Le p'pa s'est planté devant et agite les bras comme pour faire parquer une Caravelle. La m'am klaxonne façon... On-a-ga-gné!... Elle vise l'entrée de la cour. À cette vitesse-là, ce soir on dort à la belle étoile. Elle va pulvériser notre garage-hôtel. Tout le monde se jette hors de son chemin. Coup de patin magistral dans la cour, tête-à-queue au frein à main. Et la Juva se retrouve garée là où on se gare depuis six générations chez les Clément. La voiture immobilisée, la m'am ne descend pas. Tout le monde s'inquiète. Reste figé à distance. Et on la voit sortir son bâton de rouge et se faire un raccord dans le rétroviseur. Puis elle sort, dénoue son étendard à carreaux et nous regarde.

— Qu'est-ce qu'il y a?

Rien. Qu'est-ce qu'il pouvait bien y avoir? La m'am est allée en Juvaquatre, sans savoir conduire, à Alger, 1, place Lyautey, et est revenue, sans une éraflure, à Fort de l'Eau. Rien à dire. La m'am a regardé madame Clément.

— Ben, Maria. Au travail! On va être dans le jus!

La patronne en laisse tomber son éventail.

— Tournée générale!

Tout le monde regarde monsieur Clément. Il se passe des choses incroyables, ici, aujourd'hui.

La m'am n'a jamais rien dit de son escapade à Alger sauf... C'était incroyable! Sur la route, tout le monde se rangeait devant moi!... Si elle allait chaque semaine comme moi, avec monsieur Clément, elle ne s'étonnerait plus. Depuis, chaque jour, je guette dans *La Dépêche d'Algérie* les excuses du journal... Suite à une regrettable erreur d'impression, les véritables vainqueurs du concours du «Plus Bel Enfant» sont... Et nos trois prénoms... Nous prions la maman de bien vouloir nous pardonner... La m'am aurait pardonné. Mais, même aujourd'hui, toujours rien dans *La Dépêche*. Ça viendra.

— Pourquoi vous l'avez gardé?

Je montre à monsieur Clément le pense-z'y bleu avec le schéma de la grille de boîte de vitesses que la m'am a dessiné dessus. Il l'a accroché au rétroviseur comme un porte-bonheur.

— Regarde bien le signe que ça fait, gamin.

Allons-y pour une nouvelle devinette. On dirait un «E» à quatre pattes qui porte un autre «E» sur son dos. Je ne vois pas.

— Ça veut dire: homme libre!

C'est vrai, on dirait un petit bonhomme heureux qui lève les bras. Mais lui, à en juger par sa troisième jambe, ça a marché pour lui, la fontaine magique du Génie.

Mon sac à dos pour la tournée est bouclé. Ça aussi c'est magique. Le p'pa l'a porté dans le coffre de la Versailles de monsieur Fernando. Lamia a posé son outre rabougrie à côté. On a pas l'impression qu'on part pour le même voyage.

— Pas d'adieux de Fontainebleau.

Le p'pa dit toujours ça quand on part. Juste un signe de la main. Ça suffit. La m'am me glisse une pomme. J'ai un pincement mais je le garde pour moi.

Lamia a voulu voyager seul à l'arrière pour pouvoir sculpter ses morceaux de bois. Il reste silencieux. Qu'il ne compte pas sur moi pour lui parler de Maryline comme il l'appelle mais qui s'appelle autrement. Je finis par me demander si elle existe. C'est peut-être seulement une femme en photo comme celles qu'il y a dans le camion de Mario, le chauffeur du Sahara...

— T'excite pas, môme, elles existent pas. T'en as déjà vu des pareilles dehors ?

Il faut dire que même sur la plage on en rencontre pas des comme la brune du plafond de la cabine, ni la blonde de l'extincteur, ni encore moins la rousse au-dessus du rétroviseur.

— Quand tu fais de la piste et que tu bouffes du sable toute la journée, ça te fait des oasis même si c'est des mirages.

Je l'aime bien Mario. Il a un prénom qui se porte avec un maillot rayé d'habitude. Un jour, il me descendra à Colomb-Béchar. On trouvera un petit renard des sables sur la piste. Mais je ne le rapporterai pas à Orly, comme dans mon livre *L'Enfant et le fennec.* Je ne veux pas être obligé de le donner à une hôtesse de l'air pour qu'il ne meure pas. Sauf à made-moiselle Valnay. Si elle revient un jour de son «petit tour». Mario m'emmènera dans le désert. Lui, je sais qu'il tiendra sa promesse. Ce n'est pas comme Lamia.

Tu la verras bientôt… Il semble ne plus se souvenir de ce qu'il a dit. Et moi, moins il en parle, plus ça tourne dans ma tête. J'essaie de penser à des tas de choses, pour ne pas penser à une seule. Toujours la même. Maryline. Lamia, lui, la seule chose qui semble l'intéresser, c'est un panneau de bois clair, grand comme une feuille de cahier. Il le sculpte avec son couteau bizarre, installé à l'arrière de la voiture, sans jamais lever la tête… C'est pour raconter le voyage de nous trois… C'est une bonne idée, mais je me demande comment il va représenter la baraque attelée à la Versailles, avec monsieur Fernando qui lit les cours de la Bourse en conduisant, et moi le coude à la portière à ne bronzer que d'un bras.

Le panneau de bois de Lamia m'intrigue. Il ne descend même plus de voiture quand monsieur

Fernando s'arrête pour faire souffler le moteur et qu'on en profite pour manger une belle part de calentina toute chaude. Presque aussi bon que le clafoutis de la m'am. Comment on peut sculpter un voyage ? Pas seulement la route, les mandariniers, les ânes, la mer, les pans de mur au soleil. Mais comment on peut sculpter l'arrivée dans un endroit inconnu. Les regards, l'impression qu'on est d'ici, qu'on pourrait habiter là, juste à cet endroit, dans la cour de cette maison blanche. Qu'on pourrait passer son temps seulement à sentir la mer de l'autre côté du muret, l'épaule appuyée contre la pierre... Tu te dépêches, gamin, on a encore de la route !... Je me demande comment Lamia va faire pour rendre tout ça.

Ce jour-là, en regardant Lamia, j'ai décidé de commencer une collection de «choses impossibles à raconter» sur mon cahier à tracé journal.

— Oh non ! pas ces histoires-là ! Nous, on en veut pas.

— Elles sont trop longues et on y comprend rien.

Mais de quoi elles se mêlent, les chipies !... Je t'ai déjà dit, gamin, de bien serrer la roue des dizaines, elle a du jeu. Tu rêves, ou quoi ?... Je ne peux pas dire à monsieur Fernando que depuis qu'on est en tournée, mes petites sœurs n'arrêtent pas de tourner dans ma tête. On dirait qu'elles se vengent parce que je suis parti sans elles. N'empêche qu'avec Lamia, on monte et on démonte la baraque de plus en plus vite. C'est comme ça pour les équipes en tournée. On devient de vrais professionnels. Lui, ça lui laisse plus de temps pour sculpter son panneau, et moi, pour me demander ce qu'il raconte dessus. J'espère qu'il n'a pas sculpté ma cagate de l'autre soir à cause de la fatma de Saint-Eugène.

Alaki ! Alaki !... Je devais lancer la loterie... Monsieur Fernando me glisse : la Française des pétroles est tombée à 309. Une catastrophe. Alors t'évites le 2 pour les centaines. Sinon tu m'achèves... Pas de problème. La routine. Je me suis calé sur le 6 et roulez! Sauf que la dame voilée, un peu à l'écart, continue à me regarder. Pas seulement me regarder. Elle me fixe, me traverse, me perfore, me déshabille, me met tout nu. Et en public! J'en ai le couroucou qui se croit à la fontaine magique pour la session de rattrapage. Je ne comprends pas ce qui se passe: on ne voit que ses yeux! Pourtant, à la plage, on en voit et on en voit. Mais ça ne chamboule pas le short comme ça. Sauf les deux perles roses de mademoiselle Valnay dans l'échancrure de son maillot.

La roue s'immobilise... 247!... J'ai vérifié à toute vitesse dans ma tête. 247 commence bien par un 2... T'évites le 2 pour les centaines, sinon on est morts... Je vais mourir à cause d'un 2! Pourtant, j'ai déjà eu ça souvent, comme note. Je vote une réforme immédiate du système décimal. On parlera maintenant en pouces, en pieds, en gallons. Justement, je vais en prendre pour mon grade. L'homme en chemise bleu gendarme lève son billet... C'est moi!... Comme si on avait appelé son nom. Monsieur Fernando sourit à la manière d'un rouget qu'on tire au crochet pour lui faire rendre l'hameçon.

— Bravo! Formidable! Extraordinaire!

Chaque exclamation de monsieur Fernando m'enfonce la tête dans le corps.

— Le numéro juste! Monsieur a le numéro juste! Sensationnel! Vous avez gagné ce merveilleux couple d'oiseaux de paradis dans cette superbe cage!

Tu parles! Deux bec de corail dans le modèle Trianon. On s'en tire bien. Les yeux de la femme voilée sont toujours sur moi. On voit tout dans ce petit rectangle. Elle est belle, fine, douce, rieuse, et aime les cornes de gazelle avec son thé à la menthe... Des fois, en dessous, c'est un monstre tout poilu. C'est pour ça qu'on envoie une bouba pour la voir avant d'acheter... Lamia ne plaisante même pas quand il dit «acheter». Il m'a expliqué les tarifs.

— Maman, il dit que nous...

— ... on vaut juste deux sacs de pois chiches.

Chez nous, avec toutes les sœurs, ça en ferait, des moutons, des chèvres et des chameaux! Où est-ce qu'on mettrait tout ça dans la cité? En plus, d'après Lamia, on peut même être bigame sans avoir sa photo dans le journal.

Tout à coup, j'ai l'impression d'avoir froid. Je me tourne. Les yeux de la femme voilée ont disparu. Je la cherche sur la place. Sa silhouette s'éloigne dans l'ombre de la ruelle. Elle marche derrière l'homme à la chemise bleue, qui porte la cage comme une lanterne. Ils ressemblent à des santons.

— Gamin, tu me refais pas une cagate pareille! Sinon j'y vais tout seul au 54...

J'ai intérêt à me remettre à causer à l'oreille du hasard et à ne plus croiser un seul regard voilé. Mais je ne suis pas inquiet. Pour le 54...

— C'est quoi, le 54?

— Pourquoi tu nous expliques pas?

Plus tard. Pour le 54, ce serait plutôt monsieur Fernando qui serait puni, si je ne l'accompagne pas. Moi aussi. Un peu. Alors, pendant toute la journée, je baisse la tête et je ne lâche plus des yeux le bout de mes sandalettes. Résultat: que des bengalis à l'approchant! Le hasard a l'ouïe fine. Et encore, il y a même eu un tirage à blanc. Une fois, monsieur Fernando a décidé que le plus approchant des approchants est encore trop loin du numéro tiré.

— Ça, monsieur, ce n'est pas un approchant.

— C'est quoi, alors?

— Un éloigné.

Le type en reste aussi sidéré que moi. Monsieur Fernando en profite pour l'achever.

— Et ici, monsieur, c'est une maison honnête, on ne gagne pas à l'éloigné!

Monsieur Fernando prend un air plein de sous-entendus.

— C'est quoi cette histoire d'éloigné?

— Rien, Minouche. Rien.

Et le type penaud reprend douze billets à sa femme pour le prochain tirage.

— Tu comprends, gamin, je suis obligé. En tournée on a plus de frais.

Je comprends. J'ai même compris plusieurs choses. Un: il y a un moment mystérieux où un approchant devient un éloigné. Deux: le sous-entendu marche très bien sur les couples. Trois: j'avais sauvé mon 54.

Le 54, c'est le numéro d'une cabine de bains publics à Alger. Ces bains, ils sont dans la rue... dans la rue... Purée! je ne me souviens plus du nom. Je sais juste que c'est un militaire.

— Le menteur! Tu veux pas nous le dire.

— Pour pas qu'on aille voir.

Ce n'est pas un endroit pour des petites sœurs. La cabine numéro 54 est celle que monsieur Fernando demande à chaque fois qu'il m'y emmène. Quand elle n'est pas libre, on repart... Mais monsieur, il y en a d'autres!... Et on s'installe à la terrasse du café juste en face sous un parasol Phénix pour boire chacun un sirop d'orgeat. Ce jour-là, monsieur Fernando n'ajoute jamais d'anisette à son sirop.

— Pas de mauresque! En terrasse, gamin, il faut garder l'œil clair. C'est un art, la terrasse.

Chaque fois, monsieur Fernando me donne une leçon.

— D'abord, tu t'assois pas n'importe où. Soit tu veux prendre en enfilade, pour voir venir et partir. C'est comme pour le canard ou la poule d'eau.

Il me fait une démonstration en épaulant son regard comme un fusil.

— Soit tu restes posté et tu regardes passer. Attention, tu fixes un détail, pas plus. Te disperse pas, et surtout pas trop longtemps. Vaut mieux en avoir manqué qu'en avoir trop vu.

Monsieur Fernando continue sa leçon, jusqu'à ce que la dame des bains agite sa balayette par la fenêtre. Ça veut dire que la 54 est libre. Là, monsieur Fernando sort son vrai sourire, pas celui qu'il se met quand un joueur gagne. Non, celui qui le fait bondir et me laisse sur place quand il traverse la rue... Paye, gamin, je te rembourserai !... 120 F les deux sirops, c'est pas donné, de regarder passer.

— Maman, il a encore des sous !

— Et pas nous.

Aux bains, le moment que je préfère, c'est quand la dame me donne les serviettes toutes propres et surtout le petit morceau de savon. Un savon laiteux. Un savon juste à sentir. Pas question de l'abîmer en se lavant avec. Je lui fais un coquillage dans mes mains. Je le garde au creux, je ferme les yeux, et je respire doucement comme la mer. Là, il monte dans ma poitrine des secrets à la peau laiteuse.

— T'endors pas, gamin ! Allez hop, dans la baignoire. Tu fais du bruit avec l'eau. Faut qu'on t'entende.

Ça me va de jouer à l'otarie, au sous-marin, au monstre du Loch Ness et au geyser d'Islande. Du moment qu'il n'y a pas à frotter dans les recoins cracra. Chez nous à Orly on a une baignoire sabot où on ne peut jouer qu'à des choses verticales comme le torrent chatouilleur, les chutes du Niagara, ou le triton cracheur...

— Tu m'as encore mis de l'eau partout. Tu peux pas t'asseoir?

C'est difficile d'expliquer à la m'am que j'ai peur de me coincer quelque chose dans le siphon.

— Roger, il faudra remettre une bonde à la baignoire!

Pendant ce temps-là, monsieur Fernando est monté en équilibre sur le banc en bois et le lavabo. Avec le tire-bouchon de son limonadier, il retire un pétale de la rosace en haut du mur.

— Chante! Chante! Faut qu'elles t'entendent.

«Elles» ce sont les femmes de derrière. Des femmes mystérieuses que monsieur Fernando regarde par le trou de la rosace. L'œil collé, il s'exclame avec des bruits étranges qui ne ressemblent même pas à des cris d'oiseau. Comme il doit les étouffer, il donne l'impression qu'il est toujours en train de se brûler...

— Pillou! Pillou! Celle-là... Ce fui-fui, madame!... Aïe, les doulous-doulous!

Moi, je dois chanter tout un répertoire de trucs qui éclaboussent, comme *Tutti frutti*, *Petit Gonzales* ou Vince Taylor... tout en surveillant, là-haut, l'énorme fond de pantalon lustré de monsieur Fernando qui s'agite en mesure. Je fournis la musique, mais les paroles sont de lui... Rabida, ma mère!... Vaille-vaille! je meurs!... La purée Troubidou!... Il baise ses doigts, embrasse le mur, se donne des gifles, implore le plafond et tous les dieux qui doivent y loger. Un jour, par trop grand Troubidou, il va basculer en arrière, me tomber dessus et m'engloutir dans la baignoire.

Mais non, il tient en équilibre. Monsieur Fernando aurait été un très bon TP pour notre cours de physique sur le polygone de sustentation. Tout à coup, après un dernier cri, il se décolle l'œil du trou.

— Ça volaille! Ça volaille!

Il rebouche la rosace, et saute de son perchoir…

— Fissa, gamin, on décanille!

Heureusement que je ne me suis pas savonné les recoins, sinon j'attrapais des dartres à vie. Une pièce dans la soucoupe, et on se sauve comme si on avait volé les serviettes.

— Scapa! On va les manquer!

Monsieur Fernando traverse la rue encore plus vite qu'en arrivant, sans regarder… Fourachaux, tu veux mourir de ce temps-là!… On s'installe en terrasse sous le même parasol, mais cette fois il commande une mauresque… Bien tassée! Que l'eau, tu la laisses au fond!… Moi, je me suis mis à l'Antésite. Il me faut de l'amer. Je m'en veux. Dans la débandade j'ai encore oublié le savon laiteux. Tant pis, je ne connaîtrai toujours pas les secrets cachés à l'intérieur.

Assis en terrasse comme de simples siroteurs, on attend que les femmes de la rosace sortent. Et elles sortent. Sûrement. Comment savoir? Monsieur Fernando reste muet, le regard fixe au-dessus du verre. Je suis obligé de lire dans ses yeux pour reconstituer. Celle-là, pas de problème, c'est Troubidou et sa copine à lunettes, peut-être Vaille-vaille. Sûr, les doulous-doulous sont à la grande en corsage rouge et le fui-fui, à première vue, à celle qui a un incendie au henné dans les cheveux. Remettre les petits cris de monsieur Fernando sur un visage ou ailleurs, c'est un peu comme le jeu des mariages dans le journal, sauf que monsieur Fernando est le seul à avoir la solution. Je ne peux quand même pas lui demander combien j'ai de réponses bonnes… Trois, gamin! Trois! T'as faux pour le fui-fui. C'est traître, les habits…

Curieux, monsieur Fernando a toujours l'air triste après le défilé des femmes de la rosace. Peut-être les mauresques de plus en plus tassées qu'il gobe comme des pistaches. Cette fois, pas question pour moi de régler l'addition.

— Ma parole, gamin, quand je te vois, je commence à comprendre pourquoi je me suis trompé sur les femmes. Toi, tu connais pas ta chance. Tu les vois qu'habillées.

Je n'ai pas compris ce qu'il voulait dire. Mais ça ne l'empêchait pas, la fois d'après, de trouver de nouveaux cris, et de manquer se faire écraser en traversant cette rue d'Alger, dont j'ai oublié le nom et dans laquelle il y a ces bains-douches qui ont une cabine numéro 54.

— C'était quoi le nom de la rue?

— Si, tu le sais! Dis-nous!

Pas question, mes petites sœurs, rendez-vous à la page «solution». Le temps qu'elles trouvent, j'aurai peut-être découvert ce que Lamia sculpte depuis notre départ de Fort de l'Eau sur son panneau de bois. Bizarre, il a percé un trou presque en haut. Un peu comme celui de la rosace. Comment est-ce qu'il peut connaître cette histoire? On va aux bains, seulement monsieur Fernando et moi.

On était vers Zeralda quand la tournée a failli s'arrêter net… Frac!… Lamia vient de fracasser son panneau de bois contre une grosse pierre.

— Je voulais juste un voile.

Quel voile? De quoi est-ce qu'il parle? Il n'a même pas crié. Juste avant, il avait longuement fixé le trou qui était apparu dans son panneau. Comme s'il le défiait. Peut-être que Lamia avait essayé de raconter le regard de la fatma de Saint-Eugène. Il avait voulu en dire trop, et la lame avait percé le bois… Ôtez-en, jeunes cancres! Ôtez-en! Il en restera toujours trop dans vos phrases…

Lamia avait raflé son outre dans le coffre de la voiture et il était parti avec ses grandes enjambées de furieux.

— Ma parole, s'y revient pas, ce bâtard, y peut rester chez lui !

Impossible. Si Lamia ne revient pas, il ne pourra pas m'emmener voir Maryline. Et en plus, il faudra que je m'occupe des cages tout seul.

J'ai ramassé les morceaux du panneau. Il a été cassé net. Ce sera plus facile pour le reconstituer. Heureusement, je n'aime pas les puzzles. Défaire, pour refaire ce qui a déjà été fait, c'est comme rien faire... Attention, jeunes cancres, «faire» n'est pas un verbe, c'est du lichen qui pousse sur votre ignorance !... Si Louis XVI croit qu'on a toujours le temps d'aller chasser le synonyme.

Je vais me réfugier à l'arrière de la Versailles, pour découvrir le travail de Lamia. Il y a des copeaux de bois partout. Je regarde le panneau sculpté. Bizarre. Je le tourne, le retourne. Étrange. J'essaie avec la lumière rasante. Rien. Il n'y a rien sur ce morceau de bois. Pas un paysage, pas un visage. Seulement ce trou dans le voile du bois. Je vais le fracasser ce truc. Lamia n'est qu'un menteur !

— Pleure pas, gamin. Il va revenir. C'est un cabochard. C'est tout.

Je ne pleure pas. Et Lamia peut rester où il est. Ce n'était pourtant pas difficile de raconter notre tournée. Je ne lui demandais pas de sculpter une fresque, comme sur la grande tapisserie en Normandie. On était allés voir ça en car, avec le collège. On avait bien vomi et du haut de la falaise on nous avait montré un morceau de mer sale à travers les vitres... C'est par là que les bateaux anglais sont arrivés. Ils ont débarqué ici et sont restés trois siècles...

Je ne demandais pas à Lamia de sculpter des batailles, avec des chevaux, des pics, des lances, des belles dames. Mais je pensais qu'il raconterait ce qu'on avait vu sur la route : les banderoles en travers des rues, les inscriptions à la peinture. Des tas de choses qui ne sont pas en photo dans *La Dépêche*. Tiens. C'était beau, ces deux camions militaires qui se sont croisés, l'un chargé de drapeaux verts qui chantait... Pechâlou ! Pechâlou ! Pechâlou !... et l'autre de la couleur du sable qui laissait aller très lentement... Non ! rien de rien. Non ! je ne regrette rien... Quand ils ont été exactement à la même hauteur, ils se sont tus. Juste quelques secondes de silence. Comme s'ils se saluaient. Ça, il aurait pu le raconter. Et les youyous ! Bon, d'accord, ce n'est pas facile à rendre, les youyous. Mais le reste. Maintenant, je me sens comme une figue trop mûre. J'ai mal au cœur. C'est sûrement d'avoir pensé aux sacs à vomir de l'autocar.

— Remue-toi, gamin ! Faut faire la mise en place. Moi, je dois m'occuper de l'aile de la voiture...

Tiens, ça, par exemple, Lamia aurait pu le raconter. Notre accident. On avait failli mourir deux fois !

— Oh ! C'est comme ça que tu me roules à gauche, toi, la brêle ! Ho, dis-moi, c'est plus la France, ici ! C'est quoi ? L'Angleterre, maintenant !

Le type en treillis qui hurle à la portière de sa Vedette vient de nous emboutir par la gauche.

— Alors, quoi, plus on est en tort, plus on crie !

— Qu'est-ce qu'il veut celui-là avec sa charrette de boudjani ?

Lamia a giclé de la voiture, son couteau bizarre à la main. C'est jusqu'à Cherchel qu'il va le poursuivre, celui-là. Mais le treillis a un pétard encore plus grand que le capot de sa voiture.

— Je te préviens, larbi, c'est pas un cadeau Bonux.

Monsieur Clément les calme.

— On va pas se tuer pour des bliblis !

Alors ils sont allés se tuer à l'anisette, moi à l'Orangina. Lamia est resté dans l'auto. Il ne veut pas lâcher sa lame.

Pour changer, monsieur Fernando discute de la Française des pétroles, mais le treillis défend les Mines de phosphate. Ça a failli repartir. Ils bifurquent sur le water-polo. C'est pire. Tout le temps que je sirote, je surveille le pistolet du type. Il est enfoncé profond dans sa ceinture. Ça me démange de faire un faux mouvement et de renverser mon verre sur son pantalon. Le type aurait sursauté. Pan! Le coup serait parti tout seul... Aïe, ma mère!... Il n'aurait pas assez de toute la fontaine magique du Génie pour faire repousser. Mais je ne voulais pas gâcher mon Orangina.

Ce trou dans le panneau de Lamia tourne dans ma tête... Je voulais un voile... C'est sûr maintenant, c'est la fatma de Saint-Eugène qu'il essayait de raconter... Tu sais, dans certaines tribus, ils ne laissent qu'un œil non voilé. Parce que deux yeux, c'est déjà un regard... J'avais essayé de vérifier ce que monsieur Fernando m'avait dit sur mes petites sœurs. Même avec un seul, on voyait bien qu'elles n'étaient pas contentes.

Moi, c'est dix paires d'yeux qu'il m'aurait fallu quand on s'était trompés de route vers Guyotville, je crois.

— Purée, mais qu'est-ce qui m'a pris de donner la carte à un bizoutche pareil!...

Monsieur Fernando était furieux. D'accord, on s'est perdus dans un nuage de poussière, et arrêtés pile au bord d'une falaise. Il n'y avait plus qu'à pousser et on dégringolait au fond. Même un archéologue n'aurait rien retrouvé. Mais qu'est-ce que je pouvais faire, quand la carte ne correspondait plus au pays! Les panneaux avaient disparu, on avait changé les noms ou barbouillé les pancartes avec du goudron.

On avait attendu des heures en plein cagnard qu'on vienne tirer la voiture et la baraque ensablées... T'avais ton chapeau, au moins!... Mais m'am, je suis un arrière-arrière-arrière-petit-fils d'esclave. Le soleil, ça doit rien me faire... Et si tu m'attrapes une insolation?... Une insolation! Pourquoi pas «coup de soleil» pendant qu'elle y est? Là, encore, je connais le mot, mais pas la chose. Après la plage, je les vois bien les écrevisses de mon âge faire des grimaces, se tortiller et gémir quand leurs mères les passent au vinaigre. Mais pas un arrière-arrière-arrière-petit-fils d'esclave! Je veux bien être trop petit de partout, avoir les pieds fuyants, les genoux pointus, la poitrine plate et le front trop étroit. Mais, moi, je n'ai pas à porter de chapeau en plein soleil. Ce serait comme trahir les ancêtres.

— Si ça continue comme ça, je sais pas si on pourra la continuer, cette tournée. En plus de la scoumoune, y a l'autre qui fait son balluchon. Tu peux te promener cet après-midi, gamin. On décidera ce soir.

Je n'aime pas me promener à cette heure. Il fait trop chaud. Je préfère grimper dans un arbre à cabanes avec un casse-croûte. J'ai rencontré un arbre immense avec les branches à ma taille. Je ne sais pas ce que c'est, mais de là-haut, je verrai peut-être jusqu'à Fort de l'Eau. La m'am me ferait un petit signe avec son torchon. En fait, je vois jusqu'au fond d'une cour. C'est là que j'ai rencontré ma première «chose impossible à raconter». C'est un paysage. Il est peint à l'intérieur de la cour. Une sorte de fresque. Elle est bizarre. J'essaie de comprendre. Car tout à coup, dans ce paysage de désert, je vois un homme en chéchia rouge et burnous blanc. Il sort d'une femme habillée d'un voile bleu. Ça ressemble un peu à un drapeau entortillé.

— Ah, non! Pas tes histoires impossibles. On y comprend déjà plus rien.

— Tu ferais mieux de raconter la fresque de papa dans la salle à manger.

Si vous vous y mettez, ce sera encore moins clair. Donc, un homme sort d'une femme bleue. Jusque-là, ça va. Mais, juste le temps de cligner des yeux et la femme bleue disparaît. À la place, il y a un palmier avec un trou carré au milieu.

— Alors là, nous on préfère aller à la plage.

— Tu nous appelleras pour la fresque de papa.

Bon vent! Où j'en suis?... Ah, oui!... En fait, le trou carré est une fenêtre. Et l'homme à la chéchia rouge vient d'ouvrir des volets et de sortir par cette fenêtre. La fenêtre donne de plain-pied dans une cour fermée... Ça, j'aurais dû le dire plus tôt... Comme la femme bleue est peinte d'un côté des volets et le palmier de l'autre, quand il a ouvert les volets, la femme bleue a disparu et maintenant on voit le palmier à la place.

— D'habitude, tu racontes mieux.

— Là, on comprend rien! rien! rien du tout.

Vous n'êtes pas à la plage, vous?

— Non, c'est trop tard. On va bientôt manger.

— Maman a dit qu'il faut que tu viennes.

Je n'ai pas faim. Il fait trop chaud. Moi, ce que j'aime, c'est la kémia. Pourquoi on a pas ça, chez nous? Ça devrait être obligatoire à l'heure de l'apéritif. Et même aux autres heures. La première fois que j'avais vu une kémia, je croyais être tombé dans un mariage. Toutes ces soucoupes alignées sur le comptoir. Au début, je demandais la permission... Va, p'tit! C'est là pour ça!... Quoi, on peut se servir tout seul! Avoir, comme ça, les cacahuètes, les pistaches, toutes les sortes d'olives du monde, les fèves, des sardines... Ça y est, je commence à avoir faim. Faut pas que les sœurs s'en aperçoivent... Je devenais fou. Surtout qu'il y a encore mieux que la kémia: la tournée des kémias!

Courir d'un bar à l'autre. Là, il y a les meilleurs anchois, ici, les bliblis. Ahhh! les escargots du café des Sports, les pommes de terre piquantes en salade, là où il y a le juke-box rond. La bouche en feu! Bien sûr, il faut une bonne condition physique. Avoir l'œil. Repérer quand c'est vide pour de bon, en tramousse ou quand ça va se remplir. Se faufiler. Déguerpir quand on est grillé... Ho! les voraces!... Et revenir au Marsouin se faire payer un Orangina par le p'pa. Ma parole, celui qu'a inventé la kémia, on devrait lui donner le prix Nobel! Mais après tout ça, le pire c'est quand on entend... À table!... Il est une heure moins le quart. Ça vide les cafés et les rues. Mais ça me vide moi aussi.

— On va être en retard pour manger.

— Faut que tu viennes, maintenant. Maman l'a dit.

Je ne les crois pas. Elles veulent seulement m'empêcher de raconter mon histoire. Tout ça parce que je ne veux pas raconter la leur. Les chipies! Tant pis, je continue. Ce ne sera pas facile, parce qu'il aurait fallu dire, pour bien comprendre, que les quatre murs de la cour fermée sont recouverts d'une fresque.

— Ah! on l'avait bien deviné, nous. Une comme celle de papa, dans la salle à manger?

— C'est de la triche, t'as copié.

Mais non! Parce que dans chaque mur de la cour, il y a une fenêtre avec des volets. C'est là que c'est intéressant.

— Tu parles! C'est toi qui le dis.

— Nous, on trouve pas.

Si! C'est là que c'est intéressant. Parce que à chaque fois que les volets s'ouvrent ou se ferment, ça change l'histoire que raconte la fresque... Quatre fenêtres, huit volets, seize faces... Chavanel, le prof de math, est en train de calculer le nombre de combinaisons possibles... 254!... Mais de quoi il se mêle, celui-là?...

C'est gentil, il veut te rendre service… M'am, tu ne vas pas t'y mettre, toi aussi! Bon, j'abandonne. J'arrête de raconter. Tant pis. Vous avez gagné. C'est la première fois. J'ai le droit de faire un vœu… Je voudrais, un jour, savoir écrire une histoire avec des volets. Une histoire comme les maisons en papier. On dessine le p'pa et la m'am aux crayons de couleur. On cache. On ouvre. Et ils font coucou à la fenêtre. On dessine Lamia. On cache. On ouvre. Et il fait:

— Coucou!

Lamia n'a pas vraiment dit ça. Mais il est là. Il sourit. Un vrai sourire, bien dessiné.

— Oh, le tricheur!

— T'as fait revenir ton copain pour pas raconter la fresque du p'pa.

Sous le bras, il porte son nouveau panneau de bois. Cette fois, il va pouvoir raconter comme il veut. Lamia s'approche de moi et me montre. Il me montre une merveille. Sur la surface entièrement lisse du panneau, il a sculpté une sorte d'œil qui se confond avec l'épaisseur du bois et qui laisse le jour et le vent faire vivre un simple voile au fond. Je pense au mystère des tasses à café en porcelaine de la m'am.

— Tu vois, Maryline, elle est derrière. Et elle nous attend. Ce soir!

7
Le rendez-vous

Ce soir!

C'est ce que vient de dire Lamia. Le dernier soleil n'est même pas encore passé à table que je pense déjà à ce soir. Pourquoi est-ce que je fais filer si vite cette journée si importante? C'est peut-être à cause de l'expression «déjeuner de soleil». Je ne sais pas bien ce que ça veut dire. Sauf que ça passe vite et qu'on ne peut pas le retenir. Comme du soleil entre les doigts.

Après ce qu'il vient de dire, Lamia ne peut plus se défiler. Je vais voir Maryline, la dame farouche. Elle existe. Ce n'est pas seulement une photographie ou un trou dans un morceau de bois. Je vais la voir! Mon cœur est remonté à la surface. Tout de suite, je le fais replonger. Il faut que je le prépare à la déception. Parce que ce soir, je n'irai pas. C'est impossible. Comment le dire à mon cœur? Son premier rendez-vous. Il est encore un peu bêta. Il croit tout ce qu'on lui dit. Moi, ce n'est pas pareil. J'en ai entendu des trucs, sur la plage, que je lui cache.

— T'occupe pas, gamin. Les zozos qui disent que

dans un rendez-vous avec une femme, le meilleur, c'est l'escalier qu'on monte, c'est qu'ils l'ont redescendu sur le cul.

D'accord, monsieur Fernando, mais entre les deux escaliers, le monté et le descendu, qu'est-ce qu'on fait? Je verrai bien. Lamia m'expliquera, pour ce soir.

Ce soir! Impossible. Je ne pouvais pas y aller dans cet état. Je dois bien avoir pris une raclée, ou être tombé de quelque part. Je suis sûrement encore barbouillé de mercurochrome, de pommade, couvert de gaze et de pansements. Il me reste bien une écharde de poteau télégraphique mal placée et une bosse violacée sur le front... Comment tu fais pour te mettre dans cet état?... M'am, j'essaie de trouver une excuse pour ne pas aller au rendez-vous de ce soir. Mais Lamia me regarde droit dans les yeux. Il va me perforer comme son morceau de bois s'il continue. Il faut que je trouve vite... J'ai mal à la tête! Non, d'après monsieur Fernando, la migraine ça ne marche que pour les femmes mariées. Une infection! C'est ça, une infection, avec du pus dans les plaies. Des tartines de pus, et la gangrène qui se met là-dedans. Je risque l'amputation à tout moment. Lamia serait encore capable de me trouver un remède de son village, du jus d'écorce de Kurida, des cataplasmes à la farine ou des vers blancs de figuier appliqués en sangsues. Non merci. Avec les remèdes de son village, on est guéri ou on meurt de peur. Pire que les saignées du coiffeur. Je ne veux plus aucun remède du village de Lamia. Ni contre le mal de dents, ni pour le ventre, encore moins contre le mauvais œil ou pour lui marquer des buts au foot. Sans parler du souvenir de « l'autre chose ».

On dit « souvenir cuisant »; à cause de Lamia je sais pourquoi, maintenant.

— Tu mets ça dessus et tu bandes.

Ce soir-là, Lamia m'avait donné une poudre verdâtre. J'avais cru comprendre qu'il fallait en faire une sorte de pâte avec de l'eau.

— Tu verras. Mieux que la fontaine magique.

Je m'étais enfermé dans les cabinets et j'avais badigeonné large. Ça me faisait penser à Popeye dans les dessins animés. Plutôt encourageant quand on voit comment ses biceps se transforment après avoir avalé ses épinards avec la boîte. Ensuite, j'ai entouré le tout avec une bande. Elle est un peu longue. J'ai dû passer plusieurs fois et dans des tas de recoins.

— Qui c'est qu'a touché à ma bande Velpeau?

Quelqu'un devrait dire à madame Clément que ça ne l'amincit pas vraiment de se boudiner avec.

Parfait. Mon affaire est bien bandée, comme me l'a demandé Lamia. Mais impossible de refermer mon short. Ça fait une bosse. Un peu comme un gars plus grand que moi, sur la plage. Un gros. Il s'était bourré le maillot de bain en douce de coton hydrophile. Ça devait le gratter. Le long du débarcadère, il faisait le paon en marchant comme un torero. Il a plongé. Pas mal! Quand il est ressorti de l'eau, il lui était poussé de la barbe blanche entre les cuisses. On aurait dit une biquette... Bêêê!... C'est comme ça, maintenant, que ses copains l'accueillent quand il arrive sur la plage. Il a l'air de s'en fiche. Moi je serais allé m'enfouir sous une dune dans le Sahara. Là où il n'y a pas de crabe-crocodile.

Malgré la bosse de mon short, j'ai réussi à me faufiler à table, me faufiler dehors et me faufiler au lit sans me faire repérer par la famille.

— J'ai plus le droit à mon baiser, moi? T'es trop grand maintenant?

Mais non, m'am. C'est le contraire et, justement, je suis en train de grandir par les plantes.

— T'es pas un peu chaud, toi? Tu veux pas que je regarde ta température?

Surtout pas. Avec le bandage que j'ai fait, il n'y aura même pas de place pour un thermomètre de poupée. C'est vrai qu'il fait un peu chaud sous les draps et que le baiser de la m'am sur mon front me paraît d'un joli frais. Mais, ça, ce sont ses lèvres à elle. Son secret.

Un peu chaud? Un peu chaud! Bouillant, oui! C'est un véritable feu de broussailles qui vient de prendre sous les draps en pleine nuit. Je me sauve dans la cour, il me poursuit. Me galope derrière, bien calé entre mes jambes. Sans ralentir ma course, je me démaillote comme une momie. Le vent frais de la nuit ravive les braises verdâtres. Je vais finir en torchère. Il va me falloir un extincteur, une grande échelle, les pompiers volants. Je n'ose pas regarder les dégâts. Il ne me reste qu'une solution. La mer.

Tchiiii! Ça fait un bruit de fer à repasser sur la patte-mouille. Une flétrissure. J'aime le mot. Je ne lui en veux pas. Il me fait penser à une fleur dans la peau. Moi, l'arrière-arrière-arrière-petit-fils d'esclave, je viens d'être marqué au fer. L'odeur de cochon grillé en moins. Tchiiii!... J'ai dû faire monter la température de la Méditerranée de trois degrés. Demain il y aura un drapeau vert sur la plage. Mais ce ne sera pas le mien.

Lamia peut garder les remèdes de son village. Je vais essayer la Pousse Vital. Huit, douze, seize centimètres garantis dans le journal. À cause de sa poudre verte, pendant une semaine, j'ai fait pipi des piments rouges et des lames de rasoir. Des Gillette bleues. Les plus dures. Celles qui font repousser... Plus tu te rases et plus t'as de barbe... Mes frères à mon âge avaient déjà commencé. Mais moi, rien. La lèvre, les joues, le menton, les bras, les jambes, la poitrine: pas un poil, pas une ombre de duvet. Rien ne poussait. Sauf des plaques rouges.

C'est peut-être la solution, pour éviter le rendez-vous de ce soir avec Maryline la farouche. Les plaques rouges. Le mieux, ce serait d'avoir l'air contagieux. La lèpre, par exemple. Mais ils me mettraient des clochettes aux chevilles comme le marchand de glaces d'une plage vers Aïn Taya. Le typhus? Ils font des piqûres. Le choléra? Trop dégoûtant. La peste? La peste pulmonaire! Ça se pouvait. Un savant anglais avec un nom de jambon était mort dans le journal d'hier. «Un spécialiste de la guerre bactériologique», qu'ils disaient. C'était une bonne idée, d'envoyer les microbes se battre à notre place.

On pourrait lire dans *La Dépêche d'Algérie* que le contingent 62/A et 62/B de virus était démobilisé. Ça éviterait à des tas de mamans d'attendre des lettres.

Ce jour-là, la mienne de m'am guette le courrier à cause de mon frère Gérard. Paraît que ça ne va pas trop, son ménage avec son éleveuse d'huîtres... Quand y a pas d'enfant, c'est moins grave... La m'am se rassure, surtout que, dans une lettre, il dit avoir rencontré quelqu'un à Pau. Dans la lettre suivante, il écrit qu'elle est très gentille, dans une autre, que son accent, c'est comme du soleil et, dans la dernière, que son prénom, c'est... Josette.

Une Josette! La malédiction des Saints-Croisés avait encore frappé la famille. J'en avais souvent entendu parler de cette malédiction. Au début, mon oreille avait compris autre chose. Certainement que le p'pa aussi. Puisque ça lui avait donné une idée fumante. Celle d'«un soutien-gorge de maintien et d'élégance renforcée»... Le Croisex. Concentré de technologie aéronautique et de légèreté parisienne... C'était ce que disait le prospectus qu'il avait écrit.

189

Mais ensuite, j'ai compris que la malédiction des Saints-Croisés correspondait à quelque chose d'étrange. Dans notre famille, à 71,42 % un frère avait épousé une sœur... Je veux dire avait épousé une femme qui avait le prénom d'une de mes sœurs. Et une sœur avait épousé un homme qui avait le prénom d'un de mes frères. Monique avec un Jacques, Josette avec un Serge, Évelyne avec un Michel, Guy avec une Monique, et maintenant Gérard avec une Josette. Seuls Jacques avec Raymonde, et Roland avec Christiane avaient échappé à la malédiction... 71,42 %! C'est une véritable aberration statistique... C'est ce qu'avait dit la prof de sciences nat qui avait calculé ça pour une leçon sur l'hérédité avec des petits pois.

— Aberration! Mais de quoi elle se mêle, celle-là!

La m'am avait failli se déranger. Mais elle lui avait seulement fait un mot salé. Paraîtrait qu'en statistiques, «aberration» ce n'est pas un gros mot.

Quand même, ça m'intriguait cette malédiction. Il en restait quatre à marier dont moi et je voulais savoir si c'était grave. J'étais allé parler des 71,42 % à Jacques et Roland, les rescapés des Saints-Croisés. À peine ma question posée, ils s'étaient mis à rigoler en même temps, avec des petits yeux complices.

— Tu le dis pas à nos femmes. D'accord? Mais à un bal du 14 Juillet près... on faisait cent pour cent!

Cette phrase sur les pourcentages est restée mystérieuse pour moi. Mais chez nous, il n'y a pas que dans les pourcentages qu'il y a des mystères. Dans ma tête aussi. La preuve: pourquoi est-ce que je cherche une excuse pour ne pas aller à un rendez-vous que j'attends depuis si longtemps?... Tu te sauves. Pour ton premier rendez-vous avec une femme, t'as la pétoche. T'es un trouillard!... Mais non, il ne faut pas que je me parle comme ça. Si je me sauve, c'est parce que je suis contagieux. J'ai la peste !

Ça, c'est excellent comme excuse. Ici on connaît bien, la peste. Albert, le copain goal-écrivain du p'pa, qui s'habille comme dans les films de gangsters, lui, il a même écrit un livre entier dessus.

— Attention, gamin, faut pas confondre. Ça se passe à Oran, cette histoire. Va pas nous ramener cette saleté chez nous.

Purée, monsieur Clément va me tuer. J'ai encore mélangé Alger et Oran. Comme si je n'avais pas assez d'ennuis. Heureusement que le premier «Intervilles» était entre Cavaillon et Carpentras. Si on l'avait fait entre Alger et Constantine, c'était la guerre ! Je n'osais même pas imaginer avec Oran.

— Constantine invente, Alger améliore, Oran gâche !

Je laisse ça à monsieur Clément. Moi, je ne m'en mêle pas. Déjà qu'entre Orly, Choisy-le-Roi et Thiais, ce n'est pas facile. Vaut mieux que je trouve autre chose comme excuse que la peste. Je ne veux pas me retrouver la tête dans le pare-brise comme l'autre fois.

— Monsieur Clément, je comprends pas. Vous vous disputez avec votre femme, mais un Mahonnais, c'est un Espagnol.

Il avait pilé. La Juvaquatre avait eu un hoquet d'horreur et j'avais été catapulté comme l'homme canon dans le pare-brise… Je t'ai déjà interdit de t'asseoir devant… Mais m'am, avec les cageots, je ne peux pas me mettre à l'arrière. Monsieur Clément me regardait, l'air grave.

— Écoute-moi bien, gamin. Ne redis plus jamais ça. D'abord, un Espagnol, il est du continent. Un Mahonnais, lui, il vient d'une île. Ensuite, nous, en plus de Fort de l'Eau, on a créé Rouïba, Aïn Taya, Hussein Dey, la Reghaïa, l'Alma, Rivet… en étant six fois moins qu'eux !

Ensuite-ensuite, monsieur Clément avait énuméré les 174 différences entre un Espagnol et un Mahonnais. Mais la première me suffisait. Il venait d'une île. Comme la Martinique, comme Gorée. On était frères.

— C'est pour te dire, gamin, la France, elle a failli échanger Oran contre Minorque et Majorque. T'imagines !

J'essayais. Mais je voyais mal les Baléares ancrées dans la baie d'Alger, un passeport pour aller à Oran et Albert Camus écrivain espagnol.

— Arrête, gamin, il est d'Alger, lui ! C'est un vrai.

Monsieur Clément avait raison. Il valait mieux pour moi que j'arrête et que je m'occupe plutôt de me trouver une excuse pour le rendez-vous de ce soir avec Maryline.

J'avais tout essayé. Tout. Sauf une chose : la vérité. Mais quand il n'y a plus rien d'autre… Je me lance.

— Ce soir, je ne peux pas, il y a le film de cow-boys.

Imparable. À voir flancher le regard de Lamia, c'était une bonne idée, la vérité. Justement, en ce moment, il y avait un film qui portait ce nom-là.

— Ça te dirait, gamin, d'aller au cinéma…

Monsieur Fernando m'avait demandé ça un samedi soir, pendant qu'on pliait la loterie.

— T'as été bien au micro, gamin. Un vrai caïd.

Ce jour-là, c'était la grosse kermesse dans la rue de France. On avait sorti les brochettes «comme avant». C'était ce que tout le monde disait. Ces deux mots «comme avant» avaient toujours le même effet sur monsieur Fernando. Il se mettait à raconter les soirées de Fort de l'Eau en buvant des anisettes arc-en-ciel. Vert perroquet, rouge tomate, jaune tango…

— Gamin, si un jour tu racontes ça, là-bas, dis-leur bien…

Comme il m'avait vu écrire «des trucs» sur mon cahier à tracé journal, il pensait que j'écrivais des histoires.

— Dis-leur bien, déjà, comment qu'elle était la grand-rue. Avec toutes ces braises des kanouns sur les trottoirs qui brûlaient le feu du diable. On aurait dit l'Etna en fusion qui coulait vers la mer.

Monsieur Fernando devait parler du Vésuve.

— Dis-leur bien, gamin, tous les hommes qui marchaient en bras de chemise. Et les femmes en corsage… Aouha!

Et comment je fais, moi, pour raconter les gestes et l'accent?

— Les plus belles femmes d'Alger qui venaient là, rien que pour toi. Même sur la Croisette, qu'ils pouvaient aller se rhabiller. Des Brigitte Bardot, des Sophia Loren, des Martine Carol, des Lollobrigida. Tout ce que tu voulais. Rien que pour toi. Et comment qu'elles te regardaient. Que les yeux y te sortaient. Et pas que les yeux.

Non! On ne va pas recommencer avec les histoires de couroucou.

— Et les voitures! Whaou, les voitures! Que tu pouvais même plus avancer. Et comment qu'elles brillaient! Que t'aurais dit qu'elles sortaient du garage des Facultés. Dis-leur bien, gamin. Et Dario Moreno! Raconte-leur Dario Moreno. Incognito au milieu de la rue, avec les lunettes de soleil, le smoking jaune, la chemise mauve, les mocassins blancs et le sandwich merguez. Cent vingt kilos d'incognito!

Moi, je suis prêt à raconter tout ce qu'il veut, monsieur Fernando. Mais raconter quoi? Je n'ai rien vu. Le soir de la kermesse, c'est lui qui m'a interdit de lâcher le micro.

— T'es chaud, gamin! Continue, t'es chaud. Regarde comment ils te regardent.

C'était vrai que j'étais fier. Un vrai micro, comme à la télévision, avec un haut-parleur accroché dans un arbre. Ce que je préférais, c'était taper sur le micro pour faire sursauter le public, ou l'approcher trop près pour que ça siffle... Bonsoir monsieur Larsen!... Les gens rigolaient, et j'attaquais. Alaki! Alaki!... Mais ce soir-là, je faiblissais. La journée avait été fatigante. Les cages, la sieste, le foot, la plage, la kermesse et le petit coup de liqueur pour fille de monsieur Fernando. Je ne voulais pas, mais...

— Vas-y, gamin! Refais-leur ton «Ali Allah prochant» ou «Inch Allah in corpore sano». Ça les botte!...

Pas Lamia. Il me surveillait, avec son regard à sortir son couteau bizarre. C'est vrai, je lui avais promis de ne plus faire de blagues comme ça. Il avait raison. Mais il était drôle, lui, ce n'était pas si facile que ça, de se renouveler. Heureusement le public changeait. C'était parfois dommage. Comme quand la fille au serre-tête avait disparu. Elle avait mon vrai âge, avec juste un peu de formes. Elle me regardait en mangeant sa pomme d'amour. Je l'aurais bien prévenue que ce n'était pas bon pour les caries, mais elle dépensait tous ses sous en billets. Qu'est-ce que je pouvais dire? J'avais même essayé de la faire gagner, en causant à l'oreille du hasard. Mais depuis la fatma de Saint-Eugène, monsieur Fernando me surveillait.

— Tu me niques la caisse et je te renvoie à la nage!...

J'avais rien niqué. J'avais juste voulu la faire sourire en parlant d'une jolie bengali au ventre rouge comme une pomme d'amour. Ça l'avait fait un peu rosir aux joues. Elle en était au trognon de sa pomme et je venais de comprendre l'expression «dévorer des yeux». Dans l'émotion, j'ai dû vouloir faire pareil, mais je me suis esquinté les dents sur le micro. Ça m'a fait du Larsen jusqu'aux molaires. Heureusement que j'étais anesthésié à la chartreuse.

— T'endors pas, gamin. Si tu racontes Fort de l'Eau, dis-leur que le soir, rien qu'avec les parfums, tu devenais fou. Les herbes, les mandariniers, la praline, la viande qui grille...

Il n'y avait pas que la viande qui grillait. Je me souviens de la femme en robe blanche, sac à main blanc, hauts talons blancs, boucles d'oreilles marguerite et longue écharpe blanche qui pendait. C'est par là que le feu a pris. Il avait couru dans son dos comme pour aller l'embrasser dans le cou par surprise. Elle l'avait été. Un petit cri de chiot. Ses amis avaient ri. Mais ils s'étaient vite rendu compte. Après, ça avait été cohue et compagnie. Les carafes d'eau et les glaçons volaient. Ils allaient la noyer. Je revoyais dans le journal les photos de Janine Charrat avant et après son accident... La danseuse étoile foudroyée... Les marques sur la peau, le bandeau qui cache les cheveux, sa canne... Une véritable torche vivante... Le feu avait pris dans son tutu... Pourquoi ça tombe toujours sur celles qui sont belles ?... La m'am se demandait. Les petites sœurs avaient été refroidies. Elles ne voulaient plus être petits rats de l'Opéra.

Tu sais, là-bas, on a fait des trucs au lance-flammes. C'était pas beau à voir. Tu m'excuseras, mais je peux plus y aller rue de France. Ça me fait dégueuler les tripes... Le garçon sur le débarcadère qui disait ça à son copain ressemblait à la photo de James Dean de profil. Sa peau était toute lisse.

La dame en blanc et blanc était repassée devant notre loterie. On ne voyait rien. C'était bizarre de la regarder sourire avec juste une boucle d'oreille un peu fanée.

— Dis-leur bien, gamin, comment ça vivait. Et c'est rien à côté de la fête du 15 Août. Si je te racontais le 15 Août !

Monsieur Fernando me l'avait promis tellement de fois. La m'am en rêvait de cette fête de Marie. Mais il n'avait plus la force. Assis sur un pliant, adossé à la baraque, il s'étiolait à l'anisette multicolore.

— Purée, j'crois que j'tourne bourratcho. Je vais reprendre le manche, gamin, ça va me remettre dans le sens de la marche. Toi tu peux aller en piquer un. Je viendrai te secouer.

J'étais fatigué, d'accord. Mais j'avais l'impression d'être le numéro 7 sorti par l'entraîneur en plein match et remplacé par une brêle. J'allais me reposer juste un rien dans la baraque. Je ne voulais surtout pas m'endormir. Monsieur Fernando serait capable de faire signer un autre joueur à ma place pendant ce temps-là. Mais à cause de la fatigue et surtout de l'odeur sucrée des oiseaux, je m'étais assoupi. Assoupi, c'est plus doux qu'endormi, mais c'est aussi grave.

— Il a drôlement été déçu, ton père. Quand on est passés, t'étais plus là.

Le p'pa était passé ! Mais il ne m'avait pas prévenu !...

— Il voulait te faire la surprise.

Le p'pa était passé, et je me reposais dans la baraque ! De rage, je mettais des coups de sandalette partout. J'avais honte. Qu'est-ce qu'il avait pu penser ? Que son fils était une femmelette, une chiffe molle, une ablette. Un feignant ! La pire des insultes à la maison. Moi qui voulais lui montrer... Si, je t'assure, c'est vrai, p'pa, les gens rigolent... Rien que pour lui, j'aurais trouvé d'autres blagues. Des bien. Mieux que... Ali Allah prochant... Des vraies. Il aurait vu que je

pouvais être speaker à la radio pour le Tour de France...
Je t'ai déjà dit: pas de moto!... D'accord, m'am, je le
ferai en Solex. J'aurais même montré au p'pa que je
pouvais faire le présentateur de télévision à «Sport-
Dimanche» avec Raymond Marcillac.

— Là, tu rêves. La télévision, c'est noir et blanc.
Mais c'est surtout blanc.

Tant mieux, p'pa, je serai le premier commentateur
sportif café au lait.

— C'est ça, quand tout le monde aura la télévision
en couleurs.

M'am, comment ça se fait que Chaudrake n'a pas
pensé à l'inventer?... Ne lui parle pas de ça, tu vas le
rendre malade... Pourquoi, m'am, c'est lui aussi, la
télé couleur?... Tu le répètes pas, hein? Ton père avait
pensé à un système qui serait comme la palette d'un
peintre. Ça lui était venu un jour qu'on regardait Henri
Salvador à la télévision. Tu sais qu'il est de la Martinique, comme ton grand-père... Oui, m'am. Même
que le p'pa lui aurait fait penser à une chanson un jour
qu'il avait mal aux dents. Un blues... C'est vrai. Tu
veux que je te la chante, en imitant la voix de Louis
Armstrong?... Non, m'am, parle-moi plutôt de la télévision en couleurs... À cette époque, on était encore à
Villemomble. Y avait Salvador avec sa guitare qui
passait à «Trente-six chandelles», ou avec Denise
Glaser, je sais plus. C'est là que ta petite sœur, je sais
plus laquelle, a demandé... Papa, pourquoi il est mal
réglé le monsieur?... Ça l'avait pas fait rire, ton
père... Y en a déjà pas beaucoup des Noirs à la télé,
qu'il a dit, si en plus on les reconnaît pas!... Il s'est
enfermé dans le cabanon avec tout un fourbi que ta
sœur Josette avait récupéré dans son usine de transis-
tors. J'y comprenais rien, moi, à son «système
palette». Une histoire de trucs primaires qu'on

mélange. Je lui ai juste dit que ça risquait de déteindre... T'as raison !... Il y est retourné. Il est revenu avec une espèce de caméra qu'il a branchée sur la télé. Il l'a essayé sur moi. Ça marchait ! Enfin... au début, j'étais un peu verte. Même que ton frère Michel se moquait et appelait ça le système «Pâle». Mais ça s'est arrangé.

Quoi ! La m'am a été la première speakerine en couleurs ! Ratatinées, les Jacqueline Joubert et Catherine Langeais... Après, j'en ai plus entendu parler de son système Pâle. Les Français en voulaient pas, à ce que j'ai pu comprendre. Ils en avaient un autre à placer. Un type avec une particule. Y a des Boches qui sont venus voir au cabanon... M'am, tu pourrais dire des Allemands... Ça change rien. Son fourbi a disparu et ton père a plus voulu qu'on en parle.

— Dis donc, gamin, tu crois que je te paye pour causer en famille ?

Monsieur Fernando rigole. Il est venu me réveiller. Pas la peine de me secouer, l'odeur d'anisette arc-en-ciel avait suffi.

— Tu rêvais ? Tu sais que tu jactes drôlement en pionçant ?

Non, je ne sais pas. Ça évite peut-être de ronfler comme le p'pa. Dommage. Quand il est passé, il m'aurait entendu, et il aurait su que j'étais dans la baraque. Vaut mieux que je n'y pense plus. La honte, ça donne la bouche pâteuse quand on se réveille.

— Allez, gamin, une dernière mauresque bien roulée, et on plie pour ce soir.

Alerte ! Quand monsieur Fernando abandonne l'anisette arc-en-ciel et commence à dire mauresque «bien roulée» au lieu de «bien tassée», c'est qu'il est temps de plier. Souvent, ça lui vient le soir, à la terrasse du Marsouin. Mais c'est de plus en plus souvent. Dans ces moments-là, je comprends à peine ce qu'il dit.

— T'inquiète, gamin, Fernando y tient la tétine. En plus, j'vais t'dire, aouffe que je les ai bues, les gamines, au Marsouin. Clément, vingt ans que je le nique. Y voit que tchi. Parce que sa femme et moi...

Il me fait des tas de clins d'œil, et avec ses doigts, des arabesques de danseuses du ventre.

— Hasmah, dis-leur bien yaouled. J'te jure, ici, c'était le paradis sur la terre.

À la fin, quand son menton est sur le point de s'affaler sur sa poitrine, il ne parle presque plus qu'en volapuk et esperanto, des mots que le général de Gaulle m'a appris, avec pronunciamiento et quarteron. Même que je croyais que les généraux du putsch avaient ma couleur.

Alors, avec Lamia, on prend monsieur Fernando et on l'emmène jusqu'à la balustrade en pierre respirer la mer.

— Ah non ! Vous z'aut'. Vous z'allez pas me renvoyer là-bas.

Sa main n'arrive pas à montrer plus loin que la plage. On le tire. Il est lourd. Et on l'assoit au volant dans sa voiture.

— Z'inquiétez pas, les gosses, elle connaît le chemin...

À force, la Versailles doit bien le connaître, puisque le lendemain matin, monsieur Fernando débarque pile à l'heure au Marsouin.

— Pour moi, ce sera juste un p'tit caoua et un grand verre d'eau. J'ai encore mon harem technicolor dans le crâne. Garde le Fernet-Branca sous la main. On sait jamais.

Maintenant que j'y fais attention, je remarque bien que madame Clément lui glisse en douce sur le comptoir deux Aspro comme un petit billet doux.

Mais j'ai peur qu'un soir la Versailles oublie son chemin le long de la corniche. Cette fois, rien ne l'arrêterait au bord de la falaise. Une chute toute bête. Ça fera plein d'oiseaux orphelins et deux gros piafs tristes. Je regarde monsieur Fernando gober ses cachets et boire son verre d'eau les yeux fermés. Je me demande si ça fait retrouver la mémoire, l'aspirine.

— Gamin, t'es toujours partant pour le western ?

Monsieur Fernando se souvient. L'aspirine, ça marche ! J'aurais voulu embrasser sur toutes ses joues Peter Lorms pour avoir inventé l'oxyacétyloparacétamol qui guérit de tout, même de l'oubli. Chaudrake aurait pu inventer un truc pareil. Dommage. Mais il faut bien en laisser aux autres dans les livres d'histoire.

— Alors, gamin, t'es partant ?

Partant ! Monsieur Fernando me demande si je suis partant. Pour un western ! Le seul mot du dictionnaire qui peut m'empêcher d'aller au rendez-vous avec Maryline la farouche. Il faut que j'arrive à le faire comprendre à Lamia. Western ! Rien que ça et j'ai déjà l'impression d'être monté sur le siège avant d'un chariot au milieu d'une caravane de pionniers qui partent vers l'ouest.

... Les fouets claquaient, les cris retentissaient, les attelages frémissaient, les mules peinaient et soudain le convoi s'ébranlait dans le soleil et la poussière...

Et les violons ?... C'est ce que Louis XVI avait ajouté dans la marge. J'avais eu une sale note à cette rédaction « Racontez une scène de départ ». Pourtant, j'avais voulu changer. Sortir du vingt-cinquième départ en vacances de notre tribu. À chaque fois, j'ajoutais des détails nouveaux, des anecdotes. À force, j'avais l'impression de voir partir une autre famille. C'était comme si j'étais privé de vacances. Ça m'apprendra d'inventer.

J'invente parce que la réalité est impossible à croire. J'ai été enlevé. Oui! Enlevé comme le petit Éric Peugeot. Enfin, presque!... Parle pas de malheur!... La m'am s'était signée à toute vitesse. Ce genre de fait divers lui faisait autant de chagrin que si ça avait été un de nous... Faire ça à un gosse... Moi, j'aurais bien voulu, juste une journée. On aurait eu notre nom dans le journal... Tu parles! Notre nom de famille, c'est pas une marque!... Le p'pa avait peut-être raison. Surtout que j'avais été enlevé par une famille de fermiers pauvres. Douze enfants dans le même chariot. La mère faisait des tartes aux pommes, le père en cotte bleue enfonçait des poteaux avec une masse. Moi, j'étais un fier petit Mohican que sa tribu recherchait. La nuit, je mettais mes peintures de guerre au dentifrice en attendant d'être libéré par mes frères. Mais la troupe veillait et le chariot s'était mis à l'abri dans un fort sur des coteaux.

— Tu sais, gamin, ici aussi ça été le Far West, avant. Le grand-père Fernando, il est arrivé avec son sboub et son couteau.

Heureusement que je connais l'expression en français.

— Le vieux avait une ferme du côté d'Arba. Eh ben, de sa vie, il a pas quitté le fusil, même aux champs. Mon père, il le mettait encore la nuit à côté du lit, chaque soir.

Et lui, monsieur Fernando? Qu'est-ce qu'il en avait fait du fusil? Je sais seulement qu'il ne faut pas trop fouiller au fond, dans la boîte à gants de la Versailles. Ni sous la banquette avant.

— Même que la fois où il m'a fabriqué, mon père, il était là, le fusil. Dans la chambre, à la tête du lit.

J'ai envie de lui demander où était sa mère. Il n'en parlait jamais. Mais j'étais sûr de prendre son 46. Ici, si tu parles de la mère, t'es mort.

— Attention, gamin, le père, c'était un sacré fusil. Il fallait pas lui en promettre. Comme à Charlot.

Au début, j'ai pensé au général de Gaulle. Ça m'a un peu étonné même si, il paraît, ça va avec la grandeur du nez. Mais il parlait de Charlie Chaplin. Dans le journal, il vient d'avoir un enfant à soixante-treize ans. Il va être fripé, le gosse.

— Sur ma vie, le père, à quatre-vingts ans, il faisait encore grincer le sommier.

Moi aussi, je fais grincer le mien quand je joue à l'homme-kangourou dessus. Donc, je vivrai longtemps.

— Cette fois-là, faut croire qu'il devait faire ça bien-bien, le père. Il a dévasté le lit. Le fusil est tombé, le coup est parti dans le plafond. Une giclée de chevrotines, raide dans le lustre en cristal. T'imagines!

Pas très bien. Je me demande pourquoi le p'pa et la m'am ne m'expliquent pas comment ils ont fait pour me faire, moi? Tout ce qu'ils ont cassé. Ce que sont devenus le plafond, l'applique et le fusil de chasse du p'pa, qui a une si jolie lanière en cuir tressé.

— Tu te rends compte! Au père Fernando, on lui a retrouvé des bouts de verre dans le derrière, jusqu'à la fin de sa vie. Il disait souvent... Y en a qui ont le cul bordé de nouilles, moi, c'est de cristal.

Je n'ai jamais compris cette image «cul bordé de nouilles» pour dire la chance... Tu aurais pu dire «derrière bordé de nouilles», ou prose, ou valseur... Bravo m'am! Tu fais des progrès en argot. Mais je ne comprends pas plus d'où ça vient. Il faut reconnaître que la chance n'a pas beaucoup de chance avec les expressions. Genre: avoir du bol, du vase, du fion, de la... Je t'interdis de continuer... La m'am a raison, avec l'argot, dès qu'on passe au féminin, on passe au rouge. Ça s'embourbe.

— Justement, tu ferais mieux de t'occuper du chariot de ta «nouvelle famille». Vous en avez jusqu'à l'essieu.

Soignez vos transitions!... Je vois déjà le stylo rouge de Louis XVI dans la marge. Celle-là, je n'en suis pas responsable. Qu'il voie ça avec la m'am.

— Moi? Mais je ne le connais pas, cet enfant. Vous avez entendu ce qu'il a dit? C'est un petit Indien «orphelin» enlevé par des pionniers. Orphelin! Ça fait plaisir à entendre pour une mère.

Mais, m'am, je dis ça exprès pour que le p'pa et toi vous veniez me sauver. Toi, Plume rouge, la Calamity Jane des squaws, et Chaudrake le grand tomahawk. C'est un enlèvement pour rire.

— C'est pas le moment de rigoler de ça. Avec tout ce qu'on voit dans le journal.

C'est vrai, m'am, encore ce matin du côté de Boufarik. Mais puisque vous arriviez juste quand les colons allaient me vendre à des trappeurs du Grand Nord.

— C'est ça, le Grand Nord, pour que tu m'attrapes froid. Tu mets ton chandail si tu veux aller au cinéma avec monsieur Fernando.

Je l'ai mis le chandail. J'en aurais enfilé douze si la m'am avait voulu. Je me serais même habillé comme un petit Lapon. Pourtant il fait doux ce soir-là. Comme si le temps s'était préparé à laisser un bon souvenir. La m'am m'a retourné le bout des manches. D'habitude, je n'aime pas. Mais là, j'ai l'impression de grandir un peu. Trois centimètres de bras, c'est toujours ça de pris... T'es beau comme un as!... J'espère que dans les yeux de la m'am, je suis celui de trèfle, de cœur ou de carreau. Fagoté comme l'as de pique, elle ne me laisserait pas sortir. Vérification dans la glace du restaurant.

J'ai ma raie et mon cran au Pento dans les cheveux. Et, partout où c'est possible, de l'eau de Cologne à tuer les mouches... Arrête, m'am! Il y en a assez...

Elle m'a inspecté pour la dixième fois. Ma parole, elle veut me vendre! Je pense à ce que Lamia m'avait dit sur le prix des femmes. Combien je peux valoir en chameaux, moi?... Oui, m'am! J'ai bien mon mouchoir et les sous pour l'Esquimau à l'entracte. Non! pas de cacahuètes. Je pourrais en aspirer une dans les poumons. Oui! je sais qu'il faut dire merci, Non! ce n'est pas à moi de donner des sous à l'ouvreuse, Oui! je devais dire que le film m'avait beaucoup plu.

Oui! Non! On aurait dit le référendum. J'avais retrouvé les deux bulletins de vote écrits en français et en arabe. Ils étaient dans un livre de comptes au Marsouin. Le NON était mauve et le OUI blanc. Le NON écrit en arabe ressemblait à une sorte de «Y» comme à la fin de notre nom. C'était joli. J'aimais bien notre «non» de famille. C'est bizarre, je ne me souviens pas à quoi ressemblait le OUI. Par contre, je revois bien ce militaire, près du Méditerranée, qui expliquait à un civil.

— Pour faire voter, dans le bled, c'est pas difficile. Je leur disais aux gars: Regarde, larbi, je t'explique. Le blanc, c'est pour voter et le mauve, c'est pour rentrer en camion.

Les deux rigolent déjà.

— Je vois revenir mes zigues de la guitoune du bureau de vote. Pas de problème. Du mauve, du mauve. Purée, j'en gaffe un qui rapplique avec un blanc à la main. Il se marrait, ce couillon. Tu peux me croire qu'il s'est tapé les vingt-cinq bornes du retour à pied.

Monsieur Clément m'avait surpris en train de regarder ces deux bulletins dans le cahier de comptes.

— Tu t'imagines, gamin! C'est seulement là que je

me suis dit: Clément, c'est foutu. Quand j'ai vu tous ces
«NON» traîner partout, dans l'isoloir, sur les escaliers,
par terre, et même dans les corbeilles! C'était foutu.
Bon d'accord, je me suis dit, Inch Allah! Si c'est ce
qu'ils veulent. Mais de voir que des gens d'ici
pouvaient, comme ça, jeter leur pays dans la poubelle.
Sur ma vie, ça m'a pourri le cœur.

— Allez, amuse-toi bien surtout. Et dépêche-toi, tu
vas être en retard!
La m'am me fait le dernier des derniers baisers. Et je
vais au rendez-vous. Je ne voulais surtout pas que ce
soit devant le Marsouin, avec les petites sœurs qui pouf-
fent. J'attends. J'en profite pour me débarrasser de la
fleur de jasmin que la m'am a piquée à mon chandail
pour faire joli. Je ressemblais à un sapin de Noël sous
les palmiers. Je suis déjà au rendez-vous depuis longtemps et monsieur Fernando n'arrive pas. Il m'a oublié,
a bu trop de mauresques, est tombé dans le ravin. À
cette heure il est sûrement déjà tout raide. La honte pour
moi. Je ne peux pas rentrer comme ça, avec mon cran et
mon odeur d'eau de Cologne. Les petites sœurs se
moqueront de moi jusqu'à la fin des vacances.
Un soir Roland était rentré à la maison. Christiane
n'était pas venue à leur rendez-vous. Pourtant, le frère
avait son bouquet de roses, son costume bleu, sa cravate
rayée, sa pochette blanche, ses moustaches coupées
aux ciseaux à broder, et ses boutons de manchettes
nacrés. J'avais noté dans ma tête tous ces petits détails
qui n'avaient servi à rien. Elle n'était pas venue. Mais je
ne me souviens même pas si mon frère pleurait… Elle
reviendra bien!… La m'am avait coupé les queues des
roses. Juste le bout, en biseau. Avec une aspirine dans
l'eau du vase, elles tiendraient bien jusqu'au prochain
rendez-vous.

Moi, je ne tiendrai pas. Tant pis. Si monsieur Fernando ne vient pas, je traînerai sur la plage et je rentrerai quand même tard. J'inventerai le film, l'esquimau à la pistache qui dégouline, la pellicule qui casse. Facile. Je n'aurai qu'à raconter une séance du dimanche après-midi au cinéma du Château à Orly. Il y avait de quoi faire, avec les boules puantes, les avions en papier, les amoureux scotchés, les bombes à eau du balcon... Assis! Ton père il est pas vitrier!... Si! Mais il est noir!... Les bagarres avec les gars de Valenton et le vélo qu'on retrouve pas en sortant.

— Tu t'es pas fait voler ton vélo du certificat, au moins!...

Mais non, m'am, puisque je n'ai que douze ans. Je ne peux pas l'avoir déjà, mon certificat d'études. Mais je veux bien le vélo.

— Ah oui, j'oubliais que tu avais rangé deux années quelque part et que tu savais plus où.

Il n'y a pas que moi qui perds la mémoire, monsieur Fernando aussi. Il m'a oublié. Tant mieux. J'irai rejoindre Lamia plus tôt que prévu... On ira voir Maryline, après ton film de cow-boys... Il m'avait dit ça en mettant l'«accent tonique» sur le mot cow-boys, avec une forte moue de dégoût. On aurait dit qu'il mâchait du chewing-gum de récupération. Lamia doit se demander comment on peut préférer un western à un rendez-vous avec une dame farouche. Justement, je lui dirai que j'ai changé d'avis. Les filles, c'est bien plus important que tous les westerns du monde. D'ailleurs, je n'aime pas les films de cow-boys. Je n'en ai presque pas vu. C'est toujours pareil. Celui qui tire le plus vite a raison. On tue des chevaux et des Peaux-Rouges par rangées entières. Des espèces de Peaux-Rouges idiots, qui boivent de l'eau de feu et échangent leurs colliers en or contre des miroirs en toc. Après, quand ils se regardent dedans, ça les fait rigoler comme des gosses. Faut dire que passés à la teinture d'iode comme ils sont, il y a de quoi. Je n'aime pas les films de cow-boys. Ça devrait s'appeler des films d'Indiens. Ils étaient tranquilles chez eux. Pourquoi on est venu les massacrer? Je n'irai plus jamais voir ce genre de film.

— Tu montes, gamin?

La Versailles! Avec en plus une chemise à fleurs à l'intérieur et monsieur Fernando dedans. Je suis déjà assis à côté de lui. Je ne me souviens même pas avoir ouvert la portière. À la montre du tableau de bord, monsieur Fernando a exactement douze secondes de retard. Qu'est-ce qu'il peut s'en passer des choses en douze secondes! Lamia attendra. On ira voir Maryline après, comme prévu. À peine installé, je baisse la vitre et commence à décocher des flèches par la fenêtre. Tenez bon, les Indiens, j'arrive!

— Où tu veux aller, gamin?

Heureusement, je me suis préparé à la question. Dans *La Dépêche d'Algérie*, j'ai appris la liste des cinémas par cœur. Mieux que les comptoirs de l'Inde… Le Club, Debussy, Capri, Hollywood, Empire, Variétés, Majestic, Mondial… Purée, j'ai un trou. Heureusement, monsieur Fernando ne s'en aperçoit pas. Il reste silencieux en conduisant, l'air soucieux. La Française des pétroles a dû perdre des plumes. ALGER. La pancarte me fait toujours bondir le cœur. À chaque fois, j'entend la voix du p'pa quand il nous en parlait autour de la table à Villemomble. Un jour on ira!… Et on y est. Et c'est encore plus beau que dans ses yeux. Sans savoir pourquoi, j'ai craché par la fenêtre comme monsieur Clément. C'est bizarre, quand on crache, on a encore plus l'impression d'être là où on est… Pas clair, aurait écrit Louis XVI dans la marge. Tant pis. J'ai autre chose à penser. Monsieur Fernando a arrêté la voiture. Devant nous, la rue est barrée par une Jeep. Il était descendu pour aller voir. Sur les trottoirs, les gens regardaient tous dans la même direction.

— Ils pensent que ça peut péter par là. On va ailleurs.

Je suis d'accord. Des «ailleurs», il y en a plein. Je viens de retrouver la fin de ma liste: le Versailles, le Français, le Vendôme, Colisée, Triomphe, ABC et Paris. J'ai l'impression de revenir à notre point de départ. On tourne dans Alger. Monsieur Fernando demande. Revient... On va ailleurs!... Tant pis pour le western. J'avais raison tout à l'heure. Je n'aime pas ça. Maintenant, je suis même prêt à voir *Les Vignes du Seigneur* avec Fernandel, *Le Mystère des émeraudes, Dossier 1413, Interdit aux moins de treize ans*, ou même *Le Pain des Jules* au Rialto de Fort de l'Eau. N'importe quoi pourvu qu'il y ait un entracte et une ouvreuse avec un grand panier. J'oublie les tickets. Il faut que je rapporte les tickets à mes petites sœurs pour leur collection.

— Sinon on te croit pas.

— C'est que t'auras pas vu.

Je suis certain que plus tard, elles raconteront qu'elles ont vu tous les films des tickets... T'aimes la musique, gamin?... La musique! Mais c'est ce que je préfère. Ce soir, je peux tout écouter. Même de la cithare, des castagnettes, de la scie musicale ou du luth. Le luth, je dis ça pour faire le malin. Un jour, j'ai entendu un joueur, dans un café sombre. Mais rien que les silences. Rien qu'un. Je ne saurai jamais les raconter. Monsieur Fernando me montre deux billets bleus.

— Ça! ça va te plaire, gamin.

Ça me plaît déjà. Rien que la couleur me suffit. C'est comme quand le p'pa rapporte des places pour la boxe, le catch, le foot, le stock-car ou le cirque. Rien que les billets posés bien en vue sur le buffet, et je trépigne pendant des jours. Le plus difficile, c'est de trépigner dans sa tête. Sinon... pfout!... les billets disparaissent du buffet.

— C'est là!

Je regarde l'enseigne à travers le pare-brise. L'Empire. Je révisais ma liste. Le Capri: *La Bigorne* avec François Périer. Hollywood: rien. Empire: J. Hallyday (Orch. d'E. Barclay)... Je vérifie en feuilletant dans ma tête. Pas possible! Johnny Hallyday est ici, en Algérie, à Alger, à l'Empire, juste de l'autre côté de la rue. Monsieur Fernando me regarde ouvrir les yeux et la bouche. Il ne doit plus rester de place pour le reste. Je referme tout. C'est sûrement un escroc ou un imitateur avec une perruque et une fausse guitare. Comme l'Elvis Presley de l'inauguration du Suma d'Orly. Mais non. Il y a l'affiche. Mes petites sœurs vont être vertes. Elles ne me croiront jamais. Je vais ramasser tous les tickets que je peux.

On approche dans la queue. C'est la cohue. À chaque instant, je suis sûr qu'on va nous arrêter pour nous dire que nos billets ne sont pas valables. Juste devant nous, c'est sûr, ils vont sortir la pancarte «Complet». Même pas. On est passés! Mais comment monsieur Fernando a fait? C'est peut-être une surprise montée, avec le p'pa et la m'am, comme on dit un coup monté, ou une pièce montée. Ou au contraire, il n'a pas voulu effrayer la m'am. Il lui a dit western et il fallait entendre rock and roll. La m'am n'a pas d'oreille en anglais. Heureusement, elle n'aurait pas voulu avec tous les fauteuils qu'on avait cassé à l'Olympia. Mais maintenant, on est au balcon. Elle ne peut plus venir me chercher. De là, je pourrais cracher sur la scène. Mais il ne me reste plus de salive, plus de souffle, plus de rien. Il a presque fallu se battre pour arriver jusqu'à nos places. Dans la mêlée, j'avais perdu mes billets et une boucle de sandalette. Ça va être pratique pour le twist et pour prouver aux petites sœurs que j'étais là.

La lumière s'est éteinte. Les lumières se sont allumées. Le rideau s'est ouvert. Tout le monde s'est levé. Trop petit! Je suis trop petit. Mais la musique s'est engouffrée et m'a pris par les chevilles. Et là, j'ai tout vu! Un choc. La tête qui tourne. Il fait noir. Un coup à vous faire perdre la mémoire.

— Ben vas-y, raconte!

— Alors, tu racontes?

Sûrement pas. Ça me fait une rédac tout écrite pour la rentrée. Ça ne se dit pas ces choses-là. Il faut bien qu'il reste des secrets. Tout le chemin du retour, monsieur Fernando a refait le tour de chant dans la voiture, *Les gens m'appellent l'idole des jeunes...* Incroyable, il les connaît toutes par cœur. Tant mieux, ça m'a donné l'impression d'avoir moins manqué de choses. À la sortie, j'ai bu ma première mauresque... Tu vas entendre ton père, quand il va savoir ça!... T'inquiète, m'am, j'ai fait un vœu. Et il fallait bien que je me remette.

— Ça va, gamin? Un moment, dans le spectacle, je t'ai plus vu. J'ai eu peur que tu te sois évanoui, avec tout ce monde.

Un coup de coude dans la tempe, ça fait exactement ça. Et quand on se réveille, c'est juste après les rappels.

— Tu veux que je te laisse au Marsouin, gamin?

Valait mieux pas. Ça twiste encore pas mal dans mon crâne. Et Lamia qui m'attend au débarcadère. Je fais un signe de la main à monsieur Fernando, juste pour vérifier que je ne vois plus trouble. Quand ça s'éclaircit, Lamia est devant moi.

— Tu sens l'alcool, toi!

Il a l'œil noir. Pourtant je suis à l'heure.

— Lave ta bouche!

Avec lui, il faut toujours se laver quelque chose. Une manie. L'eau de mer, c'est encore mieux pour l'haleine que les grains de café mâchés du p'pa. Et au moins on vomit tout de suite.

— Viens!

J'ai suivi Lamia dans l'obscurité par les plages et les rochers. Il ne dit rien. J'ai eu l'impression de marcher longtemps. Un moment Lamia a tiré une vieille barque sur le sable.

— Monte!

On est partis pour se noyer. C'est lui qui rame. Il ne parle pas. On dirait qu'il m'en veut. Je regarde approcher l'ombre d'une cabane sur pilotis. Il y a une lumière jaune suspendue quelque part.

— C'est là!

Ce n'était pas la peine. J'ai reconnu le voile qui pend par la fenêtre. C'est ce voile que Lamia a sculpté dans sa planche de bois. Et je sais que Maryline nous attend derrière.

8

La cabane sur pilotis

La barque prend l'eau !

Dans l'obscurité, je regarde le niveau monter sur mes sandalettes. Ça me fait penser au zouave du pont de l'Alma à la télévision... Il en a aux chevilles ! Il en a aux mollets ! Il en a aux genoux... Moi, c'est au-dessus de la semelle. On frise la crue de 1910 et le naufrage en pleine nuit, façon *Titanic*. Ça n'a pas l'air d'inquiéter Lamia. C'est peut-être mieux, pour la trouille, de ne pas écouter les nouvelles. Lui maintient son cap sur la lueur jaune. Malgré les longs coups de rame silencieux, la barque semble faire du surplace. L'amarre ! Est-ce que Lamia a bien pensé à la détacher ? Ce gag idiot, je l'ai déjà vu dans *Pim Pam Poum*. Pas de panique. À moi de paraître détaché. Aussi détaché qu'un flibustier dans la tourmente... Je fumerais bien une bonne pipe de bruyère !... Cette phrase «pleine de mâle assurance et de fier défi» piquée dans *La Fille de d'Artagnan*, le feuilleton de *La Dépêche*, reste coincée sous la glotte. Alors je préfère «arborer un silence froid et déterminé». Mais ça monte toujours... Il y en a à la boucle de sandalette !... C'est fichu. Surtout que je n'arrive pas à m'ôter de la tête le mot «périssoire». Est-ce qu'on peut couler à cause d'un mot? Il est peut-être trop lourd. Vaut mieux que je le balance par-dessus bord. Et moi avec. Lamia se débrouillera. La façon la plus élégante serait de plonger. Une jolie crêpe bien claquée avec les mains et les pieds qui frappent le dessus de l'eau presque en même temps. Flac-tchac!... La classe!... Serge sait bien le faire. Moi, ça ressemble plutôt à un vilain plat avec coup de soleil sur le ventre. En plus, je perds mon maillot à chaque fois.

— Je trouve ça joli en tricot.

Mais, m'am, plus personne n'en porte. Quand c'est mouillé, ça pèse deux tonnes. Il lui faudrait des bretelles.

— Je peux t'en coudre si tu veux.

Surtout pas. T'imagines la honte, avec un maillot pareil! En plus, ça met deux jours à sécher!

— Toi, tu prends les manies d'ici quand tu parles. T'exagères tout.

C'est vrai, m'am, j'exagère un peu, parce que je voudrais bien un boxer-short noir en Nylon à 18 NF au Bazar de la Plage. Quand je rêve d'un truc, je mets le prix en nouveaux francs. Ça donne l'impression que c'est plus abordable.

Il va peut-être falloir convertir les litres en nouveaux litres si on ne veut pas couler dans les nouvelles secondes qui suivent. Lamia rame sans se poser de problèmes de conversion... Sachant que le bateau parcourt un mètre quarante à chaque coup d'aviron, et que le courant oppose une résistance de zéro mètre soixante, dans combien de temps le bateau va-t-il couler à pic?... Heureusement, la mer ne bouge pas. Si en plus il fallait faire avec le mal de mer. Pire, s'il fallait choisir entre les mille et une façons de ne pas l'avoir: s'asseoir à l'avant, s'asseoir à l'arrière, s'orienter est-ouest, chercher le nord, avaler une cuillère à soupe d'huile d'olive, mâcher de la réglisse, sucer de la menthe. Même le p'pa s'est penché sur la question. Il a inventé des lunettes avec des lignes horizontales sur les verres. On vomit quand même et en plus on attrape un strabisme… Y a qu'une méthode, gamin. Tu lâches pas la ligne d'horizon des yeux. Pas facile en pleine nuit.

À guetter mes sandalettes, j'en ai oublié l'odeur de la mer. Soudain, elle me revient comme par inadvertance. J'aime bien le mot. Ma mémoire aussi… Ça sent le poisson !… Sur le coup, je ne sais pas le dire autrement. Pas le temps d'y réfléchir, la lueur jaune vient de se rapprocher d'un seul coup de rame. C'est celle d'une fenêtre en suspension dans l'obscurité. Elle est ronde. C'est ça, un œil-de-bœuf ?… Brong !… il y a un choc. Je manque basculer. Ça y est, on a touché un iceberg ! En pleine Méditerranée ! Lamia a déjà sauté de la barque. Il m'abandonne. Bravo, la «solidarité des gens de mer». C'est le moment de regretter de ne pas savoir nager. Je vais mourir à cause des deux petites perles du maillot de bain de mademoiselle Valnay. Ça fait cher le carat. Je dis ça pour faire le malin. Mais qu'est-ce que j'aimerais qu'elle revienne de son «petit tour». Je pense à son planisphère au Rouge Baiser. Pourquoi c'est si long ? Ma parole, elle est partie pour faire le tour du monde de son ventre en solitaire.

Lamia est réapparu. Il a tiré la barque. On s'est échoués sur une plage. J'aime bien *Robinson Crusoé* comme livre. Surtout Vendredi… Même dans l'action, soignez vos phrases, jeunes cancres !… Il est drôle, Louis XVI. Je voudrais bien l'y voir, lui, sans son stylo rouge… On parle pas comme ça de son professeur !… Ah non, m'am ! Vous n'allez pas vous y mettre à deux pour me noyer. Je pensais à Georges de Caunes de la télé… *Le Nouveau Robinson de Tahiti*… Je l'avais vu à Alger acheter des articles de pêche... Avec ça, il prendra que des coups de soleil!... Le p'pa devait être un peu jaloux, parce que la m'am le trouvait «beau gars».

— Viens! Dépêche-toi! Faut pas de bruit.

Moi, je veux bien si mes genoux arrêtent de jouer des castagnettes. Mais l'endroit ne m'aide pas. Lugubre. Une espèce de plage qui pue le poisson. Elle est minuscule, butée contre une dune, avec des barques pourries retournées et la masse d'une cabane sur pilotis prête à s'écrouler sur vous.

— On fait le tour.

Je trotte derrière Lamia. Qu'est-ce qu'il peut marcher vite! En plus, il faut essayer de ne pas se prendre les pieds dans les morceaux de filets abandonnés, les flotteurs ou les casiers rouillés. On escalade la dune en lézard. Arrivés en haut, on peut voir tout le croissant de lumière de la baie d'Alger. Pas longtemps. Lamia me plaque au sol.

— Pas normal, ça!

Quoi? Qu'Alger soit en forme de croissant? Lamia s'est figé. Un vrai Indien. Il écoute, il scrute, il guette, tout d'un bloc. Je fais comme lui. C'est quand même moi, le Mohican! Alors, je sors toute ma panoplie: je tends l'oreille, j'écoute la dune, je mets ma main en visière, je lance mon regard américain. Rien.

— Tu restes là! Pas normal, ça...

Et Lamia gicle du haut de la dune comme on sort d'une tranchée. Pas le temps de réaliser que je suis seul dans un endroit inconnu et désert. Heureusement, sinon je hurlais comme un coyote du Mouydir et je mouillais le short. Tu vois, m'am, qu'il me faut des affaires en Nylon. Lamia aurait pu au moins me dire ce que c'est le truc pas normal. Moi, c'est tout ce qui se passe que je trouve pas normal. Pourquoi on est en haut de cette dune alors que la lueur jaune de la fenêtre est là-bas? Pourquoi on a pas fait hou! hou! en arrivant devant la cabane sur pilotis? Puisque Maryline la farouche nous attend. Et pourquoi… Il faut que j'arrête avec les points d'interrogation. Ça a trop la forme d'un croc de boucher pour suspendre les petits curieux. Je me palpe la gorge pour vérifier si on ne m'a pas égorgé sans que je m'en aperçoive… Avec le sourire kabyle, tu sens rien. Tu souris et ta tête tombe par terre… Si monsieur Clément a raison, il ne faut surtout pas que je sourie. Maintenant, je dois garder mes mains sur ma gorge, au cas où on voudrait m'étrangler à la place. La cordelette, le lacet de chaussure, la corde à piano, le fil à pêche, le garrot, le coup du père François… Je connais toutes les techniques de strangulation. Ils peuvent venir. Non! Qu'ils restent. Je ne suis pas pressé. Chut! J'ai entendu marcher, derrière moi, sur la plage. Ne bouge pas! Mon cœur va faire trembler la dune. Pire que la bombe atomique à Reggane. Je vais me faire repérer. Et si on me trouve là? Qu'est-ce que je vais dire? Tu recommences avec les points d'interrogation de boucher! D'accord. Je ne m'en fais plus. Je n'ai pas peur. Je ne tremble plus. Il ne fait plus nuit. Il y a plein de monde… Bonjour monsieur! Il fait doux, cette nuit!… Et ça à gauche, ce n'est pas l'ombre d'un homme, peut-être? Un homme énorme qui avance accroupi avec quelque chose de long et effilé à la main? Couic! Même pour un poulet, ça ne fait pas ce bruit-là. Pour moi, ça fera quoi? Cleurc!… Normalement, t'entends rien quand tu y passes… Rassurant, monsieur Clément… Bien sûr, faut pas qu'il te rate la carotide. Sinon c'est une vraie boucherie…

Une vraie boucherie!… C'est ce que le type en civil du poste de police avait dit à monsieur Fernando ce jeudi-là. Comme d'habitude on était venus chercher

Lamia qui avait encore poursuivi quelqu'un avec son couteau bizarre. Cette fois, en direction de Maison-Carrée.

— Vous connaissez ça?

Le type en civil montrait à monsieur Fernando une petite cage avec un oiseau à l'intérieur. D'où j'étais, je voyais mal.

— Ça vient de chez vous?

Monsieur Fernando l'inspecte. Il fait semblant de réfléchir.

— C'est possible.

Moi, j'étais sûr que oui. Je la reconnaissais. C'était le modèle poubelle. Celui qu'on utilisait pour les bengalis à l'approchant, mais pas pour ces oiseaux-là, normalement.

— Regardez, monsieur Fernando, il a une drôle de marque rouge là. C'est quoi comme espèce?

— On appelle ça un «cou coupé». Justement à cause de cette marque rouge sur le jabot.

— Un cou coupé! Étrange…

C'est vrai, qu'ils sont étranges et inquiétants, ces oiseaux. Ils mangent, piaillent, jouent, se chamaillent, comme si de rien n'était. On dirait qu'ils ne se rendent pas compte qu'ils ont été égorgés.

— Cet oiseau-là, monsieur Fernando, on l'a retrouvé au domicile d'un homme qu'on venait de… couic!

Le type en civil faisait le geste du pouce sur la gorge.

— Vous voyez ce que je veux dire. Une vraie boucherie!

— Et alors? Qu'est-ce que j'ai à y voir?

— Attendez, c'est là que ça devient intéressant. Et vous pourrez certainement nous aider. Trois jours avant, on avait retrouvé le même oiseau chez un autre gars. Lui aussi… couic!… Je vous fais pas de dessin.

Même moi, je comprenais. J'avais l'impression d'être dans un épisode de Sherlock Holmes. Et j'avais déjà mon idée.

— Alors on aimerait bien savoir, monsieur Fernando, si vous vous souvenez qui vous a acheté ces deux cous coupés.

Monsieur Fernando avait dû lui expliquer longtemps qu'il était désolé, mais qu'il ne se souvenait pas. Vraiment pas. Il mentait. Monsieur Fernando se souvenait de tout...

— Rappelle-toi, gamin. Dans la vie, c'est comme dans le commerce, plus tu vois, moins tu dis! Et en ce moment, gamin, moins tu dis, plus tu vis.

Moi, je revoyais bien le grand type bronzé avec des lunettes de soleil. Je m'en souvenais à cause de sa Simca Plein Ciel blanche, intérieur rouge. C'était comme ça. Je me souvenais souvent mieux des voitures que des gens. Le gars avait acheté trois «cous coupés». Je me demandais pour qui serait le troisième.

— Quand tu reçois l'avertissement, gamin, y a plus qu'à partir.

L'avertissement, ce n'était pas comme au CEG d'Orly: une croix dans la case en bas du livret. Une croix qu'on arrivait toujours à camoufler. Monsieur Fernando m'en avait montré un, d'avertissement. Celui d'un copain qui n'y avait pas cru. Un petit cercueil noir en sorte de balsa, avec une croix blanche mal peinte. On aurait dit une maquette ratée.

— Il t'arrive par la poste, ou on te le pose devant ta porte, ou sur le rebord de la fenêtre. Là, gamin, y a plus de voisins. Personne n'a rien vu. Personne ne dit rien.

«Comme dans le commerce!» J'ai pensé ça. Je ne sais pas pourquoi, mais je ne lui ai pas dit.

Monsieur Fernando est sorti furibard du poste de police.

Purée! Je savais bien qu'ils me porteraient la scoumoune, ces oiseaux-là! J'aurais dû les laisser à l'aéroport!

C'était le moment que je préférais. L'aéroport de Maison-Blanche. Quand on allait chercher les oiseaux... Faire le plein de plumes, comme disait monsieur Fernando. C'était déjà une loterie. La livraison ne correspondait jamais à la commande... Mais qu'est-ce qu'ils veulent que je fasse de ça?... Ça, par contre, c'est pas mal... Je regardais monsieur Fernando inspecter les volières comme on ouvre une immense pochette surprise. C'est comme ça, qu'un jour, on avait trouvé notre rossignol géant de Sumatra.

Ce n'était pas son nom. Pas d'importance. Quand c'était trop compliqué, monsieur Fernando décidait que ça venait de Bornéo ou de Sumatra. Pour l'instant, celui-là n'était qu'une erreur de plus dans la commande. Une erreur de taille qui avait déjà massacré une pleine cage pendant le voyage... Pas de tueur chez moi!... Au retour de l'aéroport, on s'était arrêtés sur la route. Monsieur Fernando l'avait éjecté. Arrivés à Fort de l'Eau, on l'a retrouvé qui nous attendait perché sur la baraque. Même avec des pierres, il a pas voulu partir. Il a fallu le mettre dans une cage. Ça faisait du scandale dans le voisinage... Vous n'avez pas honte de faire ça à cette pauvre bête... Parce que, en plus, il pleurait comme un nouveau-né abandonné. Ma parole! Ça ressemblait! Et il a fallu le nourrir. Que de la viande! Merguez, brochettes... Un vrai d'ici. Tu lui mets un chapeau, et il joue aux boules!... Ça ne faisait pas rire monsieur Fernando. Impossible de se débarrasser de cette bestiole. Même en causant au hasard à la loterie. Les gens la rapportaient... Il a mordu mon chat!... On ne savait plus quoi en faire. Lamia avait bien une petite idée, avec son couteau bizarre, mais monsieur Fernando ne voulait pas... Ça porte malheur de tuer les oiseaux... Alors, il avait même mis une annonce pour s'en débarrasser.

— Moi, j'en veux bien.

La petite fille était arrivée sur son vélo, avec une grande cage accrochée sur le porte-bagages. Monsieur Fernando hésitait... Il va la manger toute crue... Mais la mère était passée dire qu'elle était d'accord... Bon! Mais faudra pas me le rapporter, après!... Ils sont partis. Elle, avec ses anglaises blondes et lui à l'arrière qui piaillait comme un gentil cui-cui de Bornéo. Ça n'allait pas durer. On lirait la fin dans le journal. «Faits et méfaits»... *Un volatile inconnu dévore une fillette*... Mais la petite aux anglaises était revenue nous voir. La bestiole n'était même plus dans une cage. Elle voyageait sur le guidon comme un bouchon de radiateur de Rolls Royce. Le reste du temps, elle se perchait sur son épaule. Ahuris, on regardait l'oiseau lisser du bec les anglaises de la petite fille. C'était la première fois que je voyais un rossignol de Sumatra, Babyliss et... amoureux.

C'est ça! Je viens de tout comprendre. Lamia m'amène jusqu'ici, en pleine nuit, pour voir son amoureuse. Sa poule! Et il compte sur moi pour lui tenir la chandelle. En plus, cette fille a sûrement déjà un amoureux. Un jaloux. Les pires! Il va falloir se cacher dans un placard. Non merci. Moi, je rentre. Je ne veux pas finir dans la rubrique «Crime passionnel» du journal de demain.

Le soir du poste de police, monsieur Fernando m'avait demandé de relâcher les deux cous coupés qui nous restaient... On pourrait les faire gagner demain... Fais ce que je te dis. Ils ont le mauvais œil... Je les ai pris dans la cage, comme monsieur Fernando m'a appris... Doucement! Tu les attrapes comme de

Gaulle. Entre les doigts qui te servent à faire le «V» de la victoire. Sinon tu les écrases... J'ai essayé d'essuyer leur blessure sur le cou. Mais ça ne partait pas. Ils se sont envolés. Toujours sans se rendre compte qu'ils étaient égorgés. Je me demande souvent ce que je ferais si un cou coupé venait se poser sur le rebord de ma fenêtre. Est-ce que je lui ouvrirais?

La lueur jaune de l'œil-de-bœuf vient de s'éteindre. La nuit noire. Il ne manquait plus que ça! Ne reste que l'ombre de la cabane. Ils veulent vraiment que je meure de peur. Bouge! Il faut que tu bouges. Tu es peut-être déjà égorgé jusqu'à l'os. Alors, tant qu'à mourir, autant que ce soit debout en marchant. J'aime bien cette phrase. Elle ressemble un peu à celles des tracts que j'avais retrouvés dans la grange de monsieur Clément. «Tract», j'avais appris le mot par Gérard qui en distribuait pour la paix à la gare du Raincy. Il paraît que ceux-là on les lâchait par avion. C'est plus moderne que mon frère. Mes jambes ne devaient pas avoir bien lu les tracts. Elles n'avancent pas. De la semoule à l'intérieur. Je vais ramper. Les bras, c'est moins trouillard.

À plat ventre comme je suis, dans l'obscurité, les deux paires de chaussures n'ont pas pu me voir. Pourtant elles sont passées tout près. Elles ont même failli m'écraser une main. Avec les chaussures, il y a des bas de pantalon à ourlet en coton clair. Les Chinois! Incroyable, la mémoire. Tu lui donnes un bout de lacet, elle te reconstitue le bonhomme. Et la fois d'après, elle oublie le prénom de ta propre grande sœur... Tu t'es trompé de prénom. Ce n'est pas grave. Du moment que tu penses à elle... La m'am me rassure. Mais pourquoi est-ce que j'ai appelé Jacqueline ma sœur Jeanine morte de la typhoïde. C'est bizarre la mémoire. Parfois on a l'impression qu'elle est sans cœur.

Et toi, tu te souviens des deux Chinois? Ceux qui

ont menacé Lamia. Bien sûr que je me souviens de leurs sourires de murènes. Ce sont bien eux qui viennent de passer tout près de moi. Et ils vont vers la cabane. Lamia doit y être déjà! Il faut le prévenir. Le sauver! À l'idée d'une action héroïque, mon couroucou s'éveille d'un coup. Il ne sait pas ce qu'il veut, celui-là. Il y a encore une seconde, il essayait de se faire oublier dans le sable. Et maintenant... Bon, d'accord! Voyons si on ne peut pas devenir un héros. Changement de direction. J'oublie la barque et je roule en bas de la dune façon commando, comme m'a montré mon frère Gérard. Je me demande si chez les paras on leur apprend à retirer les coquillages, étoiles de mer, hameçons, morceaux de goudron, carcasses de poisson et autres tessons qu'on s'enfonce un peu partout en faisant ce genre d'exercice. Une vraie roulade de fakir. J'atterris au pied d'un pilotis de la cabane. Fastoche à grimper pour un ouistiti. Et là, personne pour m'empêcher d'enrouler comme je veux.

— Non, monsieur le nouveau, ce n'est pas z'ainsi la prise de corde, ici!

«Le nouveau», c'est moi, et «ici», c'est le CEG Joliot-Curie d'Orly. Je viens d'arriver en milieu d'année. Premier jour: gym. Activité: grimper. Je vais pouvoir les épater... Pas z'ainsi la prise de corde!... Pas croyable! Je viens de déménager à vingt-cinq kilomètres à peine de Villemomble, dans le même département, la Seine! Et on ne peut plus bloquer «z'ainsi» la corde avec sa semelle. Celui qui parle en «Z» c'est Géminiani, le prof de gym. Il ressemble à un prof de couture avec son short moulant et sa façon de le bouger dedans. Pourtant, je croyais que c'était universel, immuable, intangible, la «prise de corde». Eh bien non, ici, ce n'est pas z'ainsi... Quatre heures de colle!... Voilà comment on ruine une carrière de champion du monde de grimper de corde. Mais, ce soir, je vais me venger sur le pilotis de la cabane.

Il est un peu gros, goudronné et gluant, mais j'arrive en haut. Attention, pense au mât de cocagne de la fête des écoles. C'est juste quand on a décroché l'andouillette qu'on se relâche et qu'on se ratatine en bas comme au parc de la mairie. Là, ça va. J'agrippe le bas de l'espèce de balcon. Mais j'ai les bras qui bloblotent. Mollis pas. Pense à l'andouillette. Pour m'encourager, je vais me commenter en direct pour la radio comme en colo... Chers auditeurs... Non, chers téléspectateurs!... Pour la télévision, ce sera mieux... Chers amis téléspectateurs, notre Mohican national tente un formidable rétablissement... Oui!... Merveilleux! Le Ouistiti d'Orly enroule littéralement la balustrade. Imaginez, chers téléspectateurs, la formidable force abdominale que nécessite cet effort... Le speaker a raison, j'en ai des abdominaux, mais ils ne se voient pas. Je voudrais des tablettes de chocolat comme Monsieur Alger 62. Une fois, je les ai dessinés avec un crayon pour les yeux de madame Clément. C'était pas mal, mais au premier bain, ils ont fondu dans la mer.

...Chers téléspectateurs, n'écoutant que son courage, notre intrépide Mohican est maintenant sur une sorte de déambulatoire. Il s'approche à pas feutrés de la croisée qui vient de s'éclairer inopinément... Il est idiot ce mot. Il me fait penser à Opinel. Incasable dans une rédaction. Pour «déambulatoire» et «croisée», ça ne va pas être facile non plus. Je coupe le son de mon reportage à la télé. On pourrait nous entendre. Je me glisse près de l'œil-de-bœuf. Je ne sais pas si c'est «inopinément», mais c'est vrai que ça vient de s'éclairer à l'intérieur. Ça parle. Une voix de femme.

— Il va m'appeler au téléphone. Il a dit qu'il allait m'appeler. Il va venir.

C'est peut-être Maryline. Non, la voix est trop «petite fille». Je me glisse un peu plus. Le voile du rideau dépasse à l'extérieur. Le vent le gonfle un peu. Il me frôle la joue. Il est aussi doux que celui du panneau de bois de Lamia. J'arrive à voir l'angle d'une table. Il y a un paquet de Pall Mall entamé, des flacons de Nem... Le doré d'une bouteille de mousseux dépasse d'un seau chromé. Pour une cabane de pêcheur on s'embête pas ici.

— Il m'a dit qu'il viendrait cette nuit.

Lamia! C'est la voix de Lamia. Sauf que ses phrases ne sont pas comme d'habitude... Syntaxe, jeunes cancres! Syntaxe, priez pour nous!... Louis XVI aurait pu me dire ce qui a changé. Moi, je le sens. Lamia est à l'intérieur et parle avec l'autre voix. Bravo! Il fume des américaines en douce avec elle, boit du champagne dans un seau en argent. Et il ose me reprocher de sentir l'alcool pour ma première mauresque!

— Il t'a dit cette nuit. Tu es sûr, Lamia?

Je me suis glissé un peu plus encore. Une planche a essayé de moucharder, mais les vagues contre les rochers continuent à détourner l'attention. De là, je vois presque tout l'intérieur de la pièce. Whaou! C'est ce que j'ai failli laisser partir. Ça vaut même un triple whaou! On se croirait dans une comédie musicale. Une chambre avec un grand lit à baldaquin avec des draps en soie rose, un couvre-lit en satin saumon, des rideaux en... Je ne sais pas moi. Mettons du chintz! Pour décrire, je vais être obligé d'inventer des noms de tissus. Il me faudrait mes grandes sœurs. Elles me parleraient des brocarts vénitiens, du lamé de Cochinchine, des taffetas du Bosphore, de l'alpaga des Andes, et du tulle de Tulle. Pour les couleurs: ce que je vois n'existe pas en vrai. Même chez les oiseaux. Sauf peut-être le roselin de Pallas, avec cet étrange rose fané qui meurt sur ses plumes.

— Lamia, pourquoi il ne m'appelle pas?

— Pour le téléphone, il a seulement dit peut-être. Mais c'est certain, il viendra ici.

Purée, les phrases! Il faut que je prévienne Lamia pour les deux Chinois qui rappliquent. Mais d'abord, je dois vérifier que c'est bien le vrai Lamia qui parle. Accroupi, je passe de l'autre côté de l'œil-de-bœuf. C'est bien lui, sauf qu'il a ses savates aux pieds. C'est étrange, je pense à Oscar, la marionnette du ventriloque de la télévision.

— Comment tu me trouves, Lamia?

J'aurais pu répondre, si soudain je n'avais pas l'impression que tout s'effondre sous moi. Pas seulement les jambes, j'ai l'habitude. Mais aussi le balcon, les pilotis, le sable, les rochers, la barque, la lune et la nuit. Ils viennent d'être aspirés dans le même gouffre que moi. Je vais rejoindre Michel Siffre sous terre. Lui ne part que pour soixante jours à cent trente mètres. Moi, c'est pour toujours et plus profond. Heureusement, il me reste les yeux en suspension pour me dire: la femme que tu vois n'est pas Maryline.

Je n'en crois pas mes yeux en suspension. Pourtant, ils ont raison. Celle-là est une blonde oxygénée avec des joues roses de marquise. Toute serrée dans un peignoir comme si elle sortait de sa douche. Elle a l'air énervée. Plusieurs fois, elle va décrocher le gros téléphone blanc de la table de nuit. Il y en a un autre rose sur l'autre table de nuit. Elle écoute et le repose. On dirait qu'elle vérifie s'il marche bien. Comme la m'am au début qu'on l'a eu... C'est pas normal, personne nous appelle... Mais m'am, personne n'a notre numéro... Alors, à quoi ça sert de l'avoir?... Après, elle ne le décrochait jamais quand ça sonnait... Il vient que des mauvaises nouvelles, par là...

— Pour le téléphone, je t'ai dit... peut-être.

La dame blonde n'écoute pas. Elle va et vient en buvant du champagne dans une coupe. Lamia la regarde. Il a son air contrarié. Celui-là, c'est le même que d'habitude à la baraque.

— Ne bois pas tant. Il va être fâché.

— Mais mon chou, il n'est jamais fâché contre moi.

Mon chou! J'en étais sûr, Lamia m'a bien emmené chez sa poule! J'ai risqué la noyade, l'égorgement, la strangulation, l'ensevelissement, et la fluxion de poitrine, pour que monsieur aille retrouver son chou! C'est décidé. Je repars en barque.

— Et le garçon dont tu m'as parlé pour les lettres?

— Il attend sur la dune. Tu veux le voir?

Mais c'est moi! Le garçon de la dune, c'est sûrement moi. Lamia a parlé de moi à cette femme. Pourquoi? Qu'est-ce que c'est que cette histoire de lettres? Encore des trucs à écrire. Je vais finir écrivain public si ça continue. J'en avais vu un dans une ruelle de Bab el-Oued. Sa boutique ronde était minuscule. On aurait dit un taille-crayon. Il avait intérêt à faire des phrases courtes.

Encore une lettre à écrire pour quelqu'un! Pourtant j'ai déjà prévenu pour l'orthographe.

— Ça ne fait rien, pitchoune, tu me racontes juste les idées.

Madame Mascaro, qui a une villa au Lido, voulait juste que je lui «raconte des idées» pour écrire à son grand fils qui est parti à Montpellier.

— Comment tu dirais toi, pitchoune, pour lui dire que tout va bien, qu'y a pas à s'inquiéter, que je reste ici.

Pas compliqué. C'est un peu comme les lettres en

colo, quand on sait que le moniteur va les relire par-
derrière... Vous cachetez pas, les mômes, je le ferai...
Madame Mascaro est une petite grand-mère qui veut
rester en colo. Moi, je gagne 0,30 NF pour l'aider. Le
prix de *La Dépêche*. Souvent, je recopie des passage
entiers que j'ai pris dedans. Une lettre contre le journal.
J'y gagne. Madame Mascaro relit ce que j'ai écrit...
C'est bien, pitchoune. Moi, si je lisais ça, je resterais...

— Alors, ce garçon, il est où, Lamia?
— Tu veux le voir maintenant?
— Il est mignon?

Tout à coup, j'ai de sérieux problèmes avec mon
short. Lamia aurait pu répondre. Qu'est-ce qu'il aurait
dit? Je ne le saurai jamais. On vient de frapper à la
porte. La femme blonde sursaute.

— C'est lui! Déjà! Tu vois, Lamia, je te l'avais dit.

Elle se précipite sur la bouteille de champagne et
court à l'œil-de-bœuf. Hummm! Son parfum gonfle
tout le voile du rideau. Pas bon pour le short, ça non
plus. Elle laisse glisser la bouteille dehors. J'ai les
sandalettes aspergées... Dom Pérignon... J'espère que
ça ne ronge pas, cette marque.

— N'ouvre pas tout de suite, Lamia! Attends un peu!

La femme blonde a l'air affolée. Elles s'assoit à un
meuble de fille, tout en miroirs, avec une pagaille de
flacons, de bijoux, et de coffrets. Elles se décoiffe à
coups de brosse, passe un rouge de catadioptre sur sa
bouche et se met des touches du parfum carré derrière
les oreilles, sur les poignets, dans le cou et plus
profond. Elle fait un grand sourire au miroir... Pas mal,
hein!... bondit de son siège, et retire son peignoir.
Triple whaou! En dessous elle porte une robe blanche
qu'elle a dû enfiler au talc. Elle jette ses chaussons à la
volée et plonge sur le lit... Classe!... Puis elle s'allonge

sur le coude et commence à feuilleter un magazine comme si elle s'ennuyait.

— Attends encore, Lamia!

Il attend. Même pas étonné. La femme blonde baisse la flamme de la lampe à pétrole sur sa table de nuit. On frappe un peu plus fort à la porte. Derrière, on s'impatiente.

— Vas-y! Maintenant, je suis prête.

Elle fait un geste de pacha de la main et Lamia ouvre la porte.

Les Chinois! Je prends un vrai direct à l'estomac. Qu'est-ce qu'ils font là? Je saisis la bouteille de champagne et je tète une vraie rasade de cow-boy. Ils font ça dans les films quand ils ont une émotion. Mon premier vrai champagne. Pas le temps de faire un vœu... Et celui de ton frère Roland quand il est entré à Air France?... C'est vrai, m'am. Pardon. Je ne me souvenais plus... Paraît qu'on boit pour oublier. Moi j'oublie avant. Les Chinois restent sur le seuil. Ce sont ces deux-là que la femme blonde attendait! Pour ça, qu'elle s'est faite belle! Pas dégoûtée. Bling! Une coupe à champagne explose au-dessus de la porte. Le visage des Chinois n'a même pas frémi. Celui de la dame blonde craque de rage. Elle est dressée sur son lit.

— Qu'est-ce que vous faites là? Je vous conseille de ne pas rester. Le général va arriver. Il n'aimera pas vous trouver là.

Le général! Le général de Gaulle va arriver en pleine nuit. Dans cette cabane de pêcheur perdue! Le général va me surprendre en train de boire une deuxième, même une troisième rasade de champagne au goulot. Peut-être que moi aussi je deviens un Chaudrake. Ça se transmet de père en fils: Chaudrake II ou Chaudrake junior. Il faudra que je choisisse mon nom. D'accord, je suis prêt, moi aussi, à sauver un peu la

France. Mais seulement pendant mes heures de cours. Le général me signera mes mots d'excuse quand je partirai en mission. Le p'pa peut se reposer. C'est mon tour, maintenant. Mais quand même, est-ce que le p'pa a pu dire au général pour le Mat 49 ? Une nuit, près du square, j'avais entendu des types qui parlaient du Grand Charles, du Traître, de Mat 49, de Clamart. Je l'avais dit au p'pa... Tu te souviens de quoi d'autre ? Même seulement des mots . Si c'est juste des mots. Pas de problème... Antar ! Trianon ! Estafette ! Saint-Fabrice ! et jaune !... Ça avait l'air de suffir au p'pa. Il avait sorti une carte... C'est pas plutôt le Petit-Clamart ? Ce serait logique avec Villacoublay... Moi, je n'étais pas sûr. Ça se pouvait. Mais je me méfiais de ma mémoire, en ce moment, je voyais tout en «petit»... Je t'avais dit de laisser ton père tranquille... M'am, t'inquiète pas pour les vacances de Chaudrake. Maintenant, c'est mon tour.

D'ailleurs, ça tourne déjà. Ça tourne même beaucoup. C'est traître, le Dom Pérignon...

Le balcon a le mal de mer. Je dégobille. Les deux Chinois ont vraiment de trop sales têtes.

— Justement, on vient de la part du... «général», comme vous l'appelez. Il nous a chargés de vous dire qu'il ne passera pas cette nuit. Des plasticages. Il sera très occupé.

On a entendu des explosions au loin. Mais comment savoir ce que c'est ?

— Je ne vous crois pas. Le général m'a promis !

— Tenez, il nous a chargés de vous remettre ceci.

Les Chinois parlent comme dans un film du dimanche après-midi. Ils tendent une lettre. Une lettre marron. La femme blonde écharpe l'enveloppe. Elle lit. Soudain, c'est comme si les mots défilaient sur son visage. J'aurais presque pu les deviner quand ils passaient dans ses yeux. Mais c'est secret une lettre d'amour. Même si c'est pour dire qu'on ne vient pas.

— Partez! Fichez-moi le camp!

Les deux Chinois partent avec leurs sourires de murènes et un clin d'œil rigolard à Lamia.

— Salut, champion! Alors, tu les arrêtes toujours toutes, les balles?

La porte claque. Ça vibre jusque sous mes pieds. La femme blonde tombe sur les genoux en se tenant le ventre. Elle se berce doucement comme une prière. On dirait qu'elle console un petit enfant dans ses bras. Mais c'est elle qui pleure. Je le vois à ses épaules. Lamia reste immobile, figé devant la porte. Ces deux types, je vais attendre qu'ils passent sous le balcon et les massacrer au Dom Pérignon! La femme blonde se lève. Son corps est lourd dans sa robe blanche. Elle s'affale devant le miroir de sa coiffeuse tout en glaces. Elle se regarde, et se regarde encore. On dirait qu'elle ne se reconnaît pas. Tout à coup, elle se saisit la tête à pleines mains. Comme pour arracher ses cheveux.

Et elle s'arrache les cheveux.

D'un bloc. Avec un hurlement. Une masse blonde qu'elle brandit comme un trophée et jette derrière elle. La femme blonde s'est scalpée!

Il n'y a pas de sang mais elle s'est scalpée. Je regarde cette grosse touffe étrange de cheveux blonds sur le tapis. Quelque chose ne va pas. Elle est trop bien coiffée. Une perruque! C'est ça. C'est une perruque, cet espèce de petit chien endormi sur le tapis. La femme blonde la portait. Et elle vient de se l'arracher et de la jeter par terre. En dessous ses cheveux sont noirs, pris dans un filet. J'ai honte. Je n'aurais pas dû regarder... On ne regarde pas quand une dame se déshabille... Je sais, m'am. Mais j'ai regardé.

Devant le miroir, la femme se nettoie le visage avec

des crèmes et de gros morceaux de coton. Tout se mélange et se brouille. Comme le maquillage du pierrot quand on jouait du théâtre en colo d'Air France... «Le pierrot débarbouillé»! Pièce en un acte de Dominique, André et moi. Ça racontait l'histoire d'un enfant qui ne voulait pas se laver, pour pas qu'on voie qu'il est triste en dessous. À la veillée, on avait eu au moins cinq rappels. Le lendemain, les filles de l'équipe des grandes avaient accepté qu'on porte leurs sacs à dos pendant l'excursion au torrent. Plus tard, je serai champion du monde de théâtre et j'aurai une valise dure avec des roulettes.

La femme reste devant sa coiffeuse, la tête sous une grande serviette blanche. Comme un boxeur qui a perdu. La serviette glisse sur ses épaules. Et son visage apparaît dans le miroir. Ses yeux, sa bouche, son nez, son menton, ses sourcils, le teint de sa peau... Pourquoi tu fais l'inventaire comme un idiot? Qu'est-ce qu'il te faut de plus? C'est bien elle. Il n'y a pas de doute.

La femme blonde, c'est la dame brune.
C'est Maryline!

Je reprends une rasade. Elle libère ses cheveux du filet. Maintenant elle ressemble complètement à la photo de Lamia. Il ne m'avait pas menti... On ira la voir. Bientôt... Et je la vois. Elle est là. Je suis content d'avoir attendu.

— Lamia, il faut que tu y ailles, tout de suite!

La dame farouche a perdu la voix de petite fille de la femme blonde.

— Tu sais, maintenant, c'est très dangereux pour moi. Ils m'ont repéré. Je crois qu'ils savent qui je suis.

— Et le garçon que tu as amené, Lamia?

— Il ne connaît pas le chemin. En pleine nuit, il va se perdre.

Qu'est-ce qu'il en sait, Lamia? Un Mohican peut suivre la trace d'un caribou sur des kilomètres pendant des jours dans la neige. C'est vrai qu'il n'y a ni neige ni caribous dans la région. Ça handicape.

— Lamia, tu as entendu les deux types. Le général ne viendra pas. Alors, il faut que tu lui portes une lettre... S'il te plaît.

Lamia sourit et baisse les yeux. Monsieur Fernando n'y croirait pas. Lamia a baissé les yeux devant quelqu'un. La dame brune sort un bloc de papier bleu et écrit à toute vitesse. Elle ne relit même pas. Peut-être qu'on ne fait pas de fautes d'orthographe quand on aime très fort. Pour moi, c'est mal parti.

— Va, Lamia, je t'en supplie.

— Le garçon que j'ai amené, tu veux le voir? Il est dans les dunes.

Non, je suis là, derrière l'œil-de-bœuf. Comme le petit génie qui soulève les toits. Moi, je ne soulève que les voiles.

— Pas ce soir, Lamia. Pas comme ça.

Elle montre son visage. Pourquoi «pas comme ça»? Moi, je la trouve... je la trouve... encore plus... Comment dire? Encore plus... bath! terrible! super! extra! sensas! formid! que tout à l'heure. Pourquoi c'est si difficile de dire «encore plus belle que tout à l'heure». Je ne sais pas. Ça doit être le «tout à l'heure» qui est dur à prononcer.

Belle! Ça oui, elle l'est. Sauf que maintenant, sa robe ne va plus avec ses longs cheveux sombres. Trop serrée. On dirait un capucin à ventre blanc.

— Tiens, Lamia, tu donneras ça au garçon de la dune. Pour pas qu'il soit venu pour rien.

Elle glisse quelque chose dans sa main. De derrière

ce rideau, je n'ai pas pu voir, mais c'est sûrement un bijou. Une broche ancienne, un anneau d'or ou une bague avec des initiales enlacées. Je la porterai au doigt des fiançailles. Tout le monde sur la plage me demandera ce que c'est, qui me l'a donnée. Je ferai le mystérieux. C'est ce qu'il y a de mieux pour énerver mes petites sœurs.

— T'a encore pris une bague à madame Clément.

— Tu vas te faire drôlement disputer.

Les bijoux de madame Clément sont trop gros. Ça va tout juste pour jouer dans le fort turc à la clef magique du trésor du dey Hussein. Pas si magique, la clef. Elle n'avait pas réussi à me protéger d'une rouste signée par monsieur Clément. Après, j'avais l'impression d'avoir les fesses à la harissa.

— Va vite, Lamia. Et reviens, même s'il n'y a pas de réponse.

Elle lui a embrassé la main. Il est sorti sans rien dire. Si je ne me dépêche pas, Lamia va me chercher dans les dunes. Mais je n'arrive pas à partir de la fenêtre. Je regard la dame brune dans sa chambre. Pourquoi est-ce qu'on ne voit pas tout de dehors, à travers un rideau? Maryline descend la fermeture Éclair de sa robe. Sa peau n'en finit pas. Non. Là, je me sauve. Déjà que je viens de l'appeler par son prénom dans ma tête. Tu es maboul! Tu veux te faire égorger par le général d'abord et Lamia ensuite? À eux deux ils feront le tour et il n'y aura plus qu'à jeter ta tête dans un sac et l'envoyer à ta mère. La m'am! Heureusement qu'elle ne sait pas où je suis… Tu crois?… Ça y est, j'entends des voix. Celles de dehors. Les pires. Ça doit être le Dom Pérignon, la clef magique, et la fermeture Éclair. En plus je suis perdu dans les dunes. Lamia surgit derrière moi.

— Dépêche-toi!

Il a l'air pressé tout à coup. Il pourrait quand même me donner la bague de rubis sertie de treize diamants que Maryline lui a donnée pour moi.

— Toi avec le bateau. Moi par là…

Lamia se remet à parler comme Lamia. Dans la nuit, je ne vois pas très bien la direction qu'il m'indique. Mais je comprends qu'il m'abandonne pour aller porter la lettre de Maryline.

— Après, tu suis sur la plage. C'est facile.

Après, d'accord. Mais avant ? Avant, il faut traverser ce bout de mer en furie dans ce bateau percé. Lamia n'a même pas le temps de m'entendre castagnetter de partout. Il part avec son pas à arpenter les dunes. Et ma bague ? Le rubis, les treize diamants ? Bon d'accord, seulement le rubis. Ça suffira. Voleur ! Il a disparu et me laisse avec ces vagues cannibales qui disent… Viiiens ! Viiiens !…

Je vais retourner frapper à la porte de la cabane. Elle m'ouvrira. Je ferai le petit poucet aux yeux de cocker. Je lui dirai que c'est moi le naufragé des dunes. Que Lamia m'a abandonné… Pauvre garçon… Elle me caressera la tête comme en colonie quand on joue à « pauvre petit chat triste ». On arrive à quatre pattes devant la fille qu'on a choisie. Il faut prendre celle qu'on aime bien, mais à qui on ose pas le dire. On pousse des miaou ! déchirants, avec des mimiques pour la faire rire. Elle doit dire trois fois… Oh, le pauvre petit chat triste !… en nous caressant la tête. Si elle rit, elle devient le chat. Mais si elle rit, c'est qu'elle nous aime un peu.

La dame brune me fera entrer. Je sentirai son parfum. Celui qui gonfle le rideau de la fenêtre.

Et si elle avait descendu sa fermeture Éclair jusqu'en bas ? C'est trop risqué pour mon short. Il ne me reste plus que la barque. Je vide l'eau. J'invoque tous les saints qui ne sont pas encore couchés à cette heure. Et je me lance comme Thor Heyerdahl sur son *Kon Tiki* en papyrus. Je transforme la barcasse en véritable canoë indien et je pagaye à genoux avec un aviron en chantant... *Gondolier! Sur ta gondole!*... avec l'accent de Dalida...

La dame brune de la cabane!... À grands coups de clapots, la mer ne me laisse pas le temps d'y penser. Dommage, j'aurais aimé jouer à Venise dans ma tête avec Maryline. Moi aussi, je lui offrirai un cadeau de fiançailles. Un bengali! Et si elle le laissait partir? Je ne voudrais pas qu'il devienne un «bengali boiteux». C'est comme ça que monsieur Fernando appelle les oiseaux que les gens relâchent après les avoir gagnés à la loterie... Ils les abandonnent parce qu'ils ne veulent pas s'en occuper... C'est vrai qu'il y a des volées de bengalis boiteux à Fort de l'Eau, dans les arbres et dans le fort turc... Ils pensent que parce qu'ils ont donné à la ville un saint qui parle aux oiseaux, ça les protégera de la malédiction du marin de la *Friquita*... Quand les oiseaux partiront, les hommes les suivront... Mais ils ont tort, leur saint ne pourra rien... Ma m'am ne serait pas contente d'entendre parler de sain François comme ça. Mais je ne veux pas risquer de faire un boiteux. Je n'offrirai pas de bengali à Maryline.

J'aborde dans des rochers. Quelque part. Il me reste une trotte. Je galope. Le sable est de plus en plus mou. À moins que ce soient mes jambes qui s'enfoncent de fatigue dans mon corps. Enfin! La plage de la Sirène. Purée, le grand escalier. Je l'avais oublié celui-là. L'Everest à domicile. Quelle bonne idée! Pour reprendre mon souffle, je pense à *Golgotha*, le film qu'on a tourné ici. Monsieur Clément dit qu'il a joué aux cartes avec Le Vigan. Même qu'il trichait. N'empêche, j'aurais aimé lui demander comment il

avait construit sa cabane dans *Goupi Mains-Rouges*...
Allez! il faut grimper cet escalier... Je laisse mes
dernières forces sur les marches. Je reviendrai les
rechercher demain. Non. Je crois que je vais en avoir
besoin tout de suite.

La m'am m'attend là-haut.

9
La maison pleine

— Tu as vu quelle heure il est?

Du menton, la m'am me montre le ciel et les alentours. C'est vrai qu'il fait bizarrement clair cette nuit. Peut-être une sorte d'été suédois tombé sur Fort de l'Eau. Mon frère Serge m'avait promis de m'emmener au cap Nord avec lui si j'avais mon BEPC. Autant dire qu'elles sont encore loin ces «infinies étendues sauvages couvertes de leur soyeux manteau de neige» comme on dit dans le prospectus que j'ai récupéré à l'ambassade. Je n'y peux rien, le BEPC ça me fait penser au BCG. Un truc qu'on te fait rentrer dans la peau pour te guérir la «cancrite» comme dit Louis XVI. Mais sur moi, le vaccin n'a pas dû prendre. Dommage, car cet été-là, j'aurai presque quinze ans. Et, à ce qu'on dit, mais pas dans le prospectus, en Suède, il y a des Suédoises. Et les Suédoises n'ont pas froid aux yeux. Ce qui ne doit pas être facile au cap Nord… Toi, là-bas, tu vas faire un malheur avec ta couleur!… Serge est gentil, mais en attendant j'en connais une autre qui va faire un malheur avec ma couleur: la m'am!

Elle est blanche et on dirait presque qu'elle frissonne à sa façon de tenir serrée sa robe de chambre. Une que je ne connais pas. Le genre poil-de-chameau-râpé-sans-ceinture. Mais à voir la barre de ses sourcils, je crois plutôt qu'elle retient sa colère bien au chaud à l'intérieur. Ça bouillonne. Si elle entrouvre seulement les pans de sa robe de chambre, ça va être un sirocco maternel pour moi tout seul. La bourrasque de feu, la tempête de braises, la boîte à «pan-d'ors»!... Michel, pourquoi on les appelle les pandores, les flics?... Parce que, pan!... Mon frère me mime un coup de matraque sur la tête... Pan! Et tu dors... Souvent, Michel invente n'importe quoi, mais ça suffit pour faire diversion. Pas là.

— Tu vois l'heure!

Maintenant, je la vois. J'ai cru que mes yeux de Mohican s'étaient habitués à l'obscurité, mais c'est le jour qui s'est levé. Comme Indien, je ne progresse pas, mais comme noceur, je débute fort. Ma première nuit dehors! Je viens de passer ma première nuit dehors. Incroyable. J'ai découché. C'est comme ça qu'on dit en parlant de mes grands frères quand ils font la noce, la bombe, la java ou la bamboula. Je viens de prendre dix centimètres d'un coup. Une première fois pareille. Il faut que je fasse un vœu. Un gros...: Sainte Vierge noire du Puy-en-Velay, faites que ma mère ne me tue pas trop et que je puisse recommencer à nocer.

— Approche un peu.

Ce sera un tout petit peu. La main de la m'am peut être de la douceur d'un ventre de roselin, mais avoir la vitesse de la mangouste... Ta mère aurait fait un poids plume imbattable... Le p'pa ne me rassure pas. Je viens de perdre de partout les centimètres que j'avais gagnés en noçant. C'est étrange comme c'est trouillard, les centimètres.

— Souffle!

240

Je sais ce que la m'am cherche. À la visite médicale du collège, j'ai été plutôt bon au spiromètre. Classé même dans le neuvième décile. J'ai juste cru comprendre que c'était pas mal. Mais avec la m'am, je n'ai pas envie de forcer. J'essaie de retenir mon haleine bien au fond de mes poumons. Pas assez au fond.

— Tu sens le vin, toi!

Pourquoi pas la vinasse! J'ai bu du champagne. C'est vrai. Mais du vrai. Faut pas confondre. Sinon, si le Dom Pérignon fait dans la bouche comme le Gévéor, autant en rester à l'Orangina. La m'am continue de me renifler dans les recoins. Un vrai pointer. Ça y est, elle a trouvé. Elle tombe en arrêt. J'ai déjà rencontré ça dans un livre de lecture mais ça fait un drôle d'effet quand on voit ça chez sa mère.

— Ma parole, tu sens la cocotte!

Ça ne sent pas bon pour moi… C'est quand on revient de chez les poules, qu'on sent la cocotte!… J'ai entendu Évelyne dire ça à Gérard. C'était un soir de java où il revenait «plein comme un œuf», paraît-il. Drôle de basse-cour les histoires de grands. Moi, ça n'a rien à voir. Je suis seulement resté caché dans le voile parfumé du rideau de la fenêtre de la cabane sur pilotis. J'ai tout pensé en une seule phrase, pour vérifier si mes poumons fonctionnent bien. J'essaie, mais je n'arrive pas à retrouver l'odeur du voile. Si au moins j'avais retenu le nom du parfum. Pourtant, je l'ai bien vu ce flacon carré, avec son étiquette de pharmacie et un numéro dessus. Le 2 ou le 5, j'hésite… Je t'ai demandé une clef de 12, pas de 14… En mécanique, p'pa, on devrait tout faire avec du 13. Ça m'étonne que Chaudrake n'ait pas encore inventé la clef à Paulette. La clef qui sait tout faire. Celle qui s'adapte à n'importe quoi. Comme la m'am. Il me vient une odeur de cambouis dans la tête. Je ne retrouverai pas le numéro de ce parfum.

— T'es plein de taches. Tu vas me retirer tout ça, que je te passe à la lessiveuse !

Au début, je croyais qu'elle allait m'y passer tout habillé. Maintenant, je sais que c'est «façon de dire». Mais il ne faut surtout rien oublier dans le short. La m'am ne fait jamais les poches. C'est bien pour les secrets mais pas pour les mots doux. Un jour, une fille m'en a donné un pour mon frère Serge qu'elle trouvait... Mignon, bien bâti, et distant juste ce qu'il fallait... Après la lessiveuse, j'ai retrouvé sa lettre ratatinée en boule dans ma poche arrière. Je venais d'inventer le premier mot doux en poudre. Bien sûr, le frère n'avait pas pu répondre. Mais la fille l'avait trouvé encore plus... Mignon, mieux bâti et distant juste ce qu'il fallait... Je me demande à quoi ça sert d'écrire.

Moi, il ne faut pas que j'oublie le billet du spectacle. Je l'ai ramassé à la sortie. Sinon les petites sœurs ne me croiront jamais pour Johnny Hallyday. Et je ne pourrai pas les faire bisquer. Même si je me suis fait assommer dès l'intro. Mais ça elles ne le sauront pas.

— Approche ! Maintenant, regarde-moi bien dans les yeux, toi !

Ça, c'est impossible. Je ne peux pas. J'ai toujours l'impression que la m'am lit tout ce que j'ai de caché à l'intérieur. Comme sur le journal lumineux de «Cinq colonnes à la une». J'entends déjà la musique du générique dans ma tête... Tom-Tom ! Tom-Tom ! Tililili !... Pierre Lazareff, Pierre Dumayet, Pierre Desgraupes et Igor Barrère vous proposent... DÉNONCEZ VOTRE FILS !... En grosses lettres majuscules. Les traîtres ! Je ne regarderai plus jamais cette émission. Pourtant, c'était là que j'avais vu les premières images de l'Algérie. Le djebel. La montagne. Des gars qui ne faisaient rien que guetter et fumer. Des gars comme mes frères, avec leur chapeau un peu comme un chapeau de cow-boy. Il y en avait même avec des accents de Strasbourg, de Lille ou de Marseille. Pourquoi est-ce que ça m'étonne tant, les accents ? Ça me fait penser aux lettres que j'ai trouvées dans la boîte à rations. Elles commençaient toutes par : *Chers parents...* et se terminaient toujours par... *Excusez mon écriture car je suis obligé d'écrire sur mes genoux...* Dedans, il y avait des petits bouts de phrases qui me pinçaient le cœur quand je les lisais.

... Je surplombe une grande partie de la vallée qui conduit de Bouira à Bechloul... Je lisais mal le deuxième nom... *où j'étais avant. Il y a du blé encore où je suis et on voit les Arabes le couper brin par brin avec une petite faucille. Par contre les gros fermiers de la plaine emploient des moissonneuses-batteuses. Tous ne doivent pas faire beaucoup de quintaux à l'hectare...*

Jeunes cancres ! N'oubliez pas que, souvent, le vrai est dans le dérisoire... Il pourrait se dispenser de ses remarques, Louis XVI. C'est une vraie lettre de soldat que je lis. Pas une rédac... Tu as raison, gamin, faudrait pas oublier ceux qui y sont restés. Tu sais, y en a eu de retournées, des plaques... Je sais, monsieur Clément. Je pense à la jeune fille en jaune qui la portait autour du cou. Juste une moitié dentelée... On la casse en deux, en la pliant à l'endroit des trous. On cloue une moitié sur le cercueil, et l'autre bout on l'envoie à la famille... Celle de la jeune fille en jaune était sortie de son corsage quand elle s'était baissée pour ramasser un paquet. Vite, elle l'avait cachée. C'était près de la poste un jour que j'allais voir les nouveaux timbres. Elle portait un corsage bouton-d'or. Ce devait être celui qu'elle avait quand ils s'étaient rencontrés. C'était ce que je m'étais dit. Je n'avais pas osé regarder son visage. J'avais peur qu'elle ne soit pas triste.

— J'ai dit, regarde-moi bien dans les yeux.

Ça ne marche pas le truc de Gérard… Quand t'es gêné, frangin, tu fixes un point entre les sourcils!… Tu parles. La m'am sait bien que je n'ai pas de strabisme, en plus de tout le reste. Je suis son fils, quand même. Même si parfois elle m'inquiète. Surtout quand elle me dit… Toi, je te connais comme si je t'avais fait… Ce «comme si» ne me rassure pas du tout. J'ai envie de crier: Mais m'am, tu m'as fait! Du verbe «faire». Même si Louis XVI a dit que ce verbe c'est du lichen à ignorance. Tu-m'as-fait, m'am. Cette histoire d'enlève-ment, c'était pour rire. Je te jure, tu-m'as-fait! Qu'est-ce qu'il aurait voulu que je dise, le prof?… Engendrer, enfanter… Ces mots-là, on dirait du tapis mousse. Moi, je préfère le lichen. Tu-m'as-fait! Sur du lichen ou autre chose… Tu veux une calotte!… Mais, m'am, ne te fâche pas. Puisque je ne sais pas comment tu m'as fait, que je ne sais pas où, que je ne sais pas quand, sauf si je compte sur mes doigts, il faut bien que je me débrouille. Et que j'imagine.

— Tu sais quand même avec qui?

Bâââhhh…

— Tu vas la prendre, la calotte!

Bon d'accord, m'am, tu m'as fait avec le p'pa. Quelque part, en février, à votre manière. On oublie les ou-kan-komans? Cette tribu de petits curieux. Mais à force de ne pas parler de «ça» et de «faire comme si» on va tous finir entre des guillemets dans cette famille… Qu'est-ce que ça veut dire? T'as fait des bêtises?… Mais non, m'am. J'ai dit entre des guille-mets, pas entre deux gendarmes… N'essaie pas de me faire rire. Ça ne marchera pas… Au moins, j'aurai tenté.

— Dis donc, il s'en passe des choses là-dedans.

La m'am me tapote le front, là où les femmes hindoues ont un point rouge de dessiné. C'est sûrement là que Sabu, le petit cornac d'*Elephant Boy*, devait regarder sa maman quand il rentrait en retard et essayait de lui faire croire que les éléphants dansent.

— Regarde-moi bien là, toi.

Je renonce. Je sais que maintenant je vais tout avouer à la m'am. Tout à coup, je laisse glisser mes yeux dans les siens. Ça me brûle déjà. Aussitôt j'ai l'impression de fondre comme un sucre dans une petite cuillère percée au-dessus de l'anisette. Monsieur Clément fait ça. Il paraît que ça l'aide à se souvenir de l'absinthe. Moi, c'est encore mieux, ça m'aide à me souvenir de tout Je suis prêt à tout raconter, à tout avouer. Quand la m'am me regarde de cette manière, je suis même prêt à inventer.

— Dis-moi, toi. Monsieur Fernando t'aurait pas emmené au bar Exotique, chez les filles.

Parce que je sens la cocotte! Là, je peux jurer et cracher dans une boîte. Je ne suis jamais allé au bar Exotique. Je ne sais même pas où il est. Ce qu'on y fait. Pourquoi il y a des dames devant. Des rideaux de perles au fond. Des militaires et des pas militaires. Je ne sais rien de ce bar. Personne n'en parle, sauf pour dire… Le bar Exotique… Ma mère!… Pour le bar Exotique, tout le monde semble avoir oublié son vocabulaire, mais pas sa mère!… La mienne non plus ne m'oublie pas. Et ne me lâche pas des yeux.

— Parce que si c'est monsieur Fernando, je vais me déranger, et tu peux dire adieu à tes oiseaux!

Me supprimer mes bengalis! Pour un bar inconnu. Cette fois, c'est trop grave. Il n'y a que la vérité qui pourra me sauver. La vraie vérité. La pure vérité. La vérité toute nue. La vérité qui sort du puits. Je m'échauffe en cherchant mes marques. Pour parler à la m'am, il faut que je prenne mon élan à la Ter-Ovanessian. Plus de 7,54 mètres de vérité, ce serait déjà pas mal. Dans le saut en longueur, ce que je préfère, c'était le moment avant de se lancer. Quand on se balance, comme une prière. Il va m'en falloir plus d'une, des brassées de cierges et un commando de saints. Allez, je me lance. Je vais lui raconter tout. Toute la soirée. En commençant par Johnny Hallyday et en finissant par la dame de la cabane sur pilotis. Sans rien oublier. Elle comprendra. Enfin... Peut-être pas Johnny Hallyday. La m'am, c'est plutôt les Compagnons de la chanson, Luis Mariano, Tino Rossi ou Eddy Mitchell des Chaussettes Noires. Son chouchou depuis qu'il chante *Le Twist du canotier* avec Maurice Chevalier. Mais elle ne veut quand même pas que je me fasse une banane dans les cheveux, comme lui. Mais c'est Édith Piaf qui reste sa préférée.

— Elle se refuse rien, la Édith. T'as vu le jeunot qu'elle va se payer !

C'était au bar, à la kémia. Serge m'avait raconté l'histoire Petit Jeannot, dit Dédé, commentait le futur mariage d'Édith Piaf et de Théo Sarapo dans le journal. On en avait causé, à la maison ! Chacun avait son avis. Mais chez nous, Édith, c'était sacré.

— Dis donc, Dédé. C'est d'aller au bar Exotique qui te fait dire qu'on paye partout...

— Non mais regarde ! Lui, c'est plutôt un beau gosse. On aime ou on aime pas. Mais t'as vu cette bouche ! Alors qu'elle, regarde cette tête ! Tu vas pas me dire qu'elle paye pas !

— Dis donc, Dédé, si on commence à payer à la tête, ici, ça va devenir hors de prix pour toi.

Le Dédé en avait avalé son olive. Il avait laissé un joli billet sur le comptoir et il était parti sans rien demander. Faut dire que quand la m'am prenait son « air aimable », on pensait pas à sa monnaie. Même si Serge a dû un peu en rajouter, côté dialogues.

Où j'en étais, avant le Dédé? Ah oui, Johnny Hallyday! Ce n'est peut-être pas une bonne idée, pour la m'am. Bob Azzam à la rigueur… *Tu m'allumais avec une allumette!*… ça passait. Mais là, mieux vaut changer. Ce sera plutôt un film. Qu'est-ce que j'ai vu dernièrement?… *Pain amour, ainsi soit-il*, à l'ABC… Ah non! Pas celui-là. Encore une histoire où le vieux est plus malin que le jeune pour séduire les filles. Même si on ne sait pas vraiment ce qu'elle veut, Gina Lollobrigida… Les femmes, c'est comme au billard, pour en toucher une, faut en frôler une autre… Monsieur Fernando a d'autres images avec le billard. Mais je risque encore une calotte de la m'am. Je vais lui raconter *West Side Story*. Non, elle sait que je l'ai vu à Paris. *Psychose*? Après, je ne pourrai plus m'endormir. Alors, ce sera un film de cow-boys. D'ailleurs, j'étais parti pour ça… *Les Sept Mercenaires*… Je l'ai vu plein de fois à Choisy-le-Roi au cinéma en face du parc de la mairie. Pour faire rire la m'am, je peux lui imiter le crâne de Yul Brynner et lui apprendre à dégainer aussi vite que Steve McQueen. Elle aimera. La m'am trouve que c'est le portrait craché de mon frère Serge. Moi, je veux bien, sauf que je ne comprends pas pourquoi «craché».

Après le film, à la sortie du cinéma, pas la peine de raconter la mauresque. Je vais changer… Garçon! Mettez-moi plutôt un sirop d'orgeat nature… Si la m'am sait que monsieur Fernando m'a fait boire une «boisson alcoolisée», comme on dit quand on veut couper un peu, je peux dire adieu à mes oiseaux… La mauresque, c'est réglé. Y en a pas eu. Le retour. Je n'en parle pas. Je risque de me mettre à chanter… *Retiens la nuit*… Donc, monsieur Fernando m'a déposé pile à l'heure prévue devant le Marsouin. Et c'est là que j'avais rendez-vous avec Lamia… Non! Idiot. Pas possible… Je vais changer. C'est là que quelqu'un m'a demandé de l'aider parce que sa voiture était en panne. La marque de l'auto? Pas la peine. Il faisait nuit… D'habitude, tu les reconnais rien qu'aux pare-chocs… Bon d'accord, une Panhard bleue.

Où j'en étais? Ah oui! Le type en panne devait apporter des médicaments à une dame. Ça, c'est bien, l'histoire des médicaments. Du Nembutal! Comment je pourrais inventer un nom pareil? Et comme il ne pouvait pas abandonner sa voiture… Aujourd'hui, à peine tu tournes le dos, ils te laissent plus que les arêtes, ces chacals!… Il m'a demandé de les apporter à cette dame. Une vieille dame blonde, qui souffre d'une maladie incurable. Non, ça c'est trop. Je supprime «incurable». La très vieille dame habitait très-très loin, dans une très belle villa. Ça non plus. Il allait falloir que je lui décrive, à la m'am. Elle adore les belles maisons. C'est vrai, m'am, c'était loin, mais je ne pouvais pas refuser. Sinon, c'était «non-assistance à personne en danger». J'avais lu l'expression dans le journal… «Non-assistance à patrie en danger»… Donc, j'y suis allé, et pour me remercier, la vieille dame brune…

— Elle était pas blonde?

Si, m'am, mais à cause de sa maladie au Nembutal, elle portait une perruque… Donc, pour me remercier, la dame aux faux cheveux m'avait offert un fond de verre de Dom Pérignon et elle m'avait embrassé. Il faut que je précise sur la joue, sinon la m'am va croire autre chose.

— Mais laissez-le ce gosse! Moi, je l'aime bien.

Ils exagéraient, les deux culturistes de chez Corot qui paradaient devant la Sirène, à se faire péter les pectoraux. Je suis petit mais ce n'est pas une raison pour me traiter de gosse.

— Vous trouvez pas qu'il est à croquer?

Ils n'ont pas l'air de trouver. Ils sont jaloux, les frères Biscotos, parce que leur copine de plage s'intéresse à moi. Faut dire que cette fille, on la connaît sur la plage. Avec les flirts, elle est comme Pauline Bonaparte dans «Les amours célèbres». Il n'y a pas intérêt à rater un épisode, sinon on ne s'y retrouve plus. Mais là, je comprends les frères Biscotos. On a à peine sept ans de différence. Comme le p'pa et la m'am. Ils devraient se méfier. On le sait bien que ce n'est que de la gonflette, leurs muscles. Tu piques avec une aiguille et il n'y a plus personne.

— Viens voir là, toi.

Je ne sais plus où regarder la fille, tellement il y en a à voir. Pas étonnant. Paraîtrait qu'elle venait d'être élue miss Vacances. Dommage qu'elle ait pas gardé son écharpe. Les petites sœurs en auraient bavé de rage.

— Viens là!

Je suis venu. Rien que pour embêter les deux tas de viande. Elle a pris ma tête dans ses mains et m'a embrassé sur la bouche en appuyant et en faisant... huuummm!... En même temps, j'ai senti comme une langue de serpent entrer et sortir de ma bouche: un trente-sixième de seconde. Même pas le temps d'être étonné.

— Ça te fera un souvenir. Et ce sera notre secret. Je m'appelle Marie-Claude.

Et elle est partie en rigolant et en ondulant entre ses deux serre-livres. Je me souviens qu'elle sentait la crème à bronzer.

— Ça compte pas!

Fissa-Fissa, le petit cireur le plus rapide d'Alger, était formel. Si on ne mélange pas les langues, ça ne compte pas. Ça ne peut pas être homologué. Et pourquoi pas une fédération de baisers avec la langue pendant qu'il y est! Avec des épreuves de palots et gamelles. Non merci, les langues qui se décollent pas comme les chiens et les appareils dentaires qui s'emmêlent. J'avais vu ça de l'autre côté du débarcadère. On aurait cru que le gars et la fille se mangeaient. Comme elle était beaucoup plus petite, il la portait. Ses jambes à elle entourées autour de sa taille à lui. On aurait dit qu'elle était installée à un comptoir de snack-bar. Il y avait un attroupement. Un type habillé en pompiste a même essayé de glisser une pince coupante dans leurs bouches. Ça devenait longuet. Je suis retourné au foot.

Je les ai revus après. Ils avaient les lèvres boursouflées, chacun de leur côté. Ils n'étaient plus ensemble. Si c'est ça, le palot, je change de sport. Je suis encore trop petit pour le baiser qui tue. N'empêche, pour mon premier baiser avec la langue, il faut quand même que je fasse un vœu. Je ne sais pas quelle sainte choisir. Ça existe sainte Marie-Claude?

— Tu dis qu'elle s'appelait Marie-Claude, cette vieille dame malade à qui tu as apporté des médicaments dans sa pauvre maisonnette, qui t'a donné un fond de vin rouge coupé avec de l'eau et qui t'a embrassé sur la joue?

C'est ça. La m'am résume drôlement bien. Et voilà, madame, pourquoi votre fils sent la cocotte! Je suis fier. Mon histoire est bien bordée au carré.

Carré! Ça y est! Je revois le flacon carré sur la coiffeuse tout en glaces de Maryline. Le 5 qui sort dans ma mémoire comme à la loterie… Chanel N° 5!… C'est bien ce nom-là qui est écrit. J'aurais dû m'en souvenir, la m'am en parle si souvent en rigolant avec les sœurs à la cuisine… C'est ça! Le jour où on nous offrira du N° 5!… C'est un peu comme le jour où les poules auront des dents. Une chose extraordinaire qui n'arri-

250

vera jamais. Pourtant il n'a rien de particulier ce flacon. Il y a les mêmes dans l'armoire de chimie du collège. Si ce n'est que ça, les poules peuvent préparer leur dentifrice. Dès demain, je vais lui en trouver, moi, du N° 5 à la m'am et aux sœurs aussi. Je sais où il y en a.

— Alors c'est pour ça que tu sens la cocotte?

Ma mémoire vient de retomber juste sur ses pattes. J'aimerais bien être aussi souple qu'elle. Je viens de terminer l'histoire vraie de ma première nuit dehors, par un retour au Marsouin, le plus direct possible, pour ne pas inquiéter ma famille dans l'angoisse… Pas mal!… C'est vrai que ça a de la gueule, la vérité.

J'attends le verdict de la m'am. J'en suis même à espérer une note comme au patinage artistique. La m'am avancerait sur la glace à pas prudents et préparerait ses petits panneaux. Peut-être pas 6. C'est vrai, la fin était un peu bâclée. Mais je ne pouvais pas avoir moins de 5,8… *Fünf komma acht!*… D'accord, ce n'était pas du Calmat, mais il y avait du lutz, du schalko et de la pirouette. Je respire calmement. La m'am lève ses panneaux.

Un!

J'ai eu un! Plutôt «une»! Une calotte. La m'am l'a donnée à une telle vitesse que ses mains n'ont pas bougé de sa robe de chambre. Encore plus rapide que Steve McQueen dans *Les Sept Mercenaires*. Elle apprend vite à dégainer, la m'am.

— Alors, fiston?

C'est le p'pa. Plus haut qu'un palmier matinal. Le ploum sur l'épaule. Il part à la pêche. C'est lui, la calotte.

— Ta mère m'a dit que tu étais allé nous chercher des croissants pour le petit déjeuner. Qu'est-ce que t'en as fait? T'as amorcé avec?

C'est vrai. Où je les ai mis, ces croissants? Je ne me sens plus la force de raconter encore la vérité au p'pa.

Faire tout ça pour être repris juste au poteau. Ça ne paie pas, la sincérité.

— Il avait oublié les sous.

La m'am ouvre sa main. À l'intérieur il y a une pièce qui brille comme le salut. Elle me donne une pichenette sur le nez.

— Elle était jolie, ton histoire. Prends aussi un pain pas trop cuit.

La pièce est toute chaude dans ma main. La m'am devait la serrer depuis longtemps.

— Tu veux m'accompagner à la pêche, fiston?

Non merci, p'pa. C'est déjà trop d'aventures pour une seule journée. Après le pain, je vais aller me coucher tout nu comme la vérité.

— Mets au moins un tricot de corps.

La m'am a raison. Je suis comme la vérité, il faut m'habiller un peu, sinon je m'enrhume.

Le p'pa rejoint ses copains de pêche qui l'attendent dans une 203 devant le bar. La m'am me sourit.

— Tu as de la chance. On va pas être obligés de t'envoyer chez Siki pour tes leçons de natation. Mademoiselle Valnay est rentrée cette nuit.

… Tu as de la chance… La m'am a raison. Mais tout de suite, j'ai eu peur. Peur que le ventre de mademoiselle Valnay soit devenu tout plat. Avec juste une petite poche de maman kangourou. Comme mes grandes sœurs après la clinique. Alors, elle a fini son petit tour de rien, dans sa Simca 1000. Est-ce qu'elle revient avec sa jolie planète Rouge Baiser? Le bébé en grain d'orge a eu le temps de faire toute les diagonales qui riment: de la Nouvelle-Zélande à l'Islande, et de l'Italie à l'Australie. On ne peut pas avoir trouvé un monstre sous son maillot de bain en vichy. C'est impossible.

Soudain, dans ma tête, j'ai juré-craché dans une

boîte. Je promets de savoir nager si son ventre est rond. Tant pis pour les deux perles roses dans l'échancrure de son décolleté. Maintenant, je suis capable de les voir rien qu'en fermant les yeux.

— Il faut la laisser se reposer. Elle est fatiguée. C'est normal.

Pourquoi fatiguée? À cause d'un simple petit tour de rien en auto! Non. C'est qu'il y a autre chose… Il faut la laisser se reposer… Je pense aux femmes de la famille quand elles sont à la clinique. Je les revois, toutes blanches, assises dans leur lit, pas coiffées, fatiguées… C'est rien. Ça fait toujours ça, le masque. Sur le coup tu vois des petits oiseaux, mais après tu dérouilles un peu… Christiane, la femme de Roland, avait accouché au masque. Ça m'avait fait penser au Masque de fer. On avait donc enlevé un des jumeaux de mon frère. Sûrement pour l'empêcher d'avoir les réductions de GP2 sur Air France. Tiens, c'est vrai, je viens seulement de remarquer qu'il n'y a pas de jumeaux dans la famille. Pas un seul. «Aberration statistique», aurait encore dit la prof de sciences nat.

Il y a une autre aberration dans la famille Aucune naissance par la poste ne s'est passée normalement. Une naissance par la poste, c'est une naissance qui arrive par le courrier du matin. D'habitude, la m'am nous lit la lettre le soir autour de la table. Elle annonce… Josette a eu un siège, Évelyne une césarienne, Jeanine un cordon, Monique des forceps… On sait bien que ça n'a rien à voir avec la liste des cadeaux pour la naissance. Ce sont des «pépins». Chez nous, les bébés qui naissent par la poste sont des fruits avec des pépins. Par contre, ceux qui naissent comme ça, dans une discussion ou une visite à l'heure du café, ceux-là passent «comme une lettre à la poste». Paradoxe! aurait dit Louis XVI, qui ne connaît pas ma famille.

Moi aussi, je crois que je suis né par la poste. Une histoire d'épisiotomie. J'ai cherché dans le dictionnaire, mais je n'ai réussi à trouver qu'épizootie. C'est peut-être pour ça que la m'am trouve que je suis un drôle d'oiseau.

Mais la lettre et ses pépins, on l'oublie. Dès qu'on entre dans la chambre à la clinique. La première visite, ça ressemble toujours à une sieste d'été en colo: la pénombre propre, le lit en fer, la couverture de l'armée, les draps trop blancs au milieu du silence, les cliquetis et les voix étouffées dans le couloir. On s'approche comme si on allait voler dans le tronc d'une église... T'as jamais fait ça, hein!... Mais non, m'am. Mais parfois, ce qu'on a pas fait dit mieux comment c'était, ce qu'on a fait... Mouais. Ça doit être ça, ton pépin de naissance, t'as la langue qui s'est entortillée.

Quand on s'approche de la chose dans ses langes, le plus étrange, c'est de voir ce qui reste d'un gros ventre. Ça tient tout entier à la saignée d'un bras. On a l'impression d'être volé... Y a pas le bon poids!... Mais juste après, on se tait. Tout disparaît dans le repli minuscule d'une petite main avec de vrais ongles. Oui, de vrais ongles. Si un jour Louis XVI veut une rédac sur un «heureux événement», qu'il compte pas sur moi. Je lui enverrai une photo.

Par contre, il y a quelque chose que je ne lui montrerai pas. Un secret. C'est quand le bébé, sans prévenir son monde, se met à téter... Les gosses!... Il faut se retourner. On le sait. Il suffit de le faire avec une fraction de seconde de retard. Juste pour saisir un arrondi. Parce que, après, on n'entend plus que le petit bruit de succion du goinfre qui s'étouffe. On ne sait pas où mettre ses yeux sur le mur. Alors on regarde, un peu étonné, le crucifix, là-haut. C'est pas croyable!... Il mate!... Il mate sans vergogne... T'exagères, quand même, de dire ça comme ça!... C'est de la jalousie, m'am. Moi, je suis obligé d'imaginer. Lui, il voit. Heureusement, demain, ce sera encore plus beau dans l'album de photos en noir et blanc.

Ça me fait penser à la photo de Maryline et à cette nuit dans la cabane sur pilotis. À tout ce que j'ai vu, entendu et senti derrière le voile parfumé de la fenêtre. Pourtant, ce n'est pas le visage de Maryline dans sa chambre que je revois, mais sa photographie. Celle de la baraque aux oiseaux. Son visage pris dans le faisceau de la lampe électrique. C'est têtu la mémoire. La mienne n'en fait qu'à sa tête. Celle de Lamia aussi. J'étais allé le rejoindre à la baraque, pour lui demander de ne pas oublier de me rendre la bague de rubis-diamants-émeraudes et saphirs que Maryline lui avait donnée pour moi. Même nu comme la vérité, je n'avais pas réussi à dormir ce matin-là. Les petites sœurs faisaient trop de silence, à force de chuchoter... Ne réveillez pas votre frère... C'est pire quelqu'un qui fait attention pour ne pas faire de bruit. Dommage, j'avais toujours rêvé de me coucher quand les autres se lèvent. Comme Gérard quand il travaillait de nuit. Toute la maison semblait le protéger.

Ça va très très mal pour elle... Lamia parlait de Maryline. Depuis la cabane sur pilotis, il semblait dormir debout quand il s'occupait des oiseaux. J'étais sûr qu'il ne couchait plus dans la baraque. J'étais venu voir. Toute la journée, il restait silencieux. Et tout à coup il passait à côté de moi... Grand danger. Grand, grand danger... Et il reprenait son travail. J'avais l'impression qu'il jouait à m'inquiéter. Je connaissais, je le faisais à mes petites sœurs. Mais c'est vrai que les deux Chinois à la Facel Vega tournaient toujours dans le coin... Des barbouzes, ces types!... Monsieur

Fernando disait ça avec une moue de rascasse. Barbouze, je l'entendais, ce mot. Ça faisait méchant à fausse barbe. Un postiche qu'on collait sur chaque truc bizarre qui arrivait... Encore un coup des barbouzes!... Normalement, on aurait pas dû les voir. Mais les deux Chinois, eux, ils étaient voyants.

Ça finira mal! Très mal!... Même pendant le moment sacré de la sieste, Lamia s'agitait autour de son ombre... Vous verrez! Vous verrez!... Il s'adressait à un couple de canaris qui avait des problèmes de poux bien plus urgent à régler... Chaque lamentation de Lamia gonflait la grosse vessie en caoutchouc noir coincée dans ma poitrine. Il allait la faire éclater. Depuis cette nuit à la cabane sur pilotis, j'ai peur. Exactement depuis le moment où Maryline a arraché sa perruque blonde. Si au moins je croyais au pressentiment. Mais je n'y crois pas, je n'en ai pas. Et pire, je ne vois rien venir. Pour madame Marquès je n'ai rien vu du tout.

Chaque jour, à l'heure de la sieste, je lui apporte des graines fraîches... Non, pas de paquet d'avance. Ils aiment moins... «Ils», c'est une volée de serins bien gras dans une cage en cèdre de Malaisie qui ressemble à un palais de maharadjah. Rien que pour respirer le parfum du bois, je serais venu. Mais il y a aussi madame Marquès, une petite grand-mère qui ressemble à une miniature avec un accent d'ici plus grand qu'elle. L'accent, c'est quand elle parle. Mais elle ne parle presque jamais. Des fenêtres de sa maison, on voit la mer comme d'un aquarium. Quand j'arrive, elle a tout préparé. Les sous et bien plus, mon Orangina avec une paille et une part de flan à l'orange toute chaude dans une assiette avec une petite cuillère, et une serviette bleue pliée en pointe. Chaque jour. Et chaque jour, j'aime que ce soit pareil. Qu'elle s'assoie à table en face de moi. Et qu'elle tourne les pages de son album de photos pendant que je mange. Je connais tout Fort de l'Eau à l'envers. Parfois, quand je me promène en vrai dans les rues, il faut que je fasse le poirier pour m'y retrouver... Il est dérangé ce gosse!...

J'aime aussi qu'elle me demande si je veux qu'elle change de fruits dans le flan. Non. Je veux toujours les lanières de peaux d'orange confites. Après, je repars. Madame Marquès ne me dit jamais «À demain». C'est inutile. Elle sait que j'y serai.

Pas elle. Un lendemain, la maison est comme d'habitude, la cage, les sous et même plus, la mer en aquarium, la serviette en pointe. Mais dans l'assiette il y a un mot... *Ton flan est dans le four...* Il y était. Et sur la cuisinière, un autre mot... *Je suis partie en France. Ne relâche pas les oiseaux tout de suite. Ils me dénonceraient. Attends demain...* Même quand elle écrit, j'entends son accent. J'ai fait comme elle m'avait demandé. Le lendemain, je suis revenu. La maison se ressemble encore plus. Chaque objet tient bien son rôle. On aurait dit qu'ils avaient répété toute la nuit. Surtout la boîte à gros sel émaillée bleue, le napperon au crochet sous la coupe à fruits et le trousseau de clefs. Madame Marquès l'a accroché dans l'entrée, juste à hauteur de ses yeux, comme un pense-bête. Il semble lui dire... Attention, tu vas encore m'oublier!...

La maison des sept nains... C'est la seule image qui m'est venue. Pas très brillant... Association pauvre! aurait écrit Louis XVI en rouge... Jeunes cancres, enrichissez! Enrichissez! Les images c'est comme les associations de malfaiteurs, elles sont là pour s'enrichir!... Ça doit être à cause de la petite voix du trousseau de clefs. Un Grincheux avec l'accent d'ici. N'empêche qu'il a raison, le prof. Il faut que j'enrichisse en lisant des livres mieux «nourris».

J'ai essayé avec Marcel Proust… Mais Proust, ça me fait trop penser au Spitfire.

— Oh! Prrroûoûoûssst! mais c'est difficile à lire, ça, ma petite fille!

La crâneuse-pimbêche de mon âge ou presque frétille devant la caisse de la librairie-papeterie de la place de l'Église à Choisy-le-Roi. Moi j'attends derrière avec ma maquette Heller de Spitfire. À voir l'image, ce ne sera pas commode à monter.

— Oui, c'est vrai, madame, c'est difficile, mais notre professeur nous a dit qu'il fallait qu'on lise des choses qui nous enrichissent la tête. Proust, ça enrichit.

Enrichissent la tête! Je regarde la crâneuse-bêcheuse. Ça lui fera pousser les tresses, c'est tout. Moi aussi, Proust, je connais. C'est une marque de billard. Il y en a un au café où je vais avec le p'pa à Orly.

— Mais tu n'es pas un peu jeune pour lire ces choses-là?

— Notre professeur nous a dit que nous, dans notre classe, on pouvait.

— Tu es où?

— À Saint-Benoît!

— Âââah! Saint-Benoît…

Quoi! Cette crâneuse-bas-bleu, de mon âge et de Saint-Benoît, pourrait lire Proust, et pas moi, du CEG Joliot-Curie. J'ai immédiatement reposé mon Spitfire et j'ai pris un Proust. Le moins gros. Le moins cher… *Le Temps retrouvé*… Je l'ai posé sur la caisse. J'attends le cri de coyote de la dame de la librairie.

— Un franc soixante-dix!

Quoi! 1,7 fois plus cher qu'un Spitfire au Tout-à-un-franc du marché. Il y a intérêt à y en avoir à l'intérieur, pour ce prix-là, sinon je me remets aux maquettes.

Je regarde une dernière fois la maison toute bien rangée de madame Marquès. Dommage que mes sœurs n'aient pas eu de maison de poupée. Je suis allé à la fenêtre de la cuisine et j'ai relâché les serins. Ils ont voleté un instant au-dessus du jardin, et sont revenus piailler au carreau. Madame Marquès avait raison. Ils l'auraient dénoncée.

Souvent, depuis, j'ai imaginé à quoi elle pensait quand elle est partie. Ça devait ressembler à une liste de commissions... Sortir de sa maison avec son couffin. Faire un signe aux voisins. Surtout pas plus que d'habitude. Attendre le car de Maison-Carrée. Tête nue sous le soleil. Acheter des pêches au marché. Prendre un taxi comme une vieille dame trop chargée. Dire... À l'aéroport, monsieur, s'il vous plaît... Maintenant, quand je vois quelqu'un qui fait «surtout pas plus que d'habitude», je me dis qu'il part peut-être.

Ici, on dit «partir la maison pleine», mais je n'ai jamais vu une maison aussi vide que celle-là.

Depuis que j'ai relâché les serins de madame Marquès, je n'ai plus de graines à apporter. Alors j'ai du temps à l'heure de la sieste. La sieste, c'est fait pour regarder ceux qui la font. Regarder, mais surtout écouter... On entend! On entend!... C'est le cri de Rawi-Tchatchi. Ça veut dire qu'il a encore trouvé un endroit où on entend ce qui se passe derrière les volets. Cette fois, c'est du côté de la ferme de Marthe, la dame qui joue dans *La Famille Hernandez*. Le p'pa la trrouve très jolie, la m'am trouve qu'il en parle «un peu souvent»... On entend! On entend!... C'est vrai que là, on entend bien la dame et le monsieur. On doit pas être les seuls. On a même envie de dire chut! À chaque fois, j'interdis à mon imagination d'aller galoper du côté de chez moi. Pourtant... j'ai dit non! C'est un des rares endroits où elle n'a pas le droit d'aller se promener toute seule.

Il y a déjà tellement d'endroits où il suffit de se poster et d'attendre. Comme dans la grange, quand la sieste est sur le point de se terminer. C'est comme ça qu'un jour, je suis tombé sur le plus beau des tangos. Je rangeais mon souk dans ma boîte à rations, là-haut. J'ai entendu qu'on montait. J'avais rien à faire là. Je me suis caché. C'était monsieur et madame Clément. Ils venaient sûrement compter leur magot. C'est ce qu'on disait au bar... Ils ont dû en mettre de côté depuis six générations... C'était bien ça. Ils ont fouillé dans une vieille valise défoncée. C'était malin comme planque. Mais qu'est-ce que je ferai quand je connaîtrai la cachette? Ils ont tout sorti. Que des nippes! Monsieur Clément s'est emmailloté la taille dans une longue ceinture de soie rouge. La patronne s'est juste piqué une fleur en crépon dans les cheveux.

Monsieur Clément asperge le plancher poussiéreux comme avec un goupillon. Me voilà béni au passage. Puis, ils se mettent face à face, tout à coup très droits comme des gymnastes au pied des anneaux. Il lisse ses cheveux en arrière. Elle ajuste sa robe aux épaules. Un petit salut de la tête. Et soudain ils s'enlacent et s'élancent. Monsieur et madame Clément dansent.

Dans la lumière qui filtre seulement par endroits, ils glissent sur la rosée du plancher. Ils tournent, s'arrêtent, reprennent, en silence. Pas une goutte de sueur. Moi, je crève. Elle qui ne le lâche pas des yeux. Lui qui laisse son regard bien au loin. Il l'ignore, mais la tient, serrée ou à distance. Je pense au p'pa et à la m'am quand ils valsent avec juste une demi-tête de différence. C'est plus amoureux, la valse. Dans le tango, on sent bien que quelqu'un va perdre.

Pas de musique! Je viens juste de m'apercevoir

qu'il n'y a pas de musique. Pourtant, je suis certain d'avoir reconnu... *Mambo fantastique... Les Trois Caballeros... Tumba rumba... Le Tango d'Isabelle...* et le paso doble final... *Alegre y bonita...* J'ai les livrets avec la musique et les paroles dans ma caisse de rations... C'est affreux. Je n'y comprends rien à tous ces petits ballons qu'on met à sécher sur les portées... Tu n'as qu'à pas chahuter au cours de solfège... Mais, m'am, je veux seulement apprendre à danser. Non! Je veux savoir danser. Tout de suite. Pas être obligé d'apprendre. De compter ses pas, la tête dans les seins, la sueur et le parfum fané de quelqu'un... 1, 2, 3! 1, 2, 3! Pas être obligé de serrer une taille. C'est vivant, la taille d'une dame. C'est incroyable tout ce qu'on sent sous sa main... Colle-toi, mon mignon! Colle-toi!... C'est ça, avec le short prêt à me dénoncer. Je préférerais apprendre avec mes grandes sœurs, plutôt qu'au bar Exotique...

— Quoi! Tu es allé au bar Exotique?

Mais non, m'am. Je voulais dire «surtout avec Monique». Tu sais qu'elle veut m'apprendre? Tiens regarde, m'am, ils s'arrêtent... C'est ça! Détourne la conversation... Tout à coup, j'entends la musique s'éteindre dans ma tête. Monsieur et madame Clément se saluent et soufflent. Lui se dévide comme une toupie de sa ceinture. Elle jette sa fleur en crépon dans la valise défoncée. Monsieur Clément se glisse une chique derrière la joue et la patronne s'accroche à la rampe pour descendre l'escalier. Cette valise doit être magique. Il faudra que j'essaie la ceinture de soie rouge de monsieur Clément. Elle fait danser comme un torero.

— Qu'est-ce qu'il a encore, à être dans le passage, ton coulo de chien!

— Touches-y seulement à Pacha et je te mets au bateau, moi!

C'est reparti. Ils n'ont même pas tenu jusqu'au bas de l'escalier.

Flac-hac !

Mon oreille part très au loin. Je viens d'entendre un appel… Flac-hac !… Ce bruit-là annonce que la sieste sur la place est terminée. Flac-hac est un des plus beaux bruits d'ici. Le bruit des boules.

10

Les boules

Flac-hac !

Je descends de la grange comme si j'avais entendu claquer la portière de la voiture du p'pa. Je dois faire fissa, la partie va commencer sur le terrain de pétanque. Une partie, ce n'est pas seulement la partie. C'est un peu comme les pièces de théâtre Vaubourdolles au collège : cinq actes ! Sauf qu'aux boules on nous pose pas de questions à la fin. Quand j'arrive sur la place, les acteurs sont déjà là. Les joueurs d'abord. Ceux qui font semblant d'être passés par hasard ou ceux qui se sont donné rendez-vous. Chacun avec sa façon de porter les boules, la chemisette et le pantalon bien à l'aise. Généralement les pieds nus dans les sandalettes et souvent un chapeau léger malgré l'ombrage. Le meilleur ombrage de Fort de l'Eau.

Les spectateurs portent presque le même uniforme que les joueurs. Ça va de ceux qui ne jouent plus, mais qui racontent, à ceux qui n'ont jamais joué mais qui racontent quand même. Autour, il y a toute une smala de petits rôles. Celui qui a toujours une coulisse pour mesurer les points litigieux, celui qui connaît le règlement par cœur, celui à qui on confie les mises, et Clic-Clac, qui apporte toujours avec lui sa Fanny. 13-0: la honte du boulomane, du bouliste ou du simple rouleur de ferraille.

Je suis arrivé en même temps que les premières consommations. Monsieur Clément se charge du va-et-vient avec le comptoir du Marsouin. Il fait tinter les verres, et en profite pour regarder les parties en douce. La patronne l'a interdit de pétanque, toujours à cause de son «démon du jeu». Elle le surveille du bar et hurle quand il traîne un peu trop... Ho! Tu les regardes fondre, les glaçons!...

Ce jour-là, quand j'arrive, on commence à peine le premier acte: la parade. Ça ressemble à l'échauffement au foot avant le match. Quand on regarde en coin le maillot de l'adversaire, les chaussures, le gabarit des arrières... T'as vu leur demi-centre. Ça va être chaud sur les corners!... On jauge le gardien... Une crêpe, à ras de terre!... On repère ceux qu'ont du shoot, les teigneux ou les rapides... Tu le lâches pas celui-là ou tu le revois que sous la douche... C'est le moment où il faut impressionner avec un bon tir sur la barre... Tu leur casses le moral d'entrée... Aux boules, on peut prendre l'air dédaigneux, avec une petite pointe d'ennui... Y a personne sur la place aujourd'hui... Je sors pas les mignonnes de la boîte... J'crois que je vais retourner à la sieste... Ou, au contraire, on déballe l'artillerie comme on fait ronfler le moteur au feu rouge à la McLaren. On jauge si c'est de l'outil de compétition ou du blibli de plage. Faut surtout pas que ça brille trop!... T'as sorti l'argenterie de mémé... Hé! Contre toi, faut jouer avec les lunettes de soleil... On repère aussi si un caïd ne s'est pas glissé sur la place, pour pigeonner un vacancier... Chouf! C'est le Michel de la pompe à essence, celui qu'a gagné le «Gauloises bleues» du Castiglione. Il vient faire les poches...

La parade sert aussi à se dérouler le bras et à assouplir le poignet. À faire rouler. À réviser les figures. L'artiste fait ses gammes. On balance en haut des arbres des plombées qui restent collées sur place au point de chute. On s'entraîne à la sautée, au ciseau. Je note tous les gestes dans ma tête. Un jour, moi aussi, je saurai faire les raflettes accroupis, les carreaux en place... Toi, à l'entraînement, t'es champion du monde. Mais en partie t'en touches plus une !... Faudra surtout que je travaille le coup de poignet pour les effets... Y a que le plouc qui va tout droit au petit...

La parade permet aussi d'attendre les retardataires Le facteur, par exemple... C'est bon. J'ai tout mis à l'égout... Ou le coiffeur... Les cailles sont sous le casque. D'ici, je verrais bien si ça fume... On rigole pour passer au deuxième acte. Mais après, fini de rigoler. C'est le moment le plus important: celui où on monte la partie.

«Monter la partie», c'est un peu comme pied dessus-pied dessous au foot. On forme les équipes. Doublettes ou triplettes. Sauf que les parties sont intéressées. Et pas seulement avec l'anisette. On dit que le Michel de l'Henriette de la poste a perdu son Aronde en treize points secs... Ça finira par arriver à monsieur Clément. Un jour qu'on ira respirer les chevaux de trop près au Caroubier. Il y laissera sa Juvaquatre sur Gueule d'amour dans la troisième. Pas étonnant que la patronne ne le lâche pas des yeux.

— Maria, je peux quand même poser un petit billet.

— Whalou! Toi, je te connais. Ça commence par un petit billet, et après, tu serais capable de nous perdre, moi et le bar.

— Pas le bar!

Dommage pour Gueule d'amour. Monsieur Clément et moi on serait rentrés à dos d'âne par le bord de mer.

J'en avais toujours rêvé, pour pouvoir m'acheter des babouches jaunes comme Malik, le marchand de fruits qui a un bourricot à cinq pattes.

Interdit ou pas, les boules, ça le démange, monsieur Clément. Alors, quand la partie est serrée, il invente des commandes à rallonge. On croirait qu'un autocar entier de touristes de Constantine s'est arrêté sur la place... J'ai rien demandé, moi!... Bois toujours, c'est à l'œil!... Sélecto, j'aime pas... Quand c'est gratuit, on aime! Qu'est-ce qu'on vous apprend, chez vous?...

Pendant ce temps, on a commencé à monter la partie. Monter une bonne partie, une partie de cadors, c'est pire que marchander avec la patronne. Il faut fixer les mises, équilibrer les équipes... Aouha! Dédé, Michel le chameau et toi dans le même pyjama! Ma parole, tu nous prends pour une tirelire!... Quoi? Toi, t'as la Gamelle au tir. Il casse tellement qu'on va être obligés d'assurer nos boules chez Decaillet!... D'accord, alors tu nous rends cinq points... Cinq! T'es louf! Tu veux pas treize? Comme ça on va à l'anisette direct... Ça peut durer et durer avec des envolées de perruches, des coups de gueule, des faux départs, des fâchades pour la vie de douze secondes, ou des menaces... À moi, tu veux me mettre la Fanny?... Sur ma vie, tu vas lui embrasser la figure!... C'est la tienne de figure que je vais embrasser! Tu vas pleurer ta mère!

C'est tellement difficile de monter la partie que, parfois, il faut en venir aux mains. Je veux dire, aux doigts. À la mora. C'est un jeu avec les doigts incompréhensible. Un peu comme pierre-feuille-ciseau, mais avec une façon de compter qui n'a rien à voir avec l'arithmétique. Ça va trop vite pour moi... Pigeon!... Tchiquouenta!... Marqua!... Setti!... Tricétramblo!... Marqua!... Ça y est. Les équipes sont formées. On échange des clins d'œil! Chacun est sûr d'avoir niqué

l'autre… Tu peux pas trouver un mot plus joli…
D'accord, m'am. Chacun est sûr d'avoir abusé l'autre.
Maintenant, on peut passer au troisième acte. Le jeu!

Moi je surveille les volets de la chambre de mademoiselle Valnay. Elle n'est toujours pas descendue,
même après la sieste. Pas normal. À cette heure, d'habitude, elle aime aller promener son ventre du côté du
fort, un fichu léger sur la tête. Quand elle est là-haut sur
la falaise, face au vent, on a l'impression d'un voilier
qui guette l'arrivée de son marin.

Flac-hac!

Heureusement, le jeu empêche la vessie noire de se
gonfler dans ma poitrine. Il y a toujours plusieurs
parties en même temps. Mais on sait tout de suite celle
qui se retrouvera sur le terrain d'honneur. L'endroit
sans racines ni grattons de la place. Les autres joueront
devant les banquettes. Pour regarder, je me place
toujours sur le côté, à deux mètres en arrière du
bouchon pour bien suivre les trajectoires et essayer de
prévoir la donnée… La donnée, c'est le secret! Là où ta
boule tombe, y a le p'tit ou les oiseaux… Le p'pa a
raison. Mais il faut que je vérifie la traduction. Le p'pa
vient de me dire… Selon que tu fais retomber ta boule
ici ou là, elle ira jusqu'au cochonnet ou très loin de
celui-ci.

Spectateur aussi, c'est un métier. Jamais dans l'axe
du tireur, pas bouger, pas commenter, pas s'exclamer,
pas arrêter les boules sur les tirs, pas prendre parti.
Pourtant, parfois, ce n'est pas facile… 9-8 pour vous!…
Tu veux dire 9-7!… Je veux dire 9-8. On était à 9-5. Un
par terre, deux à la mène d'avant: 9-8!… Où ça, deux à
la mène d'avant?… Merlu le Michel triche. J'ai
compté. Ça fait 9-7. Mais tricher, c'est vendu avec les
boules. Sauf que parfois, ça peut chauffer fort. Comme

cette fois-là entre Merlu le Michel et Louisou du Moulin... Avec tous ces surnoms, parfois j'ai l'impression de lire la liste des partants au Caroubier... Quoi! Farcies, mes boules!... Parfaitement elles sont farcies! C'est même plus des boules, c'est des aubergines à l'Oranaise!... Alors à moi, tu me traites de tricheur!... Oui, je te traite... Ça été tout un chambard. La place entière s'y est mise... C'est vrai, Merlu, t'as jamais aligné trois points de rang, et là tu tètes du bouchon tout l'après-midi, qu'on dirait que c'est le sein de ta mère... Toi, ma mère, que seulement avec ta bouche de kilo, t'en causes pas...

Chambrer, charrier, tchatcher, ça fait partie du jeu. Mais, purée, si on s'en prend aux mères, ça peut durer jusqu'au soir. Et ça a duré jusqu'au soir... D'accord! On désosse, mais tu payes deux fois, si elles sont claires!... Pourquoi deux fois?... Une fois pour les boules et une fois pour l'offense!... Tape! Si elles sont claires, je paye. Tiens!... Et Louisou du Moulin claque sur le comptoir une liasse épaisse comme une entrecôte... Je vais chercher la scie... Tout le monde a rappliqué dans la salle du Marsouin pour voir la suite.

— Hé! par ici les commandes. On est pas au Casino à se rincer à l'œil!

En entendant la patronne, je pense aux anges... Pour une fois, t'es gentil avec elle... Mais non, m'am, je veux parler des statues de femmes drapées qui sont autour de la scène du Casino de Fort de l'Eau. Et je me demande si madame Clément ne veut pas plutôt dire se «rincer l'œil». Il faut dire qu'il y a de quoi rincer, avec ces statues. Elles ressemblent à des mannequins qui défilent avec des Bottin sur la tête, pour s'entraîner... On dit des cariatides, jeune cancre!... D'ailleurs, je ne me souviens même plus comment j'ai pu voir ça. Il est fermé, le Casino, et il y a des militaires dedans.

Par contre, je me souviens bien de la boule de Merlu prise dans l'étau. La lame de la scie à métaux avait déjà dessiné l'équateur et attaquait la croûte terrestre. Paraît que ça ressemble à ça, une autopsie quand on découpe le crâne. L'étau en moins.

C'est malin, de parler de ça. Maintenant, je pense à mademoiselle Valnay. À son planisphère Rouge Baiser et au bébé qui nage dedans... Le ventre, c'est une planète avec la mer à l'intérieur... Je comprends ce que mademoiselle Valnay me dit. C'est joli. Mais ça me fait peur. Est-ce qu'à cause de cette Thalidomide un bébé peut se noyer? Comment nager sans bras ni jambes. Arrête de penser à ça! Et après? Est-ce qu'on fait comme avec les petits chats? Je voudrais que les volets de sa chambre s'ouvrent. Là. Tout de suite. Qu'elle apparaisse, mal réveillée, mal coiffée, qu'elle bâille avec une grande bouche, dans un truc mal fagoté en pilou pistache. Mais qu'elle apparaisse, en vrai, au milieu d'une jolie fenêtre.

Je regarde la lame de scie têtue qui ne fatigue pas. Je me demande avec quoi on farcit une boule... Du mercure... On chuchote... Cloc!... Louisou du Moulin a fini de couper le monde en deux. Dans la salle il y a un hoquet.

Rien!

Les boules du Merlu sont claires. Pas de mercure au cœur. Juste un peu de limaille par terre. Merlu montrait son trophée. On dirait deux demi-avocats prêts à être farcis aux crevettes.

Louisou a payé le prix des boules et de l'offense. Mais il est soulagé... Sur ma vie ça m'aurait pourri le cœur si y avait eu un voleur sur la place... C'est la rince générale au Marsouin. On finit la partie en nocturne, aux phares, à la bière fraîche, au mascara et à la torche électrique dans la cour. Rien ne doit arrêter une partie.

— L'obstacle, ça fait partie du jeu.

C'est ce que le p'pa prétend, ce jour-là, après le coup fumant qu'il vient de réussir sur la dernière mène.

— Non, mais tu te fous de notre...

— L'énervement est signe de faiblesse.

Le p'pa énerve encore plus, quand il joue au mandarin noir. Ça, c'est quand il a laissé pousser l'ongle de son petit doigt gauche. J'essaie, pour acquérir de la sagesse mandarine. Mais c'est le contraire. Ça m'agace, cet ongle.

— Roger, si tout le monde faisait comme toi...

Mais est-ce que tout le monde peut réussir un coup fumant pareil? Un jeté en semi-plombé dans l'arbre, avec ricochet sur le tronc, rebond en fin de racine, bec, devers, prise de bouchon, roulé et triple biberon en triangle au final.

— Et trois qui font treize! Faites chauffer l'apéro.

Mais il y a contestation. Grosse contestation. Car au bout des trois points, c'est la Fanny pour l'autre triplette. Et en plus, la Fanny de Clic-Clac! La pire.

Sa Fanny, c'est une façon d'icône enfermée dans une sorte de retable en bois (j'ai cherché le mot) ou de reliquaire (la m'am m'a soufflé). Mais la Fanny n'a rien de religieux puisque ça représente une dame avec les fesses nues. C'est cette partie qu'il faut embrasser quand on a pris 13-0. Et au moment où on l'embrasse, on dit qu'il faut... Ça va, tout le monde a compris!... D'accord, m'am. C'était juste pour être plus imagé. Et justement, la Fanny de Clic-Clac, elle est imagée. C'est même une image. Encore mieux: une photo.

Chez Clic-Clac, c'est une manie. Il photographie en douce les femmes des autres en train de se faire bronzer... «dans le plus simple appareil», comme on dit. Dans cette expression, je ne vois pas bien de quel avion il s'agit. Sûrement un biplan.

Cette photo à embrasser, Clic-Clac la choisit en fonction de l'équipe qui est Fanny. Il a toute la ville dans le classeur qu'il range dans le coffre de sa 2 CV. Un vrai archiviste… Je suis la mémoire à poil de Fort de l'Eau!… Ici, chacun a la trouille d'être Fanny. Pas pour les 13-0. Pas pour le derrière à embrasser. Mais pour le risque d'être obligé d'embrasser un derrière qu'il connaît. Qu'il connaît même très bien. Je dirais même un derrière familier… Je t'ai déjà dit qu'on avait compris… Mais la pire des craintes, m'am, c'est que les deux autres de l'équipe reconnaissent aussi le derrière en question. La honte! Même si la règle sur la place est de ne rien dire de ce qu'on a vu de Fanny. Souvent, quand on a été à Fanny, on partage un secret à vie avec deux autres. Parfois, dans les conversations de kémia, il traîne une petite allusion… Purée! Si je pouvais dire ce que j'ai vu à Fanny avec le Michel du Moulin!… Mais personne, jamais, ne trahit.

Cette fois-là, pour le coup fumant du p'pa avec l'arbre, l'autre équipe n'a rien dit. Elle a hurlé! Sous le déluge, le p'pa reste calme comme un tronc de palmier. Comment fait-il pour ne pas répondre? Ne pas leur balancer les boules, les fracasser, leur passer son fameux crochet du gauche au foie… Le silence c'est ce qui reste quand on a trop parlé… Moi, je veux bien, p'pa, mais un bon uppercut, un coup dans les parties ou une fourchette dans les yeux, ça reste aussi.

Je revois ce type qui tient le mur avec d'autres copains vers l'église. Il a sifflé une fille qui passait. Un bolide! Comme ça. Juste pour faire le malin. Seulement elle était au bras d'un gars. Qui n'a rien dit. Il a continué son chemin. Les autres rigolaient. Une demi-heure après il est revenu tout seul… C'est toi qui as sifflé ma fiancée?… Et bing et bang! Ils se sont mis tous les coups possibles du catalogue. Fallait voir voler les pages. Après, ils sont allés boire un coup. Maintenant, ils sont des copains encore plus difficiles à séparer que quand ils se battaient. Peut-être même que le siffleur sera témoin au mariage... Si tu commences à épouser toutes les filles pour lesquelles tu te bagarres, vaut mieux te faire musulman pour le harem... Peut-être que monsieur Fernando dit ça parce qu'il n'a pas de femme.

Je me demande si le p'pa s'est déjà battu pour la m'am... Quand ils vont se promener en amoureux le soir au bord de la mer. Quand ils ont réussi à décramponner Martine. La pire. Quand ils marchent avec juste une demi-tête de différence, que le p'pa fume et que la m'am lui tient le bras... C'est toi qui as sifflé ma femme?... Et bing et bang!... C'est ça, pour que ton père prenne un mauvais coup!... La m'am a raison. On ne gagne pas toujours. Il y en a qui sifflent et qui sont plus forts... Y a des moments, faut choisir. Ou tu perds la face ou tu te la fais cabosser...

Pour la face, il y a un très bon remède: Sintès-le-Sintès-des-Sintès. C'est un produit miracle. Quand il y a un grave litige aux boules, on l'appelle. C'est le juge des juges. Il se lève de sa partie de dominos sous le ventilateur du café. Traverse la place en silence et dit... Il est bon... Puis il retourne à sa partie. Et on lui sert un Courvoisier avec une soucoupe en porcelaine sous le verre.

Personne n'a pipé. Les trois de l'équipe sont allés à Fanny. À voir leurs têtes, il y a du secret dans le reliquaire. Le p'pa, lui, a gravé en cérémonie quelque chose dans l'écorce de l'arbre. À la donnée. Juste à l'endroit où il a fait son ricochet de Fanny. Peut-être qu'un jour à Orly, je demanderai à un tataneur d'aller voir et de revenir me dire ce que le p'pa a écrit...

272

Quand tu as le dos à la mer, à l'endroit de l'escalier qui descend à la plage de la Sirène, tu comptes trois en partant de la gauche. Tu verras, c'est un arbre en forme de « Y » avec un trou à la base des branches. À peu près un mètre vingt de hauteur. Tu trouveras... J'utiliserai les deux moitiés du billet de Léon. J'espère qu'à cette époque, ce sera encore un gros billet.

Au quelqu'un, je lui demanderai aussi de me dire si les volets du Marsouin, à l'étage, sont toujours fermés. Ceux de mademoiselle Valnay. Je les fixe. Qu'est-ce qui peut bien se passer derrière ? Dans cette obscurité. Et si elle avait pris des calmants ? Définitivement. Ça arrive. On avait retrouvé un couple qui venait de fêter ses noces d'or. C'était dans une maison, vers Retour de la chasse sur la route de Maison-Carrée. Ils étaient allongés sur leur lit. Tout apaisés. Lui dans son costume de marié...

— Quand même, il avait pas pu fermer le bouton de sa veste. Il avait mis une épingle à nourrice.

On aurait dit que ça le rassurait, le type à tête de croque-mort joufflu qui racontait ça.

— Toi, avec la pastèque que t'as dans le ventre, t'as intérêt à te marier en djellaba avant de te suicider.

Il ne faut pas que je raconte des choses comme ça. Sinon elles arriveront à mademoiselle Valnay. Mais tais-toi donc ! Voilà que je tourne au superstitieux, maintenant. Comme monsieur Fernando. Éviter les échelles, les chats noirs, les chapeaux sur le lit, et les oiseaux remis en liberté.

— C'est mauvais signe, gamin, les oiseaux se rassemblent au fort turc.

C'est vrai qu'en ce moment, il y a beaucoup plus de bengalis sur les remparts. Mais de là à croire à la malédiction du marin de la *Friquita*... Quand les oiseaux partiront, les hommes les suivront... Je regarde autour de moi sur la place... C'est plus le vrai Fort de l'Eau, gamin, ce que tu vois... D'accord, on a l'impression que la sieste dure un peu longtemps, aujourd'hui. Mais le journal l'a dit. Ce 4 août sera une journée historique. Peut-être que chacun se réserve pour cette nuit... Ce soir, je me coucherai tôt... Depuis quelque temps, monsieur Fernando ne vient plus regarder les parties de boules. Il ne peut pas. Il doit rester assis sur son siège d'osier au milieu des cages d'oiseaux qui s'accumulent.

— Regarde ça! Les gens s'en vont. Alors, ils me les rapportent. Ils ne veulent pas les relâcher eux-mêmes. Ils ont peur de la malédiction. Mais qu'est-ce que je vais en faire? En plus, il faut les nourrir.

On ne fait plus que ça, avec Lamia. Pourquoi faire tourner les roues et causer à l'oreille du hasard quand on voit... *Cause départ, donne oiseau dans sa cage...*

Lamia, lui, regarde les boules de loin, le dos collé à la baraque. Il taille je ne sais quoi avec son couteau bizarre. Depuis tout à l'heure il me fait signe de le rejoindre. Comment lui expliquer qu'on ne lâche pas une partie? Surtout à onze partout. Encore plus quand c'est mon frère Serge au tir. Il a une bonne main et l'œil bleu. Mais ce que je préfère, c'est son chiffon blanc qui pend de la poche arrière de son jean. Un vrai Levi's délavé. Il se baigne avec à la mer, pour le faire blanchir. Quand je m'entraîne tout seul avec ses boules, je mets le chiffon comme lui. Sauf que moi, ce sont plutôt mes tirs qui sont délavés.

Lamia devient de plus en plus gesticulant. Il va me faire manquer l'après-Fanny. Le quatrième acte: le «Ma-parole-si». Le moment où on refait la partie... Ma parole, si je fais pas une casquette sur la boule au Roig sur la première mène, vous êtes en slip!... Ce qu'il y a de bien avec la pétanque, c'est qu'on peut perdre les boules à la main et gagner à la tchatche.

Lamia y va de plus belle du moulinet. Mais je suis triste et fâché contre lui. Et encore, c'est des petits mots, juste pour pas gâcher du vocabulaire. Lamia ne m'a toujours pas rendu ce que Maryline lui a donné pour moi. C'est du vol. Le pire des vols. Le vol d'un présent. En plus, on doit retourner la voir à la baraque sur pilotis. C'est lui qui me l'a dit. Et si elle me demande si j'ai aimé son cadeau? Eh oui, jeunes cancres, «présent» est le synonyme de «cadeau». Pensez-y quand vous essayez de me refiler de l'imparfait!...

Plus tard, on était retournés à la cabane. Mais cette nuit-là, on n'avait même pas pu approcher. Il y avait une Jeep militaire en haut de la dune... Il est avec elle!... Mais qui? Lamia m'énervait avec tous ces mystères. Qui c'était ce «général»? Si c'était si important, ou si risqué, il n'y avait qu'à demander à Chau-drake d'intervenir... Je t'ai déjà dit de ne pas trop parler de ton père, ici... Depuis le début, je t'ai écouté, m'am. Mais là, pour aider Maryline, ce serait rien, pour Chau-drake... Fais ce que je te dis...

D'accord, m'am. Mais ce n'est pas une raison pour partir à la plage avec les petites sœurs sans moi, pendant que je regarde la fin de la partie de boules. Surtout avec notre bouée géante de camion du désert. C'est Mario qui nous l'a rapportée.

D'accord, des bouées, il y en avait d'autres à la Sirène, pour plonger, jouer aux pirates de la côte ou à Bombard... Tu ne parles pas trop de lui, non plus... Je sais, m'am. Il prépare une autre expédition. Et tu ne voudrais pas que ça donne une idée fumante au p'pa.

Mais je peux quand même parler de notre bouée transatlantique.

— Ce soir, votre père va vous rapporter une surprise. Mais chut! vous ne dites pas que je vous ai dit!

Bien sûr, la m'am avait encore vendu la mèche. Je ne vois toujours pas comment est fabriquée cette expression. Mais la m'am la vend bien. Nous, on a attendu, tout excités. Le soir, en rentrant d'Air France, le p'pa a sorti du coffre de sa traction un fouillis de sangles et un bouclier rond en contre-plaqué épais. C'était ça, la fameuse surprise! J'étais déçu. Pas Maryse et Martine, qui croyaient à une balançoire. Mais au fur et à mesure que le p'pa démêlait son fouillis, je commençais à comprendre. En deux enfilades et un serrage, il avait doté notre bouée géante d'un fond. Un vrai fond sur lequel on pouvait monter debout sans couler. «Doté» était le mot juste. Ça faisait penser à «mariée». Et justement, il ne manquait plus qu'une voile à l'engin, et mes sœurs et moi, on avait un vrai bateau pour nous tout seuls. Mais la m'am avait mis le holà pour la voile. Elle ne voulait pas qu'on imite le p'pa en naufragé involontaire dans la baie d'Alger, avec hélitreuillage et remorquage par les CRS jusqu'au débarcadère. Alors, on s'est contentés d'une pagaie ultra-légère à pales Plexiglas transparentes. Technique aéronautique Air France!

Les rois de la plage! Des copains à plus savoir d'où les faire plonger! Car notre yacht circulaire pneumatique était de conception révolutionnaire. Quand on le retournait, il se transformait en île. C'était comme ça que je l'appelais. En fait, ça pouvait être un ponton d'exploration sous-marine, un banc de corail flottant pour pêcheur de perles, ou une plate-forme de bronzage intégral. On aurait pu ouvrir un club privé. Clic-Clac aurait aimé. Il y aurait eu de quoi grossir son album photos. Mieux, d'un clic, on pouvait dessangler le fond, grâce à un système à base de ceintures de Breguet-Deux-Ponts et de sangles à parachutes. Deux secondes, et notre île redevenait une simple et jolie bouée géante parfaite pour s'éclabousser entre nous.

Un jour, je m'étais laissé dériver sur notre île au-delà du débarcadère. J'étais allongé sur le dos, avec rien d'autre au-dessus que le ciel bleu au rouleau. Celui de tous les jours. Mais tout à coup, je me suis dit que je ne reverrais plus jamais tout ça. Ce n'était pourtant pas grand-chose, «tout ça». Rien qu'un pan de ciel que je n'arrivais même pas à fixer. Mais j'en étais certain. Peut-être à cause de l'histoire des bengalis de monsieur Fernando. La malédiction du Mahonnais de la *Friquita*! D'habitude, ça me faisait rire. Mais là, j'ai eu envie de plonger à la mer. Et si je n'arrivais pas à rejoindre la bouée? Qu'est-ce qui se passerait? Personne n'oserait me faire du bouche-à-bouche sur la plage. Je mourrais ici. Mais est-ce que ça compte quand on se noie dans la mer? Peut-être que ce ne sera pas homologué.

— Tu me la prêtes?

C'était Fissa-Fissa qui m'avait rejoint. Il nageait aussi vite qu'il cirait les chaussures.

— Il peut traverser toute la mer, ton pneu?

Il pourrait, mais on se ferait couper en deux par l'*El Djezaïr*.

— Ils disent qu'on cirera plus après. Plus de pieds-noirs, plus de chaussures!

Ça l'avait fait rire. Il avait plongé en canard et était réapparu comme s'il avait pêché un autre visage au fond.

— On cirera plus, mais pas moi. Moi je suis dans le journal.

Fissa-Fissa était fier d'avoir eu sa photo en première

page de *La Dépêche*. Même si ce n'était pas certain que ce soit lui. Il avait l'air sûr que ça le protégerait. Je ne sais pas si on continue à être comme les autres, quand on a été dans le journal. Ça doit être bizarre de servir à emballer les épluchures de courgettes. Moi je découpe chaque jour des images pour raconter des histoires, plus tard. Il y aura sûrement Fissa-Fissa dedans.

La m'am et les petites sœurs vont à la plage chargées comme un marchand ambulant. Je les rejoindrai tout à l'heure pour faire un foot. Il va y avoir un sacré match. Ils tripotent, les gars du FCFE. J'aimerais bien y jouer. Rien que pour le maillot. Ça en jette, leur trèfle vert à quatre feuilles sur le maillot. Dommage que ce soit la trêve. Sinon je serais allé les voir au stade. Cinq francs l'entrée. Pas cher. J'aurais resquillé quand même. Question de principe. Sauf peut-être pour Fort de l'Eau-Rouïba. Le derby des derbys! Ouah-ouah!... Qu'est-ce que j'ai pu l'entendre raconter, ce match pour la montée. J'avais l'impression de l'avoir joué dix fois. J'étais même étonné de ne pas encore avoir touché la prime de match...

Il faut que j'en parle à monsieur Caturla, le président du club, c'est lui pour les sous et les anecdotes... Monsieur, ils ont 150, les gars de Rouïba. Nous, on a combien chacun?... Jouez, vous verrez... Dans la semaine, ils revenaient comme des mouches... Monsieur, ils ont 250. Nous, on a combien?... Jouez, je vous dis... Le jour du match, j'arrive dans les vestiaires. Vous avez 800 pour la victoire... Allez! Inch Allah in corpore sano!... Le jour du match, t'aurais vu comment ils galopaient. Les autres, ils nous avaient déjà préparé la laine du mouton. 3-0 qu'on leur a passé. Au bout d'un quart d'heure!...

À chaque fois que je l'écoute, l'histoire de la prime,

je vois le mouton attendre dans les tribunes, les bras croisés. Avec d'un côté sa laine pour le vaincu et de l'autre la viande pour le vainqueur. C'est idiot. Mais je n'y peux rien. Maintenant, à cause du mouton, je me demande ce que mes petites sœurs imaginent quand je leur raconte une histoire.

Elles racontent des histoires, les petites sœurs! Du terrain de boules, je les avais bien vues. Elles ont laissé la m'am sur la plage avec son *Match* et elles se sont sauvées vers le fort turc, au lieu d'aller se baigner. Je suis sûr qu'elles ont un amoureux. Un pour deux, parce qu'elles sont encore petites. Même si j'ai vu dans le journal qu'une Colombienne de onze ans et sept jours avait eu un bébé. Ce sont les sept jours qui paraissent le plus incroyable dans cette histoire. Comme si elle en avait profité pendant cette semaine-là.

Mais je suis rassuré. Avec ces deux ans que j'ai perdus en route, Martine est redescendue à neuf ans quatre mois et Maryse à dix ans huit mois. Aucun risque de bébé et de nouveau prénom à trouver en famille. En plus, j'ai remarqué dans le journal que ce genre de record ne se bat que dans des pays éloignés. Ici, c'est trop près.

Mais Maryse et Martine ne vont peut-être pas voir leur amoureux pour deux. Ces traîtresses sont allées sans moi dans les souterrains du fort turc, pour essayer de trouver toutes seules la clef magique du trésor du dey Hussein.

— Tiens!

Lamia vient de glisser quelque chose dans la poche de mon short, pendant que j'écoute le cinquième acte de la partie de boules. C'est le cadeau de Maryline! Sûr. Ça ne pèse pas très lourd, une bague en platine avec trois rubis et seize diamants en couronne. Personne autour n'a vu le geste de Lamia. Je lui fais un coup d'œil. Ça veut dire : j'écoute encore un peu la partie et j'arrive. J'aime beaucoup ce cinquième acte. Le «Tu te souviens!». Le moment où on passe de l'histoire de la partie de boules d'aujourd'hui à l'histoire de toutes les parties depuis toujours à Fort de l'Eau. C'est comme dans *L'Iliade* et *L'Odyssée* au CEG. Ici aussi, il y a le figuier-à-l'ombre-noueuse devant la mer-aux-mille-sourires... Jeunes cancres, dans ce livre, c'est le soleil qui raconte... C'est sûrement pour ça que les débuts de cours de Louis XVI ressemblent à des bulletins météo... Aujourd'hui, il pleut. Alors on fera du Verlaine. On verra pour Rimbaud si ça se lève et on attendra le grand beau pour sortir Homère. Maintenant, en cours de français, on s'inquiétait pour l'anticyclone des Açores et avant d'ouvrir nos livres, on regardait pas la fenêtre.

Ici, on ne lève même plus la tête pour savoir. On sait. Il fait beau. Un grand beau, bien roulé au bleu au-dessus de la baie. Maintenant que le décor est en place, la lumière réglée et les glaçons dans les verres, les héros-aux-globes-d'airain peuvent défiler dans les conversations... Tu te souviens de Boneto! Au tir, c'était la meilleure main de tous! Comment il te faisait changer les boules de couleur!... Et tu te souviens de La Crasse! Il puait! Mais, les yeux bandés, il te collait le bouchon!... Moi, je me régale rien qu'à écouter. C'est comme de la soubresade ficelle rouge sur du pain mahonnais encore chaud. Avec juste le filet d'huile d'olive fraîche pour te partager la bouche en deux. Tiens, j'ai faim. Ça va être le Tour de France. C'est comme ça, le ventre, il fait de drôles d'associations.

Le Tour, ça vide les rues de Fort de l'Eau mieux que la sieste. Surtout que cette année, il y a Hubert Ferrer dans le peloton. Le «Nord-Africain Ferrer» ou «Ferrer l'Algérois» comme ils disent dans le journal… Algérois d'élection, mais Aquafortain de cœur… C'est pratique cette expression, ça permet d'être de partout… Attention, il est d'Alger mais il passe ici quand il s'entraîne. C'est pas rue d'Isly qu'il peut se refaire les poumons… Au Marsouin il y a sa photo dédicacée au-dessus du téléphone avec celles de Legras, Molinès, Zaaf et Zelasco le chouchou de madame Clément… Celui-là, comment il est beau! Ici, il vient, il a l'anisette, les olives et la patronne!… Quand je regarde ces photos, je me demande pourquoi on en a pas une du p'pa en boxeur. Une bien. Une qui fait vrai. Pas comme celle de Ferrer. Ces idiots, ils ont mis une cale pour tenir le vélo debout. Mais, cale ou pas, même moi, le matin, Ferrer l'Algérois, je me tue les yeux à le chercher dans les classements de *La Dépêche*.. 45, 46, 47 Mastroto. 48… Ferrer!… À cinquante-six minutes du maillot jaune… C'est rien du tout. ça. Une bonne étape de montagne, et ça se refait. Un coup de fusil, et il te les laisse sur place.

— Comme toi avec ton copain Lamia.

Qu'est-ce que tu dis, m'am? Je m'étais échappé.

— Je dis, comme toi avec ton copain. Tu l'as laissé sur place. Je te rappelle qu'il t'a mis quelque chose dans ta poche. Quelque chose que tu attendais avec impatience… paraît-il.

Justement, m'am, Lamia m'a fait attendre, il peut bien patienter encore un ou deux cols. J'étais en train de me souvenir de ce 8 juillet-là. C'est la grande étape pyrénéenne, avec arrivée à Saint-Gaudens après avoir passé le Tourmalet, Aspin et Peyresourde. Rien que d'énumérer, je suis lessivé à l'avance. Mais j'ai préparé ma musette avec des provisions et une gourde de

Sélecto et des oranges. Pas des Outspan d'Afrique du Sud!... À cause de l'Apartheid... Ça doit être une maladie des fruits. Nelson, le copain de ton père, va sûrement être arrêté, aujourd'hui ou demain... Moi, je ne veux pas risquer la fringale en pleine retransmission.

Le Tour, je vais l'écouter en fin d'après-midi à la fenêtre de chez Baroclem. Dans le coin, c'est lui qui met son poste de radio le plus fort. En plus, il a accroché au mur une carte. Une Lablache comme au collège. La 11 *bis*. Celle de l'Algérie avec le relief. Parce que Baroclem transforme en direct le Tour de France en Tour d'Algérie. Il transpose. Par exemple, aujourd'hui on n'arrive pas à Saint-Gaudens mais à Tlemcen, après être parti d'Oran et avoir traversé Aïn Temouchent. C'est là, à en croire Baroclem, dans le djebel Tessala, que la bagarre entre les gros bras se déclenchera.

Moi, je suis installé sur le rebord de la fenêtre avec juste l'ombre d'un mandarinier qui me fait une casquette fraîche, mieux qu'une feuille de chou. Baroclem... C'est pas un nom d'ici, ça... Non, monsieur Clément, je le connais pas son nom. C'est juste une réclame sur son mur. Donc, Baroclem... Mais je peux l'appeler Baro ou Clem si vous préférez... Roule, gamin. On va rater l'étape!... Donc, donc, il avait disposé ses petits coureurs en fer sur la table et affiché le profil de l'étape. Purée, ça grimpe pour monter à Tlemcen! D'ici, je ne vois pas les chiffres mais on monte bien à 2 000!... Plutôt 800 mètres, gamin... Ça ne fait rien, il faut quand même que je prévoie un journal sous la marinière, pour la descente. Au poste de radio le speaker hurle déjà... Y vaut pas Alex Vicot!... C'est ce que dirait le p'pa. Quand même, on se croirait sur la moto émettrice. Soudain le speaker annonce... *Au sommet du col du Tourmalet..* Baroclem braille la traduction simultanée...

— Au sommet du col de Khila, abruti !

J'ai l'impression de voir défiler des sous-titres en plein air comme au Majestic. Au poste, le speaker continue... *En tête, Bahamontes, à une minute trente Campilo, suivi à quinze secondes d'un groupe composé de Massignan, Gaul, Poulidor, Simpson, Cazala, Wolfshohl, Mahé...*

— Et Ferrer ?

Baroclem tape sur le poste. Il a raison, on sait que Baldini, Altig et Anglade viennent d'être lâchés. Mais rien sur Ferrer. Je me jette une rasade de Sélecto. Ça va chauffer. On attaque Aspin. Je passe sur le petit plateau... *Wolfshohl coince à deux kilomètres du sommet, et Anquetil revient sur le groupe de tête.*

— Et Ferrer ?

Le poste de radio ne va pas résister longtemps. Mais pour l'instant, il a encore du souffle... *À Peyresourde, Poulidor et Anquetil sont ensemble à une minute...* Moi, j'observe.

— Faudrait peut-être le dire, mon coco, qu'ils ont fait leur service ici. Même que le Poulidor il était gras comme un loukoum. En plus de chauffeur, coiffeur qu'il s'était bombardé ! Fallait voir les coupes !

Heureusement, le speaker de la radio ne se laisse pas impressionner... *À soixante kilomètres de l'arrivée, le maillot jaune est pointé à six minutes quarante !...*

— Et Ferrer ?

Il est peut-être reparti dans l'autre sens. Comme Zaaf dans le Tour de mon année de naissance. Encore soixante kilomètres. Faut que je me restaure pour pas prendre un coup de buis. Je fouille ma musette. Il y a du chorizo fort, des dattes, du riz au lait, deux bananes, des makrouts, une part de mouna, des pistaches, des fromageades, trois figues et d'autres trucs au fond. Voilà que j'ai envie d'un bon café au lait avec des tartines. Mais ça va, je tiendrai. Le poste de radio aussi... *À vingt kilomètres de l'arrivée Wolfshohl continue son festival...*

— Et Ferrer!

La carcasse du poste se fendille sous le coup... *Mais je vois notre ami Louviot, le directeur sportif du Germanique, qui s'approche de son coureur pour, je pense, tempérer son ardeur. En effet, Wolfshohl se relève! Il coupe son effort!*

— Magouille! Ils veulent empêcher les Nord-Africains de gagner.

Ce soir, à l'arrivée, nous pourrions bien avoir comme nouveau leader de la course le coéquipier de l'Allemand Wolfshohl: le Britannique Tom Simpson!

— Un Anglais, maillot jaune à Tlemcen! Jamais!

Baroclem se jette sur le bouton et trifouille pour voir si on a pu empêcher ce scandale sur une autre station.

— Tous des traîtres!

Il revient à la retransmission juste pour l'arrivée... *Cazala vainqueur en cinq heures cinquante-neuf minutes...*

— Et Ferrer?

Le speaker fait défiler les noms et les temps. Mon cœur change de braquet... *Vingtième... Vingt-cinquième.* Toujours pas de Ferrer. Je ronge mes dernières provisions... *Quarante-deuxième... Cinquante et unième...* Il va plus me rester que la musette. Baroclem griffe le vernis du poste. Il tape dessus comme sur un distributeur de boules de chewing-gum, pour faire sortir Ferrer plus vite.

— Allez! Allez! Bouffe-les au sprint!

Moi, je n'ai plus faim. Le speaker continue... *Cinquante-deuxième... Cinquante-troisième...* Ma tête va exploser. Je pense à la publicité des cachets Miriga: fièvre, grippe, névralgie, rhumatismes, douleurs menstruelles... J'ai essayé de faire gober à un plus petit sur la plage que «douleurs menstruelles», ça veut dire que ça guérit des mauvais livrets scolaires, en fin de mois. Il a haussé les épaules... C'est les règles, ça!... Ça croit plus rien, les gosses

Je suis bien puni. Mon crâne va éclater en cinquante-trois morceaux. Le speaker ne fatigue pas... *Cinquante-quatrième, un petit groupe composé d'Anglade, Baldini, Darrigade, Van Est, Ferrer...*

— Vrahouham!

Tout autour de moi, il y a un énorme cri. Un hurlement à faire péter l'orthographe... Jeune cancres, l'onomatopée est un pet! Pour le style, évitez les flatulences!... Ce n'est pas le moment, Louis XVI. Baroclem vient de donner un coup de poing sur le poste. Il explose. Ce sera sa dernière étape. Je me retourne, ils sont au moins quinze derrière moi. Un groupetto avec des bras, des mains, des chemisettes et des sourires. Je ne m'étais aperçu de rien. J'étais trop occupé, la tête dans le poste, à transpirer dans la roue de Ferrer. Je n'ai même pas vu qu'il y avait tout Fort de l'Eau sur mon porte-bagages.

C'est la première fois que je m'aperçois qu'on peut être si nombreux à être content d'une cinquante-quatrième place. Et ce qui m'étonne le plus, c'est que c'est en plein air, dans un jardin, au soleil. Comme si la joie était un sport d'intérieur. Ce n'est pas très malin comme réflexion. Faut m'excuser. J'ai dû prendre un coup de bambou dans l'ascension du col de Khila.

Lamia va m'en mettre un sacré coup de bambou si je continue à faire semblant de ne pas m'apercevoir qu'il a glissé le cadeau de Maryline dans ma poche.

Maintenant, ça n'a plus d'importance que ce soit une perle de Bagdad, un épi d'or, une broche de jade, une bague de rubis et diamants ou un caillou blanc. Je suis heureux. Lamia me l'a rendu. Il est dans ma poche. Ça me brûle de regarder. Mais j'attends d'être seul. Lamia s'approche de moi. La partie de boules est terminée.

— Écoute : Je vide la main et je remplis le cœur…

— Le cadeau !

— C'est bien, ignorant.

Lamia a raison. On reste un ignorant même quand on répond. Il faut que je m'entraîne à écrire des devinettes, pour les lui poser.

Il faut aussi que je m'entraîne à écrire le moment où deux volets s'ouvrent. Ceux de mademoiselle Valnay.

11

Mademoiselle Valnay

Les volets de la chambre de mademoiselle Valnay se sont ouverts. Ouverts en grand. On a l'impression que tout le bleu alentour va être aspiré vers elle. Qu'elle va apparaître et accueillir dans ses bras la mer, le ciel, le soleil et les oiseaux. Qu'elle les serrera sur sa poitrine et sur son ventre. Parce qu'elle aura un ventre! Son joli ventre en forme de grand-voile. Mademoiselle Valnay, penchée à sa fenêtre, ressemblera aux belles dames du Moyen Âge, plus grandes que leurs châteaux. Elle laissera pendre jusqu'au sol une longue tresse de cheveux blonds pour que je puisse aller la rejoindre. Je serai le premier champion du monde de grimper de natte. Mais la fenêtre n'ouvre que sur un trou béant. Un trou ridicule. Bien aux proportions. Mademoiselle Valnay n'est pas apparue. Ça t'apprendra à dire des bêtises sur le grimper de natte... Attention, jeunes cancres, en littérature, la bêtise porte malheur!... Il ne va pas arriver malheur à mademoiselle Valnay parce qu'il m'est venu une image idiote comme le mouton des tribunes.

— Il faut aller la voir. Ça va très mal.

Comment est-ce que Lamia peut savoir ça? Il faut

dire qu'il regarde beaucoup en taillant ses morceaux de bois. Il a peut-être envie de sculpter des volets.

— Il faut y aller cette nuit.

Cette nuit! Il est fou. Ce sera trop tard. Elle aura peut-être déjà pris des médicaments. Heureusement, j'en avais un peu récupéré dans sa chambre, dans le tiroir de la table de nuit.

— On ira à la cabane par la terre.

Qu'est-ce qu'il raconte... Par la terre... Ça y est! Il doit parler à la cabane sur pilotis. Lamia me dit «Maryline», et moi j'entends «mademoiselle Valnay». Il faudra que je les dresse, ces oreilles. Je trouve qu'elles aiment un peu trop le mot «quiproquo». Moi aussi. Ça me rappelle une discussion sur un banc du square. Deux hommes: l'Un et l'Autre. Ils étaient venus en vélo et portaient le même chapeau.

— T'as vu comment il l'a niqué sur le fil, l'autre. Le coup de fusil qu'il lui a mis!

— Il l'a niqué, il l'a niqué! Faut voir la suite.

— C'est tout vu. Ce sera toujours un deuxième couteau, l'autre.

— Dis pas ça, il s'est drôlement battu. Il en a des victoires!

— Rien à voir! De la deuxième zone.

— De la deuxième zone! Et qu'est-ce qu'il a gagné ton Ben Bella?

— Quoi, Ben Bella? Je te parle d'Anquetil, moi!

J'avais bien cru comprendre que «l'autre» c'était Poulidor pour l'Un. Mais c'était qui, l'autre de l'Autre? Boudiaf? Aït Ahmed? Belkacem Krim? ou un autre? J'avais vu leurs photos dans un *France-Soir*... Un titre écrit en gros... *Sachez reconnaître les leaders*... La page était punaisée dans un café vers le Rialto. Ça la faisait ressembler à une affichette «Wanted» de film de cow-boys. D'ailleurs, j'aurais eu besoin de sous-titres dans ce café pour comprendre les conversations.

— Ho, les Miettes! T'as mis la tête des vainqueurs. Je vois que t'es prêt. Ils peuvent venir boire le thé à la menthe chez toi.

— Et pourquoi pas?

— Ma parole, tu crois que c'est comme l'Homme des Vœux Bartissol. Il arrive, tu le reconnais, et il te donne les sous.

— On verra.

— Alors, t'as préparé tes capsules.

— J'ai ce qui faut.

Les Miettes avait désigné du menton quelque chose sous le comptoir.

— Là, purée, je te le dis, tu me déçois. Je crois que je vais être obligé d'aller boire ailleurs.

— Chouf un peu, avant.

L'autre se penche par-dessus le comptoir.

— Aouah! Tu m'as fait peur, j'ai cru que t'allais me tourner pieds verts, toi.

— Je préfère le noir.

Ils ont rigolé en tapant cinq et en se servant une Kronenbourg... La bière d'Alsace... J'ai regardé dans le miroir du bar. Les capsules pour l'Homme des Vœux ressemblaient aux cartouches de fusil du p'pa. Parfois, j'aurais bien besoin des sous-titres de Baroclem pour comprendre ce qui se passe.

Pour Lamia aussi.

Pourquoi il est si pressé de me parler de Maryline? Surtout à cette heure-là. Il sait bien que la plage, c'est sacré. Même si la fenêtre est restée vide, j'attends quand même mademoiselle Valnay pour ma leçon de natation. La dernière. Je l'ai déjà promis. Si elle revient de son «petit tour»: je sais nager. Comme chaque jour depuis qu'elle était partie, je l'attendrai près du débarcadère.

— Elle viendra pas ton amoureuse !

— Elle en a trouvé un autre en route !

Jalouses, les petites sœurs. Alors elles pensent que les filles, c'est comme les commissions. Tu pars chez le Mozabite chercher des citrons et, en chemin, tu dépenses tous les sous en créponés. Tant pis, je resterai là quand même. C'est déjà bien d'avoir l'air d'attendre son amoureuse. Autour de mes pieds, j'ai tracé un cercle dans le sable. Je n'en bougerai pas. Un cercle comme à la pétanque. Un cercle comme autour d'une faute dans une rédaction. C'est ça, je suis une faute d'orthographe amoureuse qui attend sa correction.

J'aime bien la phrase mais pas ce que ça me rappelle.

— T'es de l'autre côté de la colline, toi ?

La fille qui m'avait demandé ça était de mon âge et avait une cour de récréation pour elle toute seule. Une cour de récréation en vacances. Rien que pour ça, je l'enviais. Je passais souvent par là, comme si de rien n'était. Pourtant, ce n'était pas mon chemin. Ni pour le cinéma, ni pour l'église, peut-être un peu pour le monument aux morts et le boulodrome. Mais je n'y allais jamais. Là-bas, les boules parlaient moins bien que sur la place.

— Tu peux me ramasser mon livre ?

Des livres, elle passait son temps à en lire. Toujours assise sur le même banc devant une marelle avion tracée à la craie par terre. Elle ne semblait même pas la voir. C'était la première fois que je rencontrais une marelle qui s'ennuyait.

— Tu me le ramasses ?

Comment est-ce qu'il avait pu atterrir là, ce livre cabossé ? À cet endroit, il y avait une clôture à franchir. 2,26 mètres. Il faudrait être Valeri Brumel. Justement, l'auteur du livre volant était russe. Mais je n'avais pu retenir que le «ski» de la fin. Faut dire que c'était un tourbillon, la fille aux livres. Un vrai moulin à questions. Pire que Boileau, le prof d'histoire. Ta-ta-ta-ta! Première rafale, ma fiche d'état civil était remplie. On pouvait passer à la rubrique «passe-temps-loisirs-centres-d'intérêt». J'inventais des trucs qui allaient bien avec ses lunettes rondes: le théâtre, la musique, la peinture.

... Si je connaissais Freddy Tiffou, le peintre d'ici, prix de Rome? Bien sûr!... Heureusement qu'à Alger, on était tombés par hasard sur des toiles de lui en vitrine. Avec la m'am et les petites sœurs, on cherchait l'église Saint-Charles. Ça durait sous le cagnard. On venait déjà de rater la cathédrale en croyant que c'était une mosquée. Les jambes commençaient à me rentrer dans le corps... Pieds échauffés. Vite, la fraîcheur Éphydrol!... Je n'arrivais pas à comprendre pourquoi les filles étaient plus résistantes que les garçons pour faire les églises, les courses et les magasins. Les paysages dans la vitrine, ça nous a quand même fait une pause. On aurait presque senti la mer et le vent dans les pins... Je préfère votre père!... La m'am avait raison. Nous aussi. Son fort turc sur ses rochers, c'était mieux que toute cette barbouille.

Ah! Freddy Tiffou, c'est un ami de votre mère! Justement j'adore. Surtout le tableau qu'il a fait sur Aïn Taya la verdoyante, nichée dans son écrin de verdure, sur le sable fin de la plage des Tamaris dont les eaux claires et bleutées s'ourlaient de vaguelettes argentées... J'avais recopié ce passage dans *La Dépêche*. Je comptais m'en servir avec madame Mascaro dans une lettre pour rassurer son fils. Mais elle avait trouvé ça un peu «cucul la praline». Pourtant ça a plu à la fille des livres. J'en ai profité pour glisser une question.

— C'est quoi ton nom?
— Hanna Karénine!

Incroyable. La fille des livres avait un nom de livre ! Heureusement que mes parents n'avaient pas eu la même idée. Sinon, aujourd'hui, je m'appellerais peut-être Black-Boy ou La Peste. Pas facile à porter à la récréation. Sauf si je devenais vraiment boxeur.

— Moi, plus tard, je serai poétesse.

De l'autre côté de la clôture elle me lisait des poèmes à elle. Avec des rimes et le bon nombre de pieds. Il y en avait certains qui ressemblaient beaucoup à ceux que Louis XVI nous lisait, le soir, à la dernière heure de cours. Pour le retour au calme. La fille des livres était déjà dans les livres !

— Tu m'en diras un à toi ?

C'est vrai, j'en avais écrit, mais j'avais préféré les cacher dans ma cave-gourbi à Orly. Ce soir-là, dans la grange, j'avais fouillé dans ma boîte à rations, et recopié un passage du *Lion de l'Atlas* dans le livre de Théo. J'ai changé le titre. Maintenant, ça s'appelait: *Le Fauve comédien*:

> *Car le lion rusé, pour attirer le pâtre,*
> *Le Kabyle perdu dans ce désert de plâtre,*
> *Contre le roc blafard frotte son mufle roux*
> *Fauve comédien, il farde sa crinière,*
> *Et, s'inondant à flots de la pâle poussière,*
> *Se revêt de blancheur ainsi que d'un burnous!*

Je l'avais appris par cœur pour elle, et récité sans bafouiller. J'avais mis le ton, et même fait les gestes pour la crinière et le burnous. La fille des livres allait avoir peur, défaillir, tomber dans les pommes. Elle s'évanouirait dans mes bras à travers la clôture. Je lui retirerais ses lunettes pour ne pas les casser, et je l'embrasserais entre les barreaux, sans la langue, comme au cinéma.

— C'est même pas toi qui l'as fait.

Je me demandais à quoi ça se voyait. Elle avait juste un peu tapé des pieds, et jeté son livre par terre.

— Alors tu m'écriras une lettre, pour la peine !

Ça, je préférais. Une lettre, c'était un peu comme une rédaction sans sujet. À l'heure de la sieste, pendant que Saïda lavait le carrelage, je m'étais installé à une table du café. J'ai tout de suite attaqué le brouillon avec mon cahier-tracé-journal pour les expressions, de la soubresade pour pimenter le style, et les monts de Saïda pour la forme.

— Il é-crit à sa pou-le !

— Il é-crit à sa pou-le !

Les chipies avaient beau scander, moi, au moins, ma poule était poétesse. Pas comme Palme-Masque-et-Tuba, le pâlot habillé en homme-grenouille qui tourne autour d'elles sur la plage. J'ai recopié, relu, corrigé et re-relu. C'était pas mal. Ça commençait par *Chère Hanna Karénine,* et ça se terminait par *Excuse mon écriture, j'écris sur mes genoux.* Entre les deux, il y avait des idées, du piment et le reste. Et presque tout était de moi. J'ai mis une marinière propre et je lui ai apportée. Dedans, j'avais ajouté du sable de la Sirène et une plume verte de bengali. Derrière, je n'ai pas mis MBBA. Il paraîtrait que Mille Baisers sur ta Bouche Adorée, ça ne se fait pas la première fois. En chemin, j'ai tourné une vingtaine de formules pour lui offrir... Pour toi, cette feuille ! ce sable ! cette plume !... Non !... Ce sable, cette plume, cette feuille, pour toi !... Non plus... Quand elle a été devant moi, j'ai fait... Tiens !... Elle l'a prise en la pinçant entre le pouce et l'index, comme si c'était une carte postale qui fait coin-coin !

— Elle n'est pas très grosse.

J'aurais dû plus espacer et écrire plus gros, mais je

pensais qu'il ne fallait pas trop tartiner pour que ce soit plus facile à cacher sous son oreiller.

— Tu m'a fais un dessin?

Purée! J'avais oublié. Au moins, j'aurais pu penser à ajouter une photo de paysage découpée dans le journal. Promis. Pour la prochaine.

— Je vais la lire et je te répondrai avec un poème.

Elle est repartie lire sur son banc. Jusqu'au lendemain, j'ai pensé à son poème. Quand je suis revenu, elle lisait encore. Je me suis agité derrière la clôture. Elle est venue et m'a tendu une enveloppe bleue. Je ne l'ai pas tâtée. Elle est retournée à son banc sans rien me dire. Elle avait raison... Chut!... On était une histoire mystérieuse et secrète. Je suis retourné jusqu'au fort sans l'ouvrir avec du palu plein le corps. Parmi les rochers, j'ai choisi le plus... le plus... Je ne savais pas, mon cœur me mangeait toute la tête. Mes doigts étaient pressés, mais j'ai ouvert doucement. Il y avait peut-être à l'intérieur des feuilles d'eucalyptus de son jardin. Non, ça ne sentait rien. J'ai déplié la feuille... *Chère Hanna Karénine...* Elle avait commencé comme moi pour me répondre. C'était original. Elle avait continué comme moi. Pas mal, l'idée! Avec les mêmes mots, la même écriture que moi. Normal. C'était ma lettre!

C'était ma lettre qu'elle me renvoyait avec juste une différence. Des ronds au stylo rouge qui entouraient les fautes d'orthographe. Heureusement que j'avais choisi ce rocher à la Victor Hugo en exil. C'était le plus pratique pour pleurer sans être vu. Elles pouvaient y aller, les vagues. Il y avait à couvrir. N'empêche que j'ai vérifié: «soyeux» ça prend bien un «y» Là. elle n'aurait pas dû entourer. Ce n'est pas bien.

Une fois je suis retourné par là. Juste pour voir comment on pouvait mettre le feu à l'école. J'ai vu la fille lancer un livre par-dessus la clôture. J'ai attendu.

Un grand mal-fini l'a ramassé. Incroyable, la fille appâtait aux livres !

Lamia continue à me faire des signes. Je fais celui qui ne veut pas mordre. Alors il se lève, vient à moi et me prend par les épaules. C'est la première fois. Ça doit être grave. Il n'a pas besoin de me le dire. Je le sens. Je le sais. J'ai bien vu, l'autre soir, comment les deux Chinois avaient essayé de l'emmener de force dans leur Facel Vega, en faisant semblant de rigoler... Viens, champion, on va faire un match... Il en avait saigné un à la main, avec son couteau bizarre. Ça s'était passé très vite... Tu l'emporteras pas dans ton paradis !... Les deux étaient revenus fouiner autour de la baraque. Ils avaient récupéré un morceau de bois sculpté par Lamia. Des collectionneurs, ces types. Monsieur Fernando n'avait même plus à aller le chercher au commissariat. Lamia se tenait tranquille. Trop tranquille.

— Ce soir, il faut absolument que tu viennes avec moi à la cabane. Maryline a besoin de toi.

Même sa façon de parler a changé. Là, près du square, il me parle comme il avait parlé à Maryline, dans la cabane sur pilotis. N'importe qui aurait pu l'entendre. Lamia n'a pas l'air de s'en préoccuper. Ça me fait peur. Ce n'est plus le même Lamia.

— Il faut que tu viennes. C'est une question de vie ou de mort.

Lamia n'a même pas eu à ajouter «je te jure», «sur ma vie», «ma parole», «que je meure à l'instant». Rien de tout ça. Mais je le crois. Pourquoi tout arrive en même temps ? Cette espèce de journée historique se traîne jusque-là. Et maintenant, ça s'emballe. Les volets de mademoiselle Valnay qui s'ouvrent, Lamia qui me parle de vie et de mort, et il y a toute cette agitation qu'on sent monter tout autour, sans bien savoir d'où elle vient.

— Tu viendras?

Je viendrai. Je promets à Lamia. Il sourit et me serre le haut du bras. Je n'aurais pas aimé qu'on se tape dans la main. On a rendez-vous, ce soir, dans le square. Il m'expliquera tout.

Mon frère Serge aussi, j'aimerais bien qu'il m'explique. J'y pense en le voyant descendre vers la plage avec sa serviette bariolée sur l'épaule. Ça doit être sa coupure au Méditerranée. Il a déjà disparu vers ses copains et ses copines. Trop rapide pour moi, l'ailier droit. Dommage. J'ai une question à lui poser. C'est à propos d'un maillot que j'avais trouvé sous son lit, dans une boîte à chaussures... Tu fouilles dans les affaires de ton frère, toi, maintenant?... Mais non, m'am. Elle était ouverte. J'ai vu dépasser un truc bariolé. C'était un maillot de foot. Mais pas le rouge et vert de Fort de l'Eau, ni celui du RUA du copain goal-écrivain du p'pa. Ni aucun de ceux que je connaissais. Pourtant, je les connais presque tous, même les écussons. Ils sont affichés sur le mur de l'espèce de café près de la maternelle. Celui de la boîte à chaussures de Serge est rayé vert et noir. Je ne le connais pas, mais je l'ai déjà vu. Il était par-dessus un short. Maintenant, je me souviens.

C'était à la trentième minute de la deuxième mi-temps, quand les vert et noir avaient fait un remplacement. On était en finale du tournoi de l'Indépendance au stade d'Alger. Trente-cinq mille spectateurs. J'avais pu entrer grâce à Fissa-Fissa... Avec ta tête on croira que t'es mon frère... Il avait raison. On le croyait. Mais ce n'était pas la peine, pendant tout le match, de me taper sur la cuisse en disant... Pas vrai, Mohamed? Pas vrai, Mohamed?... C'était le 7 juillet. Je m'en souviens parce que j'avais eu la cuisse rouge jusqu'au 11. Et que le 7, c'est le numéro du maillot de Serge et le 11 mon numéro dans la famille. C'est comme ça, j'ai une mémoire à chiffres. Ça fait antivol.

Ce joueur qui venait de rentrer sur le terrain me disait quelque chose. J'étais très haut dans les tribunes, mais quand même : cette façon de démarrer sec, de dribbler court, de rester dans son couloir, de donner des petits coups dans les chevilles, de centrer au cordeau, d'avoir le maillot qui sort du short et les bas qui tombent sur les chaussures... C'était Serge !... Un Serge quand même nettement plus brun.

— Tu te fais un henné, Serge ?
— Si j'essaie pas ici, j'essaierai jamais.
— Tu vas être corbeau comme madame Clément.

Je voyais déjà mon frère obligé de porter un bonnet à oreilles sur la plage.

— Mais non, c'est du neutre.

Mon œil. Je les connais, les emballages. Le lendemain il n'était pas corbeau, mais presque. Il avait pris l'air de celui qui était embêté... Je me suis trompé. Ça reviendra... En tout cas, le numéro 7 des vert et noir n'avait pas l'air embêté. Sur l'aile, il faisait brouter le henné sur pied à son arrière, encore plus blond que mon frère avant l'erreur.

— Mais si, il peut passer pour un Kabyle.
— D'accord, mais on va pas prendre de risques.

Le soir d'avant, Serge discutait avec des copains derrière le square. Il ne me voyait pas.

— De toute façon, on te fera rentrer que si on a besoin.

Et ils avaient eu besoin. À un quart d'heure de la fin, c'était serré entre Alger A et Alger B. Jusqu'à ce que Mezziani remplace Rachid. Ce Mezziani qui courait comme Serge, shootait comme Serge, mais ne rouspétait pas comme Serge.

— Faudra pas que tu parles, sinon on va te repérer.

C'était ce qui avait dû être le plus difficile pour lui. Se taire. Un rouspéteur pareil… Je vais pas le laisser me chambrer, cette brêle!… Sûrement pour ça qu'ils ne l'avaient pas fait jouer trop longtemps. Alger A avait gagné dans le dernier quart d'heure. Un coup de tête. Le stade debout. Dès le coup de sifflet final, le frelot avait disparu sous les tribunes. Pas de tour d'honneur, pas d'embrassades, pas de coupe. Le lendemain, je n'ai pas reconnu Serge sur la photo de *La Dépêche*. Ce n'était pas sa tête. Tant pis, chacun la sienne. Moi, avec ma tête, j'entre dans le stade. Lui, avec sa tête, il le fait se lever. C'est quand même mieux.

Ça sert à des tas d'autres trucs, la tête Comme de se souvenir. Le maillot à rayures verticales vertes et noires, c'est celui du Mouloudia. Quel Mouloudia? Il y en a plusieurs… Alger, je pense… Pour que Serge ne s'aperçoive de rien, j'avais replié le maillot dans la boîte à chaussures exactement comme il était. Je lui ai demandé, au frère. Il a haussé les épaules… Crois pas des trucs comme ça, p'tit frelot. C'est des histoires… N'empêche qu'on est presque un mois après le match de l'Indépendance et que Serge retrouve tout juste la couleur de cheveux que le p'pa et la m'am lui ont donnée.

Presque un mois.

C'est vrai qu'on est le 4 août aujourd'hui. On dirait que je viens juste de m'en souvenir. Nuit du 4 Août?… Abolition des privilèges?.. 20 juin?.. Serment du Jeu de paume… Pendant l'interrogation, Boileau, le prof d'histoire du CEG, arpentait l'estrade avec son pied bot et ses questions en rafales. Quand il demandait une date, il ne précisait jamais l'année. Ça donnait l'impression que toute l'histoire de France tenait sur un calendrier des postes. Comme ça, on pouvait croire que les événements arrivaient en famille. Comme un anniversaire. C'était plus facile à retenir. Les grandes choses se passaient des jours ordinaires... 4 mars? Naissance de Martine... 21 janvier? Mort de Louis XVI... Toute la classe rigolait. On imaginait la tête de notre prof de français au bout d'une pique. Même là, il réussirait à en placer une... Riez, jeunes cancres. Le rire est le propre de celui qui est en vie.. 13 septembre? Marignan... 5 juillet? Prise d'Alger... Tiens, je n'avais même pas remarqué que c'était le même jour que l'Indépendance. Il faudra que je m'achète un calendrier.

J'avais presque oublié ce 4 août. Pourtant, ce n'est pas souvent qu'on peut assister en chair et en os à une journée historique. Il ne fallait pas que je manque celle-là...

L'avion de Ben Bella arrivera dans deux heures à Maison-Blanche... Celui-là, gamin, tu peux être sûr, ils vont pas le détourner. Avec ta tête, tu peux y aller, toi!... Merci, ma tête. J'en profite pour demander l'heure à monsieur Clément... 17h53... En sautant dans un camion, ou en empruntant un vélo, j'y serai.

— Et nous?

— Tu nous emmènes pas?

Pas avec vos têtes. Vos jolies petites têtes de petites sœurs. Je vais vous perdre, moi, dans cette foule. Regardez, vers le Lido, ces files qui roulent et qui marchent sur le boulevard du front de mer. Tout là-bas, c'est Alger.

— Tu viens, gamin?

C'est monsieur Clément dans sa Juvaquatre. Il est habillé comme pour la messe du dimanche. Sauf qu'il n'y va jamais.

— Ça te dirait, gamin, d'aller respirer les chevaux avec moi.

Qu'est-ce qu'ils ont tous à s'agiter en même temps? Bien sûr que j'irais bien. Mais j'attends mademoiselle Valnay. Et je ne sais même pas s'il y a des courses aujourd'hui, au Caroubier. Il aurait fallu que je regarde dans le journal.

— Je crois que ce coup-ci, les canassons, je vais pas faire que les respirer.

Monsieur Clément tapote le gros porte-monnaie d'encaisseur qu'il a posé sur le siège à côté de lui. Il m'a l'air bien dodu.

— Que je les perde comme ça ou autrement.

— José! T'oublies pas la harissa!

C'est la patronne qui agite le bras par la fenêtre du bar. Monsieur Clément lui rend son salut de la main avec ce sourire idiot qu'on prend quand on est loin.

— Fais coucou, gamin. J'ai dit qu'on allait faire des vivres.

Je fais coucou avec le même sourire idiot, plus le sentiment de mentir un peu. Ce qui ne doit rien arranger.

— Allez, gamin, monte au moins un bout. La patronne nous regarde.

Monsieur Clément m'a ouvert la portière. Je suis monté, l'air très naturel avec ma tête d'alibi professionnel... On va aux vivres... Qu'est-ce qu'on apprend vite, ici! Je regarde le gros porte-monnaie que monsieur Clément a pris sur ses genoux et le pense-z-'y avec le symbole dessiné par la m'am. Il se balance accroché au rétroviseur. Je ne sais toujours pas en quelle langue ce bonhomme joyeux au grand couroucou veut dire «homme libre»

— La harissa! Tu te rends compte, gamin. Elle m'a demandé de ne pas oublier la harissa!

Il rigole. Le temps pour monsieur Clément de cracher une dizaine de fois par la portière et il me débarque devant une villa du Lido.

— À demain, gamin. Merci pour le bout de chemin.

Il aurait dû me dire: «À ce soir.» La Juvaquatre s'éloigne avec des hoquets, en prenant toute la route.

— Écartez-vous! Voilà un Clément depuis six générations!

J'essaie de ne pas regarder, sinon je vais avoir peur pour lui. Je l'entends crier par la fenêtre.

— Pense à la harissa, gamin! Pense à la harissa!

J'ai cru qu'il allait s'étouffer de rire. Maintenant, je dois remonter à pied vers la plage de la Sirène pour aller attendre mademoiselle Valnay. Je tracerai mon cercle secret dans le sable près du débarcadère.

Attention à ne pas se faire repérer par madame Clément. Elle me croit aux vivres avec son mari. Je dois me faufiler le long de la balustrade en pierre Raté! Elle m'a vu de la fenêtre du bar. Je fais un autre coucou de la main, avec double ration de sourire idiot. Va y avoir de l'explication au retour. Je descends le grand escalier vers la plage… Pense au Casino de Paris… Tu parles! Ça sent la frite à Roger, et l'Ambre solaire à tout le monde. Je dis ça parce que je suis vexé d'avoir été pris par la patronne. Mais c'est d'abord le souffle qui vient de la mer qu'on sent sur son visage et dans ses cheveux. Un coup de périscope pour repérer les positions sur la plage. La m'am sur son pliant avec un *Match*, les petites sœurs, le frère, les grandes filles à plat ventre qui ricanent, le vieux mateur, le coin des yé-yé avec le transistor, les Monsieur Muscles, la dame en maillot vert avec la grosse poitrine, la partie de volley, la tribu de Mouloud, les gars à la boule à zéro, le peintre. Je trace mon parcours dans ma tête comme un skieur avant le départ. Je souffle un bon coup. Et c'est parti pour le slalom de plage. Hop! Dans le dos de la m'am qui regarde les photos d'un train déraillé. Hop! Un œil dans le maillot vert. Piqué! Virage à droite en catastrophe. Purée, les petites sœurs! Elles farfouillent dans le sable. C'est bon. Je me dégage. J'évite Serge et ses copains. Tiens, le frère discute avec 90-58-90, une brune qui est «miss-sauf-le-nez». Si j'ai bien compris les jaseries de la Sirène, ça veut dire qu'elle a tout pour être miss avec son mètre soixante-dix et son «tiercé dans l'ordre»... Sauf son nez, que t'as plus vite fait de passer par-derrière pour l'embrasser sur les deux joues... Mon frère ne l'embrasse sur rien, lui. Heureusement, elle est trop grande pour la famille. Chez nous c'est une demi-tête de différence pour être miss. Pas moins... Hé toi, regarde où tu marches!... Tant pis, j'aurai l'air moins dégagé, mais je vais fixer le sable jusqu'au débarcadère. Jusqu'à l'endroit où je tracerai mon cercle secret, pour y attendre mademoiselle Valnay.

Je suis allé jusqu'à mon cercle. Il était déjà tracé. À l'intérieur, il y avait des pieds. Deux. J'ai laissé remonter mes yeux et j'ai vu. J'ai vu un ventre. Je n'ai vu que lui. Un ventre rond. En avant. Un ventre qui tend les bras. Un ventre bleu. Et là-haut perché, un sourire de la même couleur. Mademoiselle Valnay! Elle me tend ses vrais bras. Je reste pétrifié. Si ça continue, je vais terminer en rose des sables, avec le cœur qui bat à l'intérieur comme une statue de film. Alors elle est sortie du cercle et m'a serré contre elle.

— Elle va bien.

Elle parle du bébé dans sa planète Rouge Baiser. Du grain d'orge qui doit dormir en rime entre Hambourg et Johannesburg. Pas pour longtemps, si je continue à l'écraser comme ça. Pourtant j'ai mis mes mains dans le dos comme à une interrogation de géographie sur les mers et les océans. Je vois Boileau qui fait tourner le globe terrestre comme à la loterie et qui l'arrête en pointant son gros index boudiné dans le bleu... Et ça?... Il est fou, ce type, il va lui mettre le doigt dans l'œil, au bébé... La mer Caspienne! Vous me ferez cent lignes!... M'sieur, si elle est là, la mer Caspienne, il est où, le père Casse-pieds?... Cinq cents lignes! Vous me ferez cinq cents lignes au stylo quatre couleurs. Une couleur par lettre!... J'avais été sauvé par le départ anticipé en vacances. Au retour, le programme aura changé.

— Bon, maintenant, on peut passer à ta leçon de natation.

Elle va être épatée. Je sais nager, mais elle ne s'en doute pas. C'était une bonne idée de mettre des sous pour le cierge à saint François d'Assise. Ça a marché. Mademoiselle Valnay est revenue, le bébé planète aussi. Et il va bien. Elle m'explique que pendant son «petit tour», elle est allée en Suisse dans une clinique réputée. Ils lui ont fait des examens «très poussés». Ils auraient même pu lui dire si c'est une fille ou un garçon. Mais ce n'était pas la peine. Elle savait que c'était un grain d'orge.

Elle ne parle pas de la Thalidomide. On entre dans l'eau. Elle, toujours à reculons. Moi je me laisse guider par ses yeux. Je sais qu'il y a quelque part deux perles rose nacrée. Soudain elle se met à rire. Ça y est! Elle vient de s'apercevoir que je regarde dans l'échancrure de son décolleté. Elle va m'abandonner là, juste pour ma dernière leçon. Non, elle rit de plus en plus en me montrant. Encore ce couroucou mal élevé. Je regarde. Ouf! Ce n'est pas ça. J'ai oublié de retirer mon short pour me baigner. Tant mieux, un habit de moins à surveiller sur la plage. En plus, je ne suis pas certain d'avoir mon maillot en dessous.

Mademoiselle Valnay se recule doucement... Tu as pied?... Oui, là encore... Tu as pied?... Il va bientôt me falloir des orteils télescopiques. L'eau a maintenant englouti tout son ventre et affleure dans l'échancrure de son décolleté. Les deux petites perles nacrées flottent. Moi aussi.

— Doucement, les mouvements. Doucement.

Je suis sûr que je pourrais quitter les pieds. Je porte à peine. Mais j'attends encore pour lui faire la surprise.

— Viens, allonge-toi.

Le moment que je préfère. Elle tend ses bras devant elle. Je m'allonge.

— Lentement ! Lentement ! Cambre plus !

Elle ne me soutient presque plus. Je sens son souffle au ras de l'eau. Elle a un nouveau parfum. Plus fort.

— C'est bien. Encore ! Encore ! C'est ça. Dis donc, toi, tu as fait ça avec quelqu'un d'autre, pendant que je n'étais pas là.

Sûrement pas. Jamais je n'aurais pu prendre un cours de natation avec quelqu'un d'autre qu'elle.

— Vas-y maintenant. Tu peux !

Pas encore, je veux regarder une dernière fois les petites perles nacrées prises dans le ressac au creux de l'échancrure. Là, c'est bien gravé. Je me lance. Pour l'épater, ce sera directement du crawl à la Gottvallès en respirant sous l'épaule. Je pousse sur les pieds en aspirant un grand coup et en lançant loin le bras en arrière. Demain je serai dans *La Dépêche* sous la rubrique « Naissance d'un champion ». Soudain, ça se dérobe au fond. Je glisse. Sur une algue, une sandalette en plastique ou un bouclier en or du trésor du dey Hussein. Le résultat est le même. La tasse ! Je dirais plutôt le bol à oreilles ou le saladier à sangria. J'ai l'impression de me remplir la cage thoracique comme un aquarium tropical. Surtout ne pas se débattre comme un possédé. Se noyer. D'accord. Mais dignement. En réchapper et avoir été ridicule, c'est encore pire.

Rrhhââ! J'aspire une bouffée cent pour cent air de Fort de l'Eau. Je sens une main de mademoiselle Valnay sous mon menton et l'autre qui a agrippé ma ceinture de short. Elle m'embrasse sur la tempe.

— Ça s'enfonce, ici. On va aller plus loin.

Mais il est parfait ce coin. Dès qu'on glisse, on vous embrasse. Ici aussi, on est bien. Mademoiselle Valnay me montre comment faire la planche. Son ventre est comme une île. Un volcan bleu en vichy avec un petit cratère pour y garder de l'eau prisonnière et y faire pousser un palmier. La Martinique doit être comme ça, quand on est tout petit et qu'on la dessine avec des crayons de couleur.

— Roger! Qu'est-ce que tu as encore fait de la brosse à dents!

J'entends des voix. Ça doit être la pression de l'eau sur les tympans. Ça me fait entendre la voix de la m'am. Comme la première fois où j'ai vu des palmiers en vrai. Des palmiers que je pouvais toucher. Pas seulement des palmiers peints comme ceux du p'pa.

— Ah! C'est seulement maintenant…

— Que tu racontes les palmiers de papa!

— Et tu es allé loin dans l'eau.

— Exprès pour pas qu'on entende.

Mais non, les petites sœurs. Ça m'est revenu en pensant au premier palmier que j'ai pu toucher. Il avait un tronc filandreux. J'étais déçu. Mais quand j'ai levé les yeux, j'ai vu les palmes… L'effilé des palmes sur le ciel bleu… Et là, j'ai entendu la voix de la m'am dans notre F5.

— Roger! Qu'est-ce que tu as encore fait de la brosse à dents!

Il faut dire que le p'pa avait décidé de peindre la Martinique dans notre salle à manger. Il n'en avait jamais parlé à Villemomble. Là, à peine arrivé dans la cité, il voulait en couvrir les murs de l'appartement. Un soir qu'il rentrait d'Air France, il s'assoit dans la cuisine sans quitter sa canadienne...

— Paulette, je crois que je viens de prendre un coup de bleu derrière les étiquettes...

T'aurais pu arranger la phrase de ton père!... C'est toi, m'am, qui me dis toujours qu'il ne faut pas inventer... D'accord, mais je t'ai pas interdit d'arranger .. N'empêche que le p'pa avait pris un coup de bleu. Peut-être à cause de tous ces avions qui passaient au-dessus de notre immeuble. Moi aussi, de la terrasse de l'aérogare, j'aimais bien aller les voir partir. Reconnaître les compagnies rien qu'aux couleurs de la queue de l'avion. Mais je n'aimais pas les voir revenir au ras de notre antenne de télé.

— Ici, en pleine mer, la Caravelle de Christophe Colomb qui découvre la Martinique. Et là, la plage du Carbet où il va accoster.

Le p'pa nous expliquait comment allait être sa fresque. Et surtout, pourquoi il allait falloir déménager la salle à manger en Formica de la m'am dans le salon, une partie du salon dans les chambres et le surplus des chambres où on pourrait.

— Avec ton île, on a plus qu'à aller coucher à la belle étoile.

Ce serait l'affaire d'un week-end, dès qu'on aurait décollé le papier. Ça sécherait en deux heures et sans odeur, vu que le p'pa peindrait le tout entièrement à la peinture Bonalo, à partir de cartes postales envoyées par des copains. Seulement, le p'pa, «qui ne fait rien comme tout le monde», n'était pas satisfait de la courbure de la plage et trouvait que, «pour l'équilibre de la composition», le balancier de la barque de pêche devait être de l'autre côté. Il a aussitôt construit un système de support avec un miroir pour peindre à partir du reflet de la carte postale. Compliqué. Mais il s'y retrouvait.

— Roger! Qu'est-ce que tu as encore fait de la brosse à dents!

Le p'pa avait également considéré que le seul moyen de restituer «l'effilé du palmier sur le ciel bleu» était d'utiliser la brosse à dents familiale.

— C'est malin, j'ai les dents vertes, après!

Les voisins défilaient pour voir l'avancement de la fresque. Et chacun repartait avec une idée pour chez lui... Ah non, Henriette, pas un sous-bois avec des biches!... Enfin, au bout de vaguement plus d'un week-end, la famille put prendre son premier repas au bord d'une plage du Carbet. C'est vrai que ça parfumait le pot-au-feu. Et quand on ouvrait la fenêtre, on avait même l'impression que le vent faisait trembler l'effilé des palmiers peints à la brosse à dents. Même qu'un jour de neige, un malfaisant à la récréation a balancé une boule chez nous. Elle est venue exploser en plein dans le ciel Bonalo de la Martinique. Le soir, quand le p'pa est rentré du travail, on tremblait en faisant semblant de transpirer sur nos devoirs. Il a regardé la catastrophe sans ôter sa canadienne. Et il a souri.

— C'est le plus beau soleil que j'aie jamais peint.

Ce soleil à la boule de neige, c'est un soleil un peu comme celui d'aujourd'hui au-dessus de la mer. Un soleil qui ne semble pas accroché quelque part. Un soleil de partout. Partout, mais surtout au-dessus de mademoiselle Valnay. Elle faisait la planche de tout son corps et se laissait doucement dériver comme un archipel.

Alors, je suis allé rejoindre cette île bleue en vichy qui s'éloignait.

— C'est ça! Ça y est, tu la fais! Regarde!

Mademoiselle Valnay me montre la plage qui a

tendance à s'éloigner. Je nage! Ou c'est la dérive des continents. J'avais eu la leçon au collège, aujourd'hui c'était le TP. Au bout de quelques brasses, je sens l'énorme masse d'eau sous moi. Je n'ai plus pied! Tout à coup, j'ai l'impression d'être un mollusque en short, sans protection. Pourvu que la murène géante du fort turc ne s'en aperçoive pas. Sinon elle va venir me dévorer ce qui me sert de maillot de bain.

— Allez, on rentre!

Je fais celui qui aurait pu nager jusqu'au cap Matifou, sans respirer. Mais je suis bien content de retrouver la plage. Sauf que mes petites sœurs ne sont pas là pour homologuer l'exploit.

— Ça y est, je vais me marier! Mon nomade s'est enfin décidé à payer le bon nombre de chameaux.

Mademoiselle Valnay dit ça en riant et en se séchant les cheveux dans une grande serviette. J'aurais bien voulu voir ses yeux. Comment ils sont quand on vous demande en mariage?

— Le problème, ce ne sont pas les yeux, ce sont les oreilles.

Roland raconte comment il a demandé la main de Christiane à ses parents.

— Attention, c'est au père que tu dois t'adresser. D'abord t'as choisi le meilleur restaurant du monde. Pour t'en souvenir toute ta vie. Nous, c'était la Croix Blanche à Chaumont-sur-Tharonne. Tu penses aux gants blancs. Moi j'avais oublié. Ça commençait bien. T'as la cravate qui te serre et tout le tralala. Mais c'est pas tout. Faut que tu te lances. Attention! Pas au milieu d'un plat. T'as l'air malin, la bouche pleine! Alors, j'y vais... Monsieur, acceptez-vous de m'accorder la main de votre fille?... Comment?... J'ai cru qu'il refusait... Heu!... la main... la main de Christiane... vous m'acceptez?... Hein?...

J'étais blême… Allons, Roland, vous êtes du côté de sa mauvaise oreille… Ma belle-mère!… Enfin, ma future belle-mère. Heureusement. J'avais oublié pour l'oreille. Après, ils se sont chamaillés parce que c'est elle qui avait répondu «oui». C'est au père, normalement. N'empêche que je me suis toujours demandé si c'était valable comme demande en mariage…

Moi, je demanderai sans demander.

— Je vais monter m'allonger. Il faut beaucoup de repos pour le grain d'orge. C'est pour ça que je ne suis pas sortie de ma chambre plus tôt.

Elle me fait un clin d'œil, me tournicote une mèche de cheveux et part en direction des escaliers. J'ai l'impression que toute la plage s'ouvre devant son ventre comme une foule. Je pense à une devinette de Lamia que je n'avais pas comprise… Écoute: $1 + 1 = 1$; $1 - 1 = 2$. Qui suis-je?… La mère et son enfant. Ignorant!… Maintenant, je comprends.

— Maman a dit qu'il faut que tu viennes.

— On t'attend pour le goûter.

Ça tombe bien. Le crawl, ça creuse. Même si je n'ai nagé que la brasse. Je décide de garder secrète la grande nouvelle: je sais nager! Ce sera pour plus tard. Il ne faut jamais rien mettre en concurrence avec le goûter. Curieux, la m'am lit son *Match* avec Christine Caron en couverture, qui, au même âge, est déjà championne de natation quand je viens juste d'apprendre à nager. Plus grave, il n'y a qu'un petit sac en toile à côté du pliant de la m'am. Je ne vois pas comment on peut faire entrer là-dedans le pain, le chocolat, les pâtes de fruit, la confiture de figues, les gourdes de grenadine, et les cacas de cheval pour trois.

— Maman, qu'est-ce qu'on a..

— à manger au goûter?

Les petites sœurs ont osé. La m'am referme son magazine et nous regarde l'air songeur.

— Rien!

C'est ce qu'elle a dit. Rien! On se regarde, mes petites sœurs et moi. Rien! Il a fallu faire 1353 kilomètres pour entendre ça. C'est la journée des premières fois. Je ne cherche même pas quelle bêtise on a pu faire. D'abord parce que ce serait trop long. Et surtout parce qu'on est jamais privés de goûter. Il a fallu venir ici pour que ça arrive. Vivement qu'on rentre à la cité.

— Rien! Aujourd'hui on remonte le prendre au Marsouin.

Je savais que ce 4 août était une journée historique. Mais de là à prendre son goûter enfermé par trente-cinq à l'ombre, dans une salle de restaurant qui sentira encore la paella de midi! Pas de rouspétance. Il faut trotter. Moi, je porte le pliant et le sac de toile maigrichon. On a laissé notre bouée transatlantique en garde à un voisin de serviette. Signe qu'on va revenir. Ça me rassure. Mais tout à coup, j'ai peur. Et si c'est une ruse? Et si la m'am nous annonce qu'on rentre à Orly. Comme ça. Que nous aussi, on fasse semblant d'aller goûter et qu'on parte «la maison pleine»... Hep, taxi! À Maison-Blanche... Comment Lamia fera-t-il pour ce soir? J'ai promis. Maintenant que je suis rassuré pour mademoiselle Valnay et son grain d'orge, je pense à Maryline. Pourquoi il est si petit, mon cœur? Pourquoi est-ce qu'il n'y a pas assez de place pour deux?

— Installez-vous. Je reviens.

Autour d'une table, un peu à l'écart dans la salle du restaurant vide, mes petites sœurs me regardent comme si elles étaient punies à cause de moi

— Pourquoi tu nous dis pas...

— .. que tu sais nager.

Je n'ai jamais réussi à savoir quelque chose avant

elles. Même quand ça me concerne. Un jour, il faudra que je leur demande ce qui va m'arriver plus tard. Elles doivent savoir lire dans le marc. Tiens, ça sent le café du côté de la cuisine. À cette heure, c'est bizarre. Mais je n'ose pas tourner la tête vers la porte. La m'am doit être là, son chapeau sur la tête, une Thermos dans son sac de toile et notre grosse valise marron à sangles à la main. Elle va nous faire prendre l'avion habillés comme ça! Je ne veux pas partir. Pas maintenant. Je veux encore une nuit. Juste une nuit.

Je ferme les yeux. Si je ne me retourne pas, je ne saurai pas que la m'am est dans mon dos avec la valise. Donc on ne partira pas. Il y a des choses encore plus importantes qui peuvent arriver dans le dos. Par exemple… le p'pa!… Il s'encadre dans la porte, devant le rideau à lamelles blanches et bleues. Les lamelles blanches pour son sourire et les bleues pour les yeux de la m'am juste derrière lui.

— Preums!

— Deuze!

— Troize!

Encore laissé sur place par Maryse et Martine. Ça doit être la natation qui m'a fatigué. J'ai de la semoule dans les jambes. Pas d'importance. Maintenant je sais qu'on n'aura pas à partir. Qu'on ne prendra pas un taxi en douce.

— Votre père voulait goûter avec vous. Il avait envie d'un bon… café au lait!

Exclamations générales. Comme si la m'am venait de marquer un but servi sur un plateau par le p'pa. C'est le cas. Un grand plateau en bois, avec bols géants ébréchés dépareillés, cafetière léopard, casserole de lait en alu, pain rassis, et margarine Astra dans le beurrier Pyrex. Un café au lait comme là-bas!

Madame Clément a écarté les lanières de la portière,

la mine inquiète. C'est vrai, on a hurlé un peu fort sur le but de la m'am.

— Vous êtes sûrs que vous ne voulez pas du pain frais? On vient de me le livrer. J'ai de la mouna au sucre de chez Martinez, du beurre de la ferme Catala et de la confiture de figues du jardin.

Nônhôn! La patronne nous regarde comme une bande de mabouls et disparaît derrière son rideau de scène. Comment lui expliquer le café au lait? Comment lui faire comprendre qu'aujourd'hui il y a même une toile cirée écaillée sur la table comme à la maison. Il ne manque que Monique, Jacky, Michel, Gérard, Roland, Guy, Josette, Évelyne et Serge. Même pas Serge, qui arrive de la Sirène encore en maillot de bain avec un bol plus grand que tout le monde. La m'am avait bien monté son affaire. Pour la première fois sans vendre la mèche. La m'am tenait une promesse qu'elle avait faite il y a longtemps.

— S'il arrive qu'une fois on soit tous loin les uns des autres, on décidera d'un jour et d'une heure et on fera tous la même chose, en même temps, en pensant à chacun.

C'est un café au lait, un 4 août 1962, à Fort de l'Eau. Et je pense à eux très fort.

— Il est six heures.

Le p'pa regarde sa montre au cadran fêlé en diagonale. Ça fait un peu plus de douze heures que le dernier soleil s'est levé. J'ai l'impression de n'avoir rien vu passer de cette journée.

— Le DC-3 de Ben Bella doit avoir atterri à Maison-Blanche. Je vais avoir plein de choses à faire avec les copains de pêche. Vous, faites attention à vous. Cette nuit, ça va être la fantasia.

J'aime bien comment le p'pa dit ce mot. C'est déjà le début d'une promenade.

Notre promenade du soir.

12

La promenade du soir

— Les bols sont vides, les ventres sont pleins! On peut aller faire la promenade!

Tout le temps du café au lait, j'ai eu peur que la promenade du soir soit supprimée pour cause de journée historique. Le p'pa regarde sa montre fêlée.

— On fera un peu plus court.

Ça ne fait rien. Du moment qu'on a le temps de marcher avec le p'pa et la m'am au bord de la mer. Serge a fini sa coupure et il est déjà reparti au Méditerranée pour s'occuper des brochettes. La promenade d'avant repas du samedi soir, c'est celle où on décide du programme du lendemain: l'excursion.

L'excursion, ça veut dire dispute avec mes petites sœurs pour savoir où on va aller. Ce soir, comme d'habitude, le p'pa et la m'am marchent devant pendant qu'on se chamaille derrière. La m'am avec sa jupe qui vole dans ses plis et le p'pa avec la fumée de cigarette bien détachée au-dessus de lui. Nous, on a déjà commencé à faire voler les destinations... Ah, non! Pas encore un stade de foot!... Mais celui d'El Biar, ce n'est pas pareil. C'est historique... C'est à Toulouse

qu'ils ont battu Reims en Coupe de France!...
Comment elles savent ça, les sœurs?... Quoi! Un autre
jardin! Mais on va finir en bégonias si on continue à
traîner là-dedans... Il est joli, le jardin d'Essai... C'est
ça, justement, on reviendra quand il sera terminé...
T'exagères! Toi, parce que t'es le garçon, on peut
jamais aller où on veut!

Là, je suis d'accord avec elles. Moi, avant de partir
d'Orly, j'ai fait une liste des endroits qu'il fallait que je
voie. Sinon ce n'était pas la peine de partir. Depuis
longtemps, il y a le ravin de la Femme sauvage. Roland
en avait parlé dans une lettre. On était encore à Villemomble. C'était comme un nom de bataille. Le p'pa a
dit que ce ne serait pas possible. Ni Mers el-Kébir. Trop
loin. Dommage, Thierry, un copain en France, m'avait
dit que la rade avait été entièrement construite par son
père, «de ses propres mains». Je voulais voir. Ça
devait ressembler à un Palais du facteur Cheval au bord
de la mer. Il y a aussi la statue de Cervantès. Je veux
essayer de comprendre comment on peut être esclave à
Alger, manchot et écrire des histoires de chevaliers. On
a trouvé le boulevard, le square, mais pas la statue. Pour
celle de Cerdan, le p'pa n'avait pas pu rester. Il nous
avait attendus dans la traction en faisant marcher les
essuie-glaces.

Les sœurs continuent à me pilonner... On peut aller
au tombeau de la Chrétienne... Moi, je préfère celui de
la Juive de Constantine. C'est dans le livre de Théo...
Alors on va à Tipasa... Des ruines! Se déplacer pour
voir des trucs cassés. D'ailleurs, je ne comprends même
pas pourquoi ils ont construit des ruines romaines en
Algérie. De toute façon, c'est trop loin, Tipasa. Car
chaque excursion du dimanche doit être calculée pour
que la m'am puisse aller à la messe. N'importe où, mais
à la messe. Et avant le début de l'office... Ça se fait pas

d'arriver en retard chez le Bon Dieu… Pourtant, ça avait failli se faire. Un dimanche, on était encore coincés dans une sorte de jardin, avec des bégonias tropicaux, quand on s'est rendu compte de l'heure… Va falloir foncer si on veut être à Saint-Eugène avant le début du film. Y a pas d'ouvreuse, là-bas… La m'am avait jeté un regard noir au p'pa… Fais pas ton mécréant avec moi. Je te connais… Ce sont les seuls moments où la m'am regarde le p'pa comme ça.

Mais le mécréant fonçait sur le front de mer. C'était juste, mais ça passait. La voiture devait être truffée de médailles de saint Christophe. La m'am tenait son chapeau. Dans l'élan, on avait même failli rater le porche d'entrée. Coup de patin, dérapage, miaulements des pneus, claquements de portières. Avec cette traction de gangsters on aurait dit un braquage d'église. La m'am, son chapeau de travers, et les sœurs en proprettes étaient descendues comme si elles ne nous connaissaient pas. Après une course pareille, le p'pa avait dû faire respirer le radiateur. Il avait dévissé le bouchon… T'as vu? Le Saint-Esprit!… C'était joli, cette colonne de vapeur d'eau qui montait au pied des marches. Mais heureusement que la m'am n'avait pas entendu.

La dispute avec les petites sœurs continue. Heureusement qu'on aura pas à se marier ensemble, plus tard. Le p'pa et la m'am, eux, ont bien fait d'y penser. Sur le sentier de la falaise, ils avancent avec toujours la même façon de se donner le bras, sans jamais donner l'impression de se le prendre. On dirait qu'ils ne se préoccupent pas de nous. Mais je sais qu'ils nous écoutent. Que ça les fait sourire nos chamailleries. Mais pas moi. Pour l'excursion du dimanche, je vois arriver gros comme une maison, le vingt-quatrième jardin de suite… Alors, on vote!… Deux contre un. Tu parles d'une démocratie.

— Et un petit musée? Qu'est-ce que vous diriez d'un petit musée?

Trois contre un! Incroyable. C'est le p'pa qui propose ça en se retournant à peine. Pourquoi est-ce qu'il se met du côté des filles? Elles trépignent de joie... Les Beaux-Arts! Les Beaux-Arts!... On l'a déjà vu... Alors, le Bardo!... Y a que des os! Moi, je propose Savorgnan-de-Brazza... Là, je les ai soufflées, les sœurs. Elles se sont arrêtées net... Il existe même pas! Je récite: Savorgnan-de-Brazza, né à Livourne, mort à Alger, député italien, conquérant de l'Afrique noire. Elles restent muettes. Faut dire que c'est un de mes préférés en histoire avec Ferdinand de Lesseps et Axel de Fersen. J'aime bien les particules. Ça donne l'impression d'être deux à soi tout seul. Ça m'aiderait à égaliser les votes avec mes petites sœurs. Ça me rappelait deux soiffards en terrasse...

— De Gaulle! On aurait dû se méfier. Un général plus une particule, ça pouvait pas marcher...

— De Gaulle, c'est pas une particule, c'est un nom flamand, abruti!...

— Et l'autre à Matignon. Pompidou. Pompidou de Monboudif! C'est pas une particule, ça?

— Si tu veux mon avis, lui, c'est plutôt Pompidou de Rothschild.

J'aime bien aussi les noms compliqués. Garmisch Partenkirchen, Cortina d'Ampezzo, Rik Van Steenbergen. Le mieux, c'est quand c'est compliqué et à particule: Maïté Célérier de Sanois! Rien que pour son nom, je regarde «Le journal féminin» à la télévision.

Faudra que je demande à la m'am ce qu'elle en pense de cette émission. Pour lui demander, faudrait qu'elle soit là. Mais la m'am a disparu. La m'am et le p'pa avec!

Plus de jupe à plis, plus de fumée de cigarette. Je regarde autour de moi. Il ne reste que l'ombre du fort turc. À force de se disputer, on ne s'est pas aperçus qu'il faisait déjà presque nuit. Et ce n'est pas Alger qui joue au ver luisant au loin qui va nous rassurer. Surtout moi. Les petites sœurs n'ont pas l'air inquiètes de la disparition du p'pa et de la m'am. Je le savais bien que j'aimais plus nos parents qu'elles.

— Ils sont encore partis.

— Faire les amoureux.

Qu'est-ce qu'elles racontent? Et d'abord, c'est quoi «faire les amoureux»?

— Chaque fois qu'on se promène, le samedi soir…

— … ils nous perdent.

Qu'est-ce qu'elles racontent! Je réfléchis quand même, sans trop leur montrer. C'est vrai que samedi dernier à Vertes-Rives, ils avaient disparu aussi vers la Barque Cassée. Faut dire qu'on s'était chamaillés fort quand le p'pa avait proposé de faire… Les filles d'un côté et les garçons de l'autre… Ils avaient disparu, mais nous avaient retrouvés… Tiens, des enfants perdus! Si on les adoptait?… L'autre samedi, le jour où les filles voulaient qu'on aille pour la quinzième fois «s'allonger au bois de Boulogne sous les eucalyptus, pour manger une mouna», le p'pa et la m'am avaient disparu aussi. Mais pas longtemps… Tiens, des enfants perdus!.. C'est vrai qu'ils avaient dit la même phrase. Qu'ils avaient disparu quand on se bagarrait. Et que, juste avant, le p'pa avait mis son grain de sel qui ressemblait à de l'huile sur le feu. Comme tout à l'heure… Qu'est-ce que vous diriez d'un petit musée?… Ça fait beaucoup d'indices. Un «faisceau concordant» comme ils disent dans les enquêtes. Donc, le p'pa et la m'am seraient complices pour disparaître et aller «faire les amoureux».

— Tiens, des enfants perdus !

— Si on les adoptait ?

Le p'pa et la m'am ! Ils viennent juste de se lâcher la main. Mais comment elles font, les petites sœurs, pour savoir tout ça ? J'ai quand même deux ans de plus. Elles pourraient respecter la différence d'âge. Pendant que je réfléchis, les petites sœurs essaient de caser les jardins de Galland pour l'excursion de demain. Pas question. J'ai mieux... Non ! Tu nous auras pas. Un vélodrome, c'est comme un terrain de foot... C'est reparti en bisbilles, avec les parents devant. Ça ne m'inquiète plus. J'ai remarqué que les parents ne nous perdent qu'une fois par promenade pour faire les amoureux.

Pourtant, là, ce serait facile de nous abandonner. Il fait étrangement sombre sur la falaise. En bas, le bruit de la mer sur les rochers semble fatigué et l'odeur des vagues peine à monter jusqu'à nous. Le fort turc ressemble encore plus que d'habitude à des ruines. Derrière les murs, on entend une sorte de piaillement sucré... Au retour, t'as pas intérêt à avoir une rédac sur « Une nuit étrange ». T'es sûr que « piaillement sucré », Louis XVI va te l'entourer en rouge. N'empêche qu'il a une odeur ce bruit. Un parfum un peu comme le millet. Le p'pa et la m'am vont vers l'ombre du fort. Nous, on suit de moins en moins loin et de plus en plus en silence. Une torche maigrichonne éclaire l'arche de la porte... C'est le dey Hussein qui vient récupérer la clef de son trésor... Je glisse ça à l'oreille des sœurs avec une voix lugubre.

— T'essaies de nous faire peur.

— Parce que c'est toi qu'as les chocottes.

Pourquoi j'aurais peur ? Le p'pa est là. Mais c'est vrai que mes genoux et le fond de mon short ont moins confiance que moi. On va jusqu'à l'aplomb de la falaise pour jouer à reconnaître les lumières... Là-bas, c'est le phare de Lapérouse… Mais non, ça, c'est Matifou, hein, p'pa?… Ce serait beau si le *France* passait là… La m'am montre une traînée de lumière qui part d'Alger… Moi, je vois celle de mademoiselle Valnay. Elle est à l'endroit habituel, un châle sur les épaules. Je vais la rejoindre.

— Je lui montre son pays.

Elle parle du grain d'orge. Ce soir, mademoiselle Valnay ressemble à un bouquet de voiles. Je regarde son visage de profil. Je crois comprendre pourquoi elle vient ici chaque soir. Elle cherche derrière quelle lumière de la baie se cache son «nomade» comme elle l'appelle. Il sera joli son grain d'orge, avec des cheveux blonds et une peau à se promener sous le soleil sans chapeau. J'ai le cœur qui me pince. J'ai peur qu'elle me parle de lui. Qu'elle me dise pour rire combien de chameaux il l'a achetée. Dans quelle ville ils se marie-ront. Où ils habiteront. Une maison avec des murs blancs et un mandarinier dans le jardin. Mais elle ne me dit rien. Mademoiselle Valnay me tournicote une mèche de cheveux. Elle frissonne et part vers l'hôtel en rajus-tant son châle. Moi aussi, j'ai un peu froid, tout à coup.

— Viens voir. Il y a monsieur Fernando.
— Et ton copain Lamia.

Qu'est-ce qu'ils feraient là, à cette heure? Pourtant, elles ont raison, les chipies. C'est bien eux qui marchent vers l'entrée du fort éclairée par le flambeau de résine. Ils portent une grande cage dans chaque main, comme des valises. Lamia s'est en plus chargé d'un sac de graines sur l'épaule. Monsieur Fernando marmonne.

— Qu'est-ce qu'ils veulent que j'en fasse, moi, de tous ces oiseaux? Qu'est-ce qu'ils veulent que j'en fasse?

Ils disparaissent sous l'arche du porche d'entrée. Le p'pa, la m'am et les petites sœurs sont descendus vers les rochers. Peut-être que le p'pa est parti repérer ceux qu'il peindra ailleurs, ou autrement. Moi je m'approche de la lueur de la torche. Le «piaillement sucré» se fait plus fort. Il résonne entre les murs et semble s'échapper par les meurtrières. Je me glisse entre les deux colonnes. Il y a une odeur de moisi dans l'obscurité. J'avance. Le ciel éclaire à peine la cour au milieu des remparts. Dans l'ombre du chemin de ronde, je sens frémir un énorme volettement craintif. Le même que celui de la baraque aux oiseaux, quand j'y étais entré pour la première fois avec Lamia.

— Ils vont partir. C'est sûr, ils vont partir.

C'est le pâteux de la voix de monsieur Fernando après quelques mauresques.

— Allez, on va chercher les derniers !

Je sens monsieur Fernando et Lamia qui passent à côté de moi sans me voir. Je ne dis rien. Pas envie de me coltiner du transport de cages à cette heure. J'avance jusqu'au centre des remparts. Les oiseaux sont là, mais je ne les vois pas. Alors, la malédiction du Mahonnais de la *Friquita* serait vraie... Quand les bengalis partiront, les hommes les suivront... Ils allaient peut-être partir, cette nuit ou demain matin. Qu'est-ce qui se passera après ?

— T'as trouvé la clef magique du trésor...

— ... du dey Hussein ?

Les petites sœurs font sursauter la masse des oiseaux dans l'obscurité. Mais elles ont bien plus peur encore. Maryse et Martine se collent contre moi. Alors, qui c'est le grand frère ? Qui va les sauver de cette nuée de rapaces féroces ? J'entends leurs cœurs. Ça bat vite le cœur des filles. Sûrement pour qu'on entende pas cogner celui des garçons.

— Papa et maman ont dit qu'il faut qu'on rentre.

— Il est tard et le p'pa a des trucs à faire.

D'accord. J'accepte de leur sauver la vie et d'abandonner la clef magique du trésor du dey Hussein. Je sors du fort en résistant à l'envie de courir encore plus vite qu'elles. Le p'pa et la m'am sont là, comme l'entrée d'un port de plaisance. . Allez, hop, en route!... Je regarde monsieur Fernando et Lamia qui reviennent chargés d'oiseaux. Peut-être les derniers. Comme j'aimerais voir leur envol! Au passage, Lamia me fait un signe avec les doigts. J'ai bien lu l'heure de notre rendez-vous. Et le lieu: dans le square. Comme prévu.

J'arrive pile.

Lamia a l'air de trouver ça normal. Il pourrait au moins me féliciter. J'aimerais bien savoir comment il aurait fait, lui. Comment il aurait expliqué à sa mère qu'il devait ressortir en pleine nuit. Une nuit comme celle-là. Avec tout ce qui se passe dehors. Comment il lui aurait fait gober un truc pareil. Comment il l'aurait convaincue. Quels arguments imparables il aurait trouvés. C'est idiot, je ne sais même pas si Lamia a une mère. Il ne m'en a jamais parlé. Mais je pense que Lamia aurait fait comme moi. Il se serait sauvé sans rien dire.

Pourtant, ce soir, la m'am a verrouillé la porte. C'est rare. Seulement pour le sirocco d'habitude. Après le repas, elle a annoncé le programme. Ce sera: petits chevaux, jeu de l'oie, nain jaune et belote... M'am, tu peux pas mettre l'as, t'as coupé à trèfle, le tour d'avant... Avec la tierce de Maryse, ça nous fait 120. Ce qui donne «Eux»: 340, et «Nous»: 1 510. Martine compte vite... On vous fait la consolante?... Les sœurs ont dû tenir un tripot quand elles étaient petites. Moi j'attends. J'attends que la m'am pique du nez sur son jeu. Elle ne tient jamais longtemps aux cartes. Ça l'endort. Moi j'avais demandé... Et si on faisait une petite partie?... Et depuis, je guette. Parfois elle a encore des sursauts. Elle redresse la tête d'un coup, cligne des yeux comme si elle écoutait dehors et lance une carte... C'est pas à toi de jouer, m'am... Mais dehors, on n'entend rien. Sauf peut-être quelques pétards au loin. On n'a pas non plus entendu rentrer la Juvaquatre de monsieur Clément. Il n'y a pourtant pas de nocturne au champ de courses du Caroubier.

— Paulette, c'est Maria.

On a gratté au volet. J'ai à peine reconnu la voix inquiète de madame Clément. Elle chuchote sur le pas de la porte.

— José n'est pas rentré. Et toi, ton homme?

— Toujours avec ses copains de pêche.

— Je vois.

C'est la première fois que j'entends la m'am et la patronne parler comme ça. Pourtant c'est vrai. Le p'pa est l'homme de la m'am! Comme dans la chanson. Je n'y avais jamais pensé avant.

— Tu crois pas, Paulette, qu'ils nous bouffent la vie, les bonhommes?

La m'am n'avait pas répondu. Je n'aurais pas aimé qu'elle réponde.

— Bon, je vais le chercher, au lieu de rester là à me cailler le sang. La dame du 11 me prête sa voiture. Saïda est restée dans le bar pour surveiller. On ne sait jamais. Si José rentre, tu lui expliques. Et surtout, tu lui dis... Non, tu lui dis rien. Je lui dirai demain.

Maria et José. Je les revois à l'heure de la sieste, là-haut dans la grange. Ils dansent sans musique sur l'air de *Tequila*. J'aime comment le soleil les découpait. Mais je me demande si madame Clément pourra entrer dans une Simca 1000. Même découpée.

— Tiens, il me restait du café.

Presque gênée, madame Clément donne la Thermos à la m'am. Et s'en va.

Du café! Ça va réveiller la m'am. C'est tout mon plan qui boit la tasse. Pas très fin comme astuce, mais ça me donne une idée. J'ai intérêt à la garder pour moi, surtout si ça ne marche pas. Mais ça marche.

Ploum! La m'am vient de piquer profond dans son carreau maître.

— Bon! On la finira demain. Allez au lit, les enfants!

Les sœurs rouspètent. Elle menaient de trois cents points. Moi je fais le fils modèle. Hop! Lavé-brossé-couché. Le baiser de la m'am. Et dès que ça ronfle en trois tailles, je me sauve par ma cheminée secrète, avec mon balluchon de vêtements, et je cours jusqu'au square. Voilà, Lamia, comment on convainc sa mère de sortir tard le soir et comment au rendez-vous...

J'arrive pile.

— Il faut que je te dise ce qu'on va faire cette nuit. C'est très important.

Lamia explique. Ça doit être un autre effet de cette journée historique.

— On va aller chez Maryline. Elle aura peut-être besoin de toi.

Peut-être! J'ai quasiment versé trois comprimés du somnifère de mademoiselle Valnay dans le café de la m'am, pour un «peut-être»! J'ai failli devenir... *l'Empoisonneur du 4 août...* dans *La Dépêche d'Algérie* de demain. La nouvelle Marie Besnard. En première page. Short et marinière, juste à côté de la photo de Ben Bella, dans son costume bleu marine, fendant la foule d'Alger dans une voiture décapotable. Tout ça pour un «peut-être» de Lamia. Autant retourner réveiller la m'am et reprendre la partie de belote.

— Tu as pu avoir ce que je t'ai demandé?

Moi aussi je pourrais dire «peut-être». Mais je l'ai, cette feuille bien pliée en quatre sous ma marinière. Je l'avais regardée, mais je n'avais rien compris. Une liste d'horaires, avec des noms de villes dans le monde entier. Tout part d'Alger. Le p'pa l'avait eue par Michel, son copain chef d'escale à Air France... Tu veux partir sans nous?... Le p'pa avait souri. Moi aussi. Mais je l'avais trouvée étrange, cette idée. Lamia lit la feuille comme un vorace.

— C'est bien! C'est ça. C'est exactement ça.

Si maintenant Lamia se met à faire des compliments! Il a même l'air content. Ce serait peut-être le moment de lui demander de m'expliquer.

— Maryline va partir cette nuit. Elle doit partir cette nuit.

Je vois bien la différence. Même dans les yeux de Lamia.

— Elle part. Mais elle ne part pas seule.

Pour l'instant, je ne vois pas ce que je viens faire dans cette histoire, à part fournir des horaires.

— Peut-être qu'elle aura besoin de toi, pour porter un message. Mais ce n'est pas sûr, peut-être que tout ira bien.

Et si ça va mal? Je commence à regretter le jeu de l'oie avec les petites sœurs. On tombe dans le puits. Mais un double six et on ressort tout sec.

— Je t'expliquerai tout en chemin. Il faut que je passe prendre mon barda et dire au revoir à monsieur Fernando.

D'habitude, Lamia ne prend pas ses affaires le samedi. D'accord, il n'y a plus d'oiseaux, mais il faudra bien quand même nettoyer les cages une dernière fois. Je le regarde dans les yeux. Il me prend par les épaules.

— Viens. Tu vas comprendre.

Et j'ai compris.

— Alaki! Alaki! Les cinq billets pour cent francs, les douze pour deux cents.

Monsieur Fernando est debout devant sa baraque grande ouverte. Il a allumé la guirlande d'ampoules tricolores qui pend à l'auvent. Il harangue la place déserte au milieu des cages à oiseaux vides, bien alignées

— Pour cent petits francs, belle madame et gentil monsieur, si vous possédez le numéro exact! le numéro du bonheur! inscrit ici! sur votre billet magique! vous emporterez chez vous ce superbe couple de pèlerins de Bornéo, dans son palais des Mille et Une Nuits.

Il montre le modèle Trianon à 1 750 F. Pas généreux pour un dernier tirage historique.

— Mais ce n'est pas tout. Si, par malheur, le numéro exact ne se trouve pas dans la noble assistance... Et parce que, chez Fernando, y a pas de gogo...

Tiens, elle est nouvelle, celle-là.

— ... il sera offert un splendide bengali, dans sa cage en véritable bois des îles.

Monsieur Fernando brandit le minuscule étouffoir à barreaux en Isorel.

— À qui ce magnifique cadeau? Au numéro de billet le plus approchant.

Je préfère le «bengali-allah-pro-chant». Je me demande si je me serais arrêté devant la baraque, la première fois, si monsieur Fernando l'avait dit comme ça. Où je serais, ce soir?

— Et maintenant, une main innocente va lancer les trois roues du Char du Hasard.

Char du Hasard! Il est plutôt en forme, ce soir! Monsieur Fernando me désigne d'un doigt d'empereur romain. Allons-y pour l'innocence.

— Tu fais attention, gamin. On est en délicatesse avec le 9 des centaines.

Je lance les roues. Le bruit de la plume sur les clous semble réveiller monsieur Fernando en sursaut.

— Ah, vous êtes là, tous les deux. Vous avez fini le travail?

Il inspecte l'alignement des cages vides. Je le remarque seulement maintenant: monsieur Fernando boite.

— C'est bien! Du bon travail. Elles sont comme neuves. Faut dire que ça fait moins de saletés, les oiseaux, quand c'est parti. Gamin, j'ai quelque chose pour toi. Tu mérites.

Monsieur Fernando va dans la baraque et revient avec deux superbes perruches ondulées. Une bleue et une verte dans une superbe cage. Je reste là, planté, à ne pouvoir dire que «Superbe». Alors que je vais pleurer de partout si je ne cours pas au Marsouin me cacher... La bonne épithète, jeunes cancres! Trouvez la bonne épithète. Ça vous évitera de mouiller votre short... La ferme, Louis XVI! Je mouillerai ce que je veux. Je vais tout de suite aller accrocher la cage, là-haut dans la grange. À l'endroit que j'ai prévu depuis longtemps. De là, les oiseaux pourront voir la mer et le fort turc quand le jour se lèvera.

— Tu leur donneras un nom, gamin. Faut pas les laisser sans nom.

— Hassoun et Taghrit!

Lamia a répondu sans hésiter. Il doit avoir ses raisons. Moi je pense à «Maryse et Martine». Ça me fait sourire à l'intérieur. Mais les petites sœurs vont m'arracher les yeux avec une petite cuillère si je donne leurs prénoms à des perruches.

— Si tu fais ça...

— ... nous on secoue maman pour la réveiller.

Je laisse monsieur Fernando et Lamia se dire au revoir. Je porte ma cage vers le Marsouin, comme la lanterne du passeur. Et je monte l'accrocher tout là-haut. Elle aussi, on la verra de loin... Rapporte-moi une anisette blanche pendant que tu y es!... Monsieur Fernando a crié ça en pleine nuit, comme une commande de terrasse. «Blanche», ça veut dire sans sirop. Je farfouille dans l'obscurité du bar, parmi les bouteilles d'anisette. Il prend laquelle? Gras, La Rince, Cristal? Si je me trompe, il va me la recracher au visage. Tant pis. Faut choisir. Ce sera Cristal... Bien tassée. Avec l'eau au fond!

— Tu bois l'alcool, toi!

Saïda! Je l'avais oubliée. C'est vrai, la patronne avait prévenu la m'am qu'elle gardait le bar. Elle est juste dans mon dos.

— Tu fais l'homme.

Pas vraiment. Heureusement que dans le noir elle ne sent pas que je tremble À peine l'alcool commencé, j'ai déjà du delirium. Saïda doit le savoir. Puisqu'elle me touche. Enfin, je crois. À moins que ce ne soit son parfum qui me frôle. Du jasmin. Peut-être. J'ai la glotte bloquée. Plus rien ne passe. Même pas les odeurs.

— C'est ce soir, tu fais l'homme?

Elle me colle dans le dos. Ça n'existe pas cette température pour un corps. Sauf avec de la fièvre. C'est la première fois que je vois Saïda... enfin plutôt... que je touche Saïda. Mais je reconnais tout. Même les monts de Saïda. Tous les monts. La trappe de la cave vient de s'ouvrir sous mes pieds ou alors je suis en train de m'évanouir. Heureusement, il y a ce qu'il faut en alcool pour me ranimer... Non! Pas le Fernet-Branca!

— Alors, tu veux faire?

Non! Désolé. J'ai une commande à servir. Le client d'abord! Je rafle le verre. J'ai les os qui tintent comme si j'avais mis des glaçons à l'intérieur. Derrière moi, j'entends le rire de Saïda. Le rire gentil qu'elle a quand elle essuie ses mains sur sa poitrine après avoir essoré la serpillière.

— Hââââh! Ça fait du bien.

Monsieur Fernando vient de gober son anisette blanche d'un trait.

— Manquaient les olives, gamin. Mais déjà, une bonne anisette La Rince et c'est le début du paradis.

Monsieur Fernando qui ne reconnaît plus une La Rince d'une Cristal. C'est vrai que cette soirée tourne à l'étrange.

— On doit y aller, monsieur Fernando.

— Vous faites attention à vous, les enfants. Lamia, tu penses à ce que je t'ai dit. Ils sont dangereux, ces deux Chinois.

Ça, ça veut dire que les types à la Facel Vega sont repassés.

— On dira tout ce qu'on voudra, les mômes, j'y comprends toujours rien à ce qui se passe. Y a tout ça…

Il montre la nuit, les arbres, Fort de l'Eau et les bruits au loin.

— Y a tout ça, ici! Là-bas, c'est la fantasia! Et aujourd'hui, la Française des pétroles gagne deux points à 314!

Lamia et moi, on laisse monsieur Fernando faire ses comptes et chercher dans le public l'heureux joueur qui a le ticket numéro 962. Le numéro du dernier tirage… Purée, gamin! Tu m'as encore niqué le bénéfice avec le 9 des centaines!… Je le regarde s'affaler dans sa Versailles. Elle connaît le chemin. Elle finira bien par le ramener chez lui. Nous, on descend par la plage de la Sirène. Lamia se remet au silence. C'est aussi bien pour marcher la nuit dans le sable. Mais pas longtemps.

— Il y a plein de gens qui veulent du mal à Maryline. Mais avant, ils ne pouvaient rien. «Il» la protégeait. Mais «il» s'en va cette nuit. Alors après…

Lamia raconte bien. Il sait laisser traîner les points de suspension, comme on laisse traîner une ligne de fond avec des petits morceaux de sépia accrochés aux hameçons.

— Le dernier avion part à 4 h 12.

C'était pour ça, mon horaire. Mais je ne comprends pas… dernier avion… Il y en aura d'autres, après. Je ne sais même pas quelle heure il est. Minuit passé? Le 4 août est peut-être déjà terminé. Ma première journée historique est passée et je n'ai rien vu! À peine quelques rafales en l'air, des cris, des chants, des coups de klaxon… Tût-tût-tût! Tûût-tûût!… F-L-N vain-cra! Étrange comme ça ressemblait à Al-gé-rie Fran-çaise!… Comment je vais pouvoir raconter ça, moi?

Du contrebas de la plage, on peut avoir l'impression qu'il se passe quelque chose, là-haut. Je vois des lueurs. Mais il faut marcher sans se faire repérer.

— Il se peut qu'on arrive à la cabane et que tout soit réglé.

Tant pis. Ce sera encore une marche pour rien. Mais cette fois, je ne reverrai plus jamais Maryline. Dommage. Je voulais la remercier pour son cadeau. Je vérifie. Au toucher, il est toujours dans ma poche.

— Sinon, ça veut dire qu'on a pas pu le joindre et qu'on ne sait pas où est le rendez-vous, pour l'avion. Là, on aura besoin de toi. Il faudra aller porter un message, dans un endroit que je ne t'indiquerai que si c'est nécessaire.

Merci pour la confiance. Tout à coup, on a dû se plaquer contre un rocher Des voix! Lamia a sorti son couteau bizarre. Il y avait longtemps. Les voix sont passées. Juste deux types, le harpon à la main, qui pêchent au carreau avec une torche électrique.

— On va faire le tour. La barque c'est trop dangereux.

Je suis d'accord pour éviter la noyade. On s'approche d'Alger. Il arrive des échos plus forts de la fantasia. C'est comme un grondement au loin. Lamia appelle ça faire le tour! C'est plutôt avancer parmi les rochers avec de l'eau jusqu'aux genoux. Les murènes! Vaut mieux que je pense à autre chose.

— On y est! Plus un bruit, maintenant.

Et comment je fais, avec mes sandales qui me sucent les pieds? Je reconnais à peine l'ombre de la cabane sur pilotis. Aucune lumière. On rampe sur la dune. Lamia me précède.

— Il n'y a plus le garde. Ce n'est pas normal! Je passe par-devant. Toi, tu fais le tour comme l'autre soir.

Il sait ça aussi. Je devais avoir l'air malin à faire semblant.

— Si ça tourne mal, tu vas là. L'adresse est indiquée. Je t'ai fait un plan.

Lamia me fourre un morceau de papier dans la poche de mon short et gicle de la dune. Moi je dévale. J'ai l'impression de faire pour la deuxième fois le même parcours d'entraînement. Top! J'améliore mon temps. Je suis à la fenêtre derrière le voile du rideau quand il frappe à la porte. C'est le noir complet à l'intérieur. Personne ne répond. Lamia entre et allume la lumière. Whâou! La chambre est dévastée. Le corps de Maryline en peignoir blanc est recroquevillé sur la descente de lit. Lamia se précipite. Il la prend dans ses bras, la soulève et la dépose, la tête blonde sur le traversin. Il se tourne vers moi et me fait signe de rappliquer et vite. J'enjambe la fenêtre. Je manque faire valser le guéridon, avec toutes ces bouteilles et ces flacons dessus.

— Rapporte-moi une serviette mouillée.

Mais où aller ? Il y a une seconde, j'étais dehors, spectateur. Et on me dit d'entrer dans un film. Et de savoir où est la salle de bains. Il n'y a peut-être que des fausses portes. Comme dans un décor. Je choisis celle-là, au hasard. Coup de chance ! De l'eau, de la vraie, de la mouillée, et une serviette parfumée. Lamia tamponne le front de Maryline. Elle ouvre les yeux.

— Qui a fait ça ?

— Un soldat. Il voulait de l'argent.

Sa voix est faible. Son regard vacille un peu. Lamia a le visage blême de rage. Il raccroche le gros téléphone blanc de la table de nuit qui pend au bout de son fil. Il respire les verres éparpillés et inspecte des flacons de médicaments.

— Tu as encore fait des mélanges.

— Il n'a pas appelé, Lamia.

— C'est normal, le téléphone était décroché.

— Mais là-bas, c'est toujours occupé. L'avion va partir. Les autres vont venir. Ils vont me…

— Non ! ne t'inquiète pas. Je suis là… Ils ne peuvent pas te faire de mal. Tu n'as rien fait, toi.

Lamia berce Maryline dans ses bras. J'ai envie de pleurer. Je regarde le tigre en peluche sur le lit. Il me sourit.

— Tu leur diras que j'ai rien fait, hein ?

— Chut. Ne t'inquiète pas. Je suis là.

— Tu crois qu'il va partir…

— Jamais. Tu sais bien qu'il ne partira pas sans toi. Calme-toi. On est là. Je t'ai amené le garçon. Il va aller voir.

Maryline se redresse un peu. Elle semble me découvrir.

— Alors, c'est toi, mon petit messager ?

— Oui, madame…

Avec une réplique pareille, je ne crains pas la nomination aux oscars.

— J'ai écrit la lettre. Il faut vite aller lui porter.

Déjà! J'arrive à peine. Je sais tout juste où est la salle de bains. Maintenant, je reconnais le parfum du voile du rideau. Il est partout. Je sais son numéro et il faut déjà partir. Sur le pas de la porte, Lamia m'explique le plan. Mais je reconnais. Monsieur Clément m'avait emmené dans ce coin d'Alger.

— Tu as vu, Lamia. J'ai réussi à tout mettre dans une seule.

Maryline vient de tirer d'une penderie une énorme valise qui suffirait à la famille pour partir en vacances.

— C'est bien, mais habille-toi. Le temps presse. Au fait, tu as une montre, toi?

Ça se voit bien que non.

— Tiens!

Maryline me tend une sorte de broche dorée en forme de rose. Elle me montre comment l'ouvrir... T'appuies, tu glisses l'ongle. Ça s'ouvre! Heureusement, sinon je n'aurais jamais su.

— Tu te souviens, l'avion est à 4 h 12.

13

L'envol

Je ne sais pas si Maryline m'a lancé un baiser et si Lamia m'a fait un signe de la main. Soudain, je suis dehors et il fait noir. J'ai l'impression d'être abandonné à la porte d'une église. T'as voulu être un héros. Maintenant débrouille-toi! Même avec une jolie montre, j'ai peu de temps. Tout à coup, je regrette de ne pas avoir emmené Blanco avec moi. Mais je me fouette la peau quand même.

Je débouche sur la route de la corniche. C'est comme piquer une tête dans la foule. Une vraie superproduction. Ma cuisse me brûle. Les voitures, les klaxons, les camions, les sifflets, les drapeaux. J'ai la peau à vif. Je remonte une rue à contre-courant. Devant moi, quelqu'un tire au fusil en l'air. Une Jeep passe, bourrée comme un tramway. Qu'est-ce que c'est que cette place? Je vois les pattes d'un cheval renversé. C'est une statue. Peut-être Jeanne d'Arc. Faut que je prenne par là. Si je peux passer.

— Tu me la gardes?

C'est Fissa-Fissa. Je viens de buter sur lui. C'est petit, Alger, la nuit. Il me montre sa boîte de cireur.

— Ils disent qu'il faut les brûler. C'est un symbole, il paraît. Tu sais ce que c'est, toi, un symbole?

Pas trop, mais ça a l'air de bien brûler. Je pense à «l'homme libre» dessiné par la m'am et qui se balance au rétroviseur de la Juvaquatre. Pour sa boîte de cireur, je ne peux rien. Fissa-Fissa ne m'en veut pas. Il hausse les épaules et sourit.

— À demain, à l'embarcadère, pour le foot.

Il disparaît, sa boîte à l'épaule, comme s'il cherchait des chaussures à cirer. Il a dit «embarcadère». J'ai des youyous plein la tête. Pas le temps de réfléchir. Le mur! Je suis sur le bon chemin. C'est ce grand mur que je dois longer. Derrière il y a un parc. Il faut que j'entre dedans. 4,57 mètres. Il va falloir être Houvion et avoir une perche. Par cette grille? Pas possible. Il y a deux guérites et une chicane en sacs de sable. Lamia m'a dit où passer. Facile. Bravo, la sécurité! Les grands arbres me cachent bien. Au milieu de la pelouse, il y a un feu de camp qui éclaire la façade d'une sorte de petit château. Deux types en civil et un en bidasse jettent aux flammes des cartons de registres, de classeurs, de photos et de feuilles volantes... Les cahiers au feu, les maîtres au milieu!... Moi, je dois aller au premier étage de ce bâtiment. Le bureau à l'angle. Celui qui est allumé. Je contourne... Évite les graviers!... Une DS noire est garée devant le perron... C'est seulement à ce moment-là que tu peux te faire coincer. Écoute-moi bien... Depuis que je suis entré dans le parc, j'entends les conseils de Lamia dans mon oreille... Tu passes par la grande porte. Surtout pas la petite derrière le massif. C'est le piège... Pourtant elle est tentante. Bien à couvert. J'écoute Lamia. J'y vais. La volée de marches et la porte à deux battants. Manque que l'aboyeur... Monsieur le baron et madame la baronne de... Le colimaçon à main gauche. Je grimpe... Tu te caches dans le petit débarras. De là tu vois tout en le laissant entrebâillé. Tu ne sors que quand tu es sûr que c'est «lui», et qu'il est seul… On ne doit pas faire beaucoup plus petit comme débarras. Ni plus sombre… Parfois le bruit le plus cruel est celui de votre propre cœur… C'est ça, la phrase de Cramp que j'avais notée. Le mien me rassure. Mais c'est vrai que je ne vais pas passer sur la chaise électrique pour la quatorzième fois.

Je l'ai vu! Juste par la porte entrebâillée du débarras… «Lui», tu le reconnaîtras. C'est Raf Vallone avec une raie sur le côté… J'avais été étonné que Lamia connaisse Raf Vallone aussi bien que mes grandes sœurs. Tant mieux, c'est plus rapide pour décrire. Il discute avec un militaire à képi rouge, dans un grand bureau presque vide avec des téléphones par terre et des fils emmêlés. Ça claque des talons. Assis à une table minuscule, il y a un type en bras de chemise. Il écoute un gros poste, avec un casque sur la tête. De dos, ça le fait ressembler à un Mickey qui prend des notes.

— Monsieur, il y a un radioamateur qui nous parasite la fréquence.

— Et pour l'avion?

— C'est confirmé. C'est toujours prévu pour 4 h 12 GMT, monsieur. Après, ils transmettent le contrôle aux autorités algériennes.

C'est pour ça que c'est le dernier avion. Le képi rouge est sorti. Je regarde un des téléphones abandonnés sur le plancher. Le blanc. Il est décroché. Je me demande si c'est celui qui sonne toujours occupé quand Maryline appelle. Mon estomac s'entortille comme s'il comprenait quelque chose avant moi. On frappe à une porte que je n'avais pas vue dans le mur. Une femme entre. Elle ressemble certainement à une actrice brune et élégante, et douce, et tendre, mais je ne vois pas laquelle.

— Chéri, la voiture est chargée.

— Encore une ou deux choses à régler et je te rejoins, chérie.

— Et pour le piano, chéri?

— Je règle ça, chérie...

Chéri-Chérie! C'est quoi, ce ping-pong? Raf Vallone a une chérie et ce n'est pas Maryline. Maintenant, c'est sûr, il s'en va. C'est ça que mon estomac a compris avant moi. Je suffoque de plus en plus dans ce débarras. Ce n'est pas le moment de grandir. Si c'est ça être grand. Abandonner. Je veux garder la taille débarras. Le Raf va partir et je ne lui aurai pas donné la lettre de Maryline. C'est ma mission. Je lui ai promis. Je devrais entrer dans le bureau, assommer Mickey, et dire au sosie... Monsieur, venez! Venez avec moi, elle vous attend. Elle est malheureuse. Elle n'a pris qu'une toute petite valise... Le type sous son casque se met à rigoler.

— Qu'est-ce qui se passe?

— Excusez-moi, monsieur. Ce sont deux radioamateurs qui racontent des histoires... olé-olé... sur notre fréquence.

— Ce n'est pas le moment! Vous avez obtenu les Affaires maritimes, pour mon chargement de meubles?

— J'essaie, monsieur. Mais ils se racontent tous leur vie, là-dessus!

— Essayez encore.

Raf Vallone a l'air nerveux. Il semble attendre quelque chose. Sûrement la lettre de Maryline. Il doit savoir qu'elle l'attend. Que c'est le dernier avion. Il est quelle heure? Je ne vois rien dans ce débarras. Tant pis. Il faut que j'essaie. Rien à perdre. J'attends qu'il soit tourné dans ma direction et je glisse la lettre par l'entrebâillement de la porte du débarras. Elle tombe et file sur le parquet. Mickey n'entend rien avec son casque sur les oreilles. Lui a vu. Il ne bronche pas. Impassible...

Mais ramasse-la!... Immobile, il regarde autour de lui et soudain se met en mouvement comme un voleur à la roulotte... Fûût!... Une génuflexion sans conviction, dans le dos du radio, et la lettre bleue a déjà disparu dans sa poche intérieure de veste. Pas mal. Il rajuste ses revers, jette un œil dans ma direction. Je suis cuit. Il va venir me cueillir. Non. Il prend la lettre, l'ouvre et la lit. J'ai mal cadré l'entrebâillement. Je ne vois pas son visage et ses yeux.

— Chéri, il faut y aller. Tant pis, le capitaine s'occupera du piano.

— C'est entendu. J'arrive, chérie.

— Tu pourras aussi...

Elle, j'ai vu ses yeux quand elle a laissé sa phrase en suspens. Des yeux qui reconnaissent la couleur d'un papier à lettres.

— Rien... chéri... Rien. Mais dépêche-toi. On pourrait manquer l'avion, sinon.

— Ne t'inquiète pas. On ne le manquera pas.

La femme brune et belle et fière a pivoté sur elle-même comme si elle avait une robe à traîne. Et elle est sortie. Raf Vallone a la lettre de Maryline à la main. Il a l'air perdu de celui qui a oublié son texte. Il se ressaisit. Froisse la lettre mais ne sait pas où la jeter. Il reste sa boule de papier bleu à la main.

— Signalez à la base que nous partons!

— J'essaie de passer, monsieur.

Il va jusqu'au téléphone blanc et le fixe longuement. Il prend le combiné, hésite encore... Vas-y! Appelle-la!... Mais comme le rocher au bec d'aigle qui, ce matin, avait relâché le soleil trop lourd pour lui, sa main renonce et il raccroche. Cloc! Un petit bruit chic. Puis il sort de la pièce tout droit sans regarder autour. Alors, c'est comme ça être abandonné! Ça a l'air facile. Moi, je ne le suis pas longtemps. Mon entrebâillement s'ouvre brusquement. La porte du débarras avec. Juste le temps de voir un képi rouge et je suis sorti de l'oubli par la marinière. Je pense à me débattre, mais si le képi rouge a mérité seulement la moitié des médailles qu'il porte, c'est inutile. Je risque même de lui en faire gagner une de plus. Il ne saurait pas où la mettre

— Tiens! Mets-toi là, toi.

S'il compte meubler la pièce avec moi, faudra rajouter des tentures.

— Ce serait pas Omar, ce merdeux?

De quoi il se mêle, Mickey? Le képi rouge me fouille.

— Joli, le bijou. Et ça aussi. Pas mal!

Ah non! pas le cadeau de Maryline. Il empoche, le képi. Il pourrait au moins me dire l'heure et ce que c'était, mon cadeau. Le képi rouge continue à me retourner comme un sac à main.

— C'est ton nom, ça?

Il essaie de me montrer l'étiquette cousue au col de ma marinière. Bravo l'espion en mission secrète! Et pourquoi je n'ai pas fait broder mon adresse et ma date de naissance pendant que j'y étais.

— Intéressant. Très intéressant. Tu restes là!

Qu'est-ce que je peux faire d'autre? Sauter par la fenêtre? Pour être compté «suicidé» dans les statistiques. Moi, je veux être martyr ou rien. En attendant, je regarde un bout d'Alger illuminé comme un feu d'artifice. Mickey rigole sous ses grosses oreilles. Je pense à Maryline. Comment je vais pouvoir lui dire?

Le képi rouge revient, le front un peu plus bas.

— Comment il s'appelle, ton père?

— Roger!

— Qu'est ce qu'il fait?

— Il est chaudronnier-formeur-P3-maxi-tous-métaux à Air France.

Et il va venir te passer son crochet gauche au foie, si tu ne me relâches pas. Ça je ne l'ai pas dit. Mais ça se voit dans mes yeux.

— Tu restes là, toi. Mickey, viens avec moi!

Bizarre, le képi rouge appelle le radio comme moi. Qu'est-ce qui a bien pu arriver au p'pa? Le képi rouge avait une tête de gendarme qui annonce un accident de la route. C'est peut-être seulement le képi qui fait ça. J'ai tout qui dégouline à l'intérieur. Et si le p'pa était vraiment en train de me chercher?... C'est dangereux pour de vrai, ici!... Je sais, m'am, mais je pensais à Chaudrake, pas au p'pa. Un téléphone par terre sonne. J'ai une giclée dans le cœur... Il arrive que des mauvaises nouvelles par là... C'est le blanc. Personne dans la pièce. Tu vas pas hésiter comme le Raf. Je décroche. Il y a du silence et une voix très faible qui gémit.

— Vite... Viens...

C'est Maryline. C'est sûr. Je la reconnais. Même s'il ne reste qu'un petit filament, très loin.

— Allô! Allô!

Mais tu es idiot, ma parole! Parle-lui! Parle-lui! Dis-lui qu'il arrive. Qu'il est en chemin. Qu'elle se prépare. Qu'elle tire sa valise dans l'entrée. Qu'elle est belle! Qu'il l'aime! Dis-lui! Il ne reste plus qu'un petit filament. Il faut souffler dessus, comme une braise. Avec des mots de rien.

Mais je ne sais pas faire. J'ai honte.

— Te gêne pas surtout!

Le képi rouge m'arrache le téléphone. Mais il n'a pas l'air en colère. Il écoute le souffle de l'autre côté, en me fixant dans les yeux. Il raccroche sans rien dire. Le Mickey est retourné sous ses oreilles. Il a l'air content.

— C'est bon, l'avion a décollé.

Ça veut dire qu'il est 4h12 à la montre qu'ils m'ont

volée. Ça veut dire qu'il est parti sans elle. Je me demande s'ils ont pu emporter leur piano.

— Toi, tu restes là. On a encore des trucs à vérifier à ton sujet.

Le képi rouge me laisse me recroqueviller en tailleur près de la fenêtre. J'en ai marre de leur yo-yo. Je veux partir. Je veux savoir pour le p'pa. Je veux savoir pour Maryline. Je n'aime pas ce film. Je ne veux plus être héros. Même pas personnage. On n'a pas le droit de faire veiller un enfant si tard. C'est pas syndical. Tout à coup, Mickey bondit, un papier à la main. Il beugle :

— Capitaine ! Capitaine !

— Quoi ! Il y a eu un pépin avec le zinc ?

Bien fait ! Raf Vallone s'est crashé en bout de piste, avec sa femme et ses meubles. Moi, je sais pourquoi il a explosé votre coucou. Il manquait un passager. Une passagère. Mais je n'aime pas le mot «passagère» pour Maryline

— Non, capitaine. C'est pas ça. De ce côté-là, tout va bien. Mais c'est incroyable. Regardez !

Ils pourraient le lire à haute voix, leur papier, ces égoïstes !

— Comment vous avez su ?

— Un radioamateur.

— C'est confirmé ?

— Le type a intercepté en direct un appel de la police de là-bas

— Alors, elle est morte.

— Elle se serait suicidée.

— Je n'arrive pas à y croire. C'est arrivé quand ?

— Là ! Tout juste ! J'ai noté 4h12 sur mon papier. Mais je sais plus si c'est l'avion du patron ou l'heure de sa mort. En tout cas, c'est en même temps.

— Incroyable. Marilyn est morte !

— Moi aussi, ça m'a fait un choc.

— Elle était jeune. Ça lui faisait combien ?

— Trente-cinq, trente-six… Pou-pou-pidou ! Vous vous souvenez dans *Certains l'aiment chaud* ?

— Pou-pou-pidou, c'était dans *Les hommes préfèrent les blondes* !

— Sauf votre respect, mon capitaine c'était…

Ça y est ! Ils se chamaillent à coups de titres de films ! Et les voilà qui imitent Marilyn Monroe à travers la pièce. Mickey fait le derrière et le képi rouge le devant.

— Faut qu'on aille dire ça aux autres.

— Vous y croyez, vous, au suicide ? Moi, je crois plutôt qu'elle en savait trop sur leur président… *Happy birthday to you !*… Vous voyez ce que je veux dire. Vous croyez pas, mon capitaine ?

— Pas de politique, mon vieux. Pas de politique !

— La mort de Marilyn Monroe, ça va en prendre demain de la place en première page.

— Ce n'est pas plus mal pour nous.

Ils sortent en se trémoussant de façon plus ou moins distinguée selon le grade. Une fusée éclairante monte au-dessus d'Alger. Bonne idée. Je me sauve aussi !

Encore plus facile au retour qu'à l'aller. Je galope dans les rues toujours pleines… Je ne veux pas avoir mon premier pressentiment !… C'est tout ce que je suis capable de me dire en me frayant un passage… Je ne veux pas avoir mon premier pressentiment !… Pourtant, c'est ce que j'ai eu en entendant la nouvelle de la mort de Marilyn Monroe. Je n'arrive pas à me dire plus. À me dire mieux. La route de la corniche. Je la traverse sans me faire emporter. Il est loin ce 4 août. Tu voulais une journée historique. C'est gagné. Je viens de prendre un coup de calendrier sur la tête. Je cours et je cours dans la nuit sur le chemin des dunes. La Facel Vega est en contrebas. Les Chinois! Ils sont à la cabane. Et si je leur fauchais les clefs de contact?... Touche jamais à ça!... D'accord p'pa. Encore une manie de la Résistance. Heureusement qu'à la cabane, il y a Lamia pour veiller sur elle. Je cours. J'ai le corps comme un kanoun brûlant. Je suis saisi en plein vol. La porte de la cabane est ouverte.

Je ne veux pas avoir mon premier pressentiment!...

La lumière est allumée. Fais attention! Il faut bien que j'entre. Alors, j'entre! Le souffle me manque. Maintenant, il me manquera toujours. Elle est là. Son corps est allongé en travers du lit. La main crispée sur le téléphone. Je sais qu'elle est morte. Mais tu ne peux pas dire ça comme ça! Crie! Appelle! Ranime-la! Je voudrais la prendre dans mes bras, la réchauffer, que la houle vienne dans son ventre, l'air dans ses narines. Mais je sais qu'elle est morte. Elle est morte à 4 h 12. Comme l'autre Marilyn... Mon premier pressentiment...

Je regarde son visage. Comme il a vieilli soudain. Une mèche brune s'est glissée sous les cheveux blonds de la perruque. Elle descend sur son front comme pour dessiner un accroche-cœur. Je sais ce que je vais faire. Je sais ce qu'elle aimerait qu'on fasse.

Mais il y a ce coup de feu.

Un coup de feu dehors. Tout proche. Je me jette à la fenêtre. En bas sur la plage, je vois le costume blanc des deux Chinois et Lamia, dans son maillot de Reims. Il est face à eux entre deux piquets sculptés plantés dans le sable comme des poteaux de but. Il a le bas du pantalon plein de sang.

— Pas de chance, champion. Tu l'as pas arrêté, ce penalty. Tu connaissais le tarif.

Le Chinois montre son pistolet chromé. L'autre, celui qui a une main bandée, attend, le pied sur un ballon.

— T'aurais peut-être préféré une autre sorte de shoot, comme ta copine. Mais nous, le foot, on trouve ça plus sportif. Et t'es un champion, paraît-il. Alors maintenant, attention, ce penalty va être très important.

Le Chinois bandé place le ballon et se recule pour prendre son élan. Lamia sautille sur un pied en grimaçant. Il se met en position sur la ligne tracée dans le sable, les doigts bien écartés.

— Attends, je vais te faire une fleur.

Le Chinois au pistolet déplante un des piquets. Il le montre à Lamia.

— Tu croyais qu'on n'allait pas s'en apercevoir, que tu passais des messages à tes copains avec tes gribouillis.

Il fiche le piquet dans le sable un mètre plus loin.

— Comme ça, tu seras plus à l'aise.

Lamia crache par terre. Le Chinois fait un signe à l'autre, qui prend son élan vers le ballon. Il frappe, la balle part, Lamia plonge en hurlant, la détourne, elle tape le poteau sculpté et entre.

— Quel dommage! Un si bel arrêt. Mais le règlement, c'est le règlement.

Le Chinois au pistolet s'approche de Lamia et comme en discutant lui tire une balle dans le genou. Lamia s'effondre et mord le sable à pleine bouche. Son cri a dû s'enfoncer au plus profond de la terre. L'autre a déjà remis le ballon en place. Lamia tente de se relever.

— Nânhân!

J'ai hurlé tout ce qui me restait de souffle. Pas grand-chose. Mais les Chinois m'ont entendu. Ils me découvrent.

— Chope le gosse!

Le Chinois à flingue se jette vers la dune.

— Sauve-toi, ignorant!

Juste le temps d'entendre Lamia, de le voir rouler

vers les barcasses, et je me sauve. Juste le temps de
regarder une dernière fois le corps de Maryline en
travers du lit, de lui faire une promesse dans mon cœur,
et je me sauve. Sur le chemin, derrière moi, j'entends le
Chinois souffler dans mon dos. Il me veut vivant. Je
suis d'accord avec lui. Au loin, du côté de la baraque,
j'entends des coups de feu... Sauve-toi, ignorant!...
Pense plutôt à toi, Lamia.

Sauve-toi! Que je puisse te mettre de vrais buts dans
la lucarne Que tu puisses me poser d'autres devinettes
idiotes. Que je ne puisse pas y répondre. Que tu puisses
me traiter d'ignorant. Sauve-toi! Mais où est-ce qu'ils
ont caché la route de la corniche? On a dépassé la Facel
Vega. Ça devrait être là. Le Chinois couine derrière. Il va
me plaquer dans la poussière, l'autre. La voilà, la route!
Ça va être juste. Tout à coup, je n'entends plus le souffle
du Chinois dans mon dos. Je l'ai semé!... Ne te retourne
pas quand tu cours!... Tant pis, c'est trop bon, je regarde.
Le Chinois s'est arrêté. Il est figé sur place. Ma parole, il
a peur. Je sens bien que j'ai grandi cette nuit à force de
courir. Mais pas à ce point-là. Le deuxième Chinois le
rejoint. Je leur fais face. Ils restent plantés sur place.
Qu'est-ce qui se passe? Ils s'en retournent. J'ai envie de
pousser un cri de coyote de l'Adrar.

— Allez, monte!

C'est le p'pa au volant de la traction. Il a baissé la
vitre. Sûrement pour que je voie mieux son sourire.
Mais ça ne tiendra jamais entier dans une vitre, le
sourire du p'pa. Un peu plus loin derrière, il y a la 203
des copains de pêche. Je me demande si ça a mordu,
cette nuit.

— Allez, monte!

Je vais m'installer à l'arrière et dormir jusqu'à
demain.

— Non, passe devant. Maintenant, tu peux.

La m'am! Où elle était cachée? Elle sort de la voiture et me tient la porte.

— Ce sera mieux pour tes grandes jambes.

Elle l'a vu! Elle l'a vu, elle aussi, que j'ai grandi. Ça voit tout les mamans. Même avec des petits yeux endormis.

— Je sais pas ce que j'ai. J'arrive pas à me réveiller. Ça doit être le café. Faudra que je dise à Maria de changer de marque. Il avait un drôle de goût.

Elle me fait un clin d'œil. Je ne me souviens plus du nom des cachets de mademoiselle Valnay. Il m'en reste. Il faudra que je les jette. Ils n'ont pas l'air de réussir à la m'am. Je baisse les vitres pour que l'air de la nuit entre pour nous trois. Le p'pa fume à la portière. La m'am somnole, calée au fond de la voiture, son chiffon à carreaux contre la joue. Moi, je vérifie si mes pieds touchent bien au fond de la traction. Je pense à Lamia... Sauve-toi! Je suis sûr qu'il a pu rouler dans l'ombre.

— Ta mère se faisait du mouron pour toi. Je lui ai dit de pas se biler, que t'étais en main. Mais elle a préféré venir. Tu sais ce que c'est, les mères.

Pas bien. Moi je ne connais que celle-là. Et je n'en veux pas d'autre. Si elle veut encore de moi. On roule tranquillement. J'ai juste un peu sursauté quand il y a eu, derrière nous, cette explosion et cette torchère dans la nuit, du côté de la dune.

— J'ai toujours dit que ça portait malheur, les Facel Vega.

On roule vers Fort de l'Eau. Tout à coup, la voiture des copains de pêche nous fait un appel de phare. Le p'pa lève le bras. Lui aussi a vu la Juvaquatre de monsieur Clément. Elle est dans le fossé à l'embranchement d'Hussein Dey, vide, les portes grandes ouvertes.

Où est-ce qu'il peut être? Je pense au dessin de «l'homme libre» accroché au rétroviseur. Les copains font un signe. Ils s'en occupent.

On arrive au Marsouin. La place et le square sont vides. Le soleil va bientôt se lever, le soleil qui vient après le dernier soleil. La Simca 1000 est garée dans la cour. Les volets de la chambre de mademoiselle Valnay s'ouvrent. Je vois les bras et la poitrine brune d'un homme qui regarde vers la mer. Ça doit se sentir bien un grain d'orge au creux de tout ça.

— Tu as vu le cadeau de ton père?

La broche en forme de rose de Maryline! Le p'pa fait semblant de regarder ailleurs pour ne pas voir mes yeux. Ils doivent être bleus de surprise.

— Attends, m'am. Je te montre quelque chose.

J'appuie, je glisse l'ongle. Elle s'ouvre.

— Oh! une montre. T'en sais, toi, des choses!

Pas beaucoup, m'am, à côté de vous deux. Sauf qu'il est 6h35 et qu'il faut que je coure vers le fort. Je veux voir partir les bengalis. La m'am laisse son torchon à carreaux dans la voiture. Elle prend le bras du p'pa. Il se laisse faire. Elle l'emmène vers la plage. Ce que je l'aime, ce grand escalier de pierre. Qu'il n'en finisse jamais. Qu'ils le descendent toujours. Que le sable les accompagne jusqu'à la mer. Qu'ils retirent leurs chaussures et marchent pieds nus dans le début des vagues.

De là-haut, je les regarde être mes parents.

Et je cours. Mes petites sœurs doivent dormir. Je leur raconterai tout demain. Et je cours jusqu'au fort. Le piaillement sucré des oiseaux gronde à l'intérieur. Monsieur Fernando est là, au bord de la falaise. Il commande aux rochers. Il commande aux flots. Soudain, le soleil perce la mer. Il y a un fracas d'ailes, de pattes, de plumes et de becs. Un gigantesque voile vert et bleu s'élève des remparts comme d'une lampe magique. Il vole au-dessus de la ville. Fait courir une ombre sur la baie et va se confondre avec le trait de l'horizon.

Je le regarde disparaître. Et je fais trois vœux dans mon cœur.

FIN

Table

CET OUVRAGE A ÉTÉ COMPOSÉ
PAR LES ÉDITIONS FLAMMARION

Achevé d'imprimer en novembre 1997
sur presse Cameron
par **Bussière Camedan Imprimeries**
à Saint-Amand-Montrond (Cher)

Edition exclusivement réservée
aux adhérents du Club
Le Grand Livre du Mois
15 rue des Sablons
75116 Paris

Imprimé en France

Dépôt légal : septembre 1997.
N° d'impression : 4/1195.

ISBN : 2-7028-1401-8